陳希曾集

〔清〕陳希曾 著

許雋超
劉旭展 整理

國家社科基金藝術學一般項目（2021BF00156）階段性成果

廣陵書社

圖書在版編目（CIP）數據

陳希曾集 / (清) 陳希曾著 ; 許雋超, 劉旭展整理
. -- 揚州 : 廣陵書社, 2023.12
ISBN 978-7-5554-2212-9

Ⅰ. ①陳… Ⅱ. ①陳… ②許… ③劉… Ⅲ. ①中國文學－古典文學－作品綜合集－清代 Ⅳ. ①I214.92

中國國家版本館CIP數據核字(2023)第252471號

書　　名　陳希曾集
著　　者　〔清〕陳希曾
整　　理　許雋超　劉旭展
責任編輯　胡　珍

出版發行　廣陵書社
揚州市四望亭路 2－4 號　　郵編　225001
（0514）85228081（總編辦）　85228088（發行部）
http://www.yzglpub.com　E-mail:yzglss@163.com
印　　刷　揚州皓宇圖文印刷有限公司

開　　本　889 毫米 × 1194 毫米　1/32
印　　張　15.5
字　　數　359 千字
版　　次　2023 年 12 月第 1 版
印　　次　2023 年 12 月第 1 次印刷
標準書號　ISBN 978－7－5554－2212－9
定　　價　80.00 圓

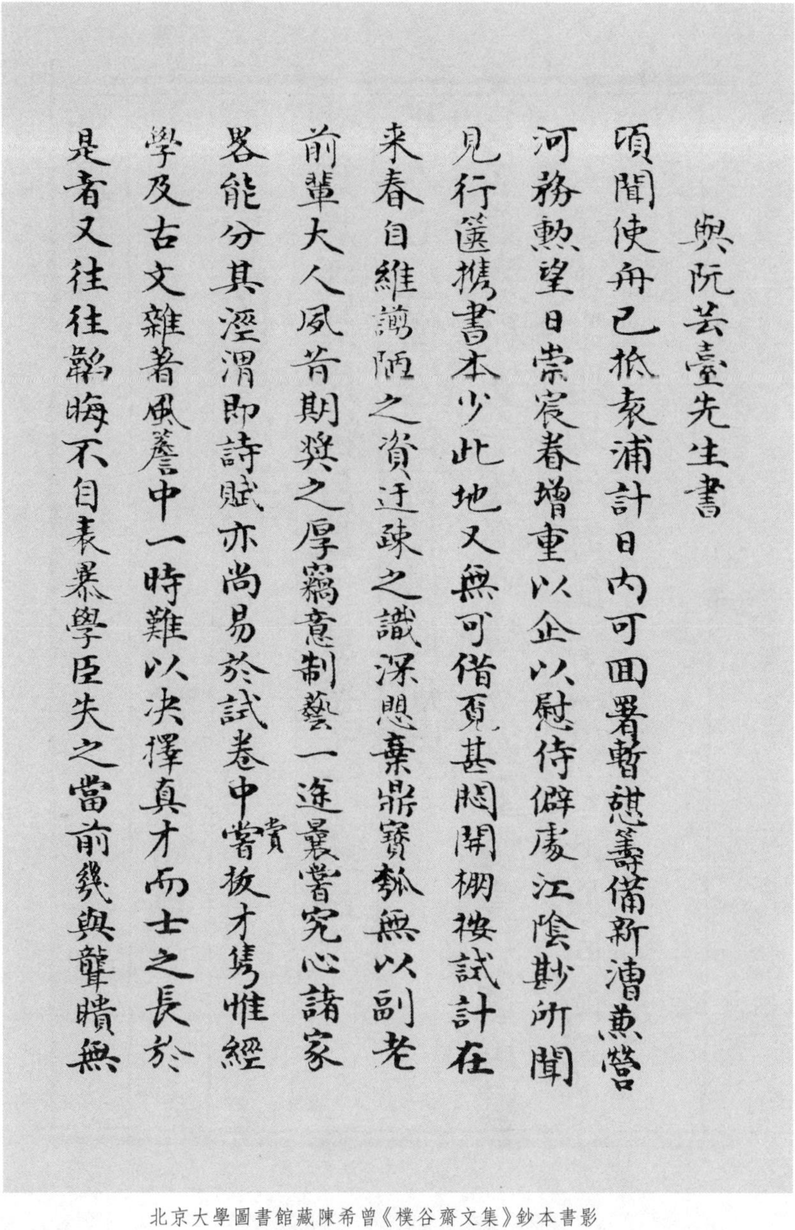

與阮芸臺先生書

頃聞使舟已抵袁浦計日内可回署暫憩籌備新漕兼營河務勳望日崇宸眷增重以企以慰侍僻處江陰尠所聞見行篋携書本少此地又無可借覓甚悶開棚竣試計在來春自維譾陋之資迂疎之識深懼棄鼎寶瓠無以副老前輩大人夙昔期獎之厚竊意制藝一途最嘗究心諸家略能分其涇渭即詩賦亦尚易於試卷中賞拔才雋惟經學及古文雜著風簷中一時難以決擇真才而士之長於是者又往往韜晦不自表暴學臣失之當前幾與聾瞶無

北京大學圖書館藏陳希曾《樸谷齋文集》鈔本書影

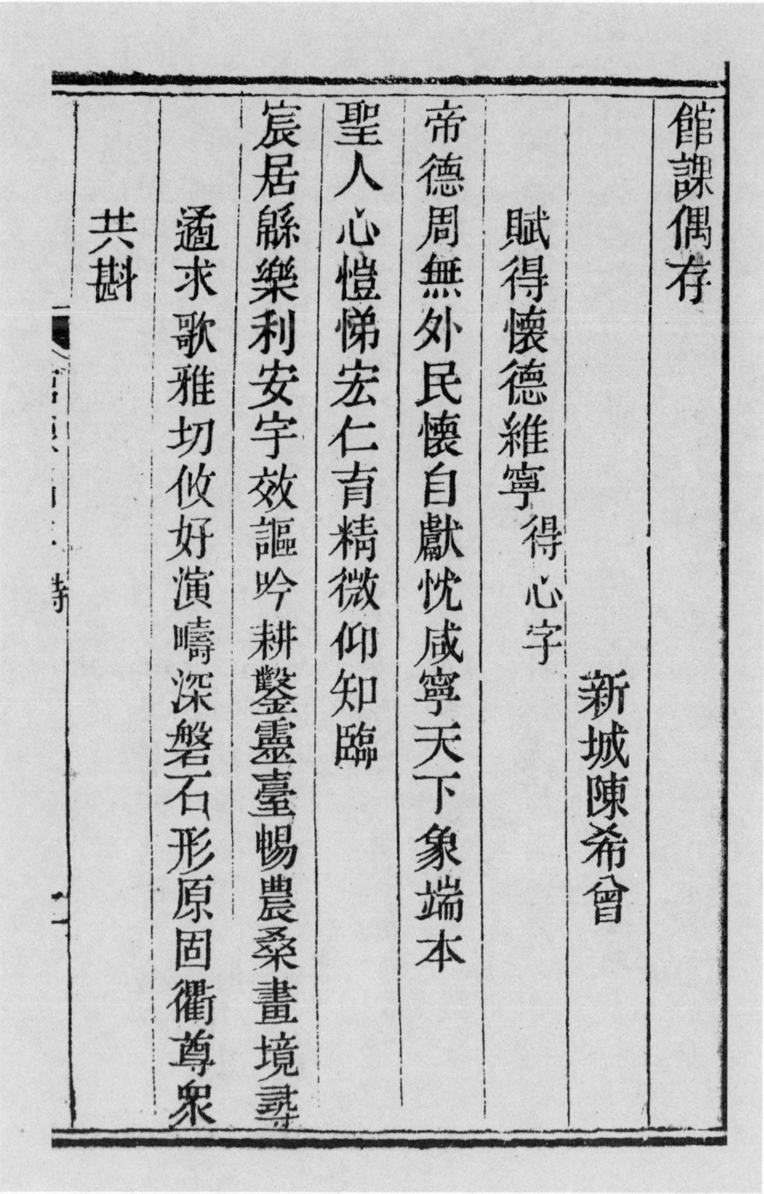

館課偶存

賦得懷德維寧得心字

新城陳希曾

帝德周無外民懷自獻忱咸寧天下象端本

聖人心愷悌宏仁育精微仰知臨

宸居緜樂利安宇效謳吟耕鑿壼臺暢農桑畫境尋

遹求歌雅切攸好演疇深磐石形原固衢尊衆

共斟

嘉慶間刻本陳希曾《館課偶存》書影

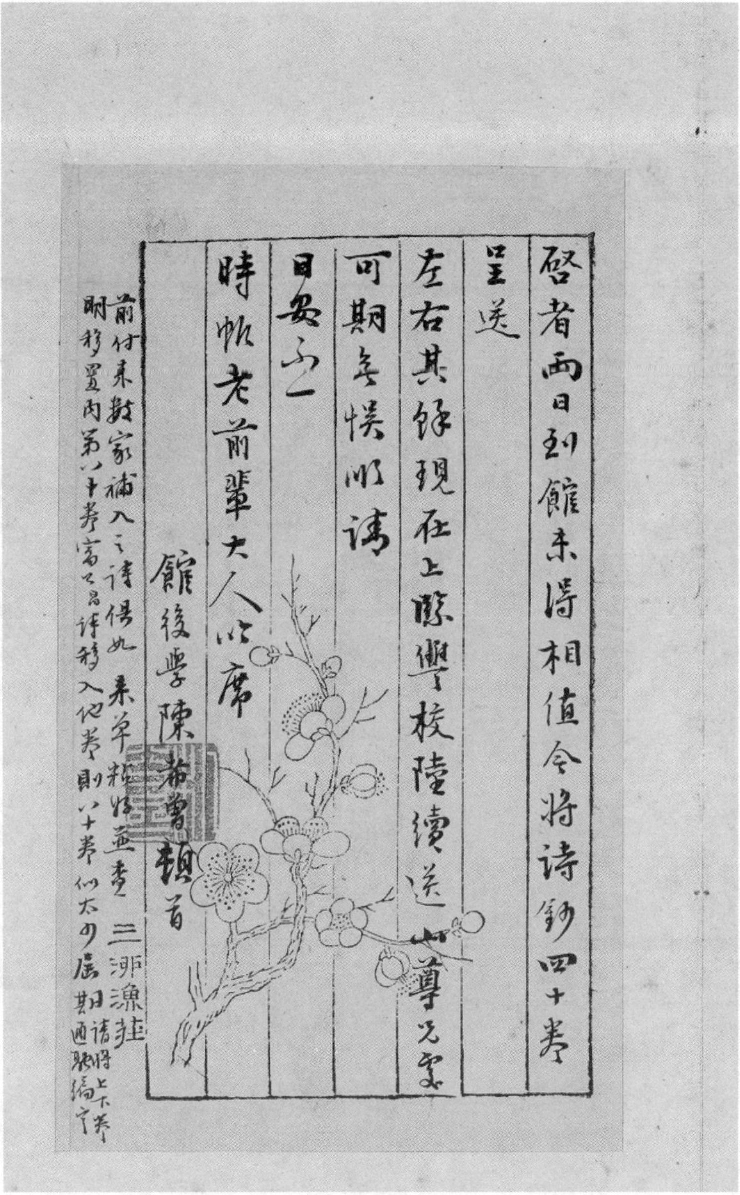
啓者兩日到館未得相值今將詩鈔四十卷
呈送
左右其餘現在上緊覆校陸續送山尊兄處
可期無悮順請
日安不一
時帆老前輩大人侍席
館後學陳希曾頓首
前付來數家補入之詩係如 禾草耕將並查 三浙漁莊
附移置內第八十卷當不另詳移入他卷則八十卷似太少應斟酌通融請將上下卷編定

北京故宫博物院藏陳希曾手跡

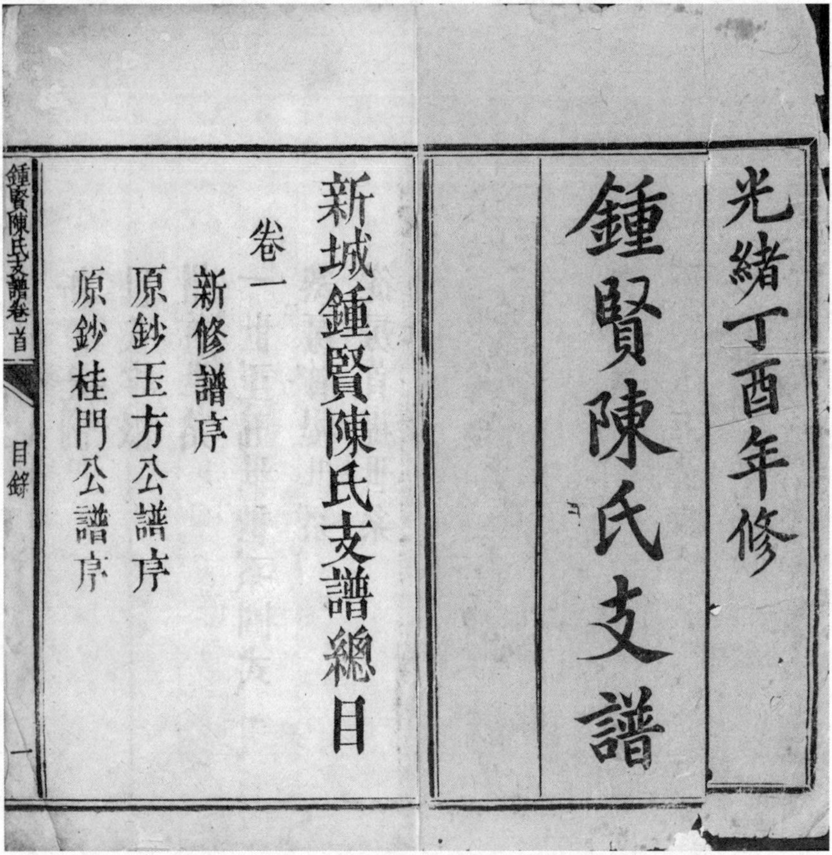
光緒丁酉年修

鍾賢陳氏支譜

新城鍾賢陳氏支譜總目

卷一

新修譜序

原鈔玉方公譜序

原鈔桂門公譜序

鍾賢陳氏支譜卷首 目録 一

光緒二十三年修《新城鍾賢陳氏支譜》牌記

前言

江西新城鍾賢陳氏，是清代著名的科舉家族。在科第、仕宦、著述等方面，勳名懋著，乾隆以降，人才輩出。藉聯姻同里魯氏、新建裘氏、臨川李氏、南豐譚氏及山西壽陽祁氏等家族，進一步鞏固擴大已有的文化優勢，成爲蜚聲海内的著姓。乾嘉間著名文人陳希曾，即鍾賢陳氏代表人物之一。

陳希曾，字集正、雪香，號鍾溪，江西建昌府新城縣（今黎川）人。乾隆三十一年（一七六六）四月二十三日生，嘉慶二十一年十二月二十四日（一八一七年二月九日）卒。乾隆五十四年舉於鄉，五十八年進士，由翰林院編修，仕至刑部侍郎。著有《樸谷齋文集》《館課偶存》等。事具陳用光《太乙舟文集》卷八《從兄子鍾溪侍郎墓志銘》文。

新城陳氏，遠祖孔明公，北宋時由江州義門遷居新城縣治。至十七世華夫公，元明之際居城内雲路巷，爲雲路啓賢陳氏一世祖。繼衍至十三世陳世爵，即陳道之父，由城内徙居西鄉之中田里，樂善好施，爲鍾賢陳氏始遷祖。第二世陳道，好宋儒之學，居中田時雖爲孤姓，能以信義折服鄉黨，乾隆十三年進士，門庭由是光大。此後祖孫叔侄相繼，科第聯翩，據不完全統計，乾隆至咸豐間，名登甲榜者七人，舉鄉薦者十六人。仕宦方面，亦紆朱曳紫，所至有聲。尤其陳觀、陳用光、陳希曾叔侄三人，皆以進士仕至侍郎，撫綏校文，敭歷中外，門生故舊遍天下。陳希曾次子陳孚恩，以拔貢授七品小京官，咸豐間歷任五部尚書，與參密勿。

科第宦業之餘，鍾賢陳氏亦以文學世其家。如第一世陳道《凝齋先生遺集》，第四世陳用光《太乙舟詩文集》，第五世陳蘭瑞《觀象居詩鈔》，陳希曾《樸谷齋文集》，陳希孟《遊杭小草》，陳德卿《静華館稿》；第六世陳延恩《罷讀樓彙刻贈言》，陳溥《陳廣旉先生遺書》，陳學受《陳懿叔集》等，書香世澤，一門風雅。陳吉冠、陳希祖、陳希曾、陳延恩、陳孚恩，直至近代陳灝一，法書均爲藝林所重。

陳希曾鄉試得解元，殿試一甲三名進士及第，是鍾賢陳氏科名最高者。他開敏好學，早年即顯露治事之才，嘗協助叔祖陳守詒、同里魯仕驥，經營義田義倉。又嘗勾稽質庫，按簿導款，衆咸慴服。年未弱冠，手輯《親親小譜》，敦宗睦族之情甚殷。《親親小譜》，又名《新城潁川陳氏支譜》，即光緒《新城鍾賢陳氏支譜》之藍本。二十二三歲時，與從叔陳用光、胞兄陳希祖，同受業於魯仕驥，爲人爲學，益有根柢。

陳希曾二十八歲以鼎甲通籍，此後迴翔詞館十數載，屢膺典試督學之役。其視學川晉蘇，校士以崇尚實學，育才而寬嚴相濟，督、撫評以『品行端方，辦事明敏』，士林翕服，仰爲宗師。山西學差歸，年逾不惑，爲貳卿於工、兵、刑三部，並修史衡文，讞獄閩浙，才幹得以發抒，敬慎所事，亦勇於任事。爲國史館副總裁時，鈔録《四庫》書目有明以來江西著述，欲輯爲《江西文統》，以推衍高祖陳道之先志。惜甫知天命而歿，未能竟其所學。

陳希曾存世個人著述不豐。陳用光《從兄子鍾溪侍郎墓志銘》文，同治《新城縣志》小傳，皆未言及著述。光緒《新城鍾賢陳氏支譜》世表，云其『著有《樸谷齋文集》行世』。王士桓《上陳子鶴大廷尉》詩，道光末年作，有『《樸谷齋文》初刻成』句。潘祖同《陳景謨制藝試帖序》文，言陳希曾『向有《樸谷齋稿》及《館課偶存》之刻，迄今文人學士，奉爲圭臬』。『樸谷』爲陳希曾齋名，陳用光《和集正教習庶吉士紀恩之作即送其典試江南》詩云：『汝顔齋額曰樸谷，此意去俗已兩塵。以樸捄巧謝雕飾，以谷納善芟荆榛。』可知其所尚矣。道光間，《樸谷齋文集》應已付梓，惜無緣目驗。

今所見《樸谷齋文集》，不分卷，北京大學圖書館藏鈔本，無格，半葉九行，行二十二字，小字雙行。扉頁手題：『《樸谷齋文集》，男晉恩敬録。』共録文二十六篇，無批註，間有硃、墨筆點改。按，陳希曾嘉慶二十一年辭世時，長子晉恩二十歲，次子孚恩十五歲，文集之迻録，應在陳希曾身後。開篇爲《吴雲亭公家傳書後》，書末復有《固始吴雲亭公家傳書後》，兩文措語多異，後者應爲定稿。文集未按文體編排，有一文兩見者，應即陳晉恩弱冠後裒集，非陳希曾生前手定。

陳希曾《館課偶存》，不分卷，録律賦二十六首，試帖詩一百二十二首，嘉慶間刻本。牌記題『《館課詩賦偶存》，玉堂清要之署』。目録前題記云：『芸館十年，遭逢堯舜。軺傳使星，滇黔蜀晉。習技蟲雕，匿瑕瑜潤。享帚自慚，識途差信。嘉慶九年十月初四日，山右督學使者陳希曾書。』陳希曾工詩賦，翰、詹考試皆居前列。他彙輯通籍以來館課詩賦，以識途老馬自比，也以敝帚自嘲。蓋自高祖陳道以來，家族成員的科舉優勢，此時已内化爲一種文化自信。

陳希曾《戊辰奏牘存鈔》，不分卷，北京大學圖書館藏稿本，無格，半葉九行，行二十字，間有墨筆塗改。已收入《北京大學圖書館館藏稿本叢書》，天津古籍出版社一九八七年影印出版。扉頁手題：『戊午上元，歸廔嘉館插架。盛鐸記。』知曾爲李盛鐸藏。卷首陳希曾手書《戊辰奏牘存鈔序》云：『謹按日排比，彙鈔奏稿於册，退食之餘，時加省覽，藉以參考成憲，練習朝章。』嘉慶十三年除夕撰。正文鈔録奏牘一百四十九篇，篇末有具奏或奉旨日期，起嘉慶十二年十二月十八日，訖嘉慶十三年十二月二十六日。此一載間，陳希曾官内閣學士、文穎館副總裁，工部、兵部侍郎，所鈔奏牘並非獨撰，迺與同僚公同酌擬者。陳希曾爲學講求實用，才具開展，不以文人自限，二子晉恩、孚恩，繼承了乃父治事之才。

整理本《陳希曾集》，正文包括《樸谷齋文集》《館課偶存》《戊辰奏牘存鈔》三種。其中，《樸谷齋文集》，北京大學圖書館藏陳晉恩鈔本，録文二十六篇。《館課偶存》，嘉慶間刻本，目録前有陳希曾題記一則，録律賦二十六首，試帖詩一百二十二首。《戊辰奏牘存鈔》，北京大學圖書館藏稿本，卷首陳希曾自序一篇，正文録奏牘一百四十九篇，整理者增擬題名，以便翻檢。正文殿以『陳希曾詩文補遺』，蒐輯佚詩五首，佚文六十二篇。整理本共録陳希曾詩一百二十七首，賦二十六首，文九十篇，所鈔奏牘一百四十九篇。

另輯附録五種，供同道採擇。附録一《遺跡題識》，即陳延恩輯《罷讀樓彙刻贈言》卷一，道光十八年來可閣刻本。陳希祖書法有大名，長子延恩掇拾乃父殘墨，倩師友題詠，表彰先德，兼抒身世之感。附録二《遊杭小草》，不分卷，陳希曾胞弟陳希孟撰，南京圖書館藏稿本。共録詩六十首，嘉慶十六年閏三月，侍母居杭養病所作。附録三傳記檔案方志，選輯清國史館、地方志、别集内傳記史料，並中國第一歷史檔案館相關奏摺，以期知人論世。附録四爲家譜序暨陳希曾世系，自光緒二十三年修《新城鍾賢陳氏支譜》内選録，彰顯家族文化傳承。附録五唱和追悼，以見身世交遊，依作者年齒爲序。全書補正文字，以（）區分；闕漏漶漫處，以□代替。

全書整理、付梓過程中，承陳行建先生賜示家藏光緒《新城鍾賢陳氏支譜》六卷，責編胡珍老師悉心校覈，秦明、周昕暉等同道施以援手，老友郭華春題籤，均此致感。本書也是黑龍江省古典文獻與文化傳承研究學術交流基地的研究成果。從遊劉旭展合作整理，字數均分。癸卯夏，雋超識。

目録

◎樸谷齋文集

樸谷齋文集

◎館課偶存

館課偶存

館課偶存

◎戊辰奏牘存鈔

戊辰奏牘存鈔

◎陳希曾詩文補遺

◎附録

附録三 傳記檔案方志

奏爲密陳山西學政陳希曾任滿考語事
成　寧……三七八
奏爲胞侄陳希曾簡放江蘇學政應否
迴避事　陳　觀……三七九
同治建昌府志……三七九
同治直隸綿州志……三八〇
同治新城縣志……三八一
光緒江西通志……三八三
光緒越嶲廳全志……三八四

附録四　新城鍾賢陳氏支譜（選録）

新修支譜序　陳國世……三八五
原抄譜序　陳希祖……三八六
原抄譜序　陳　英……三八七
新修支譜凡例……三八七
支譜世系選録……三八九

附録五　唱和追悼

陳生希孟字説　魯仕驥……四三九
學使陳雪香希曾任滿以書來約至綿見
訪久候不至乃知從水路回京未得
一送悵然久之　李調元……四三九
輓陳少司空鍾溪　秦　瀛……四四〇
九月六日荔裳方伯招陪吴雲樵魏愛
軒兩典試陳鍾溪學使先芝圃廉訪
董觀橋裴端齋觀察言皋雲宋梅生
積惠田太守亦園宴集即席分韻得
修字　趙秉淵……四四〇
題羅兩峰畫梅爲陳雪香學士賦　法式善
……四四〇
奉次陳鍾溪侍郎教習庶吉士紀恩
詩韻兼以感舊　法式善……四四一
答鍾溪論詩復題簡尾　法式善……四四一
約陳鍾溪侍郎赴白雲觀訪道藏

樸谷齋文集

樸谷齋文集

陳希曾撰　男晉恩敬録

吴雲亭公家傳書後

固始吴氏，爲中州望族，鑒菴宫詹前輩，與余交最篤，十餘年來，科第之淵源，道義之切劘，雖至戚無以踰之。宫詹常述其尊人觀察雲亭公，仕於秦粤，所去民思，而篤實恭謹，致力於本原之地。以是持躬，即以是訓子，積厚流光，其來有自。因念先大夫光禄公爲善於鄉，孜孜不怠，其德雖未大顯於時，而篤厚恭謹，所以持躬而訓子者，與觀察公如出一轍。兩家子弟，幸席前人之餘庇，藉得置身通顯，發名成業，其益思惇厚純慤，以綿先澤於勿替乎！宫詹出觀察公《家傳》見示，爰書數語以歸之。

順天鄉試録後序

嘉慶十五年庚午秋八月，順天鄉試届期，禮臣以考官請。時臣希曾扈蹕熱河，奉命回京充副考官，跪聆恩訓，感惕交深。既入闈，偕正考官臣劉權之，副考官臣朱理，率同考官十八人，殫心校閲，得士如額，擇其文尤雅者，恭呈睿鑒。臣例得颺言簡末。

臣敬惟皇上統儁君師，道兼教養，溥天率土，純純常常，環海内外，大文輝耀，懷才待試者，莫不以清真雅正爲宗。臣樂睹斯文之盛，遭逢久道化成之治，竊願因文見道，得通明端慤，高識博學者，庶以上副聖天子崇儒重道之至意焉。

夫爲文者，氣盛則言宜，而使氣傷格，其失也野；識定則理舉，而識淺矯深，其失也晦。局鍊則機整，而鍊局過嚴，其失也促；事引則詞贍，而引事寡當，其失也膚。值士尚繁縟，力相競炫，則芟浮辨僞，尤所急也。且文非第文而已，言爲心聲，可以覘他時之樹立。良以人品卓，而經濟乃可求；學問深，而性情乃得正。故國家得人，必由明俊以官人；而明俊以官人，又必由於因文以見道也。

左氏之核，龍門之潔，韓、蘇之渾灝，歐、曾之和平，各極所長。而行氣不傷格，精識以舉理，審局以定法，比事以達喻，宗經史以尊聖賢，合衆長如一手。多士之所爲者時文，時文之分於古文者其貌，而其神究何分耶！然非貫穿經史之旨，何以明道？非體會聖賢之意，何以傳道？此臣所以必以經史爲宗，而衡其合於聖賢之旨者而後録也。臣所望於多士者，不以其文以其道。多士之感奮鼓舞，以應皇上壽考作人之化者，亦必日新月異，争自濯磨。他日黼黻鴻猷，斟酌醲化，醰和顯懿，蹈德詠仁，此則臣與多士所願交相勖勉於無既者夫。

袁君能亨墓誌銘

嘉慶十有五年庚午，九月廿八日，門人鑲藍旗官學教習袁生汝相，衰絰踵門，涕泣而請曰：『汝相不幸倏遭先人大故，未親含斂，何以爲人，何以爲子！將匍匐歸里，經營窀穸。惟誌墓之文，以銘諸幽而信於後者，得先生寵以一言，感且不朽。』余不獲以不文辭，爰按狀而詮次之。

君名才達，字能亨，先世由楚入蜀，家敘州府之富順縣。父廷英公，母王太孺人，俱早逝，君年幼，已能追慕盡哀。又善事其祖世緯公，朝夕在視，以慰其思子之悲。世緯公年七十餘，慷慨好施與，賙人之急，卹人之孤，後進穎悟而貧者，資之脩脯以卒業。君之所以贊成之者，無事不親，無微不至。蓋性情和樂，而思慮深摯，其真意之所入，固如是也。

世緯公嘗抱病，有欺君之幼者，伐宅前木，占據田畝。君竊語里中父老曰：『若輩所欲得者此耳，吾不惜也。渠欲之，渠自有之，惱惱者何爲！』世緯公聞之喜，曰：『昔吾祖可第公居鄉有禮，合族以情薰德，而善良者至今猶歌咏之。吾孫復能忍讓識大體如是，袁氏爲有後矣。』世緯公捐館舍時，君年未二十，毀瘠盡誠，喪葬盡禮，守其教，推其志，以終其身。其施於家庭，達於鄉鄰，純純而懇懇者，蓋不能以縷述也。

君讀書不事章句，務爲有用之學者，於古人嘉言懿行，必身體而力行之。教子以存誠敦本，篤求先人忠厚之傳。晚年嗜酒，酒酣時，暢談耕讀事，餘無一言及者。諸孫繞膝嬉娛，暇時聽書聲琅琅以爲樂。或與田父野老行阡陌間，較晴課雨，怡然自得，其殆全於天，而不參以人者歟！

君之次子汝相，以選拔貢生出余門下，比居京師，時相過從，其純純懇懇，信能以君之心爲心者。汝相方徵詩京師，以爲公壽，而凶問忽至，宜其椎心泣血，飲恨終天，余又何能出一言，以慰汝相乎！

君生於乾隆丁卯八月初三日，歿於今年六月十八日，得年六十有四。元配朱孺人，勤儉慈順，卒於乾隆戊申年五月□日，今將合葬於宅後。繼配陳孺人、張孺人，陳亦先卒。朱孺人生六子，孫十五人。銘曰：

道德光，體魄藏。善有後，世必昌。子子孫孫，視此銘章。

王簣山同年詩序

有詩人之詩，有學人之詩。鏤金錯采，搜奇抉新，導引乎情，以依附乎理，此詩人之詩也。定識觀象，詧體敷言，有餘於情，而自無不足於理，此學人之詩也。詩人之詩，必極工而後可傳；學人之詩，不求工而自有可傳者在。內外本末之間，惟深於詩教者，能自知之。余嘗以此論質之同年王君簣山，深以爲然。既而讀簣山之詩，所以定識而詧體者，象得其象，言得其言，不求工於格律之常，而超然獨會於筆墨之外。循是而益進焉，庶幾遠邁於詩人之詩乎！簣山伉爽而優於才，官吏部，克稱其職。退直餘閑，謳吟不輟，而未嘗輕以示人。余初得其《車中吟》百餘首，分析物類，描摹態狀，以爲此固詩人之詩也。其後論詩益契，讀其全編，始知簣山之詩之學，而向之以詩人許簣山者，其視簣山爲已淺也。

簣山以京察優異，奉命出守廣信。精鋭之思，盤礡之氣，與吾鄉山川相爲映發。政成而詩日進，固簣山之志，而余可因其已精之詣，以決其必造之境也。於其行，爰復申説詩之旨，即書以弁其集首焉。

黄母楊孺人墓誌銘

孺人姓楊氏，山西平定州楊君春深之女，而黄君□□之配也。黄君先娶於張，生二子琳、瑜，孺人來歸時，琳甫八歲，瑜六歲。孺人朝夕撫育，等於所生，稍長，督之學不怠。事舅能盡其禮，一飲一食，必躬親之，常以不及事姑爲恨。女兄張，老而嫠，迎歸致養，曰：『吾不及事吾姑，善視女兄，如事吾姑耳。』教其子璟，繩以禮法。璟少體羸多病，孺人不甚督責，而勖以近正人，知大義，璟亦善承母志，績學以成名。孺人事母孝，諸子進甘旨，每曰：『母未嘗，我不敢先。』遣人饋母，佇望問安否。生平無疾言遽色，宗族姻黨之窮而無依者，收卹賙濟，不遺餘力。故其殁也，村媪鄰婦，奔走會哭。嗚呼，觀孺人之以德感人如是，則其施之門内者可知矣。

孺人生於乾隆十四年正月二十一日，卒於嘉慶十五年八月二十一日，得年六十有一。子三：琳，太學生；瑜，州庠生，先卒；璟，嘉慶丁卯科舉人。女三，孫男四，孫女一，曾孫男一。璟爲余視學時所取士，事余維謹。今將葬孺人於小峪之先塋，郵書京師乞誌墓，迺詮次其事如右，系以銘曰：

婦德之柔，母教之修。彰徽式範，以銘其幽。

贈府知事鄧君墓誌銘

贈府知事鄧君既没之十年，其孤秉鈞、秉銓卜葬有日，以余交君久，知君生平爲詳，乞文以誌其墓，余不獲辭。

君諱有基，字曰良，一字勿齋，世爲江西新城人。曾祖霞，祖科，父芝蘭，皆太學生。母黄氏。君自少英敏異常兒，以第一人入泮，而不屑爲章句學。尤習知吏事，於朝廷格律禁令，皆能援據今古，精其意以施於用。諸貴人聞其名，争延致之，於浙於晉，於燕於蜀，所主者倚君如左右手。君亦樂爲之盡，遇事斷斷不少假借，抉弊孔，破疑竇，條分件系，目見登心，如繩之貫，如火之然。同人積不相下，往往私語詆諆，君恬不爲怪，持之益力，而人卒以此服君。

嘉慶戊午，余視學四川，值君先期入蜀，留幕中二年，寢興與共，飲食與偕。余瘁於試事，而君之所以佐余者，不怠益虔。時教匪未靖，大帥方羅致謀士，以備任使。余謂以君之才，可以膺選，君亦慷慨自喜，思乘時取功名，以爲世用。因援例得按察司照磨職，投效軍營，總督勒保知君才，令隨經略額勒登保麾下。尋經略赴陝，君留保寧軍需局，鈎稽出入，胥吏不能爲奸。會有解餉達州之役，君冒雪行山中，抵達州而疾作，醫者投以峻劇劑，遂不起。君友署州事南豐李霖哭之慟，爲經紀其喪以歸。後二年賊平，總督録軍營之死事而未邀甄敘者二十二人，詔贈君爲府知事。嗚呼，可哀也已！

君生於乾隆癸酉十月十二日，卒於嘉慶辛酉正月初二日，得年四十有九。君既卒，秉鈞事母許孺人於家，補邑庠生，勤於學問。秉銓隨余遊京師數年，以儒爲賈，今將試吏矣。余兄弟交君久，每見君目睫開合，上視凝注，知君之心計有過人者。而動中規矩，不爲鑱刻深詭之行，藉以剖幽疏窒，莫逆於心，蓋蹤跡不歧，精神不隔者，幾二十年。今執筆而銘君墓，泫然不知涕之何從也！銘曰：

其志躋於九天，其形墜於九淵。有才如是，而嗇於年。噫！

江西義寧等七州縣借給籽種工本恭謝摺子

欽惟我皇上治隆軒礐，統紹勳華。宵旰求寧，心孚而占元吉；垓埏嚮化，民説而道大光。比者歲兆壬林，枝符申錫。飛霙告瑞，顯示象以綏豐；德水安流，佇合龍而利濟。渥承天貺，式慰宸懷，九重渙布夫綵綸，百職晉加其階級。騰歡輦轂，臚頌簪裾，猶復念軫閭閻，澤覃陬澨。廑歲功於井里，溥春愷於豫章。

溯昨秋偶歉西成，已許徵輸之緩；眷今玆將勤東作，更邀賚予之優。惠不遺於偏隅，恩咸周乎七境。發官倉之籽粒，顆顆秧鍼；貸農器於櫌鋤，家家楮幣。艱難稼穡，深宮知小民之依；遐邇梯航，寰宇拜大君之賜。

臣等迎詔楓陛，問歲枌鄉。憶羹魚飯稻之區，素稱沃土；遍繡陌綺塍之地，新沐醲膏。甘雨和風，捧尺一書而欣逢嘉會；崇墉比櫛，合十三郡而預慶康年。所有臣等感忭微忱，謹合詞繕摺，叩謝天恩，伏乞皇上睿鑒。謹奏。

誥封中憲大夫户部江南司郎中加一級歐陽公墓誌銘

誥封中憲大夫，廬陵歐陽靖園公之卒也，其鄉之士大夫，其家之群從子姓，以逮親鄰姻婭，莫不欷歔太息，曰：『善人亡矣。』蓋公生平足不出里閈，而宅衷以仁，制事以義。凡心所欲爲，而力所能盡者，必求其心之安，而不計其力之瘁。其善氣之薰蒸，善念之充拓，無問識與不識，皆歡欣饜飫，樂取公之一言一行，以爲世勸。誠有不科第而榮，不仕宦而顯者，宜其生有令名，而殁有餘慕也。

邑學宫湫隘未善，衆議移建東門，公承其先志，不惜重貲爲倡首。族祠門宇燬於火，鳩工庀材，獨任其事。他如茗粥以惠行旅，絲纊以温單寒，甃理橋道，思以利人；葺修寺觀，非以祈福。爲里黨中排難解紛亂，剖析是非，不阿不激。或有不韙之行者，僉相戒曰：『勿令歐陽公知也。』非公之自信有素，能如是之感人速而化人深乎！

公之子衡，官户部郎中十年，禀公之教，慎行勤職，近文人，取端友，同僚皆推許之。公謂數載郎官，或粗知政事，而民間疾苦，未嘗一親耳目，又安知良有司之難！因命援例待銓知府，户部君謹厚而達於事，他日膺方面之任，必能有所樹立，以繼公之志，而惜公之不及見矣。

公諱某，字某，世居安平鄉鈞源，爲宋文忠二十六世孫。曾祖某，祖某，父某，母劉恭人。元配張，繼配李，皆封恭人。李恭人生子二，長即衡，次超。孫飴慶、元慶。公生于乾隆十六年十一月十八日，卒於嘉慶十六年九月十二日。訃至京師，户部君將奔喪歸葬，先期衰絰踵門，乞文以銘諸幽。余與户部君交善，不獲辭，爰綴文而系以銘曰：

善人之居，藹藹其閭。善人之墓，蔥蔥其樹。其善之揚，其後之昌。紀諸惇史，施諸孫子。

誥封一品太夫人萬太年伯母余太夫人八十壽序

奉起居八座之御，親效潘扶；披股肱半臂之衣，戲同萊舞。瑶池日暖，玉闕天鄰。召漢史而占星，五百里則有賢人共聚；進商箕而演範，九五福以攸好德爲徵。蓋萬者數之盈，洵德門之必大；況八者陰之少，占福履之方滋矣。

恭維誥封一品太夫人，萬太年伯母余太夫人，豫章望族，端禮名家。鶴嶺鸞岡，舊是神仙之窟；雀屏鳳管，早脩笄總之儀。時則逸少牀横，丈人峰近。冰清玉潤，未坦腹而遽得津梁；璧合珠聯，方繫足而先傳衣鉢。逮相莊於鴻案，遂對挽乎鹿車。洗手而作羹湯，便諳食性；齊眉而操井臼，自樂隱居。於是曲奏姑慈，名成夫學。有齋季女，肅蘋藻於宗宫；正位家人，主酒漿於中饋。霜筐月杵，嘗羅臺鏡之前；火布泉錢，不入橐砧之慮。所以封翁秋山先生，琴彈流水，屋結小園。著等身之書，毫無俗事；坐容膝之室，饒有仙心。息鵬翼以未翔，養鳳毛而待翥。蒲編授業，共荻筆以勖勤；弓袋傳方，儷紡磚而積課。夜下宣文之帳，草化螢燈；春生通德之鄉，花開兔穎。

賢嗣少司馬，蜚聲杏苑，翔譽木天，退直而常奉春萱，在公則恒貽冬笋。就蘭陔而馨膳，捧得宫壺；秉蓮炬以承歡，攜將御燭。光承晉日，秩躐卿雲。分玉尺於霜娥，蟾宫遍到；乞金針於仙母，鴛譜親傳。

當其陟鍾山，登天柱，南尋銅鼓，東歷金輿。太夫人就養絳帷，甘眠縹被。文昌宿動，輝連婺女之垣；太史河長，派衍崑崙之脈。斯時也，春花競發，少女風噓；秋桂生香，老人星見。門盈桃李，齊稱介壽之觴；籠貯參苓，常進延齡之餌。而且銜題鵲印，略展龍韜，典午班崇，惟寅秩貴。群空冀北，得士何啻三千；第列城南，去天無過尺五。太夫人周旋内外，幾歷卅年；貫徹初終，迄無二致。榮推萬石，猶垂思善之箴；禄致千鍾，彌切教忠之訓。

況乃琪珪玘瓘，宛宛齊眉；瑜珥瑶環，盈盈繞膝。倚馬試萬言之策，句選雲樓；展驥騁千里之能，望隆油軾。半子則一門並貴，諸孫則七業皆通，歲每添丁，孫又生子。王母含飴而弄，大婦執餕而前，閨闈肅若朝廷，姻婭師爲模範。歷觀青史，載述彤徽，誠從古所希聞，極人間之備福矣。

方今聖天子孝治天下，澤沛寰中。少司馬以侍從之臣，預顧問之選。緯珠鈐於武庫，寵亞龍驤；錫玉杖於天家，形符鳩祝。積兩朝之誥命，與牙籤萬軸以連楹；集三世之簪纓，環副笄六珈而獻斝。太夫人鸞輿而出，象服以臨，維乘槎泛斗之時，本設帨懸門之日。

兹則桃符始換，荔粉初遺。頌製椒花，尊浮竹葉。啓人日之醞，樓可望仙；放元夕之燈，錢能買夜。人來夏屋，開讌而徑闢三三；客上春臺，數圖而寒消九九。膠牙餳熱，棽尾香濃。是蓋少司馬抒愛日之心，序宜首祚；而太夫人聽鈞天之奏，喜到眉梢。

某等契屬蘭盟，分聯梓誼。接芳鄰於戟第，同觀俎豆之容；叨末座於笏牀，雅識珩璜之節。願憇恒春之樹，永護慈陰；如遊不夜之城，長依化日。是爲序。

聖駕南苑大閱禮成恭紀聖武定功詩 謹序

臣聞軒后握奇蛇，鳥威傳八陣；唐侯運策龜，龍瑞應五星。鐫獵碣於岐陽，馬騆車好；置轅門於魯圃，蘭艾旃纏。靡不講武有方，蒐材是尚。

欽惟我皇上圖膺赤甲，籙受蒼牙。挺雲日之睿姿，叶電虹之奥祉。絢雌裳而紹祚，舜榦堯枝；握麟璽而覲光，軒勳謩績。面稽祇遹，青蒼彌凜寅承；心切誠求，黎赤益徵子惠。以仁以智，躋臺握鏡之心；克儉克勤，浣帶求衣之詔。是以文光八表，武震三靈。德威播乎垓埏，聲教揚乎南朔。紹十全之駿業，萬國共球；大一統之鴻模，兩階干羽。而且掃妖氛於三省，消蜃氣於重洋。蟻陣蝸封，玉壘靖欃搶之氣；鯊潯鰟渚，丹珊潛鯨鱷之波。

方今六寓奠盂，十洲澄鏡。翔鶼泳鰈，識海水而來王；貢象槖駝，驗東風而受吏。槐市則球陽入學，胄子承筐；桂山則交趾受封，名藩頒册。露牛紈犬，紫光陳王會之圖；霜鶻晨梟，青序拜帝臺之宴。久已息烽遠徼，卧鼓邊亭。况乎玉燭時調，金甕屢卜。瓊霙密洒，屢呈元日之祥；珠雨優霑，佇應三壇之禱。繩河如鏡，獻綠字於黃龍；繡甸似鱗，貢休珍於白雉。是以狼煙永靖，六軍皆脱劍而放牛；厖幌無驚，四埜盡賣刀而佩犢。猶復履亨持滿，保大定功。春蒐時莅於香山，緬建碉之遺烈；秋獮歲經夫熱水，隆致貉之宏規。詐馬開筵，飫燕私於藩部；嬉冰垂賚，驗凫藻於戎行。柳苑行春，跨金鞍而殪虎；瑣門校射，控玉勒而懸熊。凡兹展義而宣風，無非詰戎而繩武。蓋我朝自闔門衍慶，横甸垂基。甲奮十三，緑水之貔貅倍肅；兵摧卌萬，白山之組練猶新。戎衣定於甲朝，猶勤翠罕；袀服遵夫申命，益聳黃宸。仰見重熙累洽之朝，彌切蒐武除戎之念。

皇上規萬年之長策，宣六伐之重光。仰考彝章，式頒明詔。命以季春之月，舉行大閲之規。詔容成以練時，屬泰豆以肄駕。赤螭白虎，聯風轡以翔雲；翠鳳蒼龍，夾天旗而捧日。山聲動地，飛翠東來；鑾迴梯霄，凌丹上出。龍岡氣鬱，寶城之芝柱千莖；鶴觀神遊，璆徑之松雲五色。石壇蓱薦，映福艸以葶荂；琱机蘭浮，匝香街而布罨。緹帷夙舉，黼幄晨移，遵湯嶺以頒春，莅盤山而荐賞。葩瑤谷轉，岩花落上巳之風；翠畢川渟，澗穎宿清明之雨。節鑾鈴於月版，綿羽相和；飛鶴鞚於烟臯，纖羅不動。風行地上，偃甫草於周阹；天近城南，肅冰夷於咫尺。鈎陳肅穆，赬霞絢霽於銅街；羽衛紛羅，紫露譪氛於綺甸。卅六營周屯勁旅，廿四鎮分侍名藩。玉斧遥臨，旂展緑楊之色；珠鈴夙禀，陣嫺黄石之章。

於是司馬戒徒，虞人偫具。紅門峨敞，擁宸居於飛鳳樓前；黄纛高懸，開帳殿於晾鷹臺上。置和門以樹表，列畫角而宣笳。旂旐旟旗，晁羽曳長虹之采；藍黄紅白，魚須揚明月之竿。夔鼓天驚，鯨金地奮。設木杈而拒馬，排火器以如牛。鎗九子而連環，勢分鵝鸛；礮十成而轉旝，陣列鴛鴦。合以龍文雜羽，陋《小戎》之伐；戴如鸞鳥朱英，環《魯頌》之縢。增藍淀之精兵，吐火衝煙之具；加雲梯之鋭卒，舞鞭躍馬之材。右驂左驂，詠馬同於洛邑；吴騶冀駿，屯汗赭於華林。燦八陣之風雲，三層結隊；錯五花以荼火，兩面周環。舒翼張箕，天淵增其壯麗；羅星布綺，山谷爲之峥嶸。

天子擐闕犖之鮫函，御金山之猊胄。乘黄親閱，隨劍佩以鸞瑲；秉旆周巡，驅藺騮而晁引。唐弓夏箭，平臯之鴉鸛無聲；琿琫玉瑶，廣野之熊羆倍奮。八紘囊括，高臨九仞之臺；五緯芒分，總攬萬全之陣。龍團新試，千官拜瓊液之恩；鳳角齊調，萬騎仰珠韜之肅。鳴地中之鼙鼓，下天上之將軍。赤旟拂而象燧偕來，朱旄揮而狼機迸發。崑岡裂石，馳霹靂於九門；暘谷流金，擎珊瑚於五海。車煌煌而吐燄，龍燭鍾山；珠串串以輸芒，蚌輝貝闕。星枝琪樹，丹烏飛周武之牙；雉炬雞林，朱火耀殷湯之旆。

既而八門洞闢，鹿角中分；五盾紛馳，魚鱗旋舞。參旗井鉞，爞爾以横奔；雷斧狼弧，截然而自障。

錯犀渠與虎孑，紛一隊之靈鼉；夾羌步與吴魁，翩數行之翔鶴。徒趨鼓駴，擊鼙齒以彎弓；枹奮金收，陋虒彌之持戟。又復鷹揚對陣，虎奮交衡，神珠與礮磹交芒，金汁共蛟龍疾焱。赤松吐談，光疑不夜之城；列缺施鞭，威震無雷之國。摩六丁之壁壘，驤騰則山岳殷闐；鳴兩部之金鐃，鼓吹則律同協應。皆由神謨泉默，聖策風行，廟算萬全，英姿四照。運龍韜於掌握，功參巢燧羲農；播豹略於戎行，光照鳥蛇龍虎。而且宏猷廣運，方略周知。乘農隙而肄操防，今殊於古；際冬寒而深體䘏，狩易爲蒐。

憶昔宸翰頒箴，早洗心而固本；今兹元正布闓，更計口以增糧。飛鵰羽而演神威，夙昭赫濯；轃鵷班而勤引對，特戒疎慵。甲部馳驅，盡沐仁而浸義；羽林環衛，争後舞而前歌。所繇克奏膚功，欣符盛烈。麟遊鳳舞，春滋飛放泊中；虎隊龍標，威徹仁虞院裏。睹赳桓之形勝，喜動天顔；頒賞賚以頻仍，欣沾帝澤。第見金曦駐景，翠罡翹風，六幕歡騰，一人慶洽。奏《韶》音而肅駕，釋戎服以還宫。軍制偕麗日俱明，睿情與璇靈交鬯。枹鼓不驚於班馬，春田濟美乎騶虞。敷經國之宏猷，遥羡營歸細柳；詠足兵之盛軌，争思賦獻《長楊》。

臣筆珥講筵，光親戎幄。瞻雲就日，慶遭遇於熙朝；文德武功，軼勳華於曠代。龐鴻已著，而益冀敉寧；害馬全祛，而猶勤慎撫。欽有勇知方之訓，泰宇咸熙；緬思艱圖易之心，乾樞獨運。高深莫補，徒傾葵藿以攄忱；巍蕩難名，敬擬《柏梁》而第頌。其辭曰：

聖主如天臨萬方，握符闡珍景運昌。靈山瑞衍長白長，仁厚開基聖謨洋，英謀睿算輝穹蒼。我皇繼序思不忘，文思濬哲追虞唐，武威震疊邁夏商。敷九有澤神州望，陬澨深賚通梯航。川嶽懷柔固金湯，宅中國大寰宇康。其左滄海右太行，漸被暨訖覃遐荒，瀛壖島嶼波不揚。五星珠璧聯東房，壬林瑕錫申無疆。高體乾健行自彊，時幾静敕夜未央。經文緯武開珠囊，中外相維制精詳。羽衛承輦驍騎驤，緑營分駐綏邊防。垂衣揮軫臣戎羌，英賢統馭諸藩王。巴蜀小醜曾跳梁，天戈遠奮除欃槍。海東蜑户仍披猖，壯士洗甲傃銀潢。淳風遠移南越裳，湛恩高酌北斗漿。鏡清砥平歸耕桑，百餘年來率典常。金甌玉鼎屏翰張，安益求安帝靡遑。津門千里雲水鄉，東巡析木恬池湟。軒轅訪道曾臨襄，爲民祈福登清涼，一遊一豫聯銜瓖。維十七載三月良，詔於南苑陳戎裝，十有一舉溯先皇。六軍聞命争頡頏，仰山預習傳牙璋。渥叨天貺增銀糧，士氣賁育勇莫當。紫微奎耀沖角亢，蓬瀛仙侶裁琳瑯。講筵宣鐸金鑒芳，詞林品藻玉尺量。遷秩賜綺大有慶，承平雅頌諧笙簧。韶光百五春露瀼，陵寢懷念聖孝彰，六飛遥從東輔翔。親舉玉趾升馨香，靈爽式憑歆烝嘗。旋輿盤嶠瞻彷徨，清畎仁風察農祥。紅舒杏蕊青抽菖，緑雲扶耒田疇忙。蹕路歡迎八鸞鏘，因時灑潤温綸霶。龍斿迴指城南廂，鷹臺聳峙超苑墻。御幄高設淩戴匡，鐃吹前引雙鳳凰，離離鎧仗森鋒鋩。落花芝蓋隨飛颺，甲胄躬擐天容莊。閱武親鞚安俊黄，八旗環拱分正鑲。萬八千人翼兩傍，期門佽飛駿驌驦。陣雲高捲馬有䭵，角鳴礮發聲磅硠。鉦人伐鼓同鏜鏜，吹毛寶劍爲干將，擊刺周環武夫僙。戈矛閃日寒秋霜，藤兵矯捷跳虎狼，湧地如潑百鍊鋼。馬步縱横交斧斨，精鋭直摧大敵場。五陵豪選六郡郎，三十六營都昂藏。鳴金斂隊鏗寶璫，靈臺偃伯飛廉搶，華林馬射徒劻勷。天褒錫賞烹羔羊，投醪惠溥恩波汪，皇威遐鬯捎星芒。澤宮習射連雲鶬，春風廣被娛徜徉，鑾迴扈從群臣蹡。綏萬咸歌豐年穰，虞箴禹跡區茫茫，勤修勁旅雄保障。香山木蘭詰戎相，繩武韜略占乾剛，申明紀律整暇蹌。千乘萬騎軍實趲，爰資安内兼外攘，止戈事豈稱戈妨！戒休董威祛莠稂，頒簡明語聖訓坊，春蒐綺苑飄綠楊。笳鼓清韻溢縑緗，耿光大烈輝天閶。嗣統述聖瞻雲章，賅括全史提其綱，兵刑施教無胥戕。明良一德鳴玉瑲，衣冠隆化流膠庠，河復故道天佑臧。吟四十韻攄榮光，蒐實簡俊聖武歟。定功武德欽當陽，坐以治之開明堂。

孫敏齋像贊

厦萬間，田千畝。績行純，貽澤厚。偉哉鬚眉，克全所受。我不負人，人誰我負！維公斯言，可垂永久。冠山如砥，甘泉如酒。式穀孫子，千載不朽！

山西平定州孫君裕墓表

君姓孫氏，諱裕，字子餘，一字敏齋，山西平定州人。以太學生，例授州同職，誥封奉直大夫。生平謹厚願愨，好讀書，而勇於爲善。常訓其子植忠等曰：『吾非好施與，特義不容辭之事，有觸即發耳。且古人謂賢者損其志，不肖者益其過，果何謂也？』又曰：『吾不負人，人誰負我！』嗚呼，如君之言顧行，行顧言，可謂慥慥之君子矣。

少時贈公患目疾，君禱於神，願以身代，疾旋愈。母白宜人樂施濟，君承志而措置之。從叔憲用夫婦客遊奉天，不通問者四十年，君間關訪之，攜其弱子歸，擇所業，俾克成立。妹適劉，早逝，遺幼子，君爲衣食誨育，儕於所生。其從姊妹，及族屬中表婦之嫠居者數人，皆貧無以自存。君贍其孤寡，謀其繼嗣，且各計薪米之費，月給之，垂三十年如一日。州有冠山崇古書院及義學，倡首鼎新之，置義學束脩田數十畝，合族祭田三十畝，塋田四畝。鑿山頭、河下兩村井，以潤喝者；平冠山、鵲山石道，以便行者；架桃河、五渡浮橋，以利涉者。工之未成，矻矻有遠慮焉；工之既竣，休休無德色焉。蓋聞善則勸，見義必爲，其施於一家，以推及於一州者，未易僂指計也。

余惟《周禮·大司徒》以鄉三物教萬民，六行之孝友睦婣任卹，先於六藝。自鄉大夫以逮族黨比閭，考之以勸其始，書之以勉其繼，賓興之彦，大率由此。反是，則大司寇以八刑糾之。後世此法不修，素封之家，往往專利自私，權子母，縱嗜欲，只於爲己，任其戚里操壺瓢，爲溝中瘠而不卹。即有一二爲善者，或鶩於其名，或怠於其後，意之不屬，而强以相附，宜其德之不光，而施之不溥也。聞君之風，可以奮然興矣。

君之四子植敬，幼時嬉於途，奔車傷其股，甚創，市人譁然，止客車不得行，客悚惕失措。君自外至，急揮之去，曰：『若非吾仇，適不及避，命也，何止焉！』客頓首謝，徑去，植敬卒無恙。倉猝之間，而獨見其大，非讀書有識者，能如是乎！余昔視學山右，知君生平甚悉，植忠又出余門下，君所修冠山崇古書院，余曾爲文以記之。

君卒於嘉慶十六年二月二日，得年五十有八。配劉宜人，先君卒，妾陳氏。子五人：植忠，庚午科舉人；植孝、植誠、植敬、植信。女三人，孫及孫女各三人。植忠不遠千里，踵門乞文，因舉君之施於一家，以推及一鄉者，書於大端，而上溯《周禮·大司徒》之教所以風世而勵俗者，俾植忠列於外碑。既以慰植忠之志，且使過君之墓者，讀余文而知所矜式云。

四川營山縣志序

門人于君鼎培，以所作《營山賦》就正於余，灑灑數千言，首尾完備。余問曰：『是賦之作，其義何居？』對曰：『蜀中素稱繁庶，饒秔稻鹵鹽之利，居民日用瑣屑，取給甚便，不肯輕去其鄉。敝邑之俗，秀者敦詩書，重門閥，餘亦力耕自養，無鬪很凌暴之風。十年前教匪蜂起，川東北蹂躪殆遍，敝邑屢攖其厄，竄避逃亡，不可籍記，先生軺車莅止，實親見之。賴聖天子之威靈，師武臣力，以次殲殄，比者休養生息，民氣得甦。鼎培之爲是賦，匪云藻繪山川，鋪張人物，與文士爭翰墨之勝也，蓋以紀恩施之浩蕩，詳風土之脉絡。俾居是鄉者，上戴皇仁，下宜土俗，庶幾樸茂純實之氣，相維相繫，永永無極。』余應之曰：『是古者太史之所陳，而輶軒之所必采也。《語》曰：「賢者識大，不賢者識小。」識即志也。志其山川，而沿革之異宜，平險之異用，盡地利矣；志其人物，而剛柔燥濕，遠近情僞，通治理矣。由子之詞，以繹子之志，識大識小，營山之《賦》，即營山之志也。』

時鼎培之兄立堃、德培兩君在坐，合詞請曰：『敝邑蔣侯，奉上官檄，續修《縣志》。鼎培此《賦》，先生既以爲可采，將以寄質蔣侯。立堃兄弟數人，皆出先生門下，敝邑學者，亦思慕先生弗置。今志書告成，敢乞先生一言，固敝邑士大夫之願，亦蔣侯所樂聞也。』余謂蔣侯之成是書，殷殷於盡地利以通治理，其指歸必與鼎培所賦無殊。余雖未見其書，而即鼎培作賦之旨，以質諸蔣侯。俾後之讀志者，憬然於戴皇仁而宜土俗，將見樸茂純實之氣，始於鄉閭，達於邦國。蔣侯纂述之功，爲不小矣。三君皆曰善。因備記問答之詞，即以弁諸志書之首。

【校】同治《營山縣志》卷首載此序，尾署：『時嘉慶壬申秋分日，江右陳希曾撰。』

劉松嵐先生鹺城集序

河東上郡，三輔股肱；冀北雄邦，九州領脊。條山聳翠，擘華嶽以西來；涑水流黄，接星源而南戒。將名飛雪，靈慶寶應之池；樓號歌薰，解愠阜財之世。緬斯地也，大有人焉。卯金著姓，譜接堯宗；乙火騰輝，書窺天禄。彦和執器，望特重於雕龍；公幹升堂，名還齊於繡虎。始以詞壇佳士，藉甚青州；繼而循吏長材，喧傳赤縣。掉扁舟於禹穴，馳匹馬於醫閭。餐嶺南之煙水，不少春遊；眠塞北之風雲，詎無秋興！然而少能正字，老更耽吟。三門石畔，中流砥柱屹如；五姓湖邊，一路福星至矣。汾雨霍雲之館，河聲嶽色之樓。風光絡繹，句似碎金；興致淋漓，手無寸鐵。山川畫稿，先有竹於胸中；錦繡詩腸，佇生花於筆底。鶴衙放後，晝静庭閑；雞牖談餘，宵深漏永。漬麝煤而煙裊，熏鴨鼎以香霏。梁鴻大婦，調來煖胃之湯；李賀小奚，檢出嘔肝之句。兀挑燈而獨對，手勢宜敲；驀槌案以狂呼，眉稜欲舞。

或觴僚佐，迺啓華筵。屐折於魏豹城旁，轄投於野狐泉裏。中秋乘月，庾亮登樓；九日臨風，孟嘉落帽。招來珠履，集上舍以三千；寫入銀毫，隸賢人之四十。傳杯而客皆盡醉，頽倒玉山；刻燭而詩如不成，罰依金谷。抑或睠言遠道，棖觸昔歡。二三故友，摶羽翼於鵷鴻；四五良宵，流景光於蟾兔。舟無袁而獨泛，車類阮以頻迴。楊朱欲去，歧路踟躕；李白不歸，寒樽蕭瑟。梅花春早，逢驛使兮嶺頭；香草秋零，望美人兮天末。將進鵝毛而寄訊，報擬瓊瑶；時托雁足以傳書，唾成珠玉。積有千篇，類非一體。綜其格律，要不爲六朝月露之吟；譜以歲時，大約在三晉雲山之地。《鹺城》之集所由名也。

僕昔膺簡命，薄事遊遨。迨歲次乎丙丁，正編成於甲乙。使星甫駐，便作嵇攀；《流水》重歌，謬稱鍾聽。而乃住止三年，心遥兩地。豢龍有後，問字則曾識太元；窺豹何知，裁緘則時通尺素。唱《陽春》而寡和，萱草貽來；懷舊雨以神馳，桐花寄去。忽焉握手，彌復傾心。酒痕未散，伶輒爲醉後之歌；劍氣猶騰，琨更作夜中之舞。出其手著，删止一通；慰我腸饑，讀應萬過。

嗟乎！人非子驥，孰可問津；世無士龍，終當覆瓿。待他日雞林，賈豎定識真詩；語此間駿市，詞人須求善本。目憑管測，真堪擲地以成聲；腕借胥抄，宜可懸金而計字。君如不信，請試質鄒魯之儒生；我尚能遊，期再訪唐虞之故蹟。

【校】劉大觀《玉磬山房詩集》卷六冠是序，尾署：『嘉慶庚午夏月，江右陳希曾序。』

誥授奉直大夫晉封宣武都尉鄉飲大賓約軒王公八旬壽序

蓋聞桃生縣圃，花實閲六千歲而周；椿蔭莊衢，春秋以五百年爲度。揖仙班於絳闕，馭引鸞驂；逢棋叟於青城，襪輪龍縞。載觀古牒，聿考壽符。繙五嶽之真形，類皆什襲；聽九天之法曲，儘有雙成。況迺太和爲春，長贏際夏。朱明半歷，九老之圖方開；碧醞重斟，八公之顔更少。奉玉觴於堂上，仍聞六韻以聯詩；集珠履於庭中，敬效一言而祝嘏。

恭維封翁約軒先生，河汾望族，詩禮名家。溯世德於三槐，夙傳堂構；報春暉以寸草，最戀庭闈。懿夫玉燕符祥，石麟鍾秀。鳳毛見賞，早擅寧馨之稱；麈尾工談，群有阿戎之目。時則蒲編受業，橋木垂陰。先生菽水承歡，蘭陔就養。剖果分瓜之會，捧板御以周園；推梨讓棗之餘，舞斑衣而佐膳。篁風韻玉，孝笋忽茁於嚴冬；花雨流珠，祥蓮常開於盛夏。禮謹晨昏之節，子職克共；名高月旦之書，人言無間。蓋積順親而信友，已徵積厚之流光矣。

且也樂善爲懷，敦行不怠。樽盈北海，恒來門外之車；水引西江，不吝舟中之麥。萬間廣厦，瓦疊魚鱗；千頃洪波，橋通雁齒。解衣推食，鮒轍之積涸旋蘇；倒篋傾筐，烏衣之遺風宛在。至於亭名族譜，田號義莊。春露秋霜，必伸其僾愾；男泉女布，胥入其經營。化之而皆爲善良，聞者則莫不興起。

哲嗣珠擎的的，玉立亭亭。棣蕚相輝，荆枝並茂。才呈杞梓，述逌迪有聲閥閱之門；秀發芝蘭，勃勔勵齊駕文章之府。福疇譽兒而非癖，德星表里以無慚。爾乃薛鳳齊翔，賈彪最怒。季君英聲鵲起，要地鶯遷，追隨侍從之班，枕葄圖書之秘。玉堂西畔，動鈴索以先聞；金殿東頭，候花磚而早入。

先生志娛林壑，寵被絲綸，兩階兼文武之榮，一身備老更之選。達尊有三，修燕禮以引年；宵雅肆三，歌鹿鳴而侑爵。看崢嶸於頭角，已欣金馬門高；占矍鑠於鬚眉，共仰玉鳩杖重。洵備天倫之樂事，允稱王國之嘉賓矣。

兹者壽介耆英，節逢長至。時逾重午，餐菰粽以猶香；氣應長庚，懸桑弧而更健。粉團射罷，蘭芬翠釜之湯；綵縷纏餘，蒲艷金卮之酒。先生齊年尚父，絜齒如來。榴餤霏紅，與酡顏而交映；竹竿滴緑，值醉日之剛臨。競渡人多，畫鷁飛鳧之隊；無遮會大，羹梟烹鶩之筵。曾賃廡城南，素欽榘範；乘軺冀北，博採輿評。敢因放鴿之辰，用奏雕蟲之技。宏景之樓百尺，無緣訪道以乞方；令艾之壁萬尋，聊比銘詩以誌慕云爾。

分韻字考序

書者，六藝之一也；象形諧聲，六書之一也。形聲遞衍，賾焉而不可窮；形聲相從，繫焉而各有類。字孳韻均，厥惟舊哉！我朝緝熙光明，聲教漸被，《康熙字典》《佩文韻府》二書，裒百家之總萃，集千古之大成，嘉惠士林，至美至備。方今功令，以詩取士，矮簷限燭，凍硯敲冰，莫不籠袖低吟，題襟高唱。抑或研京鍊都，調商刻羽，獻萬言於魏闕，懸一字於國門。苟有雌蜺之誤，即同伏獵之譏。豈可謂一丁不識，始足貽羞；二酉未探，輒相寬譬。忽無用之爲用，甘之訛而承訛。賢者於此亟焉，牖之必有道矣。

桐軒太守同年，石渠掌故，湖郡典符。襜帷之次，常守詩書；棨戟所臨，俱成齊魯。以學以仕，有脊有倫。顧念帙多汗牛，卷終飽蠹，苟非簡要，鮮不庋閣置之。爰創一書，例以意起，析百六部之文，隸十二集之目。字書綱之，韻書麗之，其爲摛藻所不收，斯亦從刪而弗録。或音義之殊別，與彼此之互通，靡不旁搨遐搜，條銜縷剖。分門而授，則朗若列眉；稽數而求，則瞭如指掌。所以津梁藝圃，炬照詞壇，功非淺鮮也。

夫巾箱之守，枕篋之藏，凡有新書，類珍秘笥。若乃李矜獺祭，戴聽鸝鳴，奏賦甘泉之宮，分題竟陵之邸。有此一編，足供四座。至於黄小受詩，南車指路，嚆矢之資，尤有助焉。是書也，吾知其不脛而走矣。

與姚姬傳先生書

曾自垂髫入書塾，即聞先生之名。通籍後，官京師十餘年，幸不見棄於當世之賢士大夫，顧獨以未得一親顔色爲恨。戊辰揭曉時，台從已返桐城，無緣摳謁，留書一通，又未得達。今視學三吴，試署僻處江陰，不能即親左右，積數十年渴慕之私，而艱於一晤，請益之懷，烏能自已！

竊以學臣之課士有二，曰文，曰行。學臣不能日與諸生接，似難以考其行之賢否。然文者行之符也，其人之行，雖不能於文盡之，而未始不可以文決之，言爲心聲，絲毫不爽。近時學者，志乎古者稀矣，即時文一途，亦漸決裂隳敗，不可收拾。士子挾速化之心，求詭遇之術，其心已不可問。見之於文，往往偭錯規矩，幾於侮聖人之言。幸而倖得，轉相倣效，牢不可破。而教士者又或以纖小割裂之題導之，上下相蒙，良可慨嘆！

曾竊憤乎此，受事以來，夙夜警厲，思即士子之文，以進求其行。其文之合於聖賢立言之旨者，雖識未充，力未厚，而揣其心之所至，循是而之焉，可以深造而自得者，則將録之獎之。其稍乖於聖賢立言之旨者，雖詞藻已豐，規模已具，而揣其心之所至，循是而之焉，漸至變本而加厲者，則將警之抑之。此意難以喻諸人人，知先生之鑒之而許之也。先生德行文章，海内宗仰，鍾山又人才薈聚之區，先生平日所以立之程式，示之準繩者，當與鄙見無異，望賜教言，以相印證，幸甚！

昔夏醴谷先生主鍾山講三年，有《正味集》之刻，其自序曰：『求之乎聖賢所對之人，所述之事，與其立言輕重之指歸，涵泳從容，意趣浹洽，以此爲文之至，味之正。而深戒乎纖靡之習，蕪雜之辭，争爲長雄，以相眩惑。』曾區區之心，亦欲挽纖靡蕪雜之風，漸歸之正而已。自惟學識淺陋，恐決擇不精，無以爲諸生先路之導。先生詳示本末，以堅其信，以指其迷，固曾之幸，亦此邦人士之幸也。大著已刻各種，嘗於碩士家叔案頭三復之，未能攜諸行篋，並望惠寄，交四家叔藩署中轉付，當不誤也。漸寒，爲道自重。不宣。

【校】艱於一晤，底本誤作『艱於一悟』，據文意改。

與阮芸臺先生書

頃聞使舟已抵袁浦，計日内可回署暫憩，籌備新漕，兼營河務，勳望日崇，宸眷增重，以企以慰。侍僻處江陰，尠所聞見，行篋攜書本少，此地又無可借覓，甚悶。開棚按試，計在來春，自維譾陋之資，迂疏之識，深懼棄鼎寶瓠，無以副老前輩人人夙昔期獎之厚。

竊意制藝一途，曩嘗究心諸家，略能分其涇渭。即詩賦，亦尚易於試卷中賞拔才雋。惟經學及古文雜著，風簷中一時難以決擇真才。而士之長於是者，又往往韜晦不自表暴，學臣失之當前，幾與聾瞶無異。閣下如泰岱溟渤，爲衆山衆水所拱向而匯歸者。近時珂鄉績古之士，不乏其人，祈隨時疏示姓名，爲侍先路之導。俾得提唱拂拭，互相印證，匪以辭祈，實維心慕。

山陽如吴山夫著作，入《四庫》書者，僅一二種，聞其遺集甚夥。此外如任東澗之理學，沈允齋之篤行，以及楊稼軒、薛廉村、沈秋崖、邱蘭成、邱陳長諸人，聞俱有詩文雜著。山夫、東澗二君，人尚知之；沈君以下，其子孫不能世其學，則恐漸就銷沈。老前輩大人蒐輯遺編，不棄幽僻，且旌節臨莅之地，尤易採訪。就所記者以告，如得之，或刻本或抄本，望郵寄共賞，至禱！

大著《淮海英靈集》，已付梓否？如卷帙繁多，望録姓名小引寄示，不啻捧讀圖經也。又尊刻各種書籍，有刷印現成者，統望包封郵發，俯慰願見之私。希曾再拜。

朱謙山文集序

志有表焉，事有符焉，道有筦焉。士君子讀書考藝，果有卓然自信，較然不欺之志，因以窮極上下數千年，萬變不可究詰之事，以適乎無過不及，至當不易之道，則其見之於文，如樹表以求影也。執符以驗信也；操筦以勘，鑰也。余因同年汪瀞雲御史，得交謙山朱君。其守道也篤，其衡事也精，而歸本於淳淳悶悶，無雜無貳之志。志如是，文亦如是，精氣呼吸之文人，即表裏貫徹之儒者也。讀其集，益重其人，爰書數語以質之。

乾隆癸丑同年廿三翰林圖記

右《乾隆癸丑同年廿三翰林圖》，舊名《芸館集仙圖》，作於甲寅之歲。寫之者湖州孫發榮，補圖中景者桐城姚元之，圖藏英煦齋處。此卷今年春月，希曾屬當塗黄初民所臨也。甲寅距今二十年，圖中人少者壯，壯者衰，或仕或不仕，或已殁。顧其衣裳笑貌，猶一一記憶，恐夫參差遷謝者未有涯，復轉瞬一二十年，欲指爲某某若而人而不可得也，因按圖記之。

圖中植垂柳三，兩巨石屹立庭際，一俛而蹲，長松蒼柏夾立，榆柳桐杉之屬，錯立沙石間。之平洲臨其前，波溶溶由沙尾出，樹濃如幄，石氣苔潤，孟夏始燠時也。垂柳下蔭三人，首立者爲魏愛軒元煜，稍進爲陳遠雯雲，又進爲王仲文麟書，皆凝思静睇，若聚語者。迤而左，石牀並坐者二人，一手拊石，一手抱膝坐者，爲朱芝圃桓；屈右膝坐者，爲何茂軒學林。一髹案置巨石，背展素卷不盡尾，一盂一硯置案，一人凝然據案坐，援毫欲書者，爲英煦齋和。一人據案，右以手指揮，若論所書事者，爲周石芳系英。坐左一人，手握小卷熟視者，爲張子和燮。坐右一人，一童子持卷來，傴而授者，爲潘芝軒世恩。坐後據一人，爲葉琴柯紹楏。過此得長松，復得巨石一，有端拱獨立松石間者，爲狄次公夢松。松風吹石上，颼颼有聲，石昂首欲起，有囊琴就石臺，若將脱囊操縵而和之者，爲謝春洲淑元。並坐若將聽琴者，爲吴種芝貽詠。横坐者，爲黄杏江洽。坐執策讀，停視若有會者，爲蔡生甫之定。皆翛然出塵，有白傅池上彈姜秋思遺意。

徑稍西，一人曳十幅鵝溪絹，與童子各持一頭者，爲甘秩齋家斌。並童子立，而共持一頭者，爲戴金溪敦元。中立而撚鬚諦視者，爲吴玉松雲。又進得短几，憑几弈而下子者，希曾也；對弈者，李春湖宗瀚也；

觀弈者，李誼源師舒也。最後一人，藉草獨坐者，譚退齋光祥也。凡肖鬚眉者，二十有二人，俱奕奕有神。原圖有背立樹下，若有象若無象者，爲周芷田麟元。作圖時，芷田已下世，特想象存之。今臨本略之，并周實二十三人也。後芷田殁者，王仲文、張子和、吴種芝，凡三人。王歷官御史，張觀察，吴部曹，其餘存者不書官。臨本有二，一歸潘芝軒世恩，一歸於希曾。時嘉慶十有八年，歲次癸酉十二月，新城陳希曾，記於澄江試署。

行江蘇各府州飭學訪求書籍牌文

爲訪求書籍，以光文治事。

照得江蘇爲人材之林藪，載籍之山淵。前哲苦心，留傳不少；時賢巨手，著作滋多。本部院夙窺翰墨之林，幸托輶軒之採。聽庠序之絃歌不輟，知師儒之聞見最真，願竭搜羅，用資甄選。該府州官吏，文到即行知各學教官，務於治所廣爲周咨。自經説史論，以及古文雜詩雜著，各種耑集，無論時代遠近，卷帙多寡。或已付棗梨，全本寧供獺祭；或尚藏篋笥，巾箱亦可胥鈔。學問有真源，盍訪名門之孫子；文章乃公器，遍詢藝苑之宗工。源源而來，多多益善，各該學可隨時收存固封，徑行送院。觀人文而成化，發潛德以闡幽，本部院有厚望焉。

札高郵州學教官稿

某月某日，據該學申送孫氏、夏氏各種書十餘函到院，經史溯淵源之正，詞章紀風雅之遺。子讀父書，紹青箱於弓冶；謂兩家賢裔。師有儒行，寄赤簡於瑯嬛。本部院翰墨夙緣，披尋不倦；賢學博苔岑新契，嘉獎殊深。別有遺編，尚希勤訪。

廣豐俞葉兩先生合刻制義序

仁和趙鹿泉師，於乾隆戊申、己酉間，兩主吾鄉試事，廣豐俞君鶴亭，與余先後得登其門。嗣同門諸君子，官京師者相繼，師友過從之樂，甚盛事也。鶴亭謹中而樸外，言訥訥如不出諸口，而勤於職事，和静安舒，與余交尤善。既以中書秩滿，外授徽州府同知，復以憂去。今年再見於京師，握手道故，歡如曩時。

顧念仁和師下世已十餘年，昔時同官同年門中，如朱君嗣韓、王君正雅、辛君紹業、萬君世發、許君庭椿，不幸皆化爲異物，其存者寥寥不過數人。每與鶴亭俯仰今昔，眷懷師友，爲悵然者久之。

鶴亭將之貴州新任，地雖僻遠，而文教所被，不遺荒遐。鶴亭出其所學，以副邊徼人士請益之私，即以推闡仁和師之教者，將於是乎在。臨別，持其大父清溪先生，暨外大父葉瀣紋先生制藝二册，附以己作數首，囑余評定。溯學問之本，廣仁孝之思，如鶴亭者，可以風世而勵俗矣。至兩先生之文之可傳，姚君學塽已詳著於篇首，不贅及云。

宋曾氏鳳墅殘帖跋

嘉慶丙子之冬，余引疾杜門，同人以書畫索題者甚夥。江都汪孟慈喜孫，所藏《漢酸棗令劉熊殘碑》，長白素孟蟾訥所藏《定武蘭亭》，皆宋榻真本，可稱希世之珍品。今漢陽葉東鄉志詵，出宋《鳳墅帖》殘本八卷見示，不獨墨采紙光，爛然溢目。其中所收吾鄉先正簡札，參互詳繹，往往可補史文家乘之缺。數日間，墨緣甚盛，洵藝林一快事也。

太學生曹君傳

君曹姓，諱懷義，字子喻，一字樸園，山西靈石人也。自其少時，勇於爲善，至老不怠，遠近無問識與不識，咸以『善人』稱之。鄉鄰戚里中，凡生無以自給者，死無以爲殮者，不能爲子孫嫁娶者，君必委曲懇切，盡其心力以籌之。君不豐於財而厚於義，論事能持大體，排難解紛，群相信重。凡有户婚田産，起争端，競口舌者，得君一言，無不斂手退伏，起敬起畏，終君之身，鮮有訟於公庭者。《易》曰：『積善之家，必有餘慶。』蓋善之所積，雖有淺深鉅細久暫之殊，而真意之貫輸，本心之肫摯，孚於内外，徹於天人。如木焉培其根，枝葉必茂也；如水焉濬其源，支流必暢也。力善者無望報之意，而天佑善人，不得於其身，必於其子孫。如君之勇於爲善，非天之所佑者歟！

君父爾康公，母劉孺人，俱早世，君哀慕無已。事繼母陳孺人，至九十歲，盡禮竭養。此其天性篤孝，實制行之本原，皆人所不能及者。教三子維清、輔清及誦清大令，勖以醇謹老成，動守禮法。大令由舉人官教諭，保薦得知縣，出余門下。其子文棣，亦成舉人。

頃大令將之直隸廣昌任，乞余爲君立傳。余因約舉君生平爲善於鄉，垂裕後人之實，而推及於積善餘慶之旨，以爲世勸。且使大令追溯先澤，以成其愛人利物之政，庶益大其家，不愧爲君之肖子云。

固始吴雲亭公家傳書後

吴雲亭公家傳，余師石菴相國書也。相國書名動天下，無待余言矣。維固始吴氏爲中州望族，而余與鑒菴少宰前輩交最篤，二十年來，科第之淵源，道義之切劘，雖至戚無以踰之。少宰嘗述其尊人觀察公仕於秦粤，所去民思，而生平篤實寬仁，致力於本原之地。以是持躬，即以是訓子，積厚流光，其來有自。余因念先大夫光禄公爲善於鄉，孜孜不怠，雖未身顯於時，而所以持躬訓子者，與觀察公樹德之意，根本同矣。兩家子弟，席前人之餘芘，幸得置身通顯，發名成業，其益相切劘，思淵源，惇慤謹，以綿先澤於勿替也乎！爰書數語於後，而請余玉方伯氏書之，以嘗學於石菴相國也。

館課偶存

館課偶存

陳希曾撰

館課偶存目録後題記

芸館十年，遭逢堯舜。軺傳使星，滇黔蜀晉。習技蟲雕，匿瑕瑜潤。享帚自慚，識途差信。嘉慶九年十月初四日，山右督學使者陳希曾書。

賦二十六首

方竹杖賦 以題爲韻 散館一等第三名

澄州之竹，製杖稱良。較西夏之産而尤美，考北户之録而能詳。挺特自高，不讓桂枝之直；圓融胥泯，竟同珪體之方。堅誇榔栗，潤訝桃榔。稜排四面，紋透中央。倒影浸長流之玉，移根分半畝之塘。相賞在蒼松古柏之間，自饒氣節；托生於蔓壑枝峰之上，幾閲風霜。

爾乃巧匠程材，良工擇木。遠眺叢篁，遍搜林麓。芟碧篠之離披，陋黑箖之繁複。嘉植鬱其森森，貞姿睹其矗矗。健勝桃枝，精逾邛竹。藉用扶持，貴其樸遫。觚寧可破，肖剛正以成形；矩未可踰，鄙圓通之太熟。摩挲珍重，如傳分外精神；裁製商量，毋損本來面目。

則見厚欲論分，長真計丈。乍倚詩牌，或支書幌。對庭户而痕添，映罘罳而色朗。重重凝紫，定邀名士之知；面面浮青，更愜幽人之賞。於以結伴徘徊，游思俯仰。寓目得正大之規，在手應剛中之象。笑模稜之兩可，齷齪增慚；擬亮節於生平，風期可想。行欲其方，有如此杖。

彼夫揉籐幹以横斜，折蔗竿而偃仆。靈壽紀三公之尊，如意生大乘之悟。或鳩刻而意深，或螭蟠而影互。奇傳九節之形，遠溯大宛之路。要未若方竹之瑰琦，尤足邀人寰之寶護。士有學古希銀角之榮，校書切青藜之慕。慶八旬之壽考，不煩扶老親攜；仰五福之斂敷，競誌延年寵遇。彤墀授簡，新製陋吴寬之詩；紫禁簪毫，抽妍賡張翰之賦。

擬徐階井鮒賦 以題爲韻　大考二等第十名

井利民以養民，木入水而上水。渫有澄渟之觀，甃得修治之理。洌而可食五之仁，收而勿幕上之美。惟初以无禽爲占，而二有敝甕之耻。蓋以陽乘陰，由此注彼。在二則井未爲功，視初則鮒堪相擬。

伊託形於宇内，群游氣於化初。果誰居於不足，貴自適其有餘。騰於上者，見龍躍龍之吉；昭於下者，豹變虎變之譽。羌無問其舒卷，或稍異其疾徐。何兹鮒之瑣瑣，若與時而相乖。既深入乎坎窞，空游意於江淮。蟄如藏器，黿合同儕。涔蹄自惜，涸轍興懷。望井眉而未見，登井榦其無階。寄遥情於八荒，馳滄溟之萬頃。奕奕朝暉，蒼蒼暮景。燒尾門高，揚鬐風猛。奔騰渤澥之區，曼衍魚龍之影。樓臺則蜃氣長噓，潮汐則鯨音未静。白黿命鼈之屬，咸鼓浪以相忘；常鱗凡介之儔，亦跳珠而思逞。並得沐乎餘波，豈貽譏於坐井？

推爻義之相通，綜象設而生悟。非其時也，小狐多濡尾之虞；失其貴也，靈龜起朵頤之慕。射隼者，雖高墉而有成；射雉者，縱亡矢而無懼。貫魚識制陰之形，包魚切遠民之諭。近取與遠取相權，形下得形上之趣。未叶吉於漸鴻，聊委情於射鮒。豈知菀枯者物之時，通塞者人之遇。弋在穴而上升，膏可食而争附。田禽則得與失殊，尺蠖則伸以屈寓。固將於汲汲得受福之原，而豈僅詹詹續小言之賦哉！

【校】固將於汲汲，底本誤作『固將於用汲』。

擬潘岳藉田賦 大考二等第六名

惟帝降康，有豐穰之休美焉；惟王省歲，有耕藉之隆軌焉。當四載之始和，舉元辰之吉祀。勤勸稼之衷，示劭農之旨。上協天符，下諧人紀。典則三古肇興，道則百王同揆，蓋與觀夫顯鑠炳燿之儀，言庶幾其可擬也。

爾乃蒼龍司候，協風送寒。念閭閻之疾苦，知稼穡之艱難。皇情注，宸慮殫。事圖其所急，心求其所安。興甿則錢鎛將庤，祈年則粢盛是潘。迺詔舉躬耕之令式，循載耒之舊觀。甸師浴種，畺吏除壇。禮殺於地，器陳於官。將諏辰於吉亥，以迓鳳蓋而肅和鑾。

天子於是抱蜀以表虔，齋心以致慤。集庭臣，召方岳。青龍前導而蜿蜒，朱螭旁翼而斑駁。鯨鐘間以笙鏞，鼉鼓節以金鐲。通肸蠁於精禋，降三靈於眇邈。示勤示儉，曰純曰樸。載稽耰鋤，旁詢磽确。千乘之畝區以方，三推之禮從其朔。黛耜兮洪縻，紺轅兮縹軛。載筐之種紛羅，在滁之牛豐碩。寓目於清甾泠風，勤思於神倉帝藉。濬溝涂，辨騂赤。降天膏，滋地脉。遂人鄉師，東阡西陌。時雨時暘，美禾美麥。豫計終歲之功，均由寸念之積。咨爾群工，逮茲列辟。爲國屏藩，爲民牧伯。其各蠲潔齊莊，以共襄斯役。

上儀舉，德意宣。申祈賽於后稷，映躔次於天田。五推九推之別，青紘朱紘之懸。雲物現鬱葱之瑞，櫄燎餘繚繞之烟。保介將事而致肅，庶人終畝而力專。皇儀展恩，賚延行慶。施惠乘輿，迺旋第從。臣之嘉詠，將以上繼夫《三百》之篇，系之以頌曰：

時維親耕，式王度兮。御廩之藏，粢盛具兮。昭茲來許，孝敬裕兮。天佑有德，渥膏澍兮。厚澤深仁，蠲租賦兮。沐浴皇風，日純固兮。

體仁足以長人賦 以題爲韻

民以君爲心，君以民爲體。念鞠人謀人之保居，以欲仁得仁爲根柢。繫億萬姓之命，感召啓夫機緘；敕一二日之幾，呼吸通乎殿陛。大人乘五爻之位，易畫著象於乾元；君子驗四德之行，文言求端於愷悌。原夫資萬物而成始，首四時而爲春。在天妙絪緼之化，於人具惻隱之真。密以退藏，隨乾坤爲闔闢；發而中節，與天地相彌綸。凡衆善之賅以備，皆一元之引而伸。極鼓舞變化之能，神明通德；放東西南北而準，天下歸仁。

當其占《无妄》之大亨，矢《中孚》以自勖。得位當《大有》之時，通志見《同人》之篤。道以久而成化，真意漸摩；心勿問而有孚，誠求委曲。廣施生之益，與時偕行；廑容保之臨，惟日不足。殆如指臂之相使，有必徹之精神；因之痛癢相關，挾無涯之願欲。感則斯通，加猶未已。絜矩得好惡之同，推心悟忠恕之旨。痌瘝在抱，貴由顯以入微；耳目咸周，漸因端而竟委。事貫乎日用綱常，誼等諸家人父子。溥覆載生成之量，其仁如天；極肌膚淪浹之誠，爲仁由己。即推暨之靡窮，信會歸之有以。

則見至治充周，太和鼓盪。春風遍萬物以吹，膏雨爲百穀所仰。民情大可見，納諸在宥之懷；王道本無名，捷於應聲之響。蓋惟一夫弗獲，若四體之不寧；所以六位時乘，爲萬人之所往。廓聖功於胞與，欽爲百善之宗；溯性量於萌芽，肇自一陽之長。由是咸亨以正，嘉會斯陳。利則義取其和，民彝罔斁；貞則事得其幹，庶職維新。衍一元之消息，育百族於陶鈞。大生廣生，本上際下蟠之理；克君克長，屬開天明道之人。我皇上德本生知，學由天賦。契至道於苞符，徵性功之純固。恩均幬載，猶廑己飢己溺之思；化洽垓埏，共效乃聖乃神之慕。天行不息，仰窺宥密之淵衷；民説無疆，競祝延洪之寶祚。

康衢古詩賦 以題爲韻

稽遺文於列子，紀盛治於陶唐。和萬邦而布化，被四表而宣光。敬授人時，推步則羲和奉職；欽明文思，承流則岳牧交襄。誦德者曰巍巍，天原同大；遵道者曰蕩蕩，衢亦名康。一二日萬幾時敕，五十載庶務咸張。瞽誦師箴，既芻蕘之可採；君咨臣儆，猶吁咈之無忘。欲聞輿論，偶步通衢。非訪道而登山，何煩七聖之問；非游河而刻玉，漫呈五老之符。或襁而負，或翼而扶。垂髫婉孌，拍手歌呼。天籟自鳴，本無心於頌禱；皇風丕暢，偶叶調於喁于。不學而能，安不識不知之素；於帝其訓，有會極歸極之模。其詩既得諸童子，其説已聞於大夫。

大夫曰，是詩也，肇自皇初，傳於邃古。以宣渾噩之風，以當治平之譜。其聲則從律而和，其義非斷章而取。惟尊盧栗陸之世，颺言以獻於朝；在因提疏仡之編，數典寧忘其祖！其書渾渾，不解文義拘牽；入耳洋洋，居然饕軒鼓舞。即萬口之巷祝途吟，用以驗一人之德洋恩普也。爰因其説，以繹其詩。帝執化樞，順則而形聲胥泯；民爲邦本，立極而覆載無私。牧民者立民命，後天者奉天時。開《韶》《護》之先聲，被諸絃管；參《英》《莖》之舊韻，溯自軒羲。彼《皇矣》之七章，懷德者聿申其解；即《思文》之一闋，配天者尚沿其辭。蓋入樂則諧諸《雅》《頌》，而陳義則肇自伊耆。

我皇上峻德克明，湛恩廣被。設尊以待，詩傳衢路之謳；擊壤相娱，人有嬰兒之慕。普歡聲而雷動，儼雲瞻日就以皆來；仰化理之風行，遍白叟黄童而胥附。忝陳詩以觀風，敬抽毫而獻賦。

五聲聽政賦 以以出納五言汝聽爲韻

文命遐敷，勳華繼美。勵克勤克儉之操，守不伐不矜之旨。德惟善政，合功敘而勸歌；律以和聲，諧神人而順軌。驗漸被之無方，信平成之有以。猶復德秉謙冲，心殷闕失。勤思輔治之謨，益廣求言之術。謂堂陛之間與民遠，或致壅於上聞；惟聲音之道與政通，不啻自其口出。願借宫縣之御，用以寫心；如聆敷奏之言，毋煩造膝。

則見制效工倕，門開閶闔。簴業交陳，崇牙迴帀。緊衆器之鏗鏘，首洪鐘之鞺鞳。鳴鞀相間，磬則編特俱宜；振鐸頻聞，鼓亦鐲鐃互雜。凡中氣之感通，本元音之吐納。昔以鳴和召豫，八音從律而無乖；今以宣德達情，九重恭己而相答。或因事而效忠，或陳義而師古。道其所道，爰諮度於閭閻；憂人之憂，繪情形於堂廡。旁及刑典之平，均徵衮職之補。示如指掌，即明目而達聰；較若列眉，更分條而晰縷。合智愚之慮千，祖天地之數五。是惟無怠之衷日凛，克艱之念常存。問道於黄童白叟，求治於松棟雲軒。事本關心，不廢芻蕘之侣；聲才入耳，漸開登進之門。殆如瞽誦師箴，藉聞讜論；寧僅皋飏益贊，日拜昌言！

由是弼五服而迪功，撫五辰而協序。觀其所感，等諸諫鼓之陳；招之使來，擬以善旌之舉。康衢允聽乎歌謡，大夏克宣乎律吕。緬陳謨於舜陛，稽衆從人；溯承訓於虞廷，稱賢惟汝。國家治理昭宣，祥徵綿亘。金聲玉振，一人肅端冕之容；籲俊闢門，多士起彈冠之慶。是彝是訓，式睹宸章；嘉謨嘉猷，胥邀天聽。言其罔伏，彙毫毛絲粟之才；化乃大同，占風虎雲龍之應。

百川學海賦 以題爲韻

考勸學於法言，喻純儒之實獲。海以大而衆派爭趨，川以勤而細流日積。文瀾本富，毋涓滴以自安；道岸非遥，寧泳游而求適。玩愒者徒嘆望洋，講習者兼資麗澤。津原可問，要期勿二勿三；港豈能航，所貴己千己百。故成淵由水，蒙泉爲聖功之基；而學海有川，坎習驗亨行之益。原夫四維綱絡，一氣回旋。臨如無地，望欲連天。撼摇烏兔，吐納方圓。砰砰礴礴，隱隱闐闐。寛以有容則量廣，大而無外則德全。畔岸徒尋而莫測，津涯欲涉而無緣。直雄長於四瀆，庸渺論乎百川。雖大地之支流，數難更僕；較歸墟之巨浸，語豈同年！

然而盈科之進有恒，就下之形不覺。一晝一夜，罔間於春夏秋冬；三百三千，直統乎東西南朔。時而奔騰孤瀉，鋭往無前；時而合併雙流，爭先相角。全神畢赴，入蒲類而渺瀰；萬里不辭，注牢蘭而綿邈。谷王在望，共切朝宗；川后有靈，無難果確。行必以漸，事貴乎窮源；往則有功，理通於善學。則見赴壑爭歸，循途不改。聽其止而後休，無所往而不在。直過流沙積石，平添渤澥之浮；不論涇濁渭清，總期滄溟之匯。始則逶迤曲折，漩洑萬回；久而匒匌礌硠，精神百倍。

是以儒生惕志於逝川，修士驚心於觀海。願同江河之決，機不稍停；恥爲溝澮之盈，涸可立待。矧今文教旁敷，淳風布濩。洋溢無方，涵濡有素。皇上盛德日新，生知天賦。群言之瀝液盡傾，千聖之淵源可溯。苞符洩秘，探星宿而得其宗；左右逢原，超智慧而博其趣。微臣行潦懷慚，寸涔思附。恩沾海潤，勉洗濯以圖成；德擬川流，敬溯洄而起慕。

辟雍海流賦 以圜橋門而觀聽爲韻

興學於漢，獻賦者班。成均既立，邦典攸頒。宫統三雍之號，沼有一水之圜。取法溯豐邑鎬京而上，其地在靈臺明堂之間。萬流分派，四海相環。倬雲漢以章天，光騰奎壁；配江河之行地，化洽區寰。懿夫崇基式廓，德音孔昭。依上庠而立制，達東序而非遥。巍巍其闕，翼翼其橋。琳珉石甃，金碧欄雕。洽澄懷於黼座，映圓影於璇霄。反其所自生，如導源乎積石；沛然莫能禦，儼應運於靈潮。蓋義係諸君，顯示會歸於辰極；而象肖乎璧，非侈結構於瓊瑶。

當夫法駕既備，大禮斯繁。達乎朝廷，遵先王之法；貴爲天子，遊聖人之門。諸儒議其同異，衆説會以討論。京師固首善之地，太學示至教之尊。聖有謨訓，極之敷言。展帝容而皇皇肅肅，抉經旨之灝灝渾渾。其出之以時，粹矣淵泉之静濬；有本者如是，穆然洙泗之真源。甫沾濡於有象，旋漸被而無遺。風聲廣樹，雨化潛滋。朝宗巨壑，引脈天池。德本如流，胥沐浴於神化；學真似海，偕涵泳乎聖涯。别有瀛洲蓬萊，可繪文章之色；任舉昆明太液，難窮擬議之詞。遹觀厥成，言乎虞夏商周則備矣；無思不服，放諸東西南北以推而。

則有窮原竟委，推波助瀾。茫乎滄溟之匯，浩如渤澥之寬。三老五更從其養，博士弟子備其官。考三王而不謬，垂萬世而不刊。宜乎絃誦聲喧，是海會潮音之世；觚稜采絢，有海門日色之觀。我國家槐市化成，璧門典定。庇萬間之廣厦，上舍騰歡；勒十鼓於貞珉，大文彌瑩。聖功溥博，喻觀海之無涯；士習薰陶，樂承流而丕應。無異教者無異學，皇心廣運於圓神；作之君者作之師，彝訓勉期於聰聽。

大風吹垢賦 以題爲韻

黄帝建極居中，則天稱大。吹律定姓，別百族之支分；制字命名，慶一堂之嘉會。上溯循蜚疏仡之紀，草昧天開；仰承尊盧栗陸之模，朝野道泰。皇皇穆穆，九重端拱而裳垂；濟濟師師，百僚後先而鳳翽。猶復相士多方，知人攸賴。採及巖阿，奉如蓍蔡。至人無夢，爲感召而能靈；天下有風，入虛無而如繪。臣作股肱耳目，汰陶在沙礫之中；予敷心腹腎腸，賞識出風塵之外。

想夫閑游阿閣，偶憩合宫。郅治維新，思磨光而刮垢；求才孔亟，冀附景而從風。俄而天隨神動，精與氣通。恍置身於汗漫，快游目於洪濛。海誰辨乎南北，聲浸判其雌雄。響徹終朝，驚颼飀於耳畔；塵揚幾斗，舞埃壒於寰中。覺土壤之增高，雙眸欲眯；倏煙雲之變態，萬竅皆空。因幻以成真，居然物生有象；自無而之有，豈果天誘其衷。

蘧然既覺，儼乎若思。訝非非之入想，記種種之多奇。風何由而激譎，垢何自而迷離？胡爲乎如神來告，胡爲乎以息相吹。風稟令於天行，具有代終之象；風乘權於巽位，定占申命之詞。倘其垢與姤諧，箴剛柔之相遇；況夫垢將土解，儼内外之分司。記夙駕於崆峒，道原可問；如采珍於赤水，珠豈無遺！是色是空，現朕兆於點畫偏旁之妙；某名某姓，窮求索於常羊報德之維。

於是問訊多勞，徵庸恐後。業思義而顧名，竟課虛而責有。通乎宸極，驗志氣之如神；得自海隅，詫遭逢之不偶。拔向泥塗，置諸左右。並青陽夷鼓之班，與蒼頡、伶倫爲友。輔中央而土德稱祥，辨西方而金法能受。回憶吉夢等諸御風，先機徵夫離垢。感形骸於廣莫，想見精神；悟糠粃之簸揚，預知誰某。

所以紹三皇而垂統，千載共仰雲師；匹四佐以經邦，奕世猶推風后也。彼夫負弩而千鈞可開，驅羊則萬群來附。出大澤之奇才，知力牧之神悟。將原如相，並一代之殊英；君必擇臣，艷千秋之隆遇。方今天子日樹國楨，廣開賢路。緬鈞璜之往事，時切搜羅；考築野之舊聞，特標謬誤。勉滌瑕而蕩垢，群賡鳳藻以興歌；沐和氣與翔風，願侍螭坳而獻賦。

斲雕爲樸賦 以題爲韻

緬邃古之敦龐，企皇風之綿邈。乘化於太初太始，道本無名；順則而不識不知，理從其朔。雲軒松棟，如入化人之宮；土鼓蕢桴，共譜無聲之樂。晶瑩性府，無藉磨礱；渾穆情樞，寧煩斤斲！遠溯睢盱之狀，相安營窟橧巢；不飾耳目之觀，奚事丹楹刻桷！

逮夫人爭藝術，勢入煩囂。形僅留乎輪廓，象已即於浮澆。窮目巧以爲程，商量毫髮；逞心精以獨運，結構瓊瑤。競金鏤而綵錯，儼宇峻而墻雕。窮方圓而幻形加甚，鑿混沌而真意全消。始則如玉如瑩，畫繪之丹青將變；漸至不模不範，高曾之規矩云遥。是蓋情深機械，巧奪工倕。不趨平澹，轉慕支離。當陶冶之初成，惟勤丹雘；任垣墉之未固，先飾塗茨。器數形聲，難返權輿於沖漠；冠裳禮樂，將緣運會爲推移。豈知性各全乎天賦，事不假乎人爲。挽回多術，渾噩相期。果如元酒太羹，挹皇初之味；何用神斤鬼斧，矜意匠之奇！

戒爾雕鏤，渾爾圭角。寧悶以醇，毋雜而駁。式以不琢之大圭，示以自完之太璞。養靈府之光華，謝良工之追琢。前民用而予以規模，度物宜而期於純慤。本來面目，求諸味淡聲希；後起聰明，斥以異端曲學。庶幾去僞而存誠，歸真而返樸。

國家醲化漸摩，淳風布濩。萬方和以天倪，四民勤其本務。皇上治契無爲，心通太素。去奢崇儉，示德教於不琢不雕；遠格邇安，矢樸誠而遵道遵路。固已陶堯鑄舜，上躋三古之時；豈徒璧抵珠投，侈獻《兩都》之賦！

以指喻指賦 以天地一指也爲韻

莊生善喻，《齊物》名篇。近取諸身而義廣，先立乎大則體全。訝柳肘之忽生，形真如槁；鄙蓬心之未化，疣笑徒縣。攘臂而幻境呈，則或左以爲雞，右以爲彈；布指而奇論出，謂其文可察地，節可觀天。闢即色即空之臆説，悟觀我觀人之真詮。

聞夫運掌會心，揮肱示意。失養者或遺肩背之間，求伸者不遠秦楚之地。爲《艮》之象，《坎》耳《離》目附其形；居《咸》之初，三股二腓從其類。駢留贅附之容，枝表歧生之異。在《論語》之緯，子游文而仲弓鉤；彼邾婁有言，玃且六而接畜四。縱復不同如面，別有殊姿；正恐其相在皮，何關精義！乃有瑣語時聞，卮言日出。因物付物，寓目而得其端；以人治人，反手而核其實。七竅嗤混沌之開，五管諱支離之疾。任枝策據梧之自安，陋斷鶴續鳧之非術。即令彈當劫後，歷百歷千；總教豎向空中，是二是一。通夫白之謂白，辨色者將毋同；較諸柯以伐柯，睨視焉而不必。本自天全，非徒形似；莫判妍媸，奚分彼此！旁占象於賁須，兼符情於壯趾。寧殊狀而脅駢，異計年而毁齒。方圓俱畫以能工，翻覆因時而可指。運腕下而分靈，掬舟中而同揆。擎來孤掌，皆拔十得五之觀；暢於四支，有舉一反三之理。

是則説本涉虚，況而每下。超群而推巨擘，庸有間乎；廢巧以攦工倕，未之聞也。事恐失諸眉睫，借以參觀；言必析夫毫毛，非由外假。迨後世依文立義，或曰麟如麟；而當時連類並書，又云馬非馬。士有沐郅治之淳風，期澤躬於《爾雅》。袪五官之蔽而邪閑，鑒十手之嚴而過寡。語何妨小，天下莫能破焉；愛所必兼，君子圖其大者。

上林春雨賦 以題爲韻

禁籞迢遥，華園清曠。鳳閣花攢，龍池泉漲。東皇作意，叶瑶律於青陽；北苑來游，排玉階之仙仗。正值風光摇曳，入夜廉纖；還看雲影低徊，連朝醞釀。普芳郊而漸遍，雨到人間；入靈囿以偏多，春深天上。爾其開閤道，敞巍岑。紆綺榭，列華林。潤流千里之澤，祥符三日之霖。膩萬點之新青，苔痕疊疊；染幾行之嫩緑，柳色深深。纔著桃花，落胭脂之一抹；旋添瀑響，噴珠玉於千尋。覓伴鶯兒，時銜碧葉；銜泥燕子，小濕紅襟。尚餘寒意三分，片片玲瓏之雪；況是花朝幾日，枝枝玳瑁之簪。十二樓臺，和銀箏而送響；萬千門户，間玉漏以流音。

於是廣張繡幄，緩轉雕輪。逍遥勝地，迤邐前津。雁齒排來，平連隄路；螭頭聳處，俯瞰城闉。宴列堂中，偏饒芳潤；衣沾庭下，净洗纖塵。衝浪則爛漫牙檣，千艘並進；臨池則鮮新錦幔，百戲兼陳。臺是鳳凰，樂飄瀟於卓午；觀名鳩鵲，恰淅瀝於佳辰。譜入新聲，韶華寫將絲管；賡來好句，詠歌遍逮臣鄰。既云賞雨，亦以嬉春。均怡神而玩物，非留意於勤民。

惟我皇上食旰衣宵，德洋恩普。紀歲華於七十二候，手訂農書；廑睿慮於三百六旬，計周編户。沖融天氣，藹藹蕙閣菌樓；駘蕩時光，處處芝田瑶圃。詎留連於令節，一豫一游；惟咨度於深宮，時風時雨。尺寸驗地脈之滋，甲子檢田家之譜。天顔有喜，召煦嫗之陽春；王言如絲，灑醍醐於下土。所以瑞液流甘，靈膏飛澍。十日知期，九霄長注。時隨御輦，人人挹銀甕之漿；遍滴宮花，點點貯金盤之露。帝城鳳闕，鬱佳氣而葱蘢；天舍魚星，值芳期而布濩。崇朝而雨，拈韻和生春之詩；摛藻爲春，揮毫獻喜雨之賦。

土龍致雨賦 以題爲韻

有致雨之奇方，考遺聞於上古。廑虔禱於公卿，肅明禋於壇宇。具飛騰夭矯之勢，四靈畜貴乎龍；溯潤澤豐美之原，萬物根歸於土。爰象物以相求，俾成形而可睹。冀神功之速運，日盼爲霖之三；符厚德之資生，數合居中之五。

爾其爪牙躍躍，鱗甲重重。原非木遇，合是泥封。見龍在田，寄精神於五方之土；厥土惟壤，示變化於四種之龍。狀欲升天，可期風至；噓如成氣，定有雲從。赤白青黄，按期而喧呼童叟；東西南朔，定方而位置横縱。試驗朱鼈之浮，即可潤流千里；儻占黑羊之氣，庶幾慰滿三農。

是蓋假象於物者，可格諸神；有求於天者，必因乎地。少祝掌其候禳，司空稽其職事。比土牛之送臘，肅穆冠裳；等青龍之降壇，輝煌文字。取精用物，有所爲而爲；至誠感神，莫之致而致。惟土禀中央之德，更以累而成者，消木飢火旱之祲；惟龍具不測之靈，故以貌爲肖者，含噴霧灑雲之意。則見瑞協昌辰，天陰卓午。丙丁之禁既詳，乙巳之占斯取。廉纖未灑，神蜧猶潛；醞釀方濃，商羊自舞。乍躍金魚，旋鳴石鼓。仰徵豨豕之浴雲，俯聽蝦蟇之請雨。總緣幽明大小，龍是雨師；况復墳衍邱陵，土爲水府。真龍感召，通呼吸於天公；好雨霶霈，祝豐穰於田祖。置諸郊外，如攝箕、畢之威靈；送入江中，猶見波濤之吞吐。

我皇上淳化旁流，惠風遐布。庶土交正，樂處處之耕桑；六龍時乘，施年年之雨露。猶復勤咨田功，急籌農務。方春卜雪，天語時詢；入夜占霖，聖心特注。沐九重之恩膏，普萬家之甘澍。群擊土鼓以興歌，願侍龍旂而獻賦。

桐木成雲賦 以桐置水中氣出如雲爲韻

考《淮南》之舊訓，詮物理之無窮。雖借資於人巧，實成象於天工。境判天淵，偏自下而騰上；精凝水木，翻以實而能空。試看雲或如船，影漾三篙之水；不謂木能生水，氣蒸數尺之桐。

原夫桐也者，肅肅垂陰，纍纍似穗。長生侈其休嘉，嶧陽標其位置。掛幺鳳之陸離，招仙蜂而遊戲。此材可用，中琴瑟而成音；有閏能知，並莢蓂以稱瑞。子原似乳，偏多流沫之時；高則無枝，已具干雲之致。

於是睇巨幹之輪囷，芟繁枝之披靡。等仆植於欏椐，儼伐柯於杞梓。爰躋岩頂，斧以斯之；偶汲井眉，瀏其清矣。排來甕盎，數倍五石之瓠；酌向潢汙，滿注一泓之水。儗壞木而寧同，浸穫薪而相似。百十年凌霜浥露，承日烏月兔之精神；三四日含英咀華，湧草莽魚鱗之譎詭。則見其光郁郁，其氣蓬蓬。初一絲之乍裊，漸數縷之交通。如馬如車，恍天容之點綴；非烟非霧，播暖意之沖瀜。倘其環向山腰，遍仙的神囂而布濩；絶類縱之囊口，入青曾黄澒以蘢葱。化至腐爲至奇，遠而有耀；使無用爲有用，美在其中。

是惟太始動其機緘，真宰貫乎品彙。雲根直攝夫地靈，木星本叶於象緯。桐得水而沆溶，水生雲而霙霼。流形泱漭，本自天成；鑿説支離，終嫌詞費。究其所以，總默運乎五行；孰使之然，仍歸功於二氣。烔晃兮類樓閣之重，蓊鬱兮匪山川所出。橫理乍表其庚庚，妙緒如抽夫乙乙。等柳枝之偶插，呼遍守宫；豈葭管之應時，藏諸緹室。詠攓雲之佳篇，陋吐雲之秘術。或者龍門種處，原含吐納之奇；應比爨下焦餘，尚現斑斕之質。

彼夫蘆灰畫月而形闕，葵葉向日而心攄。爛石浮香而馥若，老槐生火而炳如。均感通之有自，洵變動而不居。抑聞置秋日之九枚，請斯得雨；扣鼓音於十里，形可爲魚。事同於成雲之幻，理徵於積氣之餘。雖格物之微妙，孰索解於空虛？國家休徵駢疊，瑞采氤氳。朝陽挺夫嘉木，寶鼎覆乎黄雲。當春始華，蔭六尺百圍之萋莑；在天垂象，昭五鄉三裔之繽紛。趨桐掖以陳詞，載賡鸞暮鳳晨之句；指雲衢以騁步，不數金枝玉葉之文。

春山如笑賦 以春山淡冶而如笑爲韻

河陽畫理，妙欲通神。《説山》有訓，下筆生春。拄杖看來，空原有色；拈毫寫出，幻却成真。笑口誰開，試度踏青之曲；春光少住，應留拾翠之人。想其提壺午憩，蠟屐宵還。青堆數笏，緑湧千鬟。許我山行，正乍暖乍寒之候；可人春景，在半晴半雨之間。覺化工之在抱，宛樂意之相關。邱壑滿胸，人擅無雙手筆；烟雲過眼，圖成第一春山。

於是著意幽探，恣情遐覽。良工難遇，不數吴帶曹衣；粉本全無，漫借金題錦贉。與春色兮目成，問山靈兮首頷。橫排疊嶂，都成紫姹紅殷；指點重巒，頓掃塵飛霧晻。想布置之精嚴，極經營之慘淡。爰睇視其精神，初莫名其佳治。千金買得，暈墨纔勻；半面窺時，游絲細惹。園名歡喜，嵌遠岫之玲瓏；林是婆娑，露層巖之豁閜。湛清池而倒影，臨向水邊；照曲檻而生光，索從檐下。羌余情其信芳，洵我心之相寫。非關山嘯，恰稱春嬉。洞口重開，粲然啓齒；煙痕斜抹，淡若舒眉。覰點點之莓苔，乍疑承靨；映行行之楊柳，雅欲支頤。輪他桃李芬芳，悄無言而意遠；寫到羅浮離合，定相視而神怡。儻其靜對終朝，人同莞爾；即或卧游千里，路豈遠而。

他若繪千峰之蒼翠，值九夏之恢舒。秋崖表明净之狀，冬嶺肖慘澹之餘。四序皆宜，賦山居之可樂；一年最好，問春事其焉如？不須插菊滿頭，自饒色相；豈果添毫在頰，一任軒渠。彼其煊染多端，波瀾特妙。鳥解生歡，花真含笑。流泉譜琴瑟之音，輕颸播笙簧之調。雲拖紙尾，幾疑玉女爭驍；人立峰頭，恍聽蘇門長嘯。并入十分春色，增點綴於仙的神囂；飽看四面山光，罄形容於晨曦夕照。

閏中和節賦 以題爲韻

當斗柄之指春，遇則如而置閏；仰帝治之日隆，知歲功之克順。準黃道赤道而交符，正歲差里差而必順。《夾鍾》協律，遲吹七寸之聲；《大壯》占爻，徐驗四陽之進。藕益節而痕多，鳳添翎而采振。三十日平分晝夜，如留冉冉韶華；廿四回數到薔薇，試問番番花信。粵稽唐代，遠溯建中。詔開令節之三，佳辰特置；時惟仲春之朔，吉禮先隆。中聲宣其駘蕩，和氣藹以沖瀜。應候則芳時可紀，沿名則奕世攸同。贏度有常，象取歸奇之扐；餘分漸積，精占候氣之筩。不論正降斜升，總報重榮於瑞莢；偶逢昏弧旦建，仍裁小葉於高桐。

數稽杪忽，節亦中和。光風頻轉，膏雨偏多。愛春光之小住，問春事其如何？進三農書，匝月而猶勤勸勞；賜百官尺，經時而尚記摩挲。白袷青衫，處處更番裁剪；瓜囊果種，村村兩度行歌。樂儻重賡，定說前時耳熟；酒如再酌，可知依舊顏酡。

是蓋陰退陽進之機，氣盈朔虛之別。蘇品物而春深，察璣衡而閏設。奎躔天上，星垣延紫府之祥；壬在門中，太廟居青陽之列。鼕鼕社鼓，催暖氣而暄妍；樹樹桃花，駐輕陰而馥烈。喧呼蠶市，開場逾半月之期；璀璨井花，汲水憶三旬之潔。應比禊逢元巳，再尋蘭芍新篇；還如序展重陽，又續茱萸佳節。

彼夫失閏貽譏於謬訛，移閏或差於推步。後九月則正歲多拘，門五日則傳疑恐誤。未協蠢假緡終之宜，致衍作訛成易之度。方今天子合德心精，順時法布。握化樞於宥密，直闡苞符；運元氣於機緘，聿新器數。禧凝歲籥，中德體乎乾坤；頌誌春臺，和聲達於《韶》《頀》。欽熙績而撫辰，敬抽毫而獻賦。

【校】數稽杪忽，底本誤作『數稽抄忽』。

中和節進農書賦 以題爲韻

唐德宗撫辰凝績，李鄴侯因事獻功。良辰既届，吉禮攸隆。一年之計在春，順時罔忒；八政之首曰食，本務宜崇。候氣驗土膏之發，觀星測昏旦之中。請進農書，授簡仍遵《月令》；肇開嘉節，披圖如咏《豳風》。懿夫二月初吉，號曰中和。雨水知時而始降，夾鍾協律而無訛。未過春分，卯初卯半可辨；或云天正，重三重九同科。望膏腴之上地，兆穜稑於嘉禾。南畝方興，處處綺葱琅菜；西疇有事，村村雨笠烟蓑。爰續《荆楚歲時》之記，兼譜田家甲子之歌。課茅檐之作息，詔芸館而編摩。

其爲書也，析若支分，朗如眉列。徵引紛繁，鋪陳瑣屑。自祈年而迄報賽，數典能詳；由浸種以迨入倉，繪圖有説。旁搜稼器，載璧圓鑱利之文；附考農時，紀戊雨庚晴之訣。裒成一集，居然耒耜全經；上獻九重，恰值中和佳節。斯時也，透點點之春光，數番番之花信。菖葉紛披以垂條，杏雨飄颺而成陣。魚鱗有籍，徵户口之蕃滋；金布同編，樂閭閻之隱賑。裝以錦贉之函，鈐以芝泥之印。金穰有太史之占，木鐸等遒人之徇。稽首颺言，齋心恭進。則見冠裳肅穆，劍佩雍容。興歌禹甸，侈頌堯封。樂奏中和之聲，入條風而諧暢；酒釀中和之醞，浮瑞雪而醇醴。玉尺頒諸戚畹，丹禾獻自司農。此日芸册芝函，稽地官之職掌；他時神倉帝籍，登天府之常供。美矣盛矣，炳如煥如。曾聞祠立靈星，藉祈稷黍；不待田耕鈎盾，已集簪裾。雨暘祈其時若，君臣歌以樂胥。

然而編排徒備，粉餙疑虚。鉅典奉行於殿陛，恩膏未普於鄉閭。纂自禮官，不過崔寔四時之令；置諸黼座，仍如氾勝九穀之書。孰若我皇上宵旰勤民，聰明成務。耕圖聯詠，二三臣勉效賡歌；御畝親推，六十年載稽掌故。總春秋冬夏之詩，半雨雪陰晴之句。每逢東作，時勤巡稼省耕；偶歉西成，詔許復租蠲賦。何待筮時諏日，方展種植之文；已看尺地寸天，咸沐醍醐之注。

農佚粟十賦 以四舉而農佚粟十爲韻

考仲父之權謀，披幼官之典記。旅會載臚其文，豐亨坐享其利。釋從堂阜，已邀薰沐之三；富侈臨淄，不數兵車之四。戢戈櫜矢，邊鄙無虞；比櫛崇墉，盈寧可冀。一匡成九合之勳，萬寶拜十全之賜。

溯夫上下之禮克終，熙攘之從無阻。地辟於聊攝姑尤，成散於江黄荆楚。惟與國之踵來，宜嘉盟之再舉。濟濟敦槃，雍雍樽俎。以修邦交，聊固吾圉。宣威則四遠同風，勸休則九功惟敘。農無失時，民皆得所。懿其寧人息事，上恬下熙。里胥無四出之擾，公旬有三日之宜。勖田功者，上地中地下地；課農事者，縣師鄉師閭師。寛閑歲月，暇豫心期。勞而實逸，樂且忘疲。化國之日舒以長，聿修稼政；盛世之音安以樂，合譜禾詞。游其宇者，樂只衎而。則見士依婦媚，歲飽年逢。茨梁流衍，場圃從容。有幹有年，告普存之力；納秸納秸，輸惟正之供。稻收再熟，畝穫千鍾。春秋祈賽，朝夕饔飧。棅遍遺乎疆埸，舟且泛乎鄰封。蓋惟生長收藏，敬授時於四序；所以縣都甸稍，博生穀於三農。

儲不涸之倉，裕多藏之室。計四鬴而尤羸，蓄九年而更溢。時萬時億降之康，餘九餘三稽其實。野無告匱之時，國陋取盈之術。示以法程，禁其奢佚。稼穡之寶不訾，黍稷之香有飶。兼工商賈之趨事，生財者業别於三；溯貢助徹之異名，藏富者權歸於一。是惟賦斂不興，征徭毋促。利用以厚生，重農而貴粟。歲無歉而非豐，土無瘠而非沃。闢國數千里，日登在野之膏腴；制用三十年，不侈充庭之金玉。

顧牧民乘馬，皆涉言利之書；即軌里連鄉，僅安圖霸之局。縱立説之有稽，詎成效之能矚！國家瑞紀瓊禾，膏融玉粒。兆民蒙休息之恩，九賦樂輸將之入。户盡可封，家無不給。倉箱慶乎萬千，風雨調乎五十。豈徒歸魯滕之粟，僅較乎豆區釜鍾；已看遍山澤之農，廣儲乎縣都井邑。

農緯厥耒賦 以題爲韻

春回青帝，馭轉蒼龍。滋東郊之滲漉，履南畝而横縱。農大夫戒用以興鋤，田功孔亟；《夏小正》因時以緯耒，稼器宜供。勖終歲之勤劬，量晴課雨；憶昨年之豐稔，比櫛崇墉。一年之計在春，既備乃事；八政之首曰食，毋惰爾農。原夫耒也者，制本車人，通於市暨。偕礋磚以效能，置鎡基而從彙。自兩金創於漢代，舊式稍更；而揉木溯諸神農，先王所貴。耦則並奏其功，朴而不傷於費。柔欲句而堅欲直，《冬官》備載其形模；鑱上利而壁下圓，《耕圖》僅傳其髣髴。聞之利取諸益，早敷農教於閭閻；况乎政授其時，適協農祥於象緯。

於是保介爰咨，甸師上謁。備物以告虔，從宜而不悖。考四民之《月令》，農書肅啓於琅函；辨五地之物宜，農器豫陳於丹闕。或有箭而有梢，亦利推而利發。鋭其末以起乎土膏，曲其端以便乎耕垡。等諸錢鎛之庤，食哉惟時；念夫襏襫之勞，敬之毋忽。不待侯彊侯以，瞻《良耜》之略其；早卜既皂既方，歌《大田》之播厥。

天子將以吉日親耕，元辰秉耒。隆三推之上儀，溥千畝之嘉賚。禾麻菽麥，種以類從；公卿大夫，禮以次逮。示天下以本業之修，迪小民以土物之愛。甫有事於耰鋤，冀奄觀乎銍刈。故青壇翠幕，届臨事而敬有加；黛耜紺轅，必先期而禮罔廢也。由是司空致齋，野廬掃路。緑耦示恭，朱紘表度。陋弄田於鉤盾，跡涉嬉游；配太稷於靈場，文稽掌故。惟一人衣宵食旰，無逸軫稼穡之艱；斯百職獻種捧筐，趨事慶粢盛之具。襄盛典而駿奔，普湛恩而布濩。泠風清畎，已昭祭耒之儀；連襼掎裳，願奏藉田之賦。

賦賦 以賦非一體古詩之流爲韻

有佔畢先生，問於翰墨主人曰：『蓋聞雅變爲風，騷降爲賦。稽諸往哲，輒指事以陳辭；可爲大夫，則登高而得句。潤古雕今之技，一時並興；濡毫吮墨之徒，千載遥慕。於是管握雲來，言流泉注。侈藻繪於鳥獸蟲魚，敝精神於風雲月露。拘墟則幺麽並詳，窮大則影響咸附。積簡比於棟牛，乞靈儕乎朽蠹。本之撥者枝必傷，皮不存者毛安傅！其文皆擇而不精，其體可廢而不具也。』

翰墨主人正襟危坐，喟然長欷曰：『若子所云，固似是而實非也。子獨不仰睇於九宇，俯瞰於八圻乎？圓靈有旭卉之狀，則日月運於晝夜，星辰列乎垣闌；富媪有坱圠之形，則四瀆呈其浩汧，五嶽聳其崔巍。惟文章本乎真宰，斯筆札動乎天機。矧茲賦之瑰麗，將極意以指揮。吾第與子略言其概，而子試自析其幾也。則有金閨給札之英，玉署宣麻之匹。黼黻太平，鏗鏘聲律。言著庚庚，思抽乙乙。繪堯襟舜抱之規模，羅武達文通之故實。或濟略而艾繁，或馬遲而枚疾。雅雅魚魚，淫淫泆泆。超制作於尋常，罄形容於萬一。別有適興林泉，怡情魴鱧。對景物之悠悠，樂清流之泚泚。未成感遇之文，漫修投贄之啓。胸懷潔以無塵，筆墨浄兮如洗。大篇短幅，則擬乎瓊瑰；批郤導窾，則中乎肯綮。雖文陣之別裁，亦詞壇之具體。徒觀其驅調必新，選辭必古。各樹藩籬，競標門户。磅礴則極其渾淪，毛密則詳乎覼縷。辨色則迷乎赤白青黄，嘗味則備乎酸鹹甘苦。采蘭蕙者，不遺乎荃茅；寶鼎彝者，並收乎甖瓻。非所謂長袖善舞，多財善賈者與？

『豈知根茂而實遂，文成而法隨。通天時與地利，備人事與物宜。格肇乎四六之體，源出於三百之《詩》。醇而後肆，腐可化奇。枕經葄史，方矩圓規。如雲譎波詭之更其態度，如尺鱗寸甲之露其陸離。其挺特如層峰之崱屴，其冲融如澄波之演迤。如剥蕉葉，如抽繭絲。如繪之錯繡，如塤之應箎。精神如枝葉之扶幹，根柢如棟宇之植基。咸因文以見道，夫孰得而議之！子徒執渺小管蠡之見，倡焚棄筆硯之謀。是猶笑邱陵之可踰，而未陟嵩華之峻；嗤溝澮之立涸，而未涉江海之流。何不遠覽乎宋玉、唐勒、景差之輩，而尚友乎班固、司馬、楊雄之儔也？』

摛藻如春華賦 以題爲韻

生花妙筆，摛藻新詞。青蓮吐慧，黄絹搜奇。入園林而雅契，裝玳瑁而偏宜。植幹則亭亭浄質，搴條則馥馥芳蕤。紛綸錦濯，璀璨霞摛。情緣萼附，氣以蘭吹。鼻觀風來，四壁玲瓏之地；毫端露染，三春爛漫之時。夫其乘興高歌，眈思屬稿。萬里胸襟，千年懷抱。五綵之斑管親提，三月之繁英偕好。青眼頻加，紅英未老。逸態横生，俗塵盡掃。攬詞場之秀穎，摘艷原高；養深宅之靈根，迎韶獨早。烟霞過眼而成文，珠玉爲心而振藻。

情苗抽後，意蕊含餘。臨池雨潤，落紙雲舒。借化工爲點綴，得暄景以吹噓。繪向空中，偏饒色色；拈來坐上，合證如如。有抽黄配白之狀，是霏烟結霧之初。露盥菁蔥，採盈盈以贈遠；膏融金碧，芳菲菲其襲余。則有同心比臭，觸手如新。詞聯綺組，席接文茵。餘馨入夜，設色當晨。草生夢謝，香久留荀。敷英華以綴藹，孕智慧以苞仁。岸柳山梅滋其趣，粗桃俗李非其倫。渲染隨時，琢句則千林競秀；剪裁入妙，傳觀則四座皆春。

是其争鳴説囿，擬勝詩葩。鏤金錯綵，布穗舒芽。萬口流傳，錦繡心腸之製；一時傾倒，文章富貴之家。然而技詞必竭，麗色徒誇。鮮穠易謝，沃灌誰加？勉思文囿之棟梁，無忘秋實；願戒藝林之鞶帨，漫詡春華。我皇上聖敬日躋，睿姿天賦。覽乙夜而猶勤，儲西山而遍具。帝容穆穆，玉振金聲；聖謨洋洋，經鎔史鑄。接上聖之淵源，陋俗儒之章句。捧矞雲之天藻，絲綸皆典誥之遺；樂化日於皇春，鼓舞得賡軒之趣。

卮言日出賦 以卮言日出和以天倪爲韻

書成傲吏，旨溯宗師。乍支離以立說，每汗漫而陳辭。其出也無窮，義通乎分流別派；終日而未已，象徵乎挹彼注茲。味醰醰其相餉，勢衮衮而多奇。聊乘化於須臾，園曾居漆；將窮年而漫衍，言偶稱卮。聞夫拘墟坐井，識陋戴盆。覃思者務從其博，提要者貴探其原。在谷在坑，早居群動之總；滿堂滿室，能詮衆妙之門。求熟於生，酌醍醐而口悦；寓深於淺，睹瓦甓而道存。惟心通乎天籟人籟，斯義別乎寓言重言。

則有巧濬心靈，旁通儒術。千萬言顯附於經，内外篇統載諸筆。斲意匠以紛綸，傾智囊以洋溢。口說以咸輔而騰，口食以觀頤而吉。等醇醨於淡泊，泠泠御風；化臭腐爲神奇，昭昭揭日。且其或正或傾，可徐可疾。五石能容之瓠，孰測其深；百圍無用之樗，諒非其匹。拈來信手，合索諸廣漠之鄉；製本因心，早儲諸靈明之室。笑挈瓶之智短，綆必從長；異欹器之中虚，鼎偏以實。流於唇齒，耳食者群動指而來；沁入心脾，腹滿者各垂涎以出。文成翻水，辯等懸河。植基而壇宇增峻，聆音而金玉同科。在區蓋之間，微而能顯；知飲食之味，少或勝多。著横理之庚庚，朵頤争飫；引緒言之乙乙，甘旨紛羅。稟化工以頒其程式，酌物性而予以調和。則見泛濫無涯，謬悠自喜。守詎如瓶，淡寧似水！或佯問而佯對，揖主賓以交酢；竟有葉而有枝，銘盤杅而儷美。形形色色，別有圓規方矩之模；汩汩滔滔，孰溯倒篋傾筐之始。注瀝液以經時，信屬厭之有以。

儒有聞說鈴而亹亹，貯腹笥之便便。炙豨膏而逞誕，挹杯勺以相沿。不知戒多歧者詞寡，懲無當者體全。太素返諸太初，文以質爲幹；形下通諸形上，道與器爲緣。功計日而有餘，講習者各司其契；耻其言而不出，慎默者自喻其天。聖天子文成政典，紀邁因提。言以代天，普際蟠於上下；聲以爲律，偏漸被於東西。御論衍諸絲綸，球圖並守；至教參諸天地，謨典同稽。頌睿聖於箕疇，欽承彝訓；仰乾坤於羲畫，莫測端倪。

柔桑賦 以遵彼微行爰求柔桑爲韻

迢迢紫陌，藹藹芳辰。桑條乍放，蠶事方新。繭稅待收，早先時而必豫；婦官有典，飭同巷而咸遵。在堤楊岸柳之間，濃連十畝；正挑菜賣餳之候，暖過三春。時則柘館浮烟，桃溪漲水。草淺如茵，花穠似綺。芳塍滿眼，剛鏤金錯綵之餘；翠色關心，有望杏瞻蒲之比。人正閑兮，歌傳猗彼。偶然遊眺，新青聞陌上之腔；愛此暄妍，嫩緑趁風光之美。

則見圓真如蓋，大每成圍。問花鬚而葉小，挹露乳而根肥。甘澍連宵，抽春柯之冉冉；晴曦正午，烘陽氣以微微。偶拂羽而相過，鳴鳩早喚；或銜泥而小憩，雛燕初飛。種分荊魯，事盛江鄉。繁陰處處，薄藹行行。斜蔭榆檀之圃，平環薜荔之墻。照水則四面低垂，荇纔泛沚；接畦則萬株交映，禾正分秧。乍換綺羅，間相問訊；恰停刀尺，細與商量。蠶室已聞浴種，桑田盍往提筐？

況夫條枝貴早，入箔宜温。穩棲戴勝，小摘新蘖。仄徑人稀，細草斜陽之路；貧家事熟，繅絲煮繭之村。采恐踰時，莫待春光已老；功能計日，尚思本務宜敦。鄰里相從而戾止，諮詢已切於周爰。於是行偕比屋，睇遍平疇。斧斨競取，童稚頻收。隨風影落，帶雨痕留。萬家課婦，千户封侯。笑采緑之難盈，不知其故；擬析薪之克荷，亦又何求！此日曲植蘧筐，《芣苢》譜風謡之什；他時元黄朱緑，繪絺資黼黻之猷。是蓋典溯周家之舊，《詩》傳豳俗之謳。並民功而交勖，省婦使以勤修。地則改歲餘寒，黍難生暖；時則暮春協令，葉尚稱柔。紀候在葽秀之先，誥誡聞諸家相；述德衍瓞綿之緒，勤勞肇自公劉。聖天子對時育物，熙績凝祥。徵涵濡於萬彙，樂蕃庶於百昌。披《無逸》而陳圖，耕次以織；慶有年而親咏，農不遺桑。固已五畝環栽，衣帛施仁於岐鎬；豈徒八蠶遠貢，稱絲紀瑞於吴閶。

西番蓮賦 以題爲韻

有名葩之淡冶，鍾秀質於渠黎。紛牽藤而蔓引，乍委蘤而痕低。種别蘘荷，軒經未採；名沿菡萏，草譜誰稽？飛絶域之風塵，塞原標鳳；沃邊垠之埴壤，田亦稱雞。影入簷蔔林邊，應同目眩；栽向苾芻園裏，定許肩齊。世外因緣，佛國偕翻貝葉；寰中色相，靈根合證菩提。萬里攜來，隨玉琯瑶環而北；千年種處，在葱河蒲海之西。

爾其斜支薇架，穩護瓷盆。常春萌蘖，入夏孳蕃。弱幹輕扶，略比蔦蘿之施；柔枝半嚲，未如芍藥之翻。扇以和風，粲葳蕤而生艷；灑將膏雨，結蓓蕾而堪捫。始則五瓣抽條，潛舒秀蕚；繼而一莖捧朵，暗拆芳蓀。則見拳湧青而吐穗，心簇紫而留痕。四面拖藍，映天光之旖旎；中央暈碧，濯水影以繽繙。過花陰之幾度，問風信之更番。灌以三危之露，遮將百寶之旛。夜氣方深，斂繁英於暝色；晨光初麗，迎秀采於朝暾。所以清堪作供，妙欲通禪。能生智慧，不落言詮。三乘之宗可悟，初祖之偈斯宣。芬陀利影弄婆娑，未饒色澤；優鉢曇花開頃刻，究遜便娟。開自祇樹園中，香聞大地；拈入散花座上，笑問諸天。即看五彩添鬚，佛座之金銀無算；最愛三珠作頂，琳宮之瓔珞都圓。悟聲聞於净土，湧世界於青蓮。不須經寫貝多，自入無遮之會；儻其舟乘太乙，如登大願之船。

況夫得傍禁庭，仰邀宸顧。爛漫繽紛，芳菲布濩。詞臣設色，曾呈煙姿霧態之圖；天語親題，快睹雲爛星輝之賦。絳跗得絶等之褒，鐵線證稱名之誤。潑金壺以肖物，如出化工；借玉版以參禪，頓生神悟。地靈效順，入上苑而增妍；草本移栽，識遐荒之胥附。憶昨明駝野馬，飽經塞上風沙；欣隨紫脱朱英，長沐天邊雨露。

【校】潑金壺，底本誤作『潑金壼』。

蒸成菌賦　以題爲韻

參《南華》之妙旨，悟品彙之繁興。蓬心自轉，柳肘難憑。惜散材於樗櫟，展大化於鵾鵬。物可自齊，任塵垢粃糠之日積；生原似寄，隨春秋晦朔以相乘。轉天樞而不息，指野菌而旁徵。中植比類，地蕈同稱。求大木而延緣，與生俱化；問小年之消息，以氣相蒸。旭卉無涯，示機緘於神嚚仙的；氤氳有自，運槖籥於黄澒青曾。

原夫土爲萬物之母，木協東方之生。坱圠厚坤祇之積，胚渾凝富媪之精。氣本浮浮，扇洪爐而出治；機真躍躍，養深宅而含英。芊綿草覶，滲漉泥輕。苔斑初坼，竹箭新萌。雨積青蒼之色，泉流涓滴之聲。菰米乍黏而細綴，荷錢小疊而圓擎。苞裹膚而撑捲，瓣分界而痕成。非如水面萍浮，根莖無著；差共松間蘿施，依附多情。則見嫩比抽篁，穿宜迸筍。庇根之葛爲儕，衛足之葵漫哂。與駢拇枝指而同觀，實陽蓲陰敷之靡盡。四象迴旋，百昌隱賑。山澤端倪，勾萌兆朕。螢生腐草，幻境則環之無端；梯出枯楊，生趣則機之相引。試問荒唐邃古，誰稽歲月於靈椿？憑教開落春風，竊傲榮華於朝菌。

是惟醞釀經時，精華畢露。綜地産之效珍，信地道之敏樹。被潤澤而豐美，不遺累塊積蘇；化臭腐爲神奇，究等疣縣贅附。難並階蓂廚蓮，彰史簡之昌符；何若菜秀瓜生，備田家之掌故？方今郅治寰周，湛恩濃注。采芣苢而家室和平，育菁莪而冠裳遭遇。和風噓拂，繪朱英紫脱以成圖；德産駢臻，頌膏露醴泉而獻賦。

【校】豐美，底本作『大豐美』，應衍『大』字。

蠅虎舞凉州賦 以題爲韻

考志和之逸事，偶狡獪以呈能。挾微蟲而屢試，擅小技而堪徵。脈脈蚑蚑，狀比守宮之蜴；紛紛藉藉，名沿止棘之蠅。豈解當歌，音聞唧唧；誰令善舞，陣列層層？小隊成圍，每延緣而按節；中庭度曲，儼上下之交膺。踪跡等於鳶飛，無煩削木；跳躍儕乎人戲，不假緣絙。

夫其混跡蝸魚，齊形蝎虎。豹不藏斑，狐非善蠱。較鼃蝥而畢肖，網豈當門；擬壁蠨而差同，幕原依户。抛去韋家緑豆，疑揮白戰之拳；啗將陶氏丹砂，細認赤臊之股。質雖蠢而能靈，事以奇而化腐。有使之者，輒響應而影隨；不知其然，竟就班而按部。

於是布几紛拏，擎盤類聚。如射分棚，如營列伍。乃召伶工，乃徵樂户。會意蜿蜒，因人仰俯。乍紆徐而闡緩，背戴蟹筐；倏奮迅以超騰，肩摇螳斧。埒材角妙，成群排魚鶴之形；急管繁絃，細響按《伊》《涼》之譜。何用氍毹十丈，宛宛騰身；居然鼓吹兩行，蹲蹲起舞。或伸或縮，或低或昂。或開或闔，或圓或方。或鶯之喜，或燕之狂。或魚而頡，或鳥而頏。其招侶集朋也，則蟻蜂之智計；其交衝互錯也，則蝜蝂之奔忙。其雜沓傳聲也，則鳴鼓之蛙蛤；其回環如意也，則轉丸之蛣蜣。不徐不疾，可宫可商。似辨尊卑之等，無愆進反之常。拍板敲來，忽訝腔翻北部；隔簾聽去，錯疑人唱《西涼》。

彼夫蚯蚓用心而上下，蝦蟆説法而聊啾。嗤校鼈之渠略，壯鬬虎之蝤蛑。鷦螟解巢夫蚊睫，蠻觸各據夫蝸頭。促織登場，戲傳吴市；山雞對鏡，種誌炎州。詫風磑而雨春，渺兹蠛蠓；笑隄潰而樹撼，蕞爾蚍蜉。均賦形之俶詭，經博物之推求。孰若虢虢稱奇，蠕蠕争附。垂手多姿，點頭有悟。錦茵銀燭，何來遊戲之生涯；甘羽伊商，别創肖翹之掌故。可知蛾術而功專，蜩承而意赴。黽勉則力勤，蜎淵則神注。雖藝巧之無稽，聊指揮而成趣。請看蝡言蠉動，荒唐譜大遍之辭；將同蟣切蝨烹，瑣屑誦小言之賦。

館課偶存

詩一百二十二首

賦得懷德維寧 得心字

帝德周無外，民懷自獻忱。咸寧天下象，端本聖人心。愷悌宏仁育，精微仰知臨。宸居綿樂利，安宇效謳吟。耕鑿靈臺暢，農桑畫境尋。邇求歌雅切，攸好演疇深。磐石形原固，衢尊衆共斟。皇風親睦遍，蹈舞慶蒼黔。

賦得辟雍海流 得雍字

首善開文治，東都賦辟雍。令如流浩浩，象取海重重。洙泗淵源接，芹茆大小從。千年承統緒，萬里仰朝宗。支派黌門合，波瀾璧沼濃。靈臺賡雅樂，泮水紀侯封。鼓篋神俱肅，圜橋聽必恭。恩波涵聖澤，漸被遍章縫。

賦得登春臺　得臺字

璇極宸居肅，蘿圖治道該。宣恩敷下土，遵路樂春臺。象配乾坤大，基從福壽培。攻應成不日，廣欲被無雷。當午離明照，由庚泰運開。允升情皡皡，視履境恢恢。甘雨和風徧，前歌後舞來。舒長游化國，賡頌愧鄒枚。

賦得賞猶春雨　得春字

大地需甘雨，敷天慶好春。近光歸有極，行賞惠無垠。兑澤涵濡久，需雲燕樂頻。解時皆坼甲，巽命正重申。漫擬屯膏象，欣逢渙汗辰。恩深覃草木，言出奉絲綸。藹藹和風扇，瀼瀼湛露勻。醍醐叨寵渥，歌舞向楓宸。

賦得顧畏民喦　得喦字

莫以崇高勢，而忘視聽嚴。敉幾承昊綍，御宇畏民喦。子惠期無斁，寅恭本至諴。向風遵道路，履險慎巉巖。慄慄千夫指，兢兢六馬銜。凜乎齊乃位，惕若立之監。時用亨維坎，和平感自咸。聖人欽顧諟，化理運機緘。

賦得視水見形 得湯字

詞以銘盤切，箴緣監水詳。有形胥躍躍，所見自彰彰。空洞相臨照，妍媸漫遁藏。因人呈色相，遇物辨豪芒。九尺身頻檢，千秋鑒不忘。舟原兼載覆，盂試驗圓方。俯察民情協，旁推治道光。淵衷欽顧諟，聖敬邁成湯。

賦得下車泣罪 得車字

慎刑懷夏后，愷惻意何如？觸目曾含泣，關心竟下車。微辜原宥汝，涼德實慚余。麗法難寬矣，求生可得諸。停驂增悵惘，憑軾重欷歔。豈較凝脂密，難同漏網疏。赭衣皆軫念，黄屋肯安居。肆赦皇仁普，金雞奉詔書。

賦得三法求民情 得情字

司刺昭邦禁，哀矜慎得情。五刑惟審克，三法必持平。棘木參公論，鈞金訊定評。宥緣心可諒，赦許過能更。文網疏寧漏，爰書重亦輕。不教嚴刻覈，所貴悉聰明。民隱求無枉，天心本好生。宸衷欽庶訟，萬禩仰權衡。

賦得謙受益 得言字

謙謙通《易》象，占益紀昌言。天道盈虚悟，君心感召存。旁招旌在野，敢諫鼓當門。抱蜀神常静，凝旒念弗諼。樞機千里應，亨吉六爻論。從識皇風扇，都緣帝德尊。時行占有慶，下濟溯其源。聖學傳精一，施生遍九垠。

賦得射己之鵠 得心字

射義通乎道，功緣正己尋。序賓非貫革，繹志各從心。廊廟儀原肅，家庭象宛臨。分明懸畫布，消息度金針。事本綱常寓，情偕揖讓深。因人求表的，觀我得規箴。節自諧鐘磬，神寧愧影衾。騶虞宣帝德，燕譽矢歌音。

賦得比德於玉 得純字

共仰無瑕品，温温德日純。清如蘭氣味，潔比玉精神。素質寧留纇，澄懷不染塵。璠璵孚理勝，瑚璉廟堂珍。規矩原宜珮，聲華漫數珉。求沽非善計，有斐屬斯人。望重崑山寶，名儲上國賓。好將圭璧意，黽勉答楓宸。

賦得居大名難 得居字

卓卓賢聲著，榮名實孰如？有功斯可大，極盛恐難居。蓋代推勞績，盈廷集令譽。英華當赫奕，進退幾躊躇。多藝先乎識，惟終慎厥初。豈緣驚寵辱，早自悟盈虛。鼎命端皇極，乾元馭德輿。聖人能必得，位禄壽同書。

賦得棟隆吉 得高字

佐治思陽德，繇詞棟是褒。道隆推碩彦，占吉卜時髦。雨露天心厚，觚稜地望高。國楨儀采鳳，宸極拱金鼇。綽有名材譽，如將左券操。屹然資柱石，仰止遍蓬蒿。大用剛能任，中爻績獨勞。樹人歌棫樸，弱植荷鈞陶。

賦得大車以載 得車字

緬彼名臣德，爻辭擬大車。積中應不敗，厚載更誰如！秉軸兼群策，扶輪得衆譽。无尤占脱輻，利往卜閑輿。蕩蕩規模遠，休休器量舒。山惟宗岱嶽，水自赴歸墟。皇路馳驅日，英才駕馭餘。中央瞻斗運，大有萬年書。

賦得皇皇者華 得行字

薇省鳴珂入，楓宸載幣行。君恩霑草木，臣遇感蒿苹。目送關河遠，形分組綬榮。春風暄驛路，紅雨潤雙旌。國事如家事，山程又水程。菰蘆慚質陋，葵藿許心傾。賓館葳蕤布，星軺爛漫迎。皇仁敷九寓，重譯競抒誠。

賦得脂膏不自潤 得膏字

漢代姑臧長，循良品特高。貞原同鐵石，潤豈藉脂膏！囊橐肥何事，田廬問不勞。酌泉貪必戒，覆餗責誰逃！臣節雞廉勵，君恩鶴俸叨。冰心長皎皎，豨腹笑饕饕。簠簋今尤飭，絲綸詔屢褒。自公懷報稱，退食德如羔。

賦得坐茅以漁 得茅字

渭濱垂白叟，踪跡類由巢。八十猶持釣，尋常偶坐茅。閑情抽獨繭，餘事挂輕梢。未兆連茹吉，先占用藉爻。精神如縱壑，雲雨竟騰蛟。魴尾扶屯運，蒲輪卜泰交。遭逢魚得水，契合漆投膠。草莽彈冠慶，昌期豈繫匏！

賦得其末立見 得中字

豈果囊無底，神錐儼在中。有芒韜未得，其末見皆同。穿縞形難閟，懸針勢自工。原非求表襮，素不受牢籠。躍擬池藏鐵，精逾冶鑄銅。乍看刀出匣，任試布連筒。事紀《平原傳》，人多國士風。全材歸藻鑒，穎脱荷恩隆。

賦得鶴鳴雞樹 得高字

鳴鶴標清望，文章稱譽髦。鳷池推美製，雞樹得崇褒。呼旦扶桑曉，含香禁籞遭。聲原非俗響，立早陋群曹。華省儀鴻羽，朝陽蔚鳳毛。翔來千仞上，唱入五雲高。靡爵音能和，棲枝借幸叨。三珠環禁苑，接翼上神皋。

賦得觀經鴻都 得經字

石自光和立，鴻都緬漢廷。來觀皆秀士，所刻是遺經。筆擬中郎妙，文殊大篆形。填摹窺子細，讐校互丁寧。久奉菑畬訓，新傳翰墨馨。一時書萬本，七部溯千齡。秘府東西壁，橋門左右庭。石渠新寶笈，儒術焕儀型。

賦得拜五經 得經字

肅肅勤三拜，煌煌列五經。先師勞撰述，後學奉儀型。夙起羹墻慕，時懷俎豆馨。韋編心可接，木鐸耳猶聽。鎮地名齊嶽，行天數儷星。文章功不朽，車服器同靈。筮日諏庚子，藏書陋丙丁。崇儒親釋奠，習《禮》遍槐廳。

賦得一官一集 得官字

王筠宏著作，游宦紀平安。手訂皆成集，頭銜各署官。三遷榮組綬，百卷富波瀾。綺歲攀坊桂，雲衢握省蘭。新除鴛鷺美，舊稿棗梨刊。玉佩瓊趨樣，年經月緯看。閑情留翰墨，盛事譜衣冠。橐筆依丹陛，深慚報稱難。

賦得說詩解頤 得來字

說《詩》誰獨擅，漢代逸群才。不覺令頤解，端應望鼎來。高歌談在昔，得味美於回。敦厚温柔教，南豳雅頌該。姸詞兼比興，莊語雜嘲詼。耳受專心聽，顔移笑口開。翻瀾奇愈出，折角衆交推。御論經筵啓，王言實大哉！

賦得五人各伺一更 得更字

夙有焚膏願，湘東著令名。幾人同侍直，五夜各知更。屆候看魚躍，輪班聽雀鳴。瞽矇偕賦誦，僕御半聰明。待漏供宣唤，分經合課程。總教欹枕處，不斷讀書聲。偷卷心先覺，投籤夢並驚。宵衣欽典學，視草上蓬瀛。

賦得借書刊謬 得刊字

典午開藩邸，儒林力獨殫。一瓻書可借，千卷謬爲刊。圖籍羅胸次，精神寄筆端。馬防書尾誤，豕改渡河觀。肯共輕裘敝，休辭掃葉難。注經時漬墨，證史屢磨丹。護惜良朋感，流傳後學看。欣依中祕近，寶軸富文瀾。

賦得升屋讀書 得升字

入耳更三點，當頭月半稜。於書無不讀，有屋亟其乘。室少薪燃燭，貧無帶續燈。建瓴高處立，把卷望中凝。鑿壁原同調，敲門定未譍。良宵清似水，密字細如蠅。光是將殘候，人居最上層。花磚瞻日影，雲路得梯升。

賦得瓶水加足 得瓶字

碩彥勤稽古，宵分不暫停。驚心時置水，加足每攜瓶。汲本資修綆，功寧詡建瓴。當窗肱未枕，穿榻膝留形。酌彼神斯惕，承之念獨醒。流光波易逝，滴響漏剛零。曳履人聲寂，焚膏燭影熒。昔賢曾沃面，勵志共惺惺。

賦得朝暮運甓 得勤字

孜孜朝復暮，運甓勵精勤。積數剛符百，餘陰每惜分。關心纔早旭，到眼又斜曛。俯拾情偏亟，成堆意轉欣。時乎來不再，道在語曾聞。斗室經年課，中原異日勳。挈瓶心自遠，抱甕力同塵。宵旰欽無逸，乾行仰大君。

賦得罷櫛綴文 得文字

詞賦金荃麗，飛卿筆不群。有時抛象櫛，乘興綴鴻文。叉手才原捷，科頭意轉欣。千言揮藻彩，五盥謝蘭薰。沐浴靈根潤，爬梳妙緒分。精心如髮細，露頂任絲棼。月旦推冠冕，風華净垢氛。儒生期振澡，三握聖衷勤。

賦得饋貧糧 得糧字

醰醰三味餉，衮衮五車藏。既富懷其寶，如貧饋以糧。筆耕秋後穫，甑溢夢中忙。墨誚論升飲，才誇計斗量。精神期滿腹，文字儼撐腸。藝圃菑畬廣，書田菽粟嘗。屬猒寧問價，拜賜不求償。鼎養叨隆遇，傾心答聖皇。

賦得妙句雲來 得來字

麗藻天然處，清吟日幾回。摛詞看句妙，落紙似雲來。言著庚庚好，思抽乙乙纔。滿胸囊鎖入，脱腕手搴開。五色呈繁縟，千絲合剪裁。紛綸皆錦繡，點綴有樓臺。筆露情俱潤，思風興自催。宸章歌糺縵，賡咏屬通才。

賦得詩牌 得牌字

暇日供清課，吟場愜雅懷。珊瑚支筆架，珠玉寫詩牌。起草隨題换，分行逐韻排。錦囊教並貯，粉本合爲儕。子細從頭讀，辛勤著手揩。碧紗籠字妙，黄絹製詞佳。得趣書龕共，稱名畫舫偕。天章懸日月，傾聽八音諧。

賦得青錢萬選 得精字

學士膺華選，青錢擬令名。八科覘利器，萬口聽公評。針縷穿原密，爐錘鑄自精。披沙經妙揀，擲地有奇聲。文庫掄材美，詞場得價贏。低頭皆首肯，刮目定心傾。特識邀金鑒，量才問水衡。鴻篇推國寶，槖筆上蓬瀛。

賦得柳汁染衣 得糕字

瑞兆芙蓉鏡，神機暗裏操。彈將新柳汁，染出艷宮袍。紅杏分明在，朱衣指點勞。靈蹤原渺渺，絮語覺嘈嘈。許我青衫换，將游紫禁高。龍門魚化尾，螭閣鳳誇毛。有日懷綾餅，無忘祀棗糕。天香攜滿袖，上苑試揮毫。

賦得金花帖 得銜字

紅綾新與宴，繡帖乍開緘。蕊榜張丹陛，金泥捧紫函。鏤將絲細細，綴以綵縿縿。增價榮名寶，封題吉字嵌。手披邀齒録，眉列署頭銜。富貴花簪帽，光明錦製衫。甲科叨選舉，乙覽辨精嚴。蓮炬蒙恩寵，聲華定不凡。

賦得華承棣萼 得承字

性合倫斯敘，家肥福有徵。荆枝榮可樂，棣萼喜相承。扶幹庭階秀，攢葩歲月增。陔蘭詩入譜，春草夢堪憑。根植靈基固，株連瑞藹蒸。分甘懷孔奮，同被艷姜肱。杕杜情何限，燃萁感不勝。太和門内事，孝友史書稱。

賦得漁者宵肅 得宵字

宓子鳴琴治，觀民令聞昭。魚看潛在渚，人乃肅於宵。長吏思無斁，吾儕視不恌。偶然詢父老，凛若奉科條。晚市三更月，殘燈一葉船。絶流收數罟，漏網走纖鰷。暮夜風猶古，閭閻俗化澆。熙朝聲教溥，草野送歌謡。

賦得索酒瀉柱 得箴字

司空膺美授，好友進良箴。抗手言纔吐，當楹酒滿斟。棟梁承寵渥，柱石寄情深。大器期無負，中流力獨任。秉鈞調鼎鼐，覆餗愧纓簪。勉以千秋業，殷然一寸心。置盂衷共表，酹地義堪尋。簠簋臣工飭，趨朝納悃忱。

賦得種壽泉 得津字

七液靈泉湧，華池灌溉頻。將祈無量壽，試咽自然津。源溯天生水，精逾汞化銀。成丹捫爾舌，鍊氣取諸身。少腹長生府，重堂不老春。符嗤吞癸甲，日笑守庚申。漸欲隨龍駕，何勞學鳥伸！《黄庭》清曉讀，誰是謫仙人？

賦得工用高曾之規矩 得曾字

素業工能用，西都盛可徵。規模傳氏族，矩矱守高曾。匠本因心巧，華寧踵事增。析薪肩克荷，肯構跡相仍。家學良弓冶，門風舊準繩。方圓欺未得，重疊偭何曾！農有先疇服，儒多世德承。熙朝崇品式，物曲利皆興。

賦得鄉人飲酒 得人字

酒醴成佳會，鄉田集比鄰。偶爲無事飲，同是太平人。負耒横經處，登場納稼辰。大都來往慣，彌覺笑言親。盞斝更番勸，壺觴錯雜陳。所言惟孝弟，入坐半婚姻。渾欲忘賓主，何煩問介僎！躋堂歌萬壽，率土願歆《豳》。

賦得金蘭簿 得蘭字

海内逢知己，陶陶樂盡歡。同心徵水乳，攜手譜金蘭。獻紵三生契，班荆一笑讙。精神盟白水，姓字紀烏闌。自有明神鑒，寧容俗子看！堅貞儕鐵石，馥郁沁脾肝。膠漆忘年厚，雲萍耐久難。謝家《交信録》，千載好同觀。

賦得綢繆牖户 得繆字

牖户關心處，殷勤幾運籌。終朝恒拮据，著意屢綢繆。入隙光微透，應門計自周。吾廬如寄耳，小住可能不？結搆多時事，平安最上頭。室家今有慶，風雨定無憂。封垤差同蟻，居巢肯聽鳩。將雛歌一曲，更作稻粱謀。

賦得養其一指 得知字

大人從大體，一指竟奚爲！語小偏如是，拘墟信有之。舟中堪掬處，禪意欲參時。三極韜寧遍，千億愛每遺。燒應憐慧海，攞定惜工倕。得意雙駢拇，關心六出枝。毫毛還自戀，肩背復何知！十手難兼養，觀天笑管窺。

賦得小窗多明 得焦字

即境窗堪喻，神從妙悟超。曰明多皎皎，雖小必昭昭。斗室裁珠網，分陰度綺寮。微塵原下界，朗月恰今宵。洞若千門啓，量寧十笏饒！虚靈生户牖，結搆擬瓊瑶。古學經傳漢，繇詞筮溯焦。聖聰今四達，光被邁陶堯。

賦得跡求履憲 得瞻字

製履求成憲，常於舊迹瞻。雙雙留矩度，一一辨毫纖。鴻爪痕原似，芹泥涴不嫌。踏花紅僛齒，印雪白堆鹽。以此規模在，能令智巧兼。步趨如指點，刀尺想精嚴。合轍車能造，依聲管可拈。遵王新樣好，會極徧閭閻。

賦得臧穀亡羊 得同字

説部傳臧穀，亡羊喻最工。人如蠻觸幻，事等馬牛風。羸角占原巧，麑肱夢不通。補牢應亟亟，走險太匆匆。試問行人得，從教牧圉空。荒唐隨鷸蚌，得失付雞蟲。托業情懷别，忘機爾我同。莊生《齊物》意，領取寓言中。

賦得周人懷璞 得懷字

荆岩搜萬鎰，鼠璞漫相儕。不謂還其地，居然取自懷。享原慚敝帚，味欲餉珍鮭。褚小藏應便，城連價恐乖。握瑜疑未釋，被褐狀殊佳。崑鵲心思抵，雛鵷説類俳。乍驚錢舞蝶，休認橘踰淮。睿鑒甄名實，研精仰聖涯。

賦得歧路又有歧 得多字

朋從原必戒，歧出象如何！即鹿林將入，亡羊路更多。中逵初坦蕩，仄徑乍紛羅。漸覺迷途遠，頻教記里訛。已經誰可問，又顧欲之他。境豈三叉誤，涂寧九軌過！行庭時不失，越畔事同科。遵道歸皇極，康衢擊壤歌。

賦得矯首徇飛 得飛字

野曠天空處，成群羽族飛。游神多暇豫，矯首偶瞻睎。陣陣銜烟出，行行帶月歸。聆音高復下，辨影是耶非。引繳心思射，安絃手僅揮。翩然將擇地，舉矣儼知機。獻鳥情雖急，從禽願每違。循雌原必獲，不學恐貽譏。

賦得流丸止甌臾 得臾字

丸流機不息，所止在甌臾。複穴凹三尺，低窪占一隅。此中皆靜境，有物儼奔趨。空洞虛能受，圓通礙本無。爭歸如注壑，躍入比投壺。乍可觀其萃，誰言受以需？坳堂浮寸芥，撒殿數明珠。灌水提毬去，靈心屬鳳雛。

賦得踊水機 得機字

薄海輿情洽，朝宗識會歸。防川徒著令，踊水笑多機。行地流原暢，因人性乍違。騰空翻瀑練，倒影濺苔磯。縱免羸瓶象，終聞過顙譏。勢寧潮汐比，事擬桔槔非。圖治形雖亟，成功見亦稀。皇猷徵大順，萬派匯郊畿。

賦得射覆盂 得懷字

盂覆緘原密，機張巧莫階。圓神含色相，方伎等詼俳。事擬藏鈎幻，形如被褐懷。解頤辭欲遁，占艮卦誰排？曲藝知何補，靈根諒有涯。照盆寧幸中，志目恐終乖。誤以聰明用，難將器數諧。挈瓶嗤小智，收視學心齋。

賦得禽魚結侶 得魚字

棲波難覓鳥，緣木漫求魚。不信天淵境，同謀旦暮居。通巢時款款，比目互噓噓。風水情偏洽，雲泥説竟虚。鰈鶼偕遣使，鯉雁並傳書。縱有機相感，寧言遇未疏！憑誰邀伴侣，此事必齟齬。飛躍參宸契，長叨化日舒。

賦得歲有四秋 得齊字

阜財書溯管，藏富霸稱齊。統以三秋令，分將四序題。粟絲交勞勸，耕織互提撕。耜鐵春郊賦，蠶綿夏税齎。庚辛農稼納，壬癸女工稽。執矩周天遍，循環計日徯。蓐收神屢賽，聊攝候寧暌。歲有長春祝，登臺壽域躋。

賦得冬爲歲餘 得三字

勵志陰宜惜，程功念每貪。冬餘留令序，歲晏足幽探。硯沼冰紋漾，簾旌雪意酣。小春期久住，舊學許頻參。量線纔添寸，揮戈欲返三。年光催臘鼓，生計託書龕。短晷時寧失，寒宵讀尚堪。上庠勤詔士，儒術沐恩覃。

賦得嘗稻雪翻匙 得冬字

煮稻霜華潔，翻匙雪影重。嘉名傳半夏，至味足三冬。野曠連雲穫，天寒帶月舂。浮浮香十里，粲粲玉千鍾。乍映留犁色，全遮黑漆容。輕憐操匕滑，軟似著牙鬆。漫擬青精饌，差同白石供。穀人今足晝，飽飫湛恩濃。

賦得容光必照 得容字

景仰中天麗，光能一線容。無私同覆載，遇闕即彌縫。幺麼形難遁，方圓印有蹤。烏蟾看朗朗，帷幕任重重。載魄還終魄，高舂復下舂。流輝通罅隙，因物示横縱。巧入痕如繪，斜穿影必從。聖心昭日月，萬類荷陶鎔。

賦得雲氣如船 得船字

《易》演京房術，占雲偶似船。風摇香水海，路指蔚藍天。斜漢波頻縐，游絲纜乍牽。垂梢雙槳直，倒影一帆懸。玉宇難尋岸，銀潢欲泛仙。上清槎貫月，太乙葉浮蓮。靉靆形如是，氤氲氣自然。會看甘澍沛，十日兆豐年。

賦得水雲魚鱗 得鱗字

水意蒸雲色，雲容漲水濱。未須瞻豕蹢，早見驗魚鱗。疊疊鋪銀漢，層層射玉津。上天需有象，麗澤兑無垠。雨到排成隊，風生蹙起皴。知期参尾宿，倒影誤漁人。龍氣噓原濕，鯨波狀逼真。豐年占好夢，糺縵應昌辰。

賦得風雨奉龍 得龍字

神物昂然起，蟠空出卧龍。爪牙纔一露，風雨正相從。激水三千里，排山幾萬重。封姨增閃閃，河伯助洶洶。雲路長相護，潢池勢乍衝。群峰環泰華，九派仰朝宗。翕合應同氣，欽承罔弗恭。御天占利見，納款遍堯封。

賦得時風夕灑 得多字

大塊吹噓遍，泠泠灑澗阿。時當新月上，風到晚窗多。商角絃誰扣，喁于調豈訛！寂然群動息，泊爾好音拖。林木如經雨，池塘欲起波。寸心君子契，永夜故人過。應候融生氣，無邊鼓太和。忻忻披拂意，小立對星河。

賦得春雨如膏 得訛字

有事西疇日，春風扇太和。油雲連晝合，膏雨浹旬多。輕靄纔籠岫，微痕欲漲波。扶犁翻緑隴，叱犢覦青莎。淺膩剛黏屐，濃陰稱荷蓑。天漿真挹露，地脈最宜禾。入夜潛生潤，知時定不訛。皇心欣茂對，誌喜發新歌。

賦得細雨濕衣看不見 得春字

偶被三銖服，閑遊二月春。花開迷曲徑，雨細濕芳塵。著體何嫌膩，凝眸未覺真。渾忘珠點點，幾抹縷頻頻。白袷輕相稱，青衫潤轉新。飄如香霧散，薄訝曉煙勻。不礙尋芳屐，應留拾翠人。被襟饒煦嫗，詩思滿前津。

賦得夢回聞雨聲 得回字

入夜瀟瀟雨，酣眠夢乍回。濃陰簾外布，爽氣枕邊來。花事關心久，風聲到耳纔。檐鈴音半和，溪水響頻猜。恍惚窗微曙，朦朧眼倦開。陶然安筦簟，果否濕莓苔。畫景空中寫，詩情静裏催。披衣凝望處，紅潤滿樓臺。

賦得荷露烹茶 得烹字

勝會聯茶社，奇芬鼻觀清。埚來荷蓋展，挹彼露華烹。春茗新泉試，天漿翠掌擎。三更吹錯落，一掬貯晶瑩。蟹眼徐徐過，雲英點點輕。污泥原不染，芳氣妙相迎。味出酸鹹外，香從齒頰生。蓮房饒韻事，領略在幽情。

賦得積雪爲小山 得山字

門外山光好，庭前雪意閑。呼童來掃雪，此地即爲山。淡映梅千樹，低遮月半彎。爪痕疑屐齒，烟色訝雲鬟。銀海迷離頃，瓊樓想像間。玉憐行處朗，冰笑倚來艱。凹凸纔三尺，岡巒見一斑。春風消釋後，泉響尚潺潺。

賦得查客至斗牛 得查字

昔有尋源客，曾乘貫月查。女牛驚乍見，星斗認非差。上界三霄露，中秋八月花。長庚應作伴，太乙合同誇。雲水疑無路，神仙信有家。恍如游渤澥，果否飯胡麻。靈匹千年會，歸途萬里賒。殷勤携片石，回首杳天涯。

賦得支機石 得支字

女手摻摻織，機頭故故支。千年人偶到，一片石稱奇。靈氣凝山骨，幽光浸蘚皮。功曾資杼軸，穩欲勝樺桅。不轉心如是，成章語訴誰？殷勤相問訊，珍重好攜持。贈我應無價，重來未有期。問名過蜀肆，蹤跡憶神池。

賦得長夏江村 得長字

村居饒逸趣，卜築對滄浪。江岸波紋闊，人家夏日長。羅衫輕欲試，冰藕味新嘗。戲水鷗來往，銜泥燕頡頏。千章槐柘影，十里芰荷香。晝永蟬鳴樹，門關酒滿觴。裁詩消溽暑，倚樹納微凉。何處漁歌起，扁舟泛夕陽？

賦得水始冰 得寒字

料峭風初緊，繽紛雪未闌。水痕纔入凍，冰影已生寒。淺溜餘涓滴，平流失渺漫。玲瓏真玉綴，瑣碎有花攢。一夜新痕合，三篙舊漲寬。乍鋪霜皎潔，猶照月團圞。狐聽行還早，魚游釣恐難。腹堅淩室入，閟殿薦雕槃。

賦得原隰龍鱗 得龍字

西都抒麗藻，原隰擬形容。鳥紀方催扈，鱗排宛肖龍。横庚看疊疊，編甲認重重。大有蟠蜿狀，仍留界畫蹤。在田占雨施，多稼即雲從。麥浪摇疑動，沙渠決乍衝。十千歌歲取，五萬溯堤封。鳳塞春耕早，皇心正劭農。

賦得樵路細侵雲 得樵字

偶訪高人宅，閑尋野外樵。暗侵雲縷縷，細認路條條。峭壁看如削，連峰勢欲摇。空青雙眼迥，虚白一肩挑。到嶺烟全幕，穿林霧未消。歌聲迷洞口，嵐氣漲山腰。小住棲遲慣，幽情寄託遥。杖藜凝眺處，引興到芻蕘。

賦得帆隨湘轉 得隨字

瀟湘春漲好，鼓棹欲何之？碕岸頻頻轉，風帆片片隨。天光同浩蕩，雲影共逶迤。一葉沿流下，三篙破浪時。放舟前路渺，回首舊踪移。花落閑相送，雲飛興每宜。坐中青靄入，水面緑陰滋。縱目烟波闊，悠悠萬里思。

賦得石磴瀉紅泉 得紅字

地紀麻源勝，山從石磴通。千層鋪蘚緑，十丈瀉泉紅。勢湧懸崖上，光摇急溜中。濺成珠顆顆，霏作雨濛濛。日落殘霞照，烟生煖霧籠。丹砂誰問訊，絳雪半飛空。出谷聲猶壯，搜岩興未窮。淹留攜屐齒，謝客句能工。

賦得溜穿石 得穿字

石抱硜硜質，由來不奪堅。千條山湧溜，百步札如穿。窠臼排層岫，甌臾指一卷。雲垂看水立，嶺峻儼河懸。下尺深能入，圍三象每圓。時原經歲月，勢已徹中邊。習坎行無息，盈科進有緣。磨礱資麗澤，勸學勵精專。

賦得石不奪堅 得堅字

珞珞寧如石，旁參《吕覽》篇。縱教形偶泐，詎奪質之堅！大每圍三丈，多纔舉一拳。胚胎原結核，風雨幾經年。匠任隨心巧，柔應繞指憐。硜硜貞叶吉，介介守能全。不信金同鍊，惟聞霤或穿。飭躬期玉潔，黽勉答陶甄。

賦得林繁匠入 得林字

輪囷鍾巨質，翳薈結繁陰。度木來班匠，掄材入鄧林。十圍形晻藹，一徑氣蕭森。老幹經霜雪，名山計丈尋。不才樗櫟棄，大用棟梁任。岩穴甘終古，塵埃得賞音。遭逢知己感，珍重後凋心。棫樸開賢路，昌期卜盍簪。

賦得繁林薈蔚 得賢字

地勝堪游目，林繁不計年。槎枒形太古，蔥蔚望無邊。晴翠拖平野，空青盪遠天。向榮皆沃若，培篤必因焉。葉密惟藏雨，叢深慣聚烟。高承千尺聳，大擁十圍圓。梁棟儲原久，薪蒸用亦全。樹人敷聖化，才藪正多賢。

賦得一院有花春晝永 得春字

幽居消永晝，小憩樂芳辰。翦就千枝錦，妝成一院春。陰陰簾委地，細細草鋪茵。斜晷緣堦緩，飛英壓帽頻。相羊林下路，瀟灑座中人。漏滴留清響，香薫散綺塵。小紅時度曲，大白試沾唇。分得酴醾種，看花未了因。

賦得衝花覺路春 得鶯字

來往衝花陣，高枝見早鶯。路紆通屐迹，春好在禽聲。三徑韶光麗，千門翠色呈。穿林初戢戢，遶樹忽嚶嚶。試唱《清平曲》，如居錦繡城。芳辰遊不倦，清趣妙難名。宛轉歌拋玉，玲瓏蕊散瓊。願留駘蕩景，長得踏青行。

賦得煮茗就花欄 得欄字

艷放霞千片，圓攜月一團。閑情邀茗飲，小坐就花欄。勝地塵俱凈，繁陰竈可安。篆烟飄縷縷，碎影結盤盤。露朵蜂鬚抱，雲英蟹眼看。松枝堪入畫，瓊蕊合同餐。亭午排茶具，園丁汲井榦。詩成剛七椀，韻事有餘歡。

賦得花鬚 得鬚字

羯鼓催花放，叢林錦繡鋪。乍教紅覷頰，陡覺緑添鬚。小瓣千莖傅，春膏幾簇腴。頻教痴蝶抱，不受淤泥汙。著雨支難穩，和烟望欲無。桃鬟相掩映，柳眼共糢糊。護惜園丁課，相羊酒社娛。撚髭肩正聳，得句幾踟躕。

賦得馥如幽蘭馨 得馨字

良友通蘭訊，新詩寫畫屏。同心原比臭，得句更留馨。入室人俱韻，生花筆有靈。含芬依秀畹，結思到遥汀。意蕊疑分翠，詞條欲拾青。聞香今領取，紉佩昔曾經。别緒風前柳，浮蹤水上萍。相期崇令德，好並芷升庭。

賦得心虚師竹 得心字

不可居無竹，澄懷寄意深。豈惟師直節，兼以學虚心。空洞期能受，塵氛總不侵。如筠模楷奉，有斐切磋吟。君子撝謙吉，公孫撲滿箴。圓神堪證性，標格願披襟。若谷思清範，因風慕德音。棟梁儲國器，松柏更森森。

賦得竹深留客處 得留字

一徑深深處，檀欒竹影稠。滿園皆灑落，有客久淹留。當檻重重密，環亭面面幽。句成詩入畫，風過夏如秋。得趣茶初熟，招凉簟未收。恰宜終日坐，樂與此君游。掩映荷千柄，玲瓏月半鈎。來朝餘興在，須問主人不？

賦得桃李不言 得言字

誰躡遊人屐，春風桃李園。拈花方欲笑，守默竟無言。白訝瓊枝染，紅憐旭日暄。隔籬饒逸韻，著雨濕芳魂。定有知音賞，何須自試煩！風中歛故故，月夕貯温温。任寫歌詩競，憑教鳥雀喧。悠然含蓄意，花下細推論。

賦得彈弓種桃 得桃字

曼卿游宦地，三尺彈弓操。于野寧從獸，彎弧爲種桃。童山無竹柏，小核類蒲萄。到眼千丸落，當頭一躍高。飛空抛峻嶺，亂灑下平皋。計斛泥堪裹，聞聲鳥欲逃。移花原有術，插柳笑徒勞。他日春風好，尋芳載斗醪。

賦得佛手柑 得柑字

異果園丁護，嘉名佛子參。幾頭同種橘，如手競傳柑。笑向拈花悟，禪從豎指探。可能翻貝葉，雅欲現優曇。脱腕生機熟，擎拳妙趣含。堆盤疑合十，交影想叉三。般若資清供，頻婆佐美談。移來香水海，頂禮頌和南。

賦得音聲樹 得槐字

奕葉承恩樹，都堂列古槐。有音諧六律，其瑞兆三台。共訝先聲到，頻將吉語猜。鏗鏘知調叶，爛漫正花開。魚袋纏腰未，鸞書屈指來。如聞絲竹品，早擬棟梁材。事紀中書省，祥徵御史臺。黌宫嘉蔭在，睿藻荷親裁。

賦得霜葉紅於二月花 得花字

老樹傳霜信，酣紅幾倍加。清蒼添樹彩，點綴勝春花。錦覆層層密，叢深面面遮。桃英看尚淺，杏萼擬還差。古徑蒸晴旭，寒山絢曉霞。如兹新色澤，那讓好韶華！遶路仍秋草，穿林起暮鴉。千峰凝紫氣，吟眺且停車。

賦得春草似青袍 得春字

物態饒暄暖，天工細補紉。人纔披白袷，草亦染青春。穿線秧針巧，裝綿柳絮新。好風催剪快，密雨散絲匀。嶺背裁無縫，山腰摺有皺。垂楊如綰帶，席地即鋪茵。暈碧雲籠野，拖藍水漲津。宫袍依輦路，承佩净纖塵。

賦得草木爲髮 得山字

入望天喬象，鬖髿遠岫間。有形編似髮，其體附於山。高綰絲千丈，低垂水一灣。嶺雲披絮帽，嵐靄擁烟鬟。著雨膏如沐，經霜色未斑。朝陽晞用櫛，暮影卷成環。露頂添螺髻，簪花艷月鬟。峰腰斜轉處，石罅更孱顔。

賦得似曾相識燕歸來 得來字

忽憶經年别，春風燕子來。尋巢如有約，識面半相猜。月夜棲梁慣，花晨入幕纔。更番成主客，幾度認樓臺。絮語鶯爲伴，芳情蝶許陪。前塵勞問訊，舊雨重徘徊。歸夢應千里，游踪又一回。村村鳴社鼓，吉禮祀高禖。

賦得雕鶚在秋天 得秋字

雕鶚空中起，遥天片影浮。乘時凌健翮，得路遇清秋。寥廓三霄闊，蒼茫四面收。青雲摶片片，碧落望悠悠。候趁金飈爽，神超玉宇遊。應儕鴻鵠舉，豈爲稻粱謀！逵漢頻遄往，途泥肯暫留。一飛期萬里，高迥孰爲儔？

賦得鳩拙而安 得巢字

呼雨呼晴巧，鳩寧以拙嘲。烏棲誰擇木，鵲噪代營巢。小構支難穩，危枝勢若抛。鳴惟看拂羽，事不慣編茅。亦解謀安宅，翻如適樂郊。蝸廬恒寄跡，鴻桷漸占爻。借樹居誠便，遷喬意未淆。好偕阿閣鳳，儀舞上螭坳。

賦得穿花蛺蝶深深見 得花字

蛺蝶翩躚舞，嬉春戀物華。低飛輕掠水，深入巧穿花。碧暈形微露，紅酣影半遮。芳踪誰是伴，香國合爲家。旋轉衣翻錦，玲瓏幔隔紗。多情餐絳雪，有夢醉流霞。帶雨鶯兒囀，隨風燕子斜。滕王如點筆，應作畫圖誇。

賦得爽如秋後鷹 得鷹字

鳳禁新通籍，鸞坡快共登。文光連上斗，爽氣擬秋鷹。應候英姿露，盤空健力勝。瑶閶風信早，玉宇露華澄。乍躍龍門鯉，思搏瀚海鵬。羽儀原絢爛，骨節總崚嶒。雲路覘翔步，天衢卜允升。幸陪鴛鷺序，斂翮向觚稜。

賦得雉入大水爲蜃 得爲字

陽類乘陰令，推遷氣所爲。雉纔翻碧浪，蜃已泛清漪。五采形如繪，初冬質偶移。無心登木末，有影落淮涯。轉瞬飛潛别，同群蛤蚌隨。樓臺新結搆，毛羽舊襹褷。帶箭徵前事，成龍問後期。何人親見此，天藻日星垂。

賦得冰蟲不知寒 得寒字

凛凛冰方盛，微蟲意轉安。生原隨所遇，性本不知寒。墐户風時襲，緣階雪可餐。熱腸能自化，冷眼許旁觀。肯作攀炎想，翻同挾纊看。候秋吟共適，入夏語應難。蠕動菱開鏡，蛆浮玉映盤。春温涵聖澤，萬彙浹宸歡。

賦得脈望 得三字

異聞傳脈望，偶向古書探。筆墨鍾靈久，神仙食字甘。化人如蝠幻，鑽紙笑蜂憨。扶寸形全露，圓規影内含。丹成疑轉九，爻畫似吞三。蠕動名誰問，飛昇術未諳。鞠通奇欲並，渠略比何堪！魚蠹前身認，荒唐佐美談。

賦得佩玉節步 得和字

肅穆垂紳度，鏗鏘佩玉過。章身昭美備，節步泯偏頗。德與珩璜協，音如律呂和。能教規矩中，有助性情多。壯趾占應戒，衝牙玷久磨。定知行刻刻，未敢舞傞傞。左右排三道，委蛇頌五紽。牽絲新綰綬，紫禁聽鳴珂。

賦得鏡影應聲 得聲字

三尺渠胥鏡，曾傳火齊名。列眉窺百影，對面發雙聲。超忽聞根種，荒唐語妙生。圓規音共轉，朗鑒韻同清。入耳渾難辨，因人若有情。與誰相唱和，是我認分明。罔兩疑應問，空閑聽亦驚。皇暉今遠燭，響應競抒誠。

賦得車如流水 得流字

紫陌驅車過，聞聲似水流。輕疑吹軟浪，穩勝駕扁舟。轂轉如鳴槳，塵飄訝點漚。南轅還北轍，東下更西游。並轡淄澠合，飛輪渤澥浮。野涂程歷歷，人海路頭頭。別派歧原少，朝宗軌共由。九衢平曠處，袞袞達神州。

賦得枹止響騰 得鐘字

磊砢排雙石，鏗鍧應巨鐘。揚枹機鼓盪，騰浪響舂容。對峙澄潭静，懸流急峽衝。敲宜篙試竹，叩或杖支筇。遥夜霜千點，寒山寺幾重。莛撞嗤已拙，桐刻更無庸。極目蒼崖束，何年碧蘚封？搜奇來玉局，真賞快相逢。

【校】舂容，底本誤作『春客』。

賦得簫聲吹暖賣餳天 得聲字

何處吹簫好，喧闐早市盈。時當挑菜節，暖入賣餳聲。餅會流音細，糕筵送響輕。無腔沿舊調，有韻趁新晴。買得丁男笑，催來午夢驚。千門芳訊遍，一曲艷陽生。小擔憑肩穩，香風到耳清。杏花深巷去，春事總怡情。

賦得一壺千金 得金字

鼓棹船方失，難爲厲揭吟。有壺如一葦，其價抵千金。瓠落形能載，萍飄質不流。浮蹤身似寄，論值感彌深。竟擬連城重，休言抱石臨。中流誰引手，彼岸最關心。波靡原非策，瀾回幸獨任。逢時堪適用，物理試推尋。

賦得調水符 得符字

調水傳佳話，風流説大蘇。欲教瓶汲井，偶用竹分符。京口人曾誤，江心味恐誣。分明持寸節，珍重付長鬚。片牘通名氏，千聲轉轆轤。銀牀看勘合，玉局笑胡盧。雅作詩筒伴，攜將茗碗俱。閑情饒韻事，更繪《點茶圖》。

賦得辟寒犀 得犀字

極盛開元日，南交貢角犀。形傳金出土，煖勝室張緹。黑暗偏温潤，黄中合品題。堆盤朝旭映，隔牖晚風凄。燠擬裘披體，暄如火照烓。素心相暖熱，炙手漫提攜。巧性曾分水，奇光偶駭雞。却寒簾下望，珍重遠人齎。

賦得常燃鼎 得容字

寶鼎常燃妙，吴明異物供。迢遥來絶域，頃刻佐朝饔。未肯因人熱，真堪計斗容。咄嗟驚立辦，烟火諒無庸。有水湯能拂，如爐雪自鎔。噴珠香馞馥，敲玉響琤琮。雅欲儕尊卣，何須校釜鍾！還聞資服食，老壽等喬松。

賦得夜明簾 得簾字

燕席張華屋，雞林識寶簾。長明燈耀幌，不夜鏡開奩。虛白生瑶室，昏黄數漏籤。千絲金縷絡，雙押玉鈎尖。世界琉璃朗，塵寰色相添。光如摇蠟炬，影欲奪銀蟾。不減聯珠彩，群驚曉日暹。恩暉今遠被，納賮暨西鶼。

賦得記事珠 得珠字

唐代文章富，燕公手筆殊。成文皆麗錦，記事藉明珠。紺色胸前朗，晶紋掌上娱。愛他圓妙處，與我性靈俱。徑寸幽光透，三生夙慧輸。結繩原恍惚，刻木總模糊。象外尋真我，環中契故吾。無私同日月，睿照仰神謨。

賦得秋聲 得心字五排十韻

暑意剛殘候，聞聲思不禁。蕭疏添逸趣，淡泊耐幽尋。花事看仍慣，詩情覓轉深。涼軒宜讀畫，爽籟稱披襟。漸透梧桐影，兼聽蟋蟀吟。年光分早暮，天氣間陰晴。别院風前笛，鄰家月下碪。飛空隨旅雁，寫韻上瑶琴。攲枕三更月，懷人萬里心。清商歌一曲，何處問知音？

賦得三字石經 得三字七排八韻

寫經肇自熹平世，摹石曾將二體參。再勒講堂年閲百，聿稽正始字分三。金絲留韻遺編古，蝌蚪沿形舊法諳。篆溯李斯能逼肖，隸追程邈更無慚。經天日月文長焕，列鼎琳瑯筆正酣。往跡遷流懷鄴郡，幾人表裏辨伽藍？碑同《岣嶁》尋真刻，氏紀邯鄲闢臆談。太學貞珉攄睿藻，恢張聖理萬方覃。

賦得士伸知己 得伸字七排八韻

知己相逢士氣伸，欣逢物色出風塵。即今戢影韜光日，雅有推襟送抱人。心可白時交以道，眼常青處德爲鄰。吹嘘不藉文章力，投贈寧緣縞紵親！論到齒牙徒獎借，感深肝膽亦輪囷。雲天萬一圖相報，膠漆尋常擬未真。冀野群空千里駿，虞廷典紀四門賓。翹材自有彈冠慶，珥筆彤墀頌得臣。

賦得青錢萬選 得青字七排八韻

八科上選推張鷟，無價文章溯典型。拾芥不難衣乍紫，投錢真見眼俱青。範模合格争懷寶，輪郭浮光想發硎。論每入神隨射策，學能適用在通經。流傳官樣心皆折，取次公評耳遍聽。懸向金門聲赫奕，揀從玉府韻瓏玲。鳳麟争睹先稱快，龍馬成文舊有形。待聘榮名珍席上，勉期特達獻天廷。

賦得千鈞得船 得浮字七排八韻

自昔功名原藉勢，韓非妙旨喻行舟。揣稱任舉千鈞重，滿載真如一葉浮。計斛能容隨泛槳，量沙無數聽持籌。沿緣乍試三篙漲，指點憑教萬石投。積羽折時輿脱輻，傾囊負處馬停騶。情同得水斯諧矣，利已乘風可泊不？附擬纖蠅追駿驥，高參寸木置岑樓。巨魚縱壑逢昌運，勉效賢臣頌聖猷。

賦得柿葉肄書 得書字七排八韻

慈恩掃葉曾收柿，博士臨池正肄書。片片燒雲濃復淡，行行蘸墨密還疏。繁陰昨憶風摇處，妙蹟今看筆落餘。堆几匀排丹帙疊，當窗斜颭赤文舒。帖摹青李通其意，庵種黄蕉富所儲。染遍霜痕秋老後，霏成烟影雁來初。詩囊束笋千番滿，畫本煊林十樣如。側理賜邀天寵渥，簪毫待詔愧嚴徐。

賦得一心呪筍莫成竹 得心字七排八韻

居不可無原愛竹，編籬護筍意尤深。爲憐腴潤青千顆，恐放葱籠緑一林。嗔以痴成寧免俗，貪緣愛結竟難禁。要盟定仿彈蕉稿，游戲如聞呪鉢音。豈果黄楊能倒縮，屢從玉版許參尋。未來幻作非非想，如是因生種種心。壁寫琅玕憑潑墨，檻排瑇瑁欲抽簪。擬攜嫩籜香包去，步訪東鄰十畝陰。

賦得管窺豹 得斑字七排八韻

精神已譽駒千里，游戲能窺豹一斑。鏡裏心靈原朗朗，管中眼界亦班班。赤紋采出尋常外，青盼量纔尺寸間。未必馴堦覘仔細，竟從隱霧認斒斕。區區漫誚觀天小，瑣瑣偏如畫地慳。水浪吹時聞約略，金錢縮處指彎環。食牛器量人無敵，騰虎光芒質豈頑！文蔚爻占君子吉，國華舒廣遍瀛寰。

賦得公而不明 得慚字七排八韻

乘軺兩度歷西南，萬里烟雲取次探。益部使星臨禮殿，講堂圖像拜書龕。昔年辛苦番番記，此地聲華一一諳。沙礫棄餘心尚惜，珊瑚網盡意猶貪。籠中有約相期許，李下無蹊自信堪。束筍盈千披殆遍，連茹拔十興初酣。顧衾暗室應生愓，懸鏡虛堂竊抱慚。未必鼎彝儕瓦甂，恐將樗櫟誤楩柟。文章結習邀同志，衣鉢真傳佐美談。師在明經懷樸學，他時一例説青藍。

賦得字孳 七排二十韻

天開一畫苞符闡，蝌蚪流傳篆隸隨。昭晰千秋縣日月，盧牟六合溯軒羲。胚胎點畫徵繁衍，根柢偏旁認始基。雲鳥魚龍紛變態，髮程分寸表成規。澄心悟到生生妙，徵象驚看字字奇。日入茻中瞻暮景，雲行天上紀需詞。吉凶未泄壹壼判，左右多偏孑孓虧。豸貊虫閩滋種類，羊群犬獨示參差。門標部首原因户，沱説真詮可廢池。大抵陰陽通橐籥，直從鈞石析豪釐。層層鱗次相排比，粒粒珠穿總附麗。形與聲諧無問矣，虚緣實轉更參之。姑論疆土應從或，豈以阿衡特注伊！几足雙横圖是且，雌猴一爪篆成爲。曳辭難處方稱乃，著頰多時定識而。未必旂常聊混勿，可容蜥蜴强同雖。欲遵贋本休休莫，盍寫殘經不不其。詞間於今多假借，真書以後更支離。頡斯心事人誰辨，鐘鼎文章古所遺。搜遍三倉窮二酉，一回展卷一遲疑。

戊辰奏牘存鈔

戊辰奏牘存鈔

戊辰奏牘存鈔序

陳希曾

希曾於去冬由山西學政滿秩入京師，其時官内閣學士，雖署銜禮部侍郎，而未專部務也。今歲二月，蒙恩擢任工部右侍郎，兼理錢法，十月轉補工部左侍郎，十二月攝兵部右侍郎事，一年中頻邀召對，訓勖交加。既拜文穎館副總裁之命，而新進士覆試、朝考，皆與校閲，讀廷試策於殿，教庶吉士於館。秋間，復以御試第一，命典江南試事，可謂儒臣之榮，遭逢之至幸矣！

部臣奏牘，隨時進御，當否皆取上裁。希曾每於趨晨入直時，親見天子勤政敉幾，罔間寒暑。蓋我朝家法相承，勵精求治，有非前代帝王所能及者。謹按日排比，彙鈔奏稿於册，退食之餘，時加省覽，藉以參考成憲，練習朝章。又以見聖主旰宵憂勤，徵諸實事，而余小臣之倖竊禄位，旅進旅退，不能有所建白，以裨補聖治於萬一，爲可愧也。江南往返百餘日，奏尾不署名，故不録。其自行陳謝之詞，具存他册，亦不著於兹編。嘉慶十三年戊辰除夕書。

文穎館奏爲酌定開館章程事

文穎館奏，爲酌定開館章程，奏明請旨事。

竊查文穎館應派提調、纂校各員，現經另摺具奏。兹查舊檔，額設收掌四員，謄録十二名，供事四名，人數實不敷用，均須量予增添。臣等悉心商酌，擬派收掌八員，供事擬以二十名爲額缺，給予公費；十二名爲額外，遇有額内缺出，挨次坐補。以上二項，均照舊例，在翰林院衙門揀派。至謄録一項，應於吏部行取三十名，如將來書籍浩繁，不敷分繕，再行陸續咨取。所有收掌、謄録、供事，及匠役人等，舊例均給桌飯銀兩，應仍請照各館之例，一體支領。

現届封篆在即，請俟明歲開篆後，擇吉開館。應需桌柜等項，接據前修宫史處交代，尚足敷用。内有應行添補，并需用紙張綾絹等物，即知照户、工二部，内務府支領，責成提調，確查辦理。臣等仍隨時稽核，年終報銷，不致稍有浮濫。其往來文移，應即照起居注之例，分别鈐用翰林院衙門印信。此外，纂輯條例，及如有應行添辦事宜，臣等再行奏聞。謹將公同酌擬緣由，繕摺具奏，伏乞皇上睿鑒。謹奏。

再，大學士慶等具奏，所有未經繕寫《宫史》前編、續編，並《天禄琳瑯二集》，交臣館恭繕，仰蒙聖鑒在案。臣等查文穎行取檢查各稿本，纂輯尚需時日，請於開館後，令謄録等先行趕緊恭繕《宫史》《天禄琳瑯》二書，理合附片奏聞。

嘉慶十二年十二月十八日奏，奉旨：『知道了。』

文穎館奏爲奏派提調、纂校等官及酌給桌飯銀兩事

文穎館奏，爲奏派提調、纂校等官，仰祈聖鑒事。竊臣等蒙恩簡派文穎館總裁，遵於初七日到館，檢查舊檔。上届纂辦《文穎》，設館在翰林院衙門，即令滿、漢辦事翰林兼管書局，殊不足以專責成。且臣館遵旨設立禁城以内，兼恭繕《宫史》等書，必須設立專員經理，方於館務有裨。臣等公同酌議，現在辦事翰林内，查有侍讀繼昌、編修席煜，學問優長，才具明幹，堪勝提調之任。至從前奏派纂修十員，此次卷帙繁多，似應較上届人數，量予增添。臣等於翰、詹衙門，擇其學問素優者，擬派纂修十六員，即兼校正副各本；並派協修八員，將來纂修缺出，挨次坐補。此外，仍添派總校周系英、陳嵩慶、鮑桂星、狄夢松四員。所有督催功課，以及收發報銷，一切事宜，均交提調稽核。其校閲書籍，專交總校、纂、協等官，庶責有攸歸，公事益昭慎重。

再，舊檔内除收掌以下等官，給予桌飯銀兩，此外概不支領。此次開館，除臣等正、副總裁，及現派之總校周系英等，甫經學差任滿，均不敢請領公費外。其提、纂等官，常川赴館，若不給予桌飯銀兩，誠恐不敷辦公。可否照各館之例，一體支領之處，臣等未敢擅擬，出自皇上天恩。謹將擬派纂修、協修，開列名單，恭呈御覽，伏祈睿鑒。謹奏。

擬派纂修十六員：詹事府左庶子法式善，侍講蔡之定，編修吴雲、杜堮、湯金釗、李宗昉、陳用光、陳壽祺、宋湘、潘恭辰、顧莼、洪占銓、謝學崇、龔守正、朱澄、施杓。協修八員：編修倪琇、朱琦、何丙咸、何凌漢、姚元之，庶吉士徐松、孫爾準、胡敬。

嘉慶十二年十二月十八日奏，奉旨：『知道了。』

文穎館奏爲恭請續頒聖製敬冠文穎新編事

文穎館謹奏，爲恭請續頒聖製，敬冠《文穎》新編，仰乞睿裁，俾知循守事。

欽惟高宗純皇帝道闡珍符，言敷彝訓。禀生安之上哲，度越百王；宣巍焕之大文，思兼群聖。奎雯朗耀，久揭日月而行；璇笈森陳，宜與河山並壽。自《初集》以暨《餘集》，珠聯璧合，薈册府之崇規；猶一成以至九成，玉振金聲，播鈞天之雅奏。萬邦黎獻，莫不涵泳皇風；百爾臣工，尤願奉揚元化。兹際續開文館，式布藝林，允宜敬輯鴻篇，光昭首帙。

臣等伏查前書告蕆，聿在丁卯之秋；是以聖集頒刊，未及甲子以後。積六十載縹緗之富，烟海難求；繼十四卷珠貝之編，星雲争睹。總宏綱鉅目，而載擷菁英；竭捫燭扣槃，而莫窺扃鑰。蓋美富崇乎數仞，孰敢妄測夫高深；而作述備於一家，始克仰探夫秘奥。

臣等惟有敬懇我皇上昭示心源，裒宣手澤。惟聖知聖，識超乎擬義言思；已精益精，事通乎裁成輔相。由博以説約，逮學海之津梁；舉偏以見全，揭文壇之標準。如《堯典》成於虞代，道在執中；若乾象冠於《羲經》，元稱資始。臣等祇承訓誨，庶幾識有鉃規；恪守章程，奚啻發其蒙昧。效編摩於芸館，文章與性道俱聞；垂義例於縑囊，規矩與神明並著。所有臣等籲懇微忱，謹繕摺具奏，伏乞皇上睿鑒。謹奏。

嘉慶十三年二月初一日奏。

工部奏爲修理天壇等處工程事

工部謹奏，爲奏明請旨事。

先准太常寺咨修天壇并先農壇外磚甬路等工，當經臣等揀派司員，會同太常寺官員，前往勘估。今據該員等，將應修處所，丈尺做法，造册呈遞前來。臣等照依勘估司員所報，天壇外西天門外磚甬路一道，長三十六丈二尺。先農壇外天門外磚甬路一段，長十一丈，週圍牙石挑換青砂石，中心灰砌。新停城磚平墁一層，背底灰砌舊樣。城磚平墁一層，以及地脚散水，一併築打灰素土等工，交料估所按例核算。共需辦買石料、磚魂、灰斤等項，銀五百九十一兩三錢三分七厘，匠夫工價錢二百四十九串三百九十一文。

查前項工程錢糧，係在數百兩以上，遵例輪應大學士管理臣部事務費，督率司員，妥協辦理，理合循例奏明。俟命下之日，將所需錢糧，在於臣部節慎庫，照數給發該工，按估如式修理。俟工竣後，將實在修過處所，用過錢糧，據實核銷。爲此謹奏請旨。

嘉慶十三年二月廿一日奏，奉旨：『依議。』

工部奏銷光禄寺修理各庫座等工錢糧事

工部謹奏，爲奏銷用過錢糧數目事。

先准光禄寺奏修本寺存貯銀兩，並金銀祭器、鹽茶祭品等項各庫座等工。當經臣部於嘉慶十二年二月十六日，奏請大臣查估。奉硃筆圈出：『德、蔣。欽此。』移咨查估去後。隨據查估大臣德等奏明，將應修處所，丈尺做法，造册咨部辦理。臣部照依册報，按例核算，共需工料銀一萬二千五百四十六兩四錢二分二厘，於嘉慶十二年六月二十五日，奏請大臣修理。奉硃筆圈出：『玉麟、韓崶。欽此。』旋據承修之大臣玉等，將前項房間墻垣等項，照估如式，修理完竣，奏請大臣查驗。奉硃筆圈出：『宜興、蘇楞額。欽此。』復經查驗大臣宗室宜等，持册前往查量，核對活計丈尺做法，均屬相符等因具奏，奉旨：『知道了。欽此。』

今據該工將修過處所，丈尺做法，用過工料錢糧，造具細册，咨部核銷前來。臣部按册照例查核，所有前項修竣房屋，共一百十三間，并圍墻、院墻等工，共用過物料工價銀一萬二千五百四十六兩四錢二分二厘，俱與原估相符，理合循例奏明請銷。爲此謹奏請旨。

嘉慶十三年二月廿一日奏，奉旨：『依議。』

工部奏核東河河道工程事

工部謹奏，爲遵旨查核具奏事。

內閣抄出河東河道總督吳璥奏，嘉慶十二年伏、秋汛內，搶廂埽段等工，丈尺銀數，開單奏明一摺。嘉慶十三年二月初二日奉硃批：『工部查核具奏。欽此。』據原奏內稱，上年伏、秋汛內，水勢疊漲，各廳內有多年舊埽刷塌，及向無埽工之處，新生各段，節經臣將搶護平穩情形，奏明在案。

查上南河廳鄭州汛十堡迤上第三道挑壩，係嘉慶八年建築，未經廂埽。上年立秋後，溜勢刷及壩身，廂埽三段；十堡迤下石家橋第一道斜壩，補廂新埽四段，均獲穩固。又下南河廳祥符上汛，李盤莊魚鱗頭壩，裏頭上首接廂新埽一段。人字壩新埽迤上，大溜匯刷，接次搶做新埽四段。因溜仍上提，塌傷壩身，又接護崖埽二段。並於祥符下汛頭堡至二堡，東十三堡至十四堡，添做防風埽工七百丈，始臻平順。

又蘭儀廳蔡家樓工，近年著溜生灣，爲南岸第一險要。上年秋汛內，於第二道戧壩迤東，接廂護崖埽十四段，並接築睢州上汛六堡前年所築三四兩壩。空檔相離較遠，恐溜勢刷及，復於中間築做雞嘴小壩，將四壩加高幫寬。甫及工竣，溜即下坐，當經搶廂埽二段，並於四壩廂埽三段，以資衛護。該廳睢州上汛五堡迎水頭壩一道，係嘉慶三年大工案內建築；順水二壩一道，係嘉慶四年善後工內建築，先後淤閉。上年秋汛內，河勢側注，舊埽蟄陷，當將迎水頭壩搶補埽工三段，順水二壩補還埽工三段，一律平穩。

又商虞廳虞城上汛十五堡東魚鱗壩舊埽八段，上年七月內，將埽前淤灘，立時刷盡。各埽先後塌蟄，勢難稍緩，節經補廂新埽八段，得資捍禦。又曹河廳曹汛河形兜溜，上年六月內，曾築順水壩二道。盛漲時，大溜塌及第一道壩頭，趕廂埽工六段，始保平穩。

以上各廳新廂埽段，將實在單長銀數敬繕清單，恭呈御覽。並將各工所用料物，例價應銷若干，市價應銷若干，逐一比較，遵旨於單内聲明等語。臣等查該督原奏内稱，嘉慶十二年伏、秋汛内，水勢疊漲，各廳内有多年舊埽刷塌，及向無埽工之處，新生各段土埽工程，將丈尺料物銀數，開具清單奏明。

臣等查單開各廳搶辦土埽工程九款，既經該督於嘉慶十二年搶護平穩情形摺内，陸續奏明，應令該督造具估册，分案具題核辦。所有臣等查核緣由，理合恭摺具奏，伏乞皇上睿鑒。謹奏請旨。

嘉慶十三年二月廿一日奏，奉旨：『依議。』

工部錢法堂奏滇員凃配五交到銅斤成色低潮應行改煎事

工部錢法衙門謹奏，爲滇銅成色低潮，應行改煎，奏明請旨事。

據臣部寶源局監督貴保、林紹光呈稱，查滇省各運應交銅斤，前經奏明，自甲子年爲始，令在滇廠煎煉純净，不准攙雜鐵砂低潮。今滇員凃配五，領運乙丑年加運二起應交工局銅斤，職等眼同該委員，飭令爐匠等逐細挑揀，内有夾雜鐵砂銅九千七百斤，低潮蟹殼銅二千二百二十四斤。又據呈稱，該員應交工局正、帶銅斤，共三十一萬五千七百二十斤，現在眼同該委員，當堂彈兑，並令逐秤畫押。除收過八成色銅三十萬二千一百斤，又收鐵砂低潮銅一萬一千九百二十四斤，共收銅三十一萬四千二十四斤，計短少工局正額銅一千六百九十六斤，理合呈明核辦等因前來。

臣等伏查滇省運京銅斤，前經户部於嘉慶七年奏定，自甲子運爲始，不得仍以鐵砂、低潮各銅充數。嗣因滇員李培英，初次運到甲子年京銅，内有鐵砂、低潮攙雜，經臣衙門奏明，將該運員并廠店各員，及承辦道、府各職名，交吏部議處。其滇省煎煉火工銀兩，著落承辦各員賠補。挑出鐵砂、低潮銅斤，在京改煎，火工亦令賠交等因在案。

今滇員凃配五，運到乙丑年加運二起京銅内，復又挑出夾雜鐵砂、低潮銅斤，與李培英事同一律。應咨雲南督、撫，將在滇煎煉火工銀兩，著落承辦各員名下賠補，并查取廠店及承辦道、府各職名，咨送吏部議處。該運員凃配五領兑時，未能認真挑揀，含混接收，並請交部議處。至挑出鐵砂、低潮銅斤，應即照户部奏定章程，在京改煎。

至短交工局銅一千六百九十六斤，現准户部錢法堂原奏内稱，該員在户局有多交銅斤，内應抵補工局短少銅一千六百九十六斤等語。是該運銅斤，兩局通融牽算，並無短少，應毋庸置議。所有户局應行抵補銅斤，既經收在户局，應即歸入户局庫貯，毋庸撥解工局，以省脚費。爲此謹奏請旨。

嘉慶十三年二月二十一日奏，奉旨：『依議。』

工部錢法堂奏滇員黄會中交到銅斤成色低潮應行改煎事

工部錢法衙門謹奏，爲滇銅成色低潮，應行改煎，奏明請旨事。

據臣部寶源局監督貴保、林紹光呈稱，查滇省各運應交銅斤，前經奏明，自甲子年爲始，令在滇廠煎煉純净，不准攙雜鐵砂、低潮。今滇員黄會中，領運乙丑年頭運二起應交工局銅斤，職等眼同該委員，飭令爐匠等逐細挑揀，内有夾雜鐵砂銅一萬六千一百斤，低潮蟹殼銅四千七百三十六斤。又據呈稱，該員應交工局正、帶銅斤，共二十五萬二千一百十五斤七兩一錢二厘，除在湖北東湖、枝江二縣沉溺未獲，應掛欠工局銅三萬五千二百四十六斤十兩六錢六分七厘，實應交工局正、帶銅斤，共二十一萬六千八百六十八斤十二兩四錢三分五厘。

現在眼同該委員，當堂彈兑，並令逐秤畫押。除收過八成色銅十九萬九百斤，又收鐵砂、低潮銅二萬八百三十六斤，共收銅二十一萬一千七百三十六斤，計短少工局正額銅五千一百三十二斤十二兩四錢三分五厘。隨訊據該員黄會中供稱：『卑職銅斤由通運橋，由橋運局，包捆散亂，旋捆旋散，是以所交户局銅斤，除交過正項外，尚有多交餘銅四千二百餘斤，抵補沉溺。至現在所短工局銅斤，實因自瀘州領銅解運到京，道路遥遠，沿途起剥過垻，以及包捆繩斷，銅塊錯亂，難免抛散折耗，並無别項情弊。所短銅斤，職情愿回滇按限賠補』等語，理合呈明核辦等因前來。

臣等伏查滇省運京銅斤，前經户部於嘉慶七年奏定，自甲子運爲始，不得仍以鐵砂、低潮各銅充數。嗣因滇員李培英，初次運到甲子年京銅内，有鐵砂、低潮攙雜，經臣衙門奏明，將該運員并廠店各員，及承辦道、府各職名，交吏部議處。其滇省煎煉火工銀兩，著落承辦各員賠補。挑出鐵砂、低潮銅斤，在京改煎，火工亦令賠交等因在案。

今滇員黄會中，運到乙丑年頭運二起京銅内，復又挑出夾雜鐵砂、低潮銅斤，與李培英事同一律。應咨雲南督、撫，將在滇煎煉火工銀兩，著落承辦各員名下賠補，并查取廠店及承辦道、府各職名，咨送吏部議處。該運員黄會中領兑時，未能認真挑揀，含混接收，並請交部議處。至挑出鐵砂、低潮銅斤，應即照户部奏定章程，在京改煎。

至該員短少銅五千一百三十二斤十二兩四錢三分五厘，按照應進工局數目核算，已過百分中之一二，係屬例外短少。應請敕交吏部，查照向例，核議其短少銅斤及浮領脚價銀兩，移咨户、工二部，核明確數，照例辦理。並咨雲南督、撫，將所短銅斤先行補解，以供鼓鑄。爲此謹奏請旨。

嘉慶十三年二月二十四日奏，奉旨：『依議。』

工部奏查順天貢院搭蓋棚座等工事

工部謹奏，爲查估貢院搭蓋棚座等項，循例奏聞事。

查順天府貢院房屋號舍，搭蓋棚座等項，先於乾隆五十三年，經原任大學士公阿等遵旨議奏，嗣後修理順天貢院，照在京工程之例，由工部派員，前往勘估。其動用銀兩，即在部庫支領等因，奏明在案。

今於二月十四日，據兼管順天府府尹事務吏部尚書鄒等咨稱，據大興、宛平二縣，將本年戊辰科文會試貢院内，應行搭蓋棚座，修理爐灶，打掃地面等工，造册詳請辦理，應咨部派員勘估等因前來。臣等隨派員前往，詳細查勘得，搭蓋内外搜檢、點名彈壓，暨各處供給廚房，大小棚座共四十八座；内外圍墻，苫補棗茨一成，共四百二十丈。以及修理爐灶，擦洗號板，安放號口柵欄，抹飾路燈墩臺，并打掃地面、淘井等項工程，照依查估丈尺做法，按例核算，共需銀四百一兩七錢六分。應令順天府府尹，照例由户部支領，即行赶緊修理，事畢造册題銷。所有臣部查勘過緣由，理合循例奏聞，俟命下之日，臣部行文户部，并劄知該府尹遵照。爲此謹奏請旨。

嘉慶十三年二月廿七日奏，奉旨：『依議。』

工部奏爲各司承辦科抄咨申依限完結事

工部奏，爲奏聞事。

查臣部各司等處，并製造庫、料估所承辦完結事件數目，向例三個月奏聞一次，歷經遵辦在案。今查得臣部營繕司、虞衡司、都水司、屯田司、製造庫、料估所等處，自嘉慶十二年十月二十五日起，至嘉慶十三年正月二十四日止，共到科抄三百四十五件，咨申二千六百三十九件，俱已依限完結。所有各司等處承辦科抄、咨申事件完結數目，開列於後：

營繕司承辦科抄七十三件，俱已完結；咨申五百八十六件，俱已完結。

虞衡司承辦科抄一百零一件，俱已完結；咨申八百六十五件，俱已完結。

都水司承辦科抄一百四十二件，俱已完結；咨申七百八十三件，俱已完結。

屯田司承辦科抄二十六件，俱已完結；咨申三百零九件，俱已完結。

製造庫承辦咨申五十六件，俱已完結。

料估所承辦科抄三件，俱已完結；咨申四十件，俱已完結。

以上自嘉慶十二年十月二十五日起，至嘉慶十三年正月二十四日止，共到科抄三百四十五件，咨申二千六百三十九件，俱已依限全完。爲此謹具奏聞。

嘉慶十三年二月廿七日奏，奉旨：『知道了。』

工部議奏浙江修船事

工部謹奏，爲遵旨議奏事。

内閣抄出閩浙總督阿林保奏稱，據浙江布政使崇禄詳稱，嘉慶十二年春季分，寧波廠拆造船二隻，仍再大修船六隻，大修船四隻，小修船五隻。温州廠拆造一隻，仍再大修船二隻，大修船二隻。杭州府仁和縣拆造船四隻，湖州府烏程縣大修船十四隻。以上修造戰哨巡釣各船，共四十隻，共估計工料銀四千七百八十八兩二錢四分五厘，核與部定成規及届修造年限，均屬相符，除册結咨部查核外，理合恭摺具奏。嘉慶十三年二月初二日奉硃批：『工部議奏。欽此。』

臣等伏查，嘉慶八年六月内，臣部奏定章程，嗣後凡遇届修各項船隻，動用銀數在三百兩上下者，准其咨部核辦；如數逾五百兩以上，奏明辦理等因在案。今據該督將浙江省嘉慶十二年春季分，應修戰船、哨船、巡船、釣船共四十隻，估計工料銀四千七百八十八兩二錢四分五厘，遵照新例，專摺具奏，自應准其辦理。仍令該督將修造前船估需工料銀兩，照例切實保題，造册送部查核。所有臣等核議緣由，理合恭摺具奏，俟命下之日，臣部行文該督，欽遵查照。爲此謹奏請旨。

嘉慶十三年二月廿七日奏，奉旨：『依議。』

工部議奏粵東修理戰船等事

工部謹奏，爲遵旨議奏事。

内閣抄出兩廣總督吴熊光奏稱，粵東各營外海、内河戰船，巡守所關，緝捕緊要。如遇壞爛，尤宜及時修整，以資巡防，實係刻不可緩之工。經前督臣倭什布，彙同營房礮臺等工奏明，由部議覆，准其修理。應令查照前次奏定章程，數逾五百兩者，奏明辦理等因，轉行遵照在案。

兹據廣東布政使衡齡詳稱，嘉慶十二年分，屆應修造外海、内河戰船九十五隻。内船身笨滯，巡緝無力船十隻，已彙入停修各船内，奏明辦理。其屆應修造額設外海繒艍拖風艕仔船八隻，實需用料、津貼等銀，共二千五百三兩六錢五分三厘。又屆期修造額設内河櫓槳急跳平底快船一十二隻，實需工料銀四百七兩五錢六分三厘。又屆期修造額設内河櫓槳快哨船二十三隻，實需工料銀四百四十五兩一錢三分九厘，以上修造外海、内河戰船四十三隻，實需工料、津貼等銀共三千三百五十六兩三錢五分五厘，詳請撥餉修理。除冊送部查核外，恭摺奏聞。嘉慶十三年二月初四日奉硃批：『工部議奏。欽此。』

臣等伏查粵東省外海、内河戰船，巡守所關，如遇損壞，自應及時修整，以資巡防。今據該督奏稱，嘉慶十二年分，屆應修造外海、内河各戰船，除分别停緩、修造外，實應修造船四十三隻，共需工料、津貼等銀三千三百五十六兩三錢五分五厘，奏請撥餉修理，實爲巡防要務起見。應准其在於各該年地丁，并落地税羡，及水師朋扣銀兩各款内，分别動支。行令該督將動支銀款，細數造冊，咨送户部查核。並將各船上届拆修年分，及此次拆造、大修、小修各數目，詳晰聲明，照例開造估册，具題查核。所有臣等核議緣由，理合恭摺具奏，伏候命下之日，臣部行文户部、兩廣總督，欽遵辦理。爲此謹奏請旨。

嘉慶十三年二月廿七日奏，奉旨：『依議。』

工部錢法堂奏滇員鄭鍾崿交到銅斤虧短成色低潮事

工部錢法衙門謹奏，爲滇銅成色低潮，并銅斤虧短，奏明請旨事。

據臣部寶源局監督貴保、林紹光呈稱，查滇省各運應交銅斤，前經奏明自甲子年爲始，令在滇廠煎煉純净，不准攙雜鐵砂、低潮。今滇員鄭鍾崿，領運乙丑年二運一起應交工局銅斤，職等眼同該委員，飭令爐匠等逐細挑揀，内有夾雜鐵砂銅八千八百斤，低潮蟹殼銅八百六十二斤。又據呈稱，該員應交工局正、帶銅斤，共二十六萬二千九百三十三斤一兩七錢六分九厘，除在湖北大冶縣沉溺未獲，應掛欠工局銅一萬一千六百五十九斤十兩六錢六分七厘，實應交工局正、帶銅斤，共二十五萬一千二百七十三斤七兩一錢二厘。現在眼同該委員，當堂彈兑，並令逐秤畫押。除收過八成色銅二十一萬四千斤，又收鐵砂、低潮銅九千六百六十二斤，共收銅二十二萬三千六百六十二斤，計短少工局正額銅二萬七千六百十一斤七兩一錢二厘。

隨訊據該員鄭鍾崿供稱：『職自瀘州領銅解運到京，道路遥遠，沿途起剥换船，過垻過閘，以及車運進局，難免零星抛散。只帶家人數名，船隻較多，照料不周，以致損折，實無别項情弊。所短銅斤，職情愿回滇按限賠補』等語，理合呈明核辦等因前來。

臣等伏查滇省運京銅斤，前經户部於嘉慶七年奏定，自甲子運爲始，不得仍以鐵砂、低潮各銅充數。嗣因滇員李培英，初次運到甲子年京銅内，有鐵砂、低潮攙雜。經臣衙門奏明，將該運員并廠店各員，及承辦道、府各職名，交吏部議處。其滇省煎煉火工銀兩，著落承辦各員賠補。挑出鐵砂、低潮銅斤，在京改煎，火工亦令賠交等因在案。

今滇員鄭鍾萼，運到乙丑年二運一起京銅内，復又挑出夾雜鐵砂、低潮銅斤，與李培英事同一律。應咨雲南督、撫，將在滇煎煉火工銀兩，著落承辦各員名下賠補，并查取廠店及承辦道、府各職名，咨送吏部議處。該運員鄭鍾萼領兑時，未能認真挑揀，含混接收，並請交部議處。至挑出鐵砂、低潮銅斤，應即照户部奏定章程，在京改煎。

再，該員短少銅二萬七千六百十一斤七兩一錢二厘，係屬例外短少，應請旨將該員先交吏部議處。仍行文沿途各督、撫，查明該員有無盜賣情弊，俟咨覆到日，另行核辦。其短少銅斤及浮領脚價銀兩，移咨户、工二部，核明確數，照例辦理。並咨雲南督、撫，將所短銅斤先行補解，以供鼓鑄。爲此謹奏請旨。

嘉慶十三年二月二十七日奏，奉旨：『依議。』

工部奏補製造庫郎中事

工部謹奏，爲請旨事。

查臣部製造庫郎中趙承杰業經病故，其所遺郎中員缺，例係臣部保題之缺。臣等揀選得虞衡司員外郎康亮鈞，行走勤慎，辦事認真，擬正；營繕司員外郎李培元，人詳慎，辦事細心，擬陪。遵例將各該員是否合例之處，經臣部咨查吏部去後。

兹准吏部覆稱，均係合例之員，與保題之例相符等語。謹將各該員履歷，繕寫緑頭牌，帶領引見，恭候欽定。俟命下之日，臣部移咨吏部，遵奉施行。爲此謹奏請旨。

嘉慶十三年三月初一日帶領引見，奉旨：『著擬正之康亮鈞補授。』

工部奏請更替節慎庫郎中事

工部謹奏，爲請旨事。

查臣部節慎庫，向係奏派郎中引見管理，乾隆五十四年十一月内奉旨：『定爲二年更换。欽此。』欽遵在案。今據管理節慎庫郎中傅綸代呈報，自嘉慶十一年三月初二日任事起，扣至本年三月初一日二年期滿，例應派員更替等情。臣等公同揀選得屯田司郎中文光，老成諳練，辦事精詳。相應請旨，令其管理節慎庫郎中事務，俟二年期滿，再行奏請派員更替。謹將該員履歷，繕寫緑頭牌，帶領引見。爲此謹奏請旨。

嘉慶十三年三月初一日帶領引見，奉旨：『文光准其更替節慎庫郎中。』

工部修理火藥庫奏請欽派大臣查估事

工部謹奏，爲奏明請旨事。

准火藥局咨稱，查本局官廳火藥庫座，並碾磺、貯磺、辦事等房，大門更房，俱頭停滲漏，蓆箔糟朽，瓦片脱落，山簷坎墻蹾閃，暨内外土圍墻坍損，長九百七十餘丈，咨部速爲估修等因前來。臣部隨派司員，前往查勘應修情形，約計錢糧，已屬過例，理合循例奏請欽派大臣查估。俟命下之日，臣部移咨該大臣，前往詳細查估。將應修處所，丈尺做法，造册咨送臣部，交料估所按例核算錢糧，再行奏請欽派大臣修理。謹將各部滿、漢大臣職名，繕寫清單，恭候欽點。爲此謹奏請旨。

嘉慶十三年三月初一日奏，奉硃筆圈出：『長麟、曹振鏞。』

工部奏核江蘇上元等縣營房局庫應准估修事

工部謹奏，爲核議江蘇上元等縣營房局庫，應准估修，請旨遵行事。

内閣抄出兩江總督鐵保奏稱，竊照動支司庫耗羡銀兩，修建緊要工程，例應隨時具奏。兹據江寧布政使許兆椿，蘇州布政使胡克家詳稱，上元、高淳、山陽、鹽城、儀徵、江都、金山、陽湖、荆溪等九縣，請修營卡房間。并督標操局、江寧城守左營，火葯、軍裝局庫等項房屋，或因風雨摧殘，年久朽壞；或因逼近江潮，冲激坍塌。均逾保固例限，勘明實係刻不可緩之工，急應修建。通共估需工料銀七千五百十三兩零，請於司庫耗羡銀内給辦等情，詳請核奏前來。

臣查營卡房間，及火葯、軍裝局庫等項，關係兵丁棲止巡防，并收貯軍火器械要地。前據各該縣詳報請修，均經先後飭委總兵、副將，及各地方官會勘明確，均係坍倒損壞，且久逾固限，實屬刻不可緩之工，亟應及時修復。兹由藩司覆核具詳，臣逐加查核，均與例符，應請循例在於司庫耗羨銀兩内，動支給辦。除飭取估册送部查核外，所有修理營房等工，前修年限及估計銀數，另繕清單，恭摺具奏等因。嘉慶十三年二月初六日奉硃批：『工部議奏。欽此。』欽遵於本月初九日抄出到部。

臣等伏查定例，沿江、沿海營房保固六年，内地營房庫局等項保固十年。今據兩江總督具奏清單，内開上元、高淳、山陽、鹽城、江都、金山、荆溪等縣，七里洲、草堂寺等處，三十七汛營房，係坐落沿江沿海，及濱臨太湖水汛，上届於乾隆四十年、四十八等年，并嘉慶三年修過。

又上元、高淳、儀徵、金山、陽湖等縣，西華門、小營口等處，三十九汛營房；並督標中營、江寧城守左營操局，火藥、軍裝局庫等工，上届於乾隆十三年，及五十八、九，六十等年修過，均經久逾固限，坍損應修等語。係爲慎重防守庫貯起見，應如所奏，准其辦理。仍令兩江總督轉飭，照例切實確核，分案造具估計册結，送部核辦。并嚴飭各承辦之員，妥爲經理，務使工歸實用，帑不虚糜。所有臣等核議緣由，理合恭摺具奏。伏候命下，臣部行文兩江總督並户部，一體遵照。謹奏請旨。

嘉慶十三年三月初一日奏，奉旨：『依議。』

【校】西華門，底本誤作『西華行』。

工部等部奏核山西隰州等州縣倉廒監獄應准估修事

工部等部謹奏，爲核議山西隰州等州縣倉廒、監獄，應准估修，請旨遵行事。

内閣抄出山西巡撫成寧奏稱，竊照倉廒、監獄等項工程，實係坍塌，必須修理者，例准據實估計辦理。又定例，動用耗羨銀兩，數逾五百兩以上，應奏明請旨等因，遵照在案。臣查州縣倉廒、監獄，均關緊要，如遇坍損，請修委勘無浮，自應准其借項修理。兹據藩司金應琦詳，據隰州、神池、洪洞、岳陽、陽城、沁水、懷仁、武鄉、繁峙等九州縣詳報，常平倉廒年久滲漏坍卸，均難存貯穀石。又隰州、平魯、崞縣、交城等四州縣詳報，監獄年久失修，各有坍損，并前建房間窄小，亟須加工修整添建，委員勘估屬實。所需修費較多，該州縣一時力難捐辦，各請借動耗羨銀兩，造册取結，由司分案詳請具奏前來。

臣查隰州等九州縣請修倉廒，共估需工料銀七千四百九十九兩零。又隰州等四州縣請修監獄，共估需工料銀三千九百五十四兩零。既據該司核明，並無浮冒，應請照例在於耗羨銀兩，動支給發，令其作速興修完固。所借銀兩，在於該州縣應領養廉等項銀内，分年坐扣，按季解還司庫歸款。除將所造册結，分案咨送户、工二部，並刑部查核外，理合循例恭摺具奏等因。嘉慶十三年二月初六日奉硃批：『該部議奏。欽此。』欽遵於本月初九日抄出到部。

臣等伏思倉廒、監獄，爲存貯穀石，羈禁罪犯之所，遇有坍損，自應及時修葺，以資積貯而重防範。今據山西巡撫成寧奏稱，隰州、神池等九州縣常平倉廒，年久滲漏坍卸，均難存貯穀石。又隰州、平魯等四州縣監獄，年久失修，各有坍損，亟須加工修整。估需工料銀兩，據藩司核明，並無浮冒，請照例在於耗羨銀内借給興修，循例具奏等語，係爲慎重倉貯、監獄起見。應如所奏，准其辦理。

至稱前建監房窄小，罪犯難以棲止，亟須添建等語。查監獄羈禁罪囚，最關緊要。既據該撫奏稱，隰州、平魯等四州縣監房窄小，罪犯難以棲止。應如所奏，准其添建，以資防範。所借銀兩，應准其在於耗羨銀内借給，並令該撫將各該州縣借支細數，及分年坐扣之處，報部查核。仍令山西巡撫轉飭，作速造具工料册結，送部備查。并將各項工程前次修建年分，隨案聲明。仍嚴飭各承辦之員，妥爲經理，務使工堅料實，可期經久。所有臣等核議緣由，理合恭摺具奏，伏候命下，臣部行文山西巡撫遵照。謹奏請旨。

嘉慶十三年三月初一日奏，奉旨：『依議。』

工部奏請修理保和中和殿内龍毯花毯事

工部謹奏，爲請旨事。

竊臣部准内務府咨稱，查得保和殿、中和殿内，鋪設龍毯、花毯，俱有糟爛破壞之處，報明咨部，作速查勘修理等因。隨經臣等率領司員前往查勘得，保和殿、中和殿内，鋪設龍毯、花毯，糟舊破損，不堪鋪設者十四塊；尚屬整齊，應請緩修者六塊。

臣等恭查前項龍毯、花毯，事關殿座鋪設之件，既據内務府咨部修理，應請修造整齊，以肅觀瞻而符體制。所有應修龍毯十塊，花毯四塊，共計折見方尺一萬二千二百七十尺四寸，所需顔料、絲羢等項，照例行文户部領取外。估需辦買木柴銀七十三兩七錢三分二厘，匠夫工飯錢三千四百九十串三十文，由臣部節慎庫按數發給，理合奏明請旨。恭候命下，臣等遴選熟諳司員，敬謹修製，以供鋪設。爲此謹奏請旨。

嘉慶十三年三月初六日隨報奏，奉旨：『交工部製辦。』

工部奏請琉璃窑滿洲監督英奎留任一年事

工部謹奏，爲請旨事。

查得臣部琉璃窑監督，向例奏派滿、漢各一員管理。今該窑滿洲監督員外郎英奎，已届一年期滿，所遺員缺，理應更换。但該員承辦寧壽宫等處琉璃瓦料，現有經手錢糧，未便遽易生手。應請將滿洲監督員外郎英奎，仍留任一年，俟届期滿之日，再行派員奏請更替。臣等未敢擅便，謹奏請旨。

嘉慶十三年三月初六日隨報奏，奉旨：『依議。』

工部奏請部庫换下舊物變價事

工部謹奏，爲請旨事。

竊查臣部各司庫所存貯换下回殘，一切朽壞不堪應用物件，向時隨時奏明變價，歷經辦理在案。今自嘉慶九年變價之後，已逾數年，所有换回各項及斲舊物件，自應照例清查揀選。將尚可修理應用者，仍行存庫備用外，實在不堪應用者，及時招商變價，以免日久霉爛。隨即揀派司員等，將應行變價各項物件，逐一開單呈報前來。

臣等覆核無異，理合奏明請旨，交崇文門招商變價。其所變銀兩，交臣部節慎庫，入於新收項下，充公應用。謹將應變物件，繕寫清單，恭呈御覽。爲此謹奏請旨。

嘉慶十三年三月初六日隨報奏，奉旨：『知道了。』

工部奏請修理各宮殿竹簾事

工部謹奏，爲奏聞事。

恭照本年夏季，各宮殿懸掛竹簾二千七百二十架。經值年内務府大臣常，會同臣部侍郎陳，及陝西道滿御史清，率同内務府司員、製造庫官員，逐一詳細查勘。内有實在虧損破壞，應行修造者二百六十二架；有竹條線經尚屬可用，其腰襴瀝水等項破壞，應行修理者七百六十五架；又間有一二破損處所，將拆下舊緞綾布，挑選粘補，毋庸請領物料者七百三架。此外一千九十架尚屬堪用，毋庸修理。所有應修應造竹簾，需用緞綾布疋絨線、顔料銅斤等項，行文户部取用。杉木、毛竹，并辦買煤炸、木炭銀兩，以及食糧、匠役飯錢，俱由臣部給發。謹將修換細數，并需用物料食糧、匠役飯錢，與上年用過各數目，另繕比較清單，恭呈御覽。

所有前項修造竹簾，統俟修理完竣，於未掛前期，臣部仍照例會同值年内務府大臣，逐一查驗，俟驗明後再行安掛，合併聲明。爲此謹奏請旨。

嘉慶十三年三月初九日隨報奏，奉旨：『依議。』

工部奏核江西新建縣倉廒應准估修事

工部謹奏，爲核議江西新建縣倉廒，應准估修，請旨遵行事。

内閣抄出江西巡撫金光悌奏稱，查嘉慶五年准到部咨，外省倉廒等項工程，飭令臨時詳查。如實係坍塌，必須修理者，仍行據實估計，照例辦理等因。兹據鹽道劉澐，會同藩司先福詳稱，據新建知縣寧瑞具詳，該縣節備倉廒，建自雍正九年。迨乾隆五十六年補葺以來，迄今已逾十六載，木料墻垣，朽腐皴裂，勢將傾頹。逐一確估，除舊料變抵外，實需修費銀九百三十四兩零，委員查勘結報，並無浮冒等情。臣查節備倉廒，攸關積貯。既據委員查勘朽壞屬實，若不及早興修，一經傾圮，則建造工程，更致糜費。查道庫現有買穀鹽規銀兩，請即於此款内動支，給令該縣，興修完固。仍俟工竣，委驗核實報銷，除册結送部外，理合循例恭摺具奏等因。嘉慶十三年二月二十四日奉硃批：『工部議奏。欽此。』欽遵於二十六日抄出到部。

臣等伏思倉廒爲存貯穀石之所，遇有損壞，自應及時修葺，以資積儲。今江西新建縣節備倉廒，既據江西巡撫金光悌奏稱，委員查勘朽壞屬實。若不及早興修，一經傾圮，則建造更致糜費。查道庫現有買穀鹽規銀兩，請即於此款内動支興修，恭摺具奏等語，係爲慎重倉貯起見。應如所奏，准其估辦。仍令江西巡撫轉飭，照例切實確核，造具估計册結，送部核辦。并嚴飭承辦之員妥爲經理，務使工歸實用，帑不虚糜。所有臣等核議緣由，理合恭摺具奏。伏候命下，臣部行文江西巡撫並户部，一體遵照。謹奏請旨。

嘉慶十三年三月初九日隨報奏，奉旨：『依議。』

工部錢法堂奏滇員朱久括交到銅斤成色低潮應行改煎事

工部錢法衙門謹奏，爲滇銅成色低潮，應行改煎，奏明請旨事。

據臣部寶源局監督貴保、林紹光呈稱，查滇省各運應交銅斤，前經奏明自甲子年爲始，令在滇廠煎煉純浄，不准攙雜鐵砂、低潮。今滇員朱久括，領運乙丑年二運二起應交工局銅斤，職等眼同該委員，飭令爐匠等逐細挑揀，内有夾雜鐵砂銅一萬四百斤，低潮蟹殼銅三千二十九斤。又據呈稱，該員應交工局正、帶銅斤，共二十五萬四千三百四十三斤十二兩四錢三分五厘。除在四川雲陽縣、湖北江夏縣二處沉溺未獲，應掛欠工局銅二萬三千六百八十九斤五兩三錢三分三厘，實應交工局正、帶銅斤，共二十三萬六百五十四斤七兩一錢二厘。現在眼同該委員，當堂彈兑，並令逐秤畫押。除收過八成色銅二十一萬五千五百斤，又收鐵砂、低潮銅一萬三千四百二十九斤，共收銅二十二萬八千九百二十九斤，計短少工局正額銅一千七百二十五斤七兩一錢二厘，理合呈明核辦等因前來。

臣等伏查，滇省運京銅斤，前經户部於嘉慶七年奏定，自甲子運爲始，不得仍以鐵砂、低潮各銅充數。嗣因滇員李培英，初次運到甲子年京銅，内有鐵砂、低潮攙雜，經臣衙門奏明，將該運員并廠店各員，及承辦道、府各職名，交吏部議處。其滇省煎煉火工銀兩，著落承辦各員賠補。挑出鐵砂、低潮銅斤，經户部奏明，在京改煎，火工亦令賠交等因在案。

又查例載，運京銅鉛，例内掛欠百分中之一二者，准其按限買補帶解，免其議處等語。今滇員朱久括，運到乙丑年二運二起京銅内，復又挑出夾雜鐵砂、低潮銅斤，與李培英事同一律。應咨雲南督、撫，將在滇煎煉火工銀兩，著落承辦各員名下賠補，并查取廠店及承辦道、府各職名，咨送吏部議處。該運員朱久括領兑時，未能認真挑揀，含混接收，並請交部議處。至挑出鐵砂、低潮銅斤，應即照户部奏定章程，在京改煎。

再，該員短少銅一千七百二十五斤七兩一錢二厘，就臣局所收數目核計，尚不及百分中之一二，係屬例内短少，應免置議。仍咨雲南督、撫，將所短銅斤，轉飭照例補解，以供鼓鑄。爲此謹奏請旨。

嘉慶十三年三月十四日隨報奏，奉旨：『依議。』

工部奏請將蔭生穆特布留補員外郎事

工部謹奏，爲請旨事。

先經臣等將滿洲一品蔭生穆特布，學習二年期滿，懇恩留於臣部。如果始終奮勉，俟有臣部員外郎缺出，挨次題補，謹將該員帶領引見。奉旨：『准其留部。欽此。』欽遵在案。又定例，蔭生留部補用，於期滿時已經帶領引見，遇有缺出，照例題補等語。

今臣部出有滿洲員外郎一缺，將留部之滿洲一品蔭生穆特布擬補，是否合例，咨查吏部去後。兹據覆稱，查係合例應補之員等語。查穆特布係期滿時業經帶領引見之員，請將該員照例奏明坐補。恭候命下，臣部移咨吏部，遵奉施行。爲此謹奏請旨。

嘉慶十三年三月廿四日隨報奏，奉旨：『依議。』

工部查核南河挑河築壩各工奏銷事

工部謹奏，爲遵旨查核具奏事。

内閣抄出江南河道總督戴均元等奏稱，嘉慶九年十月内，因河口一帶受淤較重，欽遵諭旨，詳察河身受病之源，會籌商辦。經欽差尚書臣姜晟，前督臣陳大文，前河臣吴璥暨臣徐端，公同籌議。除另摺奏請，將洪澤湖高堰大石堤加高，多蓄清水外，仍將清口、運口堤埽閘壩各工籌辦，使之力能敵黄通運。所有河口應挑引渠，添築束水、挑水各壩，及運口幫培埽壩，修建閘座，並黄、運河等廳擇要幫培大堤等工，約估需銀五十四萬七千餘兩。當經分别條款，會議開單具奏，欽奉諭旨，允准在於兩淮運庫，撥發銀兩辦理。

嗣於十年春間，臣徐端抵任南河，復逐工查勘。自桃源以下，至外河、裏河、山安、海防等廳，原估加高堤工尺寸，尚不足以資攔束，應需增估加高。除原估外，又增估銀十三萬餘兩，亦經奏蒙俞允，在於關庫撥發辦理。伏查此案挑河築壩修閘各工，原奏前後約估共銀六十七萬餘兩。内除估修惠濟越閘、通濟正閘動用銀兩，業於嘉慶十年十月内，彙同清江正、越二閘，開單具奏外。所有裏河、外河等九廳，挑河築壩及幫培堤工，實用銀五十四萬一千九百二十四兩零。茲據淮揚道鰲圖、常鎮道趙宜喜，分案造册，詳請核題前來。臣等悉心覆核相符，埋合循例開具清單，恭呈御覽。

再，查嘉慶十年分，外河廳屬吴城磚工，尾迤下碎石坦坡，工長二百八十丈。先因嘉慶九年湖水盛漲，浸泡堤身，經前河臣吴璥查勘，奏請接砌磚工。嗣經臣徐端欽遵諭旨，熟籌試辦碎石坦坡，當經奏明，改填碎石偎護。飭令工員改辦如式，共用銀一萬二千四百兩零，較原估磚工，計節省銀一千七百三十兩零。又，揚河廳屬嘉慶九年伏、秋汛内，風掣臨湖石工，應需補修工料錢糧，經前河臣吴璥開單具奏後。續於是年十一月十九日西北大風，揚河臨湖石工，又被掣二丈，亦經前河臣吴璥附摺奏明在案。又裏河、揚河兩廳境内運河，因嘉慶十年秋汛黄水倒灌日久，河身淤淺，堤工卑矮，於是年冬間，臣等奏明大加挑挖。即以挑河之土，培築堤工，尅期儹辦，以備新運經臨，共估用銀十七萬七千二百七十三兩零。以上各工，皆係嘉慶十年分，照例價核實發辦，俱應分別具題估銷，並據淮揚道鰲圖分案造册，詳請題估前來。臣等按工計料，公同覆核無異，謹一併彙繕清單，恭呈御覽。嘉慶十三年二月二十一日奉硃批：『工部查核具奏。欽此。』

臣等查南河嘉慶九年十月内，因河口一帶受淤較重，前據欽差尚書臣姜晟等奏請，將洪澤湖高堰大石堤加高培築，多蓄清水外。仍須將清口、運口，堤埽閘壩各工籌辦，使之力能敵黄通運。所有河口應挑引渠，添築束水、挑水各壩，及運口幫培埽壩，修建閘座。並黄、運河等廳，擇要幫培大堤等工，估需銀五十四萬七千餘兩，分別條款，開列清單具奏。經臣部會同户部議覆，准其辦理，所需銀兩，令其在於兩淮運庫内動撥。奉旨：『依議。欽此。』行知該督欽遵在案。

嗣於嘉慶十年正月内，前江南河道總督，今任副總河徐端奏，南河自桃源以下，至外河、裏河、山安、海防等廳堤工，均形卑矮，尚需增培高厚，前經奏撥銀五十四萬七千餘兩。除挑河築壩動用外，計加培土工，估銀二十二萬餘兩，尚應增估銀十三萬餘兩，奏請在於安徽、江蘇藩關各庫，撥發應用。於嘉慶十年正月二十六日奉旨：『准於安徽、江蘇藩關各庫撥用。欽此。』欽遵亦在案。

今據該督等奏稱，此案挑河築壩修閘各工，前後奏請，約估共銀六十七萬餘兩。内除估修惠濟越閘、通濟正閘，動用銀兩，業於嘉慶十年十月内，彙同清江正、越二閘，開單具奏外。所有裏河、外河等九廳，挑河築壩及幫培堤工，實用銀五十四萬一千九百二十四兩零，循例開具清單，專摺奏明，應令該督等照例造具估册，分案具題核辦。至嘉慶十年分，外河廳屬吴城磚工，尾改填碎石工程，既經該督等奏明，飭令工員改估儹辦如式，共用銀一萬二千四百兩零。較原估磚工，計節省銀一千七百三十兩零，亦應令該督等照例造册，具題核辦。

惟揚河廳屬迎湖石工，續卸石工一段，計長二丈，裏河、揚河兩廳境内，挑河培堤工程二款，未據該督等將從前奏明原摺抄録送部，無憑核對。應令該督等，即將原奏抄録送部，以憑查核。所有臣等查核緣由，理合恭摺具奏，伏乞皇上睿鑒。謹奏請旨。

嘉慶十三年三月廿四日隨報奏，奉旨：『依議。』

工部奏核南河搶辦搶築挑挖各工事

工部謹奏，爲遵旨查核具奏事。

内閣抄出江南河道總督戴均元等奏稱，嘉慶十一年分，南河所屬各廳，伏、秋大汛搶辦新生埽壩，搶築堤堰，護埽防風，摟護磚石各工。並每年循照舊制，啓閉收束各閘壩，及補砌石工，幫培土堤等工。又是年秋汛期内，因上年蘇家山石壩遇水盛大，邳宿運河停淤，漕船淺阻，赶做束水柴壩，堵閉水口，加築子堰，挑挖淤沙各項工程。俱經臣戴均元、臣徐端分督道廳，相機儹辦。隨時將搶辦情形及段落地名，會摺奏明，並抄摺咨部在案。所動工料錢糧，均經設立册檔，逐細存記。

自上年九月內，將一切物料價值章程，奏蒙欽定後。臣等率同各該管道員，逐案清釐，將搶辦各工，覆加量驗，按實在所做工段丈尺，細核動用料物數目，照現定價值，切實駁減，不任絲毫浮混。其於嘉慶十年冬底，估定發辦之揚糧廳補修石堤，加幫土工，仍照例造報，以歸核實。兹准淮揚道鰲圖、徐州道張鼎、常鎮道趙宜喜等，逐案造册前來。臣等復公同悉心核算相符，除分案造具工料細册，繕疏具題，并送部查核外。理合將所辦工段丈尺，動用銀兩數目，遵例分晰開具清單，恭呈御覽。嘉慶十三年二月二十一日奉硃批：『工部查核具奏。欽此。』

臣等查南河各廳，嘉慶十一年分伏、秋大汛，搶辦新生埽埧，搶築堤堰，護埽防風，摟護磚石各工。並每年循照舊制，啓閉收束各閘埧，及補砌石工，幫培土堤，築做束水柴埧，堵閉水口，加築子堰，撈挖淤沙等工。暨嘉慶十年冬底，估定發辦之揚糧廳補修石堤，加幫土工，所辦工段丈尺，動用銀兩數目，分晰開單奏明。

臣等查單開，豐北等廳搶辦新生埽埧，搶築堤堰，護埽防風，摟護磚石等工四十七款，均經該督等於搶辦工程情形摺內，陸續奏明，應令該督等造具估册，分案具題核辦。惟裏河、外河、桃南、銅沛、宿南五廳，搶辦新生埽工五處，并盤做裹頭，搶築新堰，廂修埧工上下雁翅，又搶做挑水埧，加廂鉗口埧工。山盱、中河二廳，添做埧工，并幫戧土工，廂做護埽。及運河廳築做束水埧工，搶築子堰，挑撈淤淺等工十五款，未據該督等將從前奏明原摺抄録咨部，無憑核對。應令該督等，即將原奏抄録送部查核。所有臣等查核緣由，理合恭摺具奏，伏乞皇上睿鑒。謹奏請旨。

嘉慶十三年三月廿四日隨報奏，奉旨：『依議。』

工部錢法堂奏川員陳閑接運滇銅成色低潮應行改煎事

工部錢法衙門謹奏，爲滇銅成色低潮，應行改煎，奏明請旨事。

據臣部寶源局監督貴保、林紹光呈稱，查滇省各運應交銅斤，前經奏明自甲子運爲始，令在滇廠煎煉純浄，不准攙雜鐵砂、低潮。今四川接運委員陳閑，運到乙丑年加運一起銅斤，職等眼同該委員，飭令爐匠等逐細挑揀，内有夾雜鐵砂銅一萬二千二百斤，低潮蟹殼銅二千一百斤，理合呈明核辦等因前來。臣等伏查滇省運京銅斤，前經户部於嘉慶七年奏定，自甲子年爲始，不得仍以鐵砂、低潮各銅充數。嗣因滇員李培英，初次運到甲子年京銅，内有鐵砂、低潮攙雜，經臣衙門奏明，將該運員并廠店各員，及承辦道、府各職名，交吏部議處。其滇省煎煉火工銀兩，著落承辦各員賠補。至挑出鐵砂、低潮銅斤，經户部奏明，在京改煎，火工亦令賠交等因在案。

今四川接運委員陳閑，運到乙丑年加運一起京銅内，復又挑出夾雜鐵砂、低潮銅斤，自係該省承辦銅務各員，並未照原議認真辦理所致。應咨雲南督、撫，將在滇煎煉火工銀兩，著落承辦各員名下賠補。并查取廠店各員，及承辦道、府各職名，咨送吏部議處。該運員陳閑，係在四川接運之員，無從挑揀，應毋庸置議。至挑出鐵砂、低潮銅斤，應即照户部奏案，在京改煎，理合恭摺具奏請旨。

嘉慶十三年三月二十八日隨報奏，奉旨：『知道了。』

工部奏派大臣查驗直隸疏築堤河橋道等工事

工部謹奏，爲奏明請旨簡派大臣，查驗直隸疏築堤河橋道工程事。

先由内閣抄出直隸總督温承惠奏，直隸省疏築堤河橋道等工，辦理完竣，查明原估續估丈尺銀數，開單具奏一摺。欽奉上諭：『温承惠奏直隸疏築堤河橋道等工，辦理完竣，請派員查驗一摺。著交工部，先將各工丈尺銀數，逐細核校，於回鑾後，開列各大員名單，奏請欽派前往，查驗收工。其天津等縣堤工，與原估丈尺不符之處，並著赶緊培築，造册題報，一併歸案查核。欽此。』欽遵抄出到部。

臣等伏查，直隸省千里長堤、格淀堤、格淀疊道、海河疊道，及修理橋閘，並挑挖大清河各項工程，經前署督臣裘行簡派員勘估，共需銀三十四萬一百七十兩零，奏請動項興工，均經辦有九分工程。嗣因嘉慶十一年汛水盛漲，多有殘缺，應須補築之處，復經前署督臣秦承恩，督同前任藩司慶格親赴淀津，逐一確勘。請於原估銀兩之外，增估銀六萬九千三百餘兩，奏奉諭旨：『准其增估，照數動用等因。欽此。』欽遵在案。

今據該督奏稱，據布政使方受疇詳稱，查清河道胡鈺承辦高陽、任邱、雄縣、霸州、保定、文安、大城等七州縣千里長堤，原、續估共銀一十九萬六千三十七兩零。天津縣海河疊道，並橋閘等工，共估銀一萬五千六百三兩零。霸州范家口木橋，估銀二千七百兩零。任邱、雄縣、保定、霸州、文安、大城、静海、天津等八州縣挑濬大清河，原、續估共銀五萬九千四百兩零。天津縣挑濬子牙河，并築攔水壩，共估銀二萬一千五百七十兩零。又天津道沈長春，承辦文安、大城、静海、天津等四縣格淀大堤，及静海之格淀疊道，獨流等處橋座，原、續估共銀一十萬二千一百五十八兩零。又原任河間府孫樹本，承辦趙北口十二連橋并疊道，共估銀一萬二千一百七十三兩零。以上通共估需銀四十萬九千六百四十餘兩，繕具清單，敬呈御覽，並請特派大臣查驗收工等語。

臣等謹將該督奏報疏築堤河橋道等工，詳加校對，與原估增估銀數，均屬相符。其天津等縣堤工，與原估丈尺不符之處，前奉諭旨，飭令赶緊培築題報，一併歸案查核。理合遵旨將各部滿、漢大臣銜名，繕寫清單，恭候欽點，前往查驗。爲此謹奏請旨。

嘉慶十三年四月初三日奏，奉硃筆圈出：『德瑛、劉權之。』

工部奏爲彙查各省應修城垣情形事

工部謹奏，爲彙查各省城垣情形，循例奏明事。

查乾隆四十五年十二月内，據原署雲南巡撫劉秉恬，奏修元江、嶍峨、他郎等三處城垣案内，奏請嗣後年終彙奏摺内，報坍城垣，如需費無多，即著地方官粘補，歸於次年彙奏完固。若工費鉅繁，例應動項興修者，照例題估興修，不得頻年列入應修項下，致成具文等因。經臣部議請，於每年各省彙奏齊全之日，按款核對，恭摺具奏。倘有上年已入急修之工，次年彙奏時仍未估辦者，即將辦理遲延之總督、巡撫，交部議處等因，奏准在案。

今嘉慶十二年分，各直省所屬城垣，據各總督、巡撫陸續咨報到部。臣部檢查嘉慶十二年咨報城垣情形各案，與嘉慶十二年咨報文内，逐款核對。除賠修捐修各工，並上年列入應修項下，已據奏准辦理者，均應令各總督、巡撫造具册結，專案核辦外。至應修各工内，有現在勘估，並酌量次第興修者；有節年列入應修，仍未估辦，應行查議者。應令各省總督、巡撫，作速委員查勘，據實確估，具奏辦理，毋任續有坍塌，以致傾圮日甚，轉滋糜費。并將從前估辦遲延職名，即行查明，送部查議。謹將各省現在具報城垣情形，開列清單，恭呈御覽。

至嘉慶十二年咨報文内列入應修城垣，仍俟本年各省彙報齊全之日，再行查核辦理。俟命下之日，行文各省總督、巡撫，一體遵照。爲此謹奏請旨。

嘉慶十三年四月初三日奏，奉旨：『依議。』

文穎館奏請欽定高宗純皇帝聖製詩事

文穎館謹奏，爲請旨事。

所有續修《文穎》，恭載高宗純皇帝聖製，前經奏明，分集擬進。兹將《二集》戊辰、己巳、庚午、辛未、壬申、癸酉、甲戌、乙亥、丙子、丁丑、戊寅、己卯十二年聖製詩，黏貼黄簽，並詳繕目録，恭呈御覽，伏候皇上欽定。再，臣董、臣秀現在奉旨入闈，是以未經列銜，合併聲明。謹奏。

嘉慶十三年四月初三日奏，奉旨：『知道了。』

文潁館奏請酌留筆帖式春昭仍兼收掌事

文潁館謹奏，爲館務殷繁，酌留熟手收掌，仰祈聖鑒事。

竊臣館前經奏明設立收掌官八員，由翰林院筆帖式内行取，仰蒙俞允在案。現在趕繕《宫史》等書，續即纂輯《文潁》，並領取册頁書籍，辦理文移稿案，一切在在需人。查有筆帖式春昭，才具明白，派充收掌以來，差使勤慎。因前館議敘招等，經吏部題覆，給予額外主事，掣分刑部學習行走。該員於館務素爲熟悉，當此需員之際，未便驟易生手。

合無仰懇天恩，將春昭仍兼臣館收掌上當差，臣等藉收指臂之處，出自聖主鴻慈。臣等公同酌議，意見相同，謹繕摺具奏，請旨遵行。臣董、臣秀現在奉旨入闈，是以未經列銜，合併聲明。謹奏。

嘉慶十三年四月初三日奏，奉旨：『依議。』

文潁館奏請以翰林院修撰顧皋充補總校事

文潁館謹奏，爲請旨事。

竊臣館總校官狄夢松，奉旨簡放貴州糧儲道。所遺總校一缺，臣等公同酌議，查有翰林院修撰顧皋，學問素優，堪以充補，謹繕摺具奏，請旨遵行。再，臣董、臣秀現在奉旨入闈，是以未經列銜，合併聲明。謹奏。

嘉慶十三年四月初三日奏，奉旨：『知道了。』

工部奏修光禄寺酒醋局庫房墻垣等工事

工部謹奏，爲奏明請旨事。

先准光禄寺咨修本寺酒醋局後大庫房座、墻垣等工，當經臣等揀派司員，前往勘估。今據該員將應修處所，丈尺做法，造册呈遞前來。臣等照依勘估司員所報，光禄寺酒醋局後大庫一座，計十一間，内東起五間，應行揭瓦撥正。其餘六間，後坡揭瓦，前坡插補抅抿，並挑換柱木、梁枋、椽望，修砌墻垣等工，交料估所按例核算。共需辦買木植、磚瓦、灰斤等項銀五百八十九兩三分，匠夫工價錢一百五串一百十七文。

查前項工程錢糧，係在數百兩以上，遵例輪應臣部尚書緼，督率司員，妥協辦理，理合循例奏明。俟命下之日，將所需錢糧，在於臣部節慎庫，照數給發該工，按估如式修理。俟工竣後，將實在修過處所用過錢糧，據實核銷。爲此謹奏請旨。

嘉慶十三年四月初七日奏，奉旨：『依議。』

工部續纂軍器做法則例恭呈御覽事

工部謹奏，爲請旨事。

先經臣部於乾隆五十八年，奏請將壇廟城垣，衙署倉廒，河工海塘，以及軍裝器具等項做法工料，並各省物件價值，有因内外臣工條奏章程，及臣部隨時酌定事宜，與成例未符者，詳加編纂成帙。並聲明嗣後每届十年，纂修一次等因具奏，奉旨允准在案。

今查，自嘉慶三年續纂《則例全書》告竣以來，迄今已届十載，應行續纂之期。所有近年欽奉諭旨，及臣部現辦事宜，與舊制稍有不同，應加更正者，積存漸多。并現據兵部咨送續纂軍器名目，并修製年限則例，内有增添器械，及各省駐防，東三省、新疆西北兩路，應需一切軍器，臣部軍器做法例内，向未載入此項名目做法。若不及時編輯頒行，誠恐各省無所遵循，製造或致歧異，於操防事宜，殊未允妥。臣等擬將前項未經編輯條款，及軍器做法例内所無名目，逐一檢齊，分别編列，刊刻成帙，頒發各省，共得遵行。庶准駁不致混淆，而考覈益昭畫一，理合奏明請旨。恭候命下，臣部揀派熟諳司員，詳加編纂，臣等公同參訂。所需供事筆墨紙張等項，仍請遵照各部編纂《則例》原奏，在於臣部書吏内，擇其通曉書算者，令其自備資斧辦理。

再，查《軍器做法則例》，款目紛繁，編輯尤宜詳慎。若與十年續纂之《則例》同時修輯，令典攸關，誠恐或有參差。請將《軍器做法則例》，先行編輯成帙，敬繕黄册，恭呈御覽。伏候欽定後，再將臣部續纂《則例》，赶緊纂辦，庶參訂不致歧誤，而辦理益昭慎重，合併聲明。爲此謹奏請旨。

嘉慶十三年四月初七日奏，奉旨：『依議。』

工部奏查南河堵閉山盱義壩工料應仍照例價報銷事

工部謹奏，爲遵旨查核具奏事。

嘉慶十三年三月十八日，内閣抄出前任江南河道總督戴均元等奏，南河清查河庫錢糧款目内，有嘉慶十年分堵閉山盱義壩之工，請照嘉慶十一年堵閉智、禮二壩工料實價報銷一摺。奉硃批：『工部查核具奏。欽此。』據原奏内稱，河庫錢糧數目，自嘉慶十年正月起，截至十一年六月底止，共計發過工料銀七百六十八萬五千五百餘兩。除嘉慶十年、十一年，南河所辦工程，核明實用銀數，業經開單具奏。尚有拆建各閘座，並分洩道路等工，俱照例辦理，毋庸置議外。惟十年分堵閉山盱義壩之工，照從前例價，僅止估銀六萬餘兩。而是年儹堵，正在大汛盛漲之際，料物青黄不接。且隔湖取土，價昂數倍，以致懸款待銷，曾經據實奏明在案。

兹查河庫解發該工銀三十二萬餘兩，内除添做二壩，用銀四萬七千五百六十一兩零。實計堵閉正壩、鉗口壩，及埽後澆戧，共用銀二十七萬二千九百四十七兩零。因其時湖水急需收蓄，尅期儹堵，料户居奇，轉運紆遠，是以所用繁多，皆係實用在工，尚無浮混，據實請銷。但工帑所關，必須定以限制。仰懇天恩，俯准照嘉慶十一年堵閉智、禮二壩工料實價估算，請銷銀二十一萬一千八百三十九兩零。其餘不敷銀六萬一千一百七兩零，容臣徐端暨通工道、廳各員名下攤賠，分年完繳，以清懸款等因。

臣等查南河義壩工程，前經督臣鐵保、河臣徐端，於嘉慶十年七月内，通籌應辦各工開列各條摺内，首稱山盱義壩應先儹堵。該壩内外皆水，取土維艱，遴派幹員，預於有土處用船裝運，并分投購運正雜各料，赶緊堵閉等語。當經大學士、六部尚書併臣吴璥會議奏准辦理在案。又於十一年十月十六日，奉上諭：『現據戴均元奏，上年堵閉義壩，用銀三十二萬餘兩，照例應銷者，僅六萬餘兩。其餘皆懸款待銷，似此者難以悉數，是例價較之時價，相去懸殊。若任其浮開工段丈尺，以抵例價之不足，則河臣所報，部中所核，均屬紙上空談，自應據實報銷，以清弊混等因。欽此。』欽遵亦在案。

今據該督等奏稱，前發義壩工程銀三十二萬餘兩内，除添做二壩用銀四萬七千五百六十一兩零外，請照十一年智、禮二壩工料實價估算，請銷銀二十一萬一千八百三十九兩零。其餘不敷銀六萬一千一百七兩零，容臣徐端暨通工道、廳各員攤賠，分年完繳等語。臣等查南河料物時價，前經該督等初次具奏，自十一年七月爲始，嗣又奏明自十一年正月爲始。此項義壩工程，係十年所辦，自應仍照例價報銷。雖從前曾將實在情形及用過銀數，先經奏明有案，但未將所用工料，專摺奏明加價。今遽請照智、禮二壩工料價值，估算報銷，不特與例價相懸，即較之現定時價，尚有加增，臣部難以率准。理合奏明請旨，飭令該督等據實查明删減，報部核辦。所有臣等核議緣由，恭摺具奏，伏乞皇上睿鑒。謹奏請旨。

嘉慶十三年四月初七日奏，奉旨：『依議。』

工部錢法堂奏滇員范來泰交到銅斤虧短成色低潮事

工部錢法衙門謹奏，爲滇銅成色低潮，并銅斤虧短，奏明請旨事。

據臣部寶源局監督貴保、林紹光呈稱，查滇省各運應交銅斤，前經奏明自甲子年爲始，令在滇廠煎煉純净，不准攙雜鐵砂、低潮。今滇員范來泰，領運乙丑年三運一起應交工局正、帶銅斤，職等眼同該委員，飭令爐匠等逐細挑揀，内有夾雜鐵砂銅七千四百斤，低潮蟹殼銅二千九百九十六斤九兩。又據呈稱，該員應交工局正、帶銅斤，共二十五萬二千一百十五斤七兩一錢二厘。除在四川雲陽縣沉溺未獲，應掛欠工局銅五千二百六十三斤十五兩，實應交工局正、帶銅斤共二十四萬六千八百五十一斤八兩一錢二厘。現在眼同該運員，當堂彈兑，並令逐秤畫押。除收過八成色銅二十二萬八千六百三十九斤，又收鐵砂、低潮銅一萬三百九十六斤九兩，共收銅二十三萬九千三十五斤九兩，計短少工局正額銅七千八百十五斤十五兩一錢二厘。

隨訊據該員范來泰供稱：『職自瀘州領銅，解運到京，道路遥遠。沿途起剥過垻，共有數十次，只帶家人數名，船隻較多，照料不周，難免零星拋散，實無别項情弊。所短銅斤，職情愿回滇按限賠補』等語，理合呈明核辦等因前來。臣等伏查滇省運京銅斤，前經户部於嘉慶七年奏定，自甲子運爲始，不得仍以鐵砂、低潮各銅充數。嗣因滇員李培英，初次運到甲子年京銅，内有鐵砂、低潮攙雜，經臣衙門奏明，將該運員并廠店各員，及承辦道、府各職名，交吏部議處。其滇省煎煉火工銀兩，著落承辦各員賠補。挑出鐵砂、低潮銅斤，經户部奏明，在京改煎，火工亦令賠交等因在案。

今滇員范來泰，運到乙丑年三運一起京銅內，復又挑出夾雜鐵砂、低潮銅斤，與李培英事同一律。應咨雲南督、撫，將在滇煎煉火工銀兩，著落承辦各員名下賠補。並查取廠店各員，及承辦道、府各職名，咨送吏部議處。該運員范來泰領兑時，未能認真挑揀，含混接收，並請交部議處。至挑出鐵砂、低潮銅斤，應即照户部奏案，在京改煎。

再，該員短少銅七千八百十五斤十五兩一錢二厘，係屬例外短少，應請旨將該運員先交吏部議處。仍行文沿途各督、撫，查明該員有無盜賣情弊，俟咨覆到日，另行核辦。其短少銅斤，及浮領脚價銀兩，移咨户、工二部，核明確數，照例辦理。並咨雲南督、撫，將所短銅斤先行補解，以供鼓鑄。爲此謹奏請旨。

嘉慶十三年四月初七日奏，奉旨：『依議。』

工部奏爲正白旗箭亭等工欽派大臣修理事

工部謹奏，爲正白旗箭亭等工，奏請欽派大臣修理事。

先准正白旗漢軍都統奏請，將箭亭三間，并兵丁住房九間，交臣部照例估修。當經臣部奏請欽派大臣查估，奉硃筆圈出：『鄒炳泰、明亮。欽此。』嗣准查估大臣鄒等覆奏，內稱遵即前往各該處，詳細查勘得，箭亭三間，全行坍塌，應行補蓋。兵丁住房九間內，有坍塌應行補蓋房二間，大木糟朽，應行拆蓋房七間。內兵丁住房，有一連六間，該旗報修四間，其餘二間，大木已經歪閃。若按原報估修，將來拆卸時，勢必將未報之房，牽連傾圮。查此二間，亦應奏請歸入此次勘估案內修理。以及箭亭月臺，兵丁住房，門樓院墻等工，均應照舊修葺等因具奏。奉旨：『依議。欽此。』抄録原奏，并造册送部查辦前來。

查正白旗漢軍應修箭亭三間，及兵丁住房十一間，臣部照依查估大臣册報丈尺做法，添换物料數目，按例核算，共需工料銀一千四百八十四兩五錢八分五厘。應遵照乾隆三十一年户部奏准之例，在於户部庫貯鹽課餘平銀内，動支辦理。謹將各部滿、漢大臣職名，繕寫清單，恭候欽點。俟命下之日，臣部行文户部，給發銀兩，即令承修大臣，照估興修。工竣，由該工奏請欽派大臣查驗後，仍將修過丈尺做法，用過工料銀兩，造具細册，咨送臣部核銷，并咨正白旗漢軍都統查照。爲此謹奏請旨。

嘉慶十三年四月十二日奏，奉硃筆圈出：『禄康、宜興。』

工部奏爲八旗漢軍礮神廟工程欽派大臣查估事

工部謹奏，爲八旗漢軍礮神廟工程，奏請欽派大臣查估事。

准廂黄旗漢軍都統咨送原奏内稱，八旗漢軍都統等具奏，據參領等呈報，德勝門外原設有礮神廟，係雍正十三年，原任副都統色布肯領帑大修後，奏交八旗、漢軍輪流值年，承辦一應祭祀。若稍有損壞，即由承辦旗分，動用房租銀兩修補。倘年久損壞之處過多，移咨工部，照例修理等因在案。

續於乾隆三十年奏請大修，迄今已逾四十餘年。雖經各旗零星粘補，惟年深日久，風雨摧殘，現在廟門旗桿損壞，前後大殿，東西兩廊，配殿耳房，瓦片脱落，望板椽子糟朽滲漏，週圍墻垣倒壞之處甚多，理合呈明辦理等情。臣等親往查驗無異，若不及時修理，恐將來益至糜費。惟查臣等各旗，每年所得官房租銀四百餘兩，除各項公費使用外，所存無幾。此項工程，應請交工部照例估修等因具奏。奉旨：『交工部。欽此。』造册咨部查辦前來。

查八旗漢軍都統奏修礮神廟，共房二十間，并月臺、甬路、影壁、泊岸、旗桿、圍墻等工，臣部派員約估，所需錢糧，已屬過例。理合循例奏請欽派大臣，前往詳細查勘，據實確估具奏。並造具丈尺做法細册，咨送臣部，照例核算錢糧，再行奏請欽派大臣興修。謹將各部滿、漢大臣職名，繕寫清單，恭候欽點。爲此謹奏請旨。

嘉慶十三年四月十二日奏，奉硃筆圈出：『瑚圖禮、多慶。』

奏爲覆勘會試硃墨卷請旨事

臣瑚、臣潘、臣王、臣覺羅桂、臣戴、臣曹、臣周、臣陳謹奏：

臣等奉命派出覆勘本年會試硃墨卷，准禮部交到京堂、翰詹等官，磨勘過中式試卷二百五十九本，均係免議之卷。臣等公同悉心校閲，所有原勘官簽出免議，臣等覆勘得應議者一卷。謹粘簽繕寫清單，恭呈御覽，伏候訓示發下，交禮部照例核辦具題。其中式舉人親供，及覆試卷磨對筆跡，均屬相符，合併聲明。爲此謹奏請旨。

原勘簽出免議，經臣等覆勘得應議者一卷。第八名貢士陶樑，第三場第二問、第三問硃卷内，有三行誤寫出格不合。核對墨卷，並未出格書寫，查係謄録錯誤，對讀亦未經看出。謄録、對讀官均應議，墨筆、藍筆均經抹出，主考、同考官應毋庸議。

嘉慶十三年四月十七日奏，奉旨：『依議。』

工部奏請以孫益廷坐補虞衡司員外郎事

工部謹奏，爲請旨事。

查臣部原任營繕司員外郎孫益廷，前於嘉慶十年八月，丁母憂回籍。於十二年十一月服滿，赴部候補，經臣部奏明，令其在部行走，俟有缺出，照例奏請補授等因。於十二年十二月十四日具奏，本日奉旨：『依議。欽此。』欽遵在案。今臣部虞衡司員外郎康亮鈞，業經陞任郎中，其所遺員外郎員缺，擬將該員坐補，照例移咨吏部查核去後。茲准覆稱，工部虞衡司員外郎一缺，將奏留候補員外郎孫益廷奏補，查與例相符等語。

查孫益廷人勤謹，辦事詳慎。謹將該員履歷，繕寫緑頭牌，帶領引見，恭候命下，臣部移咨吏部遵照。再，該員係奏明留部，遇有缺出補授之員，毋庸擬陪，合併聲明。爲此謹奏請旨。

嘉慶十三年四月十九日帶領引見，奉旨：『准其坐補。』

工部奏請額外主事童槐期滿留部事

工部謹奏，爲請旨事。

查乾隆三十九年五月内，經原任大學舒赫德等奏請，分部學習進士，三年期滿，該堂官秉公核實分別。其諳習部務者，即奏留本部，以主事奏補；其於部務未甚熟練，而才具尚可造就，堪勝民牧者，准其奏明以知縣用。如才具平常，不能留心部務者，奏明咨部，以國子監監丞、助教補用。或有情愿就教者，准其改補等因具奏。奉旨：『依議。欽此。』欽遵在案。

今臣等查得，嘉慶十年乙丑科進士童槐，係奉旨分部學習，籤掣臣部額外主事上學習行走，於嘉慶十年五月到部，連閏扣至本年四月分，三年期滿。臣等公同試看得，童槐安詳謹慎，辦事明悉，堪以留部。仰懇聖恩，留於臣部，遇有主事缺出，照例奏請補授。謹將該員履歷，繕寫緑頭牌，帶領引見。恭候命下，臣部移咨吏部，遵奉施行。爲此謹奏請旨。

嘉慶十三年四月十九日帶領引見，奉旨：『准其留部。』

大學士慶桂等議奏南河應辦各工事

大學士慶桂等謹奏，爲遵旨議奏事。

内閣抄出江南河道總督徐端奏，南河應辦各工，分別次第興修一摺。嘉慶十三年三月二十九日奉硃批：『大學士、九卿議奏。欽此。』臣等查該督奏稱，江境地處下游，爲衆水匯歸之區，近年河底日益淤高，堤工日形卑矮。加以河口倒灌，清水不能暢出，漕運因之阻滯。必須培大堤以固根本，修閘壩以慎節宣，減黄助清，以免倒灌。計修復毛城鋪滚壩，并挑挖洪、濉等河，培築堤堰，共需銀一百二十餘萬兩，修復王營減垻，約需銀五十萬兩。加高智、禮二垻垻底，約需銀三十萬兩，應於本年霜降後起工，爲第一年辦理。

其培築高堰、山盱大堤後坡工程，約需銀一百五十餘萬兩，普培黄河兩岸大堤，約需銀二百二十餘萬兩。雲梯關外接築長堤，約需銀一百萬兩，請分兩年辦理。而每年籌撥錢糧，在二百餘萬兩，辦理亦不虞棘手。此外南河尚有應行拆造之裏河運口，惠濟、通濟、福興等正越閘座。又中河、揚河等廳，縴道堤工卑矮單薄之處甚多，亦應次第大加培築，以利漕運。容俟督臣鐵保回至工次，再行一併通盤籌計，妥議章程，另行奏請辦理等語。

臣等查南河近年漫工疊見，節次奏請撥銀堵築，其常年應辦各工需費，亦復不少。果如該督等所奏，通籌河湖受病根源，設法興修，爲一勞永逸之計，自應及時籌辦，但大工需用浩繁，國家經費有常，尤宜慎重。即如該督所稱，近年河底日益淤高，堤工日形卑矮，欲求經久之計，必須增培大堤一節，查嘉慶八年，前經兩江總督陳大文等奏請，加培兩岸大堤，欽奉諭旨：『若不疏通海口尾閭，河身仍多淤墊，水勢日見其高，僅於各工增卑培薄，年復一年，伊於何底等因。欽此。』嗣據河臣吴璥等奏請挑挖黄泥嘴，並將吉家浦、于家港、倪家灘、宋家尖等處挺出灘嘴，一併挑切。此外仍須加培大堤，束水攻沙，疏築相資，以期暢達。又於嘉慶十年，經河臣徐端奏請，加培外河、裏河、山安、海防等廳土堤。嘉慶十二年，亦經兩江總督鐵保等奏請，培築黄河兩岸大堤，俱蒙恩准辦理在案。今據該督奏請，普培黄河兩岸大堤，是堤工累次加培，所費不貲，而河身仍形淤墊，並未將尾閭如何疏濬之處，詳細奏明。僅擬黄河兩岸增高培厚，雲梯關外接築長堤，似尚非一勞永逸之計。毛城鋪滚坝，係宣洩黄河盛漲之水，由洪溝河至濉溪口，歷五湖以達洪澤湖，紆徐曲折數百餘里，水勢挾沙而走。倘致淤墊湖心，誠恐全湖受病；而分洩河水，則溜緩沙停，又恐正河有礙。王營減坝，自十一年開放之後，甫經堵合，何以又議興修山盱高堰？大堤綿亘百餘里，今所稱後坡土工，是否普律增培，抑或擇要辦理，未據聲明。智、禮二坝，向與仁、義等坝規制相同，何以該二坝必須加高坝底？事關重大，不可不籌度萬全。且統計該督等所奏各工，約需銀六百七十餘萬兩，若非通盤籌畫，未可輕議興工。所有各工應辦與否，及分别緩急之處，現已欽派協辦大學士尚書長、戴，前往確勘，應俟查明覆奏到日，再行核辦。所有臣等會議緣由，理合恭摺具奏，伏乞皇上睿鑒。再，此摺係工部主稿，合併陳明。爲此謹奏請旨。

嘉慶十三年四月十九日奏，奉旨：『依議。』

工部清查江南裁夫直隸木税銀兩解部遲延請旨事

工部謹奏，爲清查江南裁夫，直隸木税銀兩，解部遲延，奏明請旨事。

臣等查兩江總督，每年應飭令江寧布政使，額解裁夫銀二千二百十四兩八錢，存貯臣部節慎庫，以備各工開銷之項，理應年清年款。今查該督自嘉慶九年起，至十三年止，計五年共欠解銀一萬一千零七十四兩，屢經嚴催，未據解部，殊屬延玩。且國帑久懸，遲至五載，其中難保無屬員侵挪之弊。相應奏明請旨，敕交兩江總督，飭令該布政使於接到部文之日，將前項應解銀兩，迅速委員，掃數解部。並查明如有侵挪壓擱之處，即行據實參奏，以憑查辦。

再，查直隸密雲縣，嘉慶二、三、四、五、六等年，每年欠解木税銀一千十二兩五錢零，先經臣部參奏，行令直隸總督嚴飭該縣具批交納。嗣據前任直隸總督顔檢覆奏，密雲縣應徵木税，不敷定額，懇請儘收儘解，交藩庫兑收報部一摺。嘉慶七年十月十八日，奉上諭：『該縣管理古北口抽分事宜，每年應解木税，原以一千一十二兩零定爲歲額。今據稱該處商販寥寥，無人領票辦課。山場砍伐既久，近年以來，只有小民在附近各山採取柴薪，照例輸課，每歲不過三四十兩至五六十兩等語，自係實在情形。除嘉慶二年至六年止，應解税銀，仍在歷任知縣名下，照數勒完外。嗣後此項木税，自嘉慶七年爲始，著即照徵收雜税之例，儘收儘解，不必定以額數。仍著該督責成該道、府等，隨時稽查，毋得以多報少，致滋弊混等因。欽此。』

迄今五載有餘，並未據該督將嘉慶二、三、四、五、六等年木税，批解到部。其嘉慶七年爲始，每年徵收税銀，曾否解交藩庫，亦未據報部有案，誠恐仍不無虧缺之弊。應一併奏明請旨，飭令直隸總督，將密雲縣嘉慶二、三、四、五、六等年應解木税，即速嚴催解部。其嘉慶七年以後，每年徵收税銀，曾否解交藩庫，亦即據實查明，報部查覈。恭候命下，臣部行文各該督，欽遵辦理。爲此謹奏請旨。

嘉慶十三年四月十九日奏，奉旨：『依議。』

工部奏修正白旗侍衛箭亭等工事

工部謹奏，爲奏明請旨事。

先准領侍衛内大臣咨修正白旗侍衛箭亭等工，當經臣等揀派司員，前往勘估。今據該員將應修處所，丈尺做法，造册呈遞前來。臣等照依勘估司員所報，正白旗侍衛箭亭一座，計五間，應行拆蓋後廊一步架；其前接抱厦三間，應行揭瓦，並挑换柱木梁枋，裝修門窗，修砌墻垣、泊岸等工，交料估所按例核算。除所需顔料等項，移咨户部取用，架木在於臣部木倉取用外，共需辦買木石、磚瓦、灰斤等項銀七百二十四兩八錢五分八厘，工價錢二百串三百五十七文。

查前項工程錢糧，係在數百兩以上，遵例輪應臣部尚書曹，督率司員，妥協辦理，理合循例奏明。俟命下之日，將所需錢糧，在於臣部節慎庫，照數給發該工，按估如式修理。俟工竣後，將實在修過處所，用過錢糧，據實核銷。爲此謹奏請旨。

嘉慶十三年四月廿六日奏，奉旨：『依議。』

工部奏銷修理正陽門内外石路等工錢糧事

工部謹奏，爲奏銷用過錢糧數目事。

先經臣等奉旨修理正陽門内外石路工程，當即循例奏請大臣查估，奉硃筆圈出：『禄、長。欽此。』隨據查估大臣禄等奏明，將應修丈尺做法，造册咨部核算，共需工料銀六萬七千七十六兩二錢五分七厘，奏請修理。奉旨：『派出緼、文、玉、蘇。欽此。』旋經承修大臣緼等奏明，現值物價昂貴，各商不敢承認辦理等情。請援照從前廣寧、朝陽等門，石道工程成案工料價值核辦，共照案估需工料銀十三萬八千五百二十三兩九錢二分五厘，奏准在案。並續經承修大臣奏明，查先農壇迤南，至永定門外橋南涵洞，未經估計舊石道長一百八十四丈一尺，石料間有破壞，請將原估内節省灰土銀一千六百餘兩，通融辦理。再，正陽門内外巷口，每遇雨水泥濘，行旅維艱，請將換下舊石接墁。所需銀兩，即在餘平項下動支，不請開銷，奏准辦理亦在案。嗣據承修大臣將前項石道，共計湊長一千三百十五丈三尺一寸，如式修竣，奏請查驗。奉硃筆圈出：『托、廣、蔣。欽此。』復據查驗大臣托等奏稱，調取該工册檔，前往逐段查驗，長寬丈尺，均屬相符等因具奏。奉旨：『知道了。欽此。』今據該工將修竣各段石道，丈尺做法，援照從前廣寧等門石道成案，核明工料錢糧，細數造册，咨部核銷前來。

臣部核册逐款查對，所有該工續修先農壇迤南，至永定門外橋南涵洞石道，長一百八十四丈一尺，并正陽門内外巷口接墁舊石等工，既經該工奏明，在於原估節省灰土銀内，并餘平銀内，通融辦理，不請開銷，應毋庸核計外。其原估應修各段石道工程，詳細查核，所有用過工料銀十三萬八千五百二十三兩九錢二分五厘，俱與該工奏准照依成案核定銀數相符，應准開銷。

再，查册内聲稱，換下舊石，均折寬厚一尺，共湊長一萬七千八百四十四丈三尺七寸一分六厘。除揀選抵用外，尚餘剩破碎殘缺舊石一萬四百五十七丈五尺四分二厘，應令該工妥協堆貯，以備將來别工選抵應用。至此項工程欽派大臣内，有臣部尚書緼承修，例應迴避，摺内未經列銜，合併陳明。爲此謹奏請旨。

嘉慶十三年四月廿六日奏，奉旨：『依議。』

文穎館奏請將倪琇充補纂校事

文穎館謹奏，爲請補纂修事。

竊臣館纂校官湯金釗，奉旨在尚書房行走，所有纂校一缺，應將協修官倪琇充補。其所遺協修之缺，臣等再於翰、詹衙門揀員充補。爲此謹奏。

嘉慶十三年四月二十九日奏，奉旨：『知道了。』

工部奏修東直等門工程事

工部謹奏，爲奏明請旨事。

先經臣部奏修東直等門官廳堆撥房、官兵住房，並城身礮臺、海墁宇墻等工，共估需工料銀一萬五千三百十九兩九錢三分二厘一摺。奉硃筆圈出：『宜興、英和。欽此。』今據承修大臣宜等奏稱，遵即前往，分段照估興修，於本年二月内興工。嗣因奴才宜將分修工段，逐一查看，至崇文門往西，中心臺東西馬道工次，見東馬道上，有不在估内之城墻，微有裂縫。詎於三月十二日雨後漸見張裂，十四日竟至坍塌數丈，先行知照工部在案。

查此項坍工，原舊城身，並未滿用磚砌，僅就馬道土牛形式，以磚疊落蹬砌，下截盡土。而舊土鬆卸，磚塊破碎較多。且接連坍段迤東，土牛空陷，尚有數丈；城身臌閃，復有數丈。一經雨水，勢必坍塌。再，西馬道後城墻，亦有臌閃裂縫。伏思馬道原係依城貼砌，若止修馬道，一施夯硪，勢必震動城墻。情形如此，不能照估僅修馬道。

奴才英分修二段，有安定門甕城内裏皮城墻一段。并頭段分修之馬道斜墻，以及續坍工段，各有拆露，磚塊碎小，土牛空陷，渣土攙雜，按照原估，均屬不敷辦理之處。謹繕分晰清單，據實奏聞，俟命下之日遵行，工部迅即派員查覆情形，到工以便趁時赶辦。至奴才等分修安定、廣渠二門券洞内外石道，車繁載重，全賴工料堅實。前經飭令該司員等，遵照正陽門石道工程做法，一律成做，伏乞聖恩俯准，援案核給。如蒙俞允，撙節核明錢糧，工竣之日，據實造册，移咨工部，併案核銷等因具奏。嘉慶十三年四月初七日奉旨：『依議。欽此。』欽遵抄單咨部核辦前來。

臣等當即揀派司員，前往詳細查勘情形，逐一丈量，均與該工原奏相符，照依查勘司員呈報丈尺做法，交料估所按例核算。除所需江米、白礬等項，移咨户部取用，架木在於臣部木倉取用外，共需續估工料銀一萬一千八百二十四兩九錢一分四厘，理合再行奏明。恭候命下，將續估銀兩移咨户部，給發承修之大臣等支領，一併照估興修。統俟工竣，該工奏請查驗後，據實造册，咨送臣部核銷。

至其摺内奏請將安定、廣渠二門券洞石道工程，援照正陽門石道工程做法，一律成做核給等情。應令承修大臣，於工竣查驗後，一併據實造具細册，咨部核銷。再，此項工程欽派大臣内，有臣部左侍郎英承修，例應迴避，摺内未經列銜，合併陳明。爲此謹奏請旨。

嘉慶十三年五月初一日奏，奉旨：『依議。』

工部奏核南河三廳補修風掣石工錢糧事

工部謹奏，爲遵旨查核具奏事。

嘉慶十三年四月十一日，内閣抄出江南河道總督徐端奏，高堰、山盱、揚河三廳，補修風掣石工丈尺銀數，核實開單具奏一摺。奉硃批：『工部查核具奏。欽此。』臣等查高堰、山盱、揚河三廳風掣石工，先據該督奏明，於嘉慶十一年，自五月至十二月，疊次風暴，陸續掣卸石工，段落較多。經正河臣戴均元，同臣親赴該工，挨段量驗，分別新工舊工，除保固限内新工，著落原辦之員賠修，不計錢糧外。實在高堰、山盱兩廳所屬，應估補砌舊工一千六百六十六丈二尺。又，應補修海墁石五處，腰洞三百八十四處。又，揚河廳屬竇、汜、永、高四汛，除賠修之工，不計錢糧外。應估補砌舊工三千零五十九丈三尺，應估修海墁石七百十五丈五尺，照從前例價銀十七萬六千七十三兩零。其不敷實價銀兩，並懇聖恩，撥發銀十八萬兩，以資支用。聲明俟議定實價章程，再行確估核實，開單具奏。欽奉諭旨：『戴均元等奏勘估高堰、山盱、揚河等廳，補修風掣臨湖石工，實需工料銀兩，按照例價估算，應需銀十七萬六千餘兩。不敷實價銀兩，請先撥銀十八萬兩，著該督等於議定章程後，確核報銷等因。欽此。』欽遵在案。

今據該督奏稱，高堰、山盱、揚河三廳石工，上年開槽修砌時，正值春令暵乾，湖河水落。趁根脚顯露之際，臣同正河臣戴均元，復又率同淮揚道，臨工細加覆勘。除高堰、山盱二廳所估工段，丈尺層路，俱與原估相符，無可核減外。其揚河廳境内各工，自智、禮等垻次第堵閉之後，來源既斷，湖水全消，灘脚涸露。内有原估越垻，應行删減者；有原估拆修到底，今勘明底層尚好，止須修補上層者。並飭令將掣卸入湖之舊石舊磚挖起，揀選搭用，以歸節省。照依欽定各料實價銀數，確切估算，高堰、山盱二廳，共估用實價銀二十四萬零九百十兩零，揚河廳共估用實價銀七萬九千八百七十九兩零，核實發辦，一律修砌如式完竣。照原撥銀數，計節省銀三萬五千二百八十三兩零，留於河庫另案工程項下，報部查核等語。

臣等查高堰、山盱、揚河三廳，補修風掣石工，前據該督奏明，按照實價開報，奉旨允准，前後撥銀三十五萬六千餘兩。今據奏稱，撙節勘辦用銀三十二萬七百八十九兩零，核與原估銀數，有減無浮，應如該督所奏辦理。至節省銀三萬五千二百八十三兩零，應准其留於河庫，爲另案工程之用。仍行該督，將實用銀兩，照例分案具題，造册送部核辦。並將前修年分，於估報册内分晰聲明，以憑查核。所有臣等查核緣由，理合恭摺具奏，伏乞皇上睿鑒。謹奏請旨。

嘉慶十三年五月初一日奏，奉旨：『依議。』

工部奏查嘉慶十二年分該部知道事件辦過緣由事

工部謹奏，爲遵旨彙奏嘉慶十二年分，接奉硃批『該部知道』事件，辦過緣由，開列清單，恭摺奏聞事。

乾隆三十一年二月初五日，准户部文開，内閣奉上論：『前因各省奏派動用耗羡章程各摺，批交「該部知道」者，仍令户部按例查核辦理，不得僅以動支各數存案了事，並令將辦過准駁各案，於年終彙奏。至於吏部甄别教職、佐雜，兵部之千總，俱定於六年俸滿，分别保薦、留任、勒休，並令各督、撫於年終彙奏。原恐督、撫等或曲意姑容，致有衰庸戀棧，是以批令「該部知道」，以便比較查核。若一概存而不論，則亦毋庸批交該部矣。蓋此等甄别年滿員弁，其列入保薦者合例與否，俱由部核議請旨。惟例應留任之員，該部祇照督、撫等所議存案，向未復加察核。但各員弁分别留任，初次定於六年，迨下次再行甄别時，前後已有十餘年之久，其中豈無衰邁龍鍾，年歲已逾定例之人？若該督、撫等或因循姑息，不行裁汰，該部又以向無查覈之責，聽其朦混濫竽，殊非核實官方之道。嗣後，著該部遇有此等照例彙奏事件，及一切督、撫等題奏，經朕批交「該部知道」者，將應否准駁之處，俱於年終詳查，核議具奏。欽此。』欽遵移咨到部，歷經遵照辦理在案。

臣等查得，自嘉慶十二年正月初十日起，至十二月三十日止，接奉硃批『該部知道』事件，共五十九件。臣部逐款查核，業將奏請應修黄快船隻，并賞給口糧修費，以及接運京銅等案，分别行文各總督、巡撫、將軍等，遵照在案。理合欽遵諭旨，將辦過緣由，開列清單，恭呈御覽。爲此謹奏請旨。

嘉慶十三年五月初一日奏，奉旨：『知道了。』

工部奏修俄羅斯館喇嘛官學生住房事

工部謹奏，爲奏明請旨事。

先准理藩院奏稱，俄羅斯館喇嘛官學生居住房屋，墻垣倒壞甚多，難以居住，請交工部估修等因，移咨臣部辦理。當經臣部於嘉慶十二年十月十二日，奏請欽派大臣查估。奉硃筆圈出：『瑚圖禮、劉權之。欽此。』移咨查估去後。嗣據查估大臣瑚等奏明，將應修處所，丈尺做法，造册咨部辦理前來。

臣部照依查估大臣等册報，俄羅斯館房屋，共計六十六間。内有坍塌無存，應行補蓋房一間；柱木糟朽，墻垣坍塌，應行拆蓋房五間；頭停滲漏，柱木歪閃，應行撥正房六間；頭停滲漏，木植間有糟朽，應行揭瓦房五十三間；頭停滲漏，應行插補抅抿房一間。以及修理各座門樓、墻垣、甬路、暗溝，並廟内神像龕案，一律裝顏油什裱糊等工，交料估所按例核算。除所需顏料等項，移咨户部取用，架木在於臣部木倉取用外，共需工料運價銀四千八百三十兩五錢八分九厘，理合循例奏請欽派大臣修理。謹將各部滿、漢大臣職名，繕寫清單，恭候欽點。俟命下之日，將所需錢糧，移咨内務府廣儲司，給發承修之大臣支領，即行照估興修。工竣，由該工奏請查驗後，仍將修過處所，丈尺做法，並用過工料錢糧，據實造具細册，咨送臣部核銷。爲此謹奏請旨。

嘉慶十三年五月初六日奏，奉硃筆圈出：『禄康、鄒炳泰。』

工部奏補都水司滿洲郎中事

工部謹奏，爲請旨事。

竊查臣部出有都水司滿洲郎中一缺，係臣部事繁應題之缺。臣等揀選得都水司員外郎多麟代，才具明敏，辦事勤能，擬正；營繕司員外郎恒安，明白諳練，辦事認真，擬陪。該員等是否合例，咨查吏部去後。

兹據覆稱，查與定例相符，應聽工部自行保題等語。謹將該員等履歷，繕寫緑頭牌，帶領引見，請旨補授。恭候命下，臣部移咨吏部，遵奉施行。爲此謹奏請旨。

嘉慶十三年五月十一日帶領引見，奉旨：『著擬正之多麟代補授。』

工部奏補營繕司員外郎事

工部謹奏，爲請旨事。

查臣部營繕司員外郎李培元，業經奉旨補授山東道監察御史，其所遺員外郎缺，例係臣部應行保題之缺。臣等揀選得營繕司主事陳啓文，才具安詳，辦事結實，擬正；都水司主事朱淥，人謹慎，辦事細心，擬陪。遵例將該員等是否合例之處，咨查吏部去後。兹准吏部覆稱，均係合例之員，與保題之例相符等語。

臣等謹將該員等履歷，繕寫緑頭牌，帶領引見，恭候欽定。俟命下之日，臣部移咨吏部，遵奉施行。

爲此謹奏請旨。

嘉慶十三年五月十一日帶領引見，奉旨：『著擬正之陳啓文補授。』

工部奏請額外主事蒙古吉禄期滿留部事

工部謹奏，爲請旨事。

查乾隆三十九年五月内，經原任大學士舒赫德等奏請，分部學習進士，三年期滿，該堂官秉公核實分別。其諳習部務者，即奏留本部，以主事奏補；其中部務未甚熟練，而才具尚可造就，堪勝民牧者，准其奏明，以知縣用。如才具平常，不能留心部務者，奏明咨部，以國子監監丞、助教補用。或有情愿就教，准其改補等因具奏。奉旨：『依議。欽此。』欽遵在案。

今臣等查嘉慶十年乙丑科進士蒙古吉禄，係奉旨分部學習，籤掣臣部額外主事上學習行走，於嘉慶十年五月二十一日到部。連閏扣至本年四月二十一日，三年期滿。臣等公同試看得，吉禄行走勤慎，留心部務，堪以留部。仰懇聖恩，留於臣部，遇有蒙古主事缺出，照例奏明補授。謹將該員履歷，繕寫緑頭牌，帶領引見，恭候命下，臣部移咨吏部，遵奉施行。爲此謹奏請旨。

嘉慶十三年五月十一日帶領引見，奉旨：『准其留部。』

工部奏請將春明等五員補授筆帖式事

工部謹奏，爲請旨事。

先經臣等將臣部學習筆帖式春明等，三年期滿，奏請留於臣部，遇有筆帖式缺出，不論旗分補用。俟有本旗缺出，再行調補等因具奏，奉旨允准在案。今臣部出有筆帖式五缺，臣等將留部學習筆帖式春明，繙本筆帖式福倫泰，庫使延齡，學習筆帖式吉忠阿，繙本筆帖式祥柱擬補。該員等是否合例，咨查吏部去後。茲據覆稱，查與例案相符等語。

謹將該員等履歷，繕寫緑頭牌，帶領引見，請旨補授。恭候命下，臣部移咨吏部，遵奉施行。爲此謹

奏請旨。

嘉慶十三年五月十一日帶領引見，奉旨：『俱准其補授。』

工部奏請照式製發京通兩倉紅斛事

工部謹奏，爲奏明請旨事。

竊查例載，直省有司度量權衡，均由臣部鑄造頒行。又載徵收漕糧，工部鑄造小口鐵斛，存户部一張，發交倉場、漕運總督，及有漕各省糧道各一張，永遠遵行，如有參差互異，即行查參等語。今據户部咨稱，准倉場咨稱，抽漕御史抽掣漕糧，向用紅斛，所領平斛，礙難遵用，轉移照依紅斛製發備用前來。

臣等查户部例載，各省漕糧，俱按每石加收耗米，以爲京、通各倉並沿途折耗之用。又例載，坐糧廳

收兑糧米，俱用紅斛。進京倉之紅斛，每石較倉斛大二斗五升；進通倉之紅斛，每石較倉斛大一斗七升。是紅斛之設，例有專條。而抽漕御史向以平斛升斗加算，若不明立章程，由部製發，恐日久相沿，抽驗斛隻，易滋盈縮參差之弊。

臣等謹悉心酌議，請即照式製造京倉紅斛一面，通倉紅斛一面。會同户部較准，燙烙火印，發交倉場衙門，分貯各處，以備抽兑漕糧之用。如年久損壞，仍由倉場衙門送部换製，並請纂入《會典》及臣部《則例》内，以垂久遠而昭慎重。爲此謹奏請旨。

嘉慶十三年五月十一日奏，奉旨：『依議。』

工部彙奏各省工程報銷未完各案請旨事

工部謹奏，爲遵旨彙奏各省工程報銷未完各案，分别年限查辦緣由，謹繕清單，恭摺奏聞事。

乾隆十九年正月十七日，内閣奉上諭：『外省動用錢糧及工程報銷，應駁應准，俱有定例。乃該督、撫往往於部駁後，輾轉行查，不即尅期辦結。或據屬員詳禀，疊次聲覆請銷，而該部仍復往返駁詰，以致塵案累積。迨歷年久遠，官吏迭更，徒滋拖累，此向來相沿陋習，殊非敬事勤政之道。現據劉統勳、策楞查，江南興修水利以來，有歷十餘年至二十餘年未結之案，自雍正四、五年間，塵案尚有懸擱者。此等案件，如果有浮混，自當據實查明，催追完款，何致任意遲延，歷久不結！如果無情弊，亦當請豁免累。嗣後報銷之案，符例者，該部不得漫行駁詰；例應駁查者，至三次後，該部具摺聲奏，或按例核減，飭交該督、撫查明經手官員，照數追賠完案。或據情酌予豁銷，務令剋期辦結。仍著於每歲底，將未完各案，彙摺奏聞。其現有從前未結各案，予限　年，令户、工二部通行查明，分别辦理完結。欽此。』欽遵在案。

臣部查嘉慶三年起，至嘉慶十一年止，未結案件，共四十案。經臣部於嘉慶十二年四月内查明具奏，行令各總督、巡撫分别查參，催結在案。嗣據各總督、巡撫陸續造報到部，臣部按例准銷者十一案，現在核議者二案，復行駁查者二案。應令各總督、巡撫，將駁查各案，查明逾限者，照例查參；未經逾限者，嚴催完結。

此外，安徽等省辦解硝斤，撥解火藥，製造藥鉛、旗幟、軍械，修理營房、城垣、廟宇、衙署、倉廒等項，共二十五案。自嘉慶三年起，歷年駁查之後，迄今未據造報。應令各總督、巡撫、將軍，即行嚴催完結，並查取承辦遲延及督催不力各職名，參奏議處。

再，查嘉慶十二年分，各省報銷新案，共五十六案。臣部按例准銷者五十案，駁查未結者六案，應令各總督、巡撫逐案查明，即行催辦完結。謹將未完各案，分别年限，並查辦緣由，繕寫清單，恭呈御覽。俟命下之日，臣部行文各總督、巡撫、將軍，一體遵照辦理。爲此謹奏請旨。

嘉慶十三年五月十一日奏，奉旨：『知道了。』

工部奏請循例更替街道廳員事

工部謹奏，爲循例更替街道廳員事。

查管理街道廳員，例應一年期滿更替。由臣部行文都察院，保送滿、漢御史各二員，步軍統領衙門保送司官二員，並臣部揀選滿、漢司官二員，帶領引見，恭候欽點四員管理，歷年遵照辦理在案。查嘉慶十二年管理街道廳員，臣部於上年五月内帶領引見，奉旨派出滿洲御史慶元，漢御史程國仁，臣部滿洲員外郎達霖，步軍統領衙門主事增柱管理。

今該員等已届一年期滿，例應更替。據都察院保送滿洲御史色成額、明倫，漢御史楊祖繩、張問陶等四員；臣部揀選滿洲員外郎恒誠，漢員外郎孫益廷等二員；步軍統領衙門保送主事志勤，額外主事明善等二員。理合開列各該員職名，繕寫緑頭牌，帶領引見。恭候欽派滿洲御史一員，漢御史一員，臣部司官一員，步軍統領衙門司官一員管理。仍俟一年期滿，臣部照例另行奏請更换。爲此謹奏請旨。

嘉慶十三年五月二十日帶領引見，奉旨：『派出色成額、楊祖繩、恒誠、志勤。』

工部奏修天壇先農壇門外磚甬路等工事

工部謹奏，爲奏明請旨事。

先准太常寺咨修天壇並先農壇門外磚甬路工程，當經臣等揀派司員，會同太常寺官員，前往勘估。今據該員等將應修處所，丈尺做法，開單呈遞前來。臣等照依勘估司員所報，天壇新建天門外磚甬路一段，長十四丈；先農壇南門外磚甬路一段，長十九丈五尺。週圍牙石挑换青砂石，中心灰砌，停城磚平墁一層，背底灰砌，舊樣城磚平墁一層。以及地脚散水，一併築打灰素土等工，交料估所按例核算，共需辦買石料、磚塊、灰斤等項銀四百六十兩八錢七分三厘，匠夫工價錢一百七十九串八百六十五文。

查前項工程錢糧，係在數百兩以上，遵例輪應臣部左侍郎英，督率司員，妥協辦理，理合循例奏明。俟命下之日，將所需錢糧，在於臣部節慎庫，照數給發該工，按估如式修理。俟工竣後，將實在修過處所，用過錢糧，據實核銷。爲此謹奏請旨。

嘉慶十三年五月二十日奏，奉旨：『依議。』

工部奏請欽派大臣管理河道溝渠事

工部謹奏，爲請旨事。

查河道溝渠事務，向例於每年歲底，奏請欽派臣部奉宸苑、清漪園，步軍統領衙門大臣各一員管理。上年十二月，經臣部奏請欽派，奉硃筆圈出臣部侍郎英，管理奉宸苑事務大臣文，管理清漪園事務大臣阿，步軍統領衙門右翼總兵福管理，欽遵在案。

今管理奉宸苑事務大臣文，奉旨降補編修；管理清漪園事務大臣阿，簡放兩淮鹽政；右翼總兵福，退去總兵。所有管理值年河道事務，謹將奉宸苑、清漪園、步軍統領衙門各大臣職名，恭繕清單，請旨於每衙門欽派一員接管。恭候命下，臣部行文各該大臣，欽遵辦理。再，臣部侍郎英，係由臣部奏請派出值年管理事務，毋庸開列，合併聲明。爲此謹奏請旨。

嘉慶十三年五月二十日奏，奉硃筆圈出：『徵瑞、阿明阿、宜興。』

工部奏核直隸保定府續坍城垣應准估修事

工部謹奏，爲核議保定府續坍城垣，應准估修，請旨遵行事。

内閣抄出直隸總督温承惠奏稱，竊照保定府城垣，自乾隆十八年請修，歷今五十餘年，久逾保固之限。五十六年曾經奏請間段小修，至嘉慶六年大雨淋漓，城身多有臌裂坍塌。前督臣熊枚，於十年間擇其緊要各工，先請修葺，奏蒙俞允。時因司庫無款可動，於十一年七月，甫令前任清苑縣知縣顧翼具領興工。其原估工段，續有坍卸，即原估修砦之城樓等項，亦因雨水浸灌，木料朽腐，愈見傾頹。其餘未入估修之處，俱多閃裂蟄陷，若不一律修葺，將來坍卸日甚，益滋糜費。

兹據藩司方受疇，率同熟諳工程之定州知州薛學詩，詳加確勘。除所修各段内，係乾隆五十六年修理者，無須再修，又嘉慶十年原估已奏准修之工不計外。其必應續修工段，及城樓礮臺等處，逐一撙節估計，實需工料銀十萬六千二百一十五兩五錢六分七厘，具詳請奏前來。

臣查保定城工，係省會重地，尤須鞏固整齊，以資保障而壯觀瞻。臣就近覆勘，所估工料，尚無浮多，似應照估修理。如蒙俞允，俟部覆到日，在於司庫節年地糧銀内動撥，飭委現署清苑縣程正堦領回，照估趕緊興修。並責成道、府，督同認真辦理，臣等仍不時親往稽查。除另造估册，據實題報外，理合恭摺具奏等因。嘉慶十三年四月二十六日奉硃批：『工部議奏。欽此。』欽遵於二十八日抄出到部。

臣等伏思省會城垣，關係緊要，如有坍塌，自應隨時修整，以資捍衛。今直隸保定府城垣，先於嘉慶十年，據署直隸總督熊枚奏請間段擇要修理，估需工料銀二萬六千六百九十八兩九錢五分四厘七毫，請在於司庫節年地糧銀内動撥趕辦等因。當經臣部議覆，行令造具估計册結，送部核辦在案。今據直隸總督温承惠奏稱，嘉慶十年請修各工，因司庫無款可動，於十一年七月甫令具領興工。其原估工段，續有坍卸，即原估修竣之城樓等項，亦因雨水浸灌，木料朽腐，愈見傾頽。其餘未入估修之處，俱多閃裂蟄陷，若不一律修葺，將來坍卸日甚，益滋糜費。

兹據藩司方受疇，率同熟諳工程之員，將必應續修工段，及城樓礮臺等工，逐一估計。實需工料銀十萬六千二百十五兩五錢六分七厘，請在於司庫節年地糧銀内動撥興修等語，自屬實在情形，應如所奏，准其估辦。仍令直隸總督轉飭，照例切實確核，將嘉慶十年及現在請修各工段，分别原估、續估，繪圖貼説，各造具册結，題報核辦，毋得稍有牽混浮冒。其乾隆五十六年已修，毋須再修之工，亦并於册首註明，以憑查核。仍嚴飭承辦之員，妥爲經理，務使工堅料實，帑不虚糜。所有臣等核議緣由，理合恭摺具奏，伏候命下，臣部行文直隸總督並户部，一體遵照。謹奏請旨。

嘉慶十三年五月二十日奏，奉旨：『依議。』

工部奏請雙興三年期滿留部授爲額外主事事

工部謹奏，爲請旨事。

查定例内開，拔貢分部人員，三年期滿，奏明留部，授爲七品小京官。再食俸三年，果能熟習部務，准其授爲額外主事等語。今臣部七品小京官雙興，由嘉慶六年辛酉科拔貢，七年朝考一等，奉旨著以部員用。籤掣臣部，在額外七品小京官上行走，於是年七月二十一日到部。連閏扣至十年六月二十一日，三年期滿，經臣部帶領引見。奉旨：『准其留部。欽此。』欽遵在案。今該員自嘉慶十年六月二十二日引見之日起，連閏扣至本年五月二十二日，又歷俸三年期滿。臣等公同試看得，該員留心部務，行走勤慎，堪以留部，授爲額外主事，俟再滿三年，臣部再行照例核辦。謹將該員履歷，繕寫緑頭牌，帶領引見。恭候命下，臣部移咨吏部，遵奉施行。爲此謹奏請旨。

嘉慶十三年五月廿四日帶領引見，奉旨：『准授爲額外主事。』

工部奏請欽點隨營辦事堂官事

工部謹奏，爲請旨事。

恭照本年七月初八日，皇上啓鑾駐蹕熱河。臣部隨營辦事，及查看橋道，例應奏請出派臣部堂官一員隨往。謹將臣部堂官職名，繕寫清單進呈，恭候欽點一員。爲此謹奏請旨。

嘉慶十三年五月二十四日奏，奉硃筆圈出：『英和。』

文穎館奏爲分貯宫史前編添寫續編等事

文穎館謹奏，爲奏明請旨事。

竊據前館奏稱，未經繕完《宫史》，並《天禄琳瑯》，均交臣館恭繕。上年臣等陳奏開館章程，亦經附片奏明。《文穎》纂輯需時，即令謄録等將前項書籍，先行恭録，仰蒙聖鑒在案。現將《宮史》恭繕三分，《天禄琳瑯》亦陸續繕寫，即交臣館纂校、協修等官，悉心校閲，統俟全書完竣，臣等再行復閲進呈。

惟查前館遵辦《宮史》，原奉諭旨内，除懋勤殿一分外，仍令繕辦六分，於乾清宮、養心殿、尚書房、盛京、熱河、圓明園，各貯一分。前館繕呈三分，尚少三分。其由南書房交出前編六分，内乾清宮、圓明園二分，係諭旨所有。餘如文淵閣、摛藻堂、味腴書室、清漪園四分，皆諭旨所無。據前館原奏内稱，應加核正改繕，並添寫《續編》，以成全書。

臣等查清漪園一分，係陳設本，應即更正，仍添繕《續編》。其文源閣等處前編，均有木匣，向係分架存貯。現經查明，各該處書架已無空函，若添寫《續編》，卷帙繁多，勢難分貯。謹公同酌商，可否祗將此三分前編更正，無庸添寫《續編》之處，請旨遵行。又，前館進呈尚書房《宮史》，奉旨交圓明園陳設，現在恭繕三分内，應歸尚書房一分。所有圓明園前編一分，即應交回，無須另辦，理合一併陳明，是否有當，伏候皇上訓示。謹奏。

再，編修文寧奉旨在臣館效力行走。查臣館奏設總校四員，纂修十六員，協修八員。今臣等公同酌商，請將文寧派充總閲。所有纂校等官，分纂各本，即令文寧復看，理合附片奏聞。

嘉慶十三年五月二十四日奏，奉旨：『向來文源閣、摛藻堂、味腴書室三處，所貯《宮史》前編，均有木匣，分架庋置。雖據館臣等查明已無空函，惟該處兩傍現俱安設几案，著交該館，先將前編内逐加校正改繕，照舊存貯。仍添寫《續編》三分，與前編一式裝潢，即陳設於几案之上，用昭完備。其清漪園一分，著祇將前編繕正，毋庸寫《續編》。餘依議。欽此。』

工部奏爲各司承辦科抄咨申俱已完結事

工部謹奏，爲奏聞事。

查臣部各司等處，并製造庫、料估所承辦完結事件數目，向例三個月奏聞一次，歷經遵辦在案。今查得臣部營繕司、虞衡司、都水司、屯田司、製造庫、料估所等處，自嘉慶十三年正月二十五日起，至四月二十四日止，共到科抄三百八十九件，咨申二千六百五十二件，俱已依限完結。所有各司等處，承辦科抄、咨申事件完結數目，開列於後：

營繕司承辦科抄一百零六件，俱已完結；咨申五百七十二件，俱已完結。

虞衡司承辦科抄一百二十六件，俱已完結；咨申一千件，俱已完結。

都水司承辦科抄一百三十七件，俱已完結；咨申七百十七件，俱已完結。

屯田司承辦科抄十九件，俱已完結；咨申二百六十九件，俱已完結。

製造庫承辦科抄一件，已經完結；咨申四十二件，俱已完結。

料估所承辦咨申五十二件，俱已完結。

以上自嘉慶十三年正月二十五日起，至四月二十四日止，共到科抄三百八十九件，咨申二千六百五十二件，俱已依限全完。爲此謹具奏聞。

嘉慶十三年五月二十七日奏，奉旨：『知道了。』

工部奏請補授都水司滿洲員外郎事

工部謹奏，爲請旨事。

查臣部出有都水司滿洲員外郎一缺，係臣部事繁應題之缺。臣等揀選得營繕司主事錦明，心地明白，辦事敏練，擬正；都水司主事承賓，才具明晰，辦事謹慎，擬陪。該員等是否合例，咨查吏部去後。茲據覆稱，查係合例應陞之員，應聽工部自行保題等語。謹將該員等履歷，繕寫緑頭牌，帶領引見，請旨補授。恭候命下，臣部移咨吏部，遵奉施行。爲此謹奏請旨。

嘉慶十三年閏五月初三日帶領引見，奉旨：『著擬正之錦明補授。』

工部奏請以盛德明補授營繕司主事事

工部謹奏，爲請旨事。

查臣部候補主事陳鶴，學習三年期滿，先經奏明，留於臣部，遇有主事缺出，照例奏請補授等因。於嘉慶五年八月二十九日奏，本日奉旨：『准其留部。欽此。』欽遵。又，吏部具奏，俄羅斯學助教盛德明，於所繙事件並無遺誤，奏請授爲主事，分部額外行走，遇缺補用，並將該員籤製臣部等因在案。今臣部營繕司主事陳啓文陞任員缺，擬將奏明留部補用之候補主事陳鶴，助教年滿議敘主事盛德明，照例移咨吏部查核去後。兹准覆稱，應以俄羅斯助教年滿，分部遇缺補用之盛德明擬補等語。

查主事盛德明，人明白，辦事安詳，謹將該員履歷，繕寫緑頭牌，帶領引見。恭候命下，臣部移咨吏部遵照。再，查該員係分部遇缺補用之員，毋庸擬陪，合併聲明。爲此謹奏請旨。

嘉慶十三年閏五月初三日帶領引見，奉旨：『准其補授。』

工部奏請將主事福兆留部陞補事

工部謹奏，爲奏明（請）旨事。

准吏部咨稱，吏部議得實録館應行議敘人員内，超等協修官工部主事福兆，不計試俸，以京外各衙門應陞員外郎之缺，歸於雙、單月，與陞選人員分缺間用一人等因具奏。奉旨：『依議。欽此。』欽遵知照前來。

查主事福兆，係由臣部額外主事奏補實缺，在部已有十年。該員自到部以來，臣等留心察看，才具明晰，辦事認真，委辦差務，頗能實心任事。今該員蒙恩議敘，將届陞選，若令其選歸别部，尚須學習，而臣部轉少一熟諳之員。合無仰懇聖恩，俯准將該員留於臣部，遇有應歸部選員外郎缺出，奏請陞補，在臣等得收指臂之效，於銓政亦無妨礙。理合奏明請旨，可否將該員留於臣部補用之處，出自皇上天恩。如蒙俞允，臣部移咨吏部，停其銓選。爲此謹奏請旨。

嘉慶十三年閏五月初三日奏，奉旨：『依議。』

工部奏派大臣查估鑲白旗漢軍官房工程事

工部謹奏，爲鑲白旗漢軍官房工程，奏請欽派大臣查估事。

准鑲白旗漢軍都統咨送原奏内稱，該旗恩賞兵丁住房一百六十五間，取租官房一百八十三間，義學房一所十間。今據各該管參領等報稱，兵丁住房内有一百零三間，取租官房内有五十四間半，並義學房十間，俱因歷年雨水潮濕，柱脚糟朽，瓦片脱落，蓆箔霉爛，必當及時修理等因。奴才等隨派印務參領章京等，逐處查驗無異，加結呈報。

伏思兵丁住房，原係恩賞窮苦兵丁居住，取租官房每月租息，係恩賞旗下辦公之用。義學房間，係教養旗人之所。如再遇雨水，恐致坍塌，多糜帑項，應請交工部照例估修等因具奏。奉旨：『依議。欽此。』欽遵造册，咨部辦理前來。臣部查前項應修官房，共一百六十七間半，約計錢糧，已屬過例。理合循例奏請欽派大臣前往，詳細查勘，據實確估具奏。並造具丈尺做法細册，咨送臣部，照例核算錢糧，再行奏請欽派大臣興修。謹將各部滿、漢大臣職名，繕寫清單，恭候欽點。爲此謹奏請旨。

嘉慶十三年閏五月十二日奏，奉硃筆圈出：『費淳、瑚圖禮。』

文穎館奏請頒發册頁纂輯文穎續編事

文穎館謹奏，爲恭請頒發册頁，纂輯《文穎續編》，奏明請旨事。

竊查《文穎》前編，首載聖製詩文，次及宗室王公、大小臣工。臣館現修《續編》，所有高宗純皇帝聖製，前經將擬恭載者進至《四集》，現將《五集》《餘集》粘簽進呈。至皇上御製詩文，均由南書房奏請欽定，發交臣館，當經敬謹歸類，彙鈔副本。其宗室王公詩文，亦行文宗人府，查明彙送。並行文各直省及在京各衙門，將恭和篇章及曾經進呈之作，迅速送館選輯。

惟内廷陳設册頁，均係大小臣工歷年恭進，其中體裁美備，堪以採選者自多。除現由南書房交出，選定擬載册頁，臣館均行纂輯外。臣等公同酌商請旨，將齋宫架貯册頁，發交臣館，以便同總校等官悉心選擇，彙録呈進，伏候聖裁。謹奏。

嘉慶十三年閏五月十七日奏。

工部核議倉場奏請免製紅斛事

工部謹奏，爲遵旨議奏事。

内閣抄出倉場侍郎達慶、蔣予蒲奏請免製紅斛，照舊辦理一摺。嘉慶十三年閏五月初七日，奉旨：『工部議奏。欽此。』欽遵於初九日抄出到部。臣等伏查，例載徵收漕糧，工部鑄造鐵斛，發交倉場、漕運總督及有漕各省糧道各一張，永遠遵行。其收漕斛口，該管員每季較掣，如有參差互異，浮收病民，即行查參，例意明晰，至詳且盡。前緣倉場所用紅斛，臣部並無頒發成案，是以上年准户部咨稱，准抽查御史移换斛隻。因未聲明『紅斛』『平斛』字樣，臣部即照舊例發給平斛。本年又准户部咨稱，抽查御史向用紅斛，所領平斛礙難遵用，移請换發紅斛備用前來。臣等公同酌議，檢查例案，奏請製造紅斛二面，發交倉場各處備用等因。奉旨：『依議。欽此。』欽遵在案。

今據倉場奏稱，各倉收受糧石，向來所用紅斛，係照部頒發鐵祖平斛，加添製造等語。伏查臣部先准抽查御史請頒紅斛，是以奏請頒發，以昭慎重。兹既經倉場侍郎據實奏明，應請毋庸製造頒發，以仍其舊。仍令倉場衙門嚴飭所屬，實力稽查，各處所用加添紅斛，務當隨時較準應用。如有盈縮參差，即當據實參奏，毋徒假手吏胥，致滋弊竇。所有臣等核議緣由，謹恭摺奏聞，伏乞皇上睿鑒。俟命下之日，臣部即行知倉場衙門，遵奉辦理。爲此謹奏請旨。

嘉慶十三年閏五月二十一日奏，奉旨：『依議。』

工部奏請添修毡屜帳房等項事

工部謹奏，爲奏明請旨事。

查臣部庫存毡屜、帳房等項，係恭備皇上巡幸，給發八旗護軍統領、各衙門應用之項。今據管庫司員呈稱，恭查本年七月内，皇上巡幸熱河，進哨各衙門需用毡屜、帳房，現在庫存多係斟舊朽壞，不敷應用。理合呈請添辦毡屜三百副，修理毡屜二百副，無堂屋帳房一百七十四架，藍布夾帳房八架，應請照例備辦等情。臣等覆查無異。按例核算，除應需布疋蔴觔，行文户部取用，木植在於臣部木倉取用外。共需物料銀一千零三十九兩八錢一分一厘，工價錢一百七十五串九百零四文，在於臣部節慎庫支領。臣等即飭令該管司員，趕緊如式辦造，以備各處領用。理合先行奏明，俟工竣之日，彙入月摺奏銷。爲此謹奏請旨。

嘉慶十三年閏五月二十六日奏，奉旨：『依議。』

工部議奏皖贛匠鋪需用硝磺分别官辦民辦事

工部謹奏，爲遵旨議奏事。

内閣抄出兩江總督鐵保奏稱，各屬匠鋪需用硝磺，前於乾隆五十二年間部議，令各鋪户由藩司填給印照，自赴産地購買。近因洋面防範宜嚴，硝磺係軍火要需，江蘇省濱江沿海，若仍聽商民領照辦運，誠恐買多報少，易致偷漏。經臣會摺奏請，將江蘇省民用硝磺，仍官爲採辦。聲明安徽、江西二省，應否仿照之處，容俟酌定，另行咨部辦理。經工部議奏，准行在案。

今據署安徽布政使楊護詳稱，安省上連楚豫，下達淮揚，四處濱江，防範宜密，若仍聽商民自行辦運，散漫無稽。請仿照江蘇省，一律議改官辦等情。又據江西布政使先福詳稱，江西省各屬匠鋪硝磺，自乾隆五十二年奉例改歸民辦以來，相安日久，從無夾帶偷漏，以及借票私買情弊，非江蘇沿海地方可比，應請毋庸更張等情，各具詳請奏前來。

臣查安徽、江西兩省匠鋪需用硝磺，既據各該藩司詳細確查，各按地方情形，分別官辦、民辦，似屬因地制宜，應請俯如所議辦理。謹會同安徽巡撫臣董教增，江西巡撫臣金光悌，合詞恭摺具奏。嘉慶十三年閏五月十一日奉硃批：『該部議奏。欽此。』欽遵於十三日抄出到部。

臣等議得，安徽、江西二省匠鋪需用硝磺，先據該督於奏請江蘇省匠鋪硝磺改歸官辦摺内聲明。安徽、江西二省，應否仿照之處，容俟酌定，另行咨部辦理，當經臣部奏准行知去後。嗣據該督將安徽、江西二省，各按地方情形，分別官辦、民辦咨部。復經臣部行令該督詳細分別，具奏到日，再行核議在案。

今據該督奏稱，安徽四處濱江，防範宜密，請照江蘇，一律議改官辦，江西非江蘇沿海地方可比，應請毋庸更張等語。係屬各按情形，因地制宜，應如所奏辦理。至安徽既應改歸官辦，應令該省即行遵照上年臣部議覆江蘇原奏，妥議章程，送部查核。其江西既請仍由民辦，應令該省按依乾隆五十二年臣部原奏核辦。所有臣等核議緣由，理合恭摺具奏，伏乞皇上睿鑒。俟命下之日，臣部行文該督，欽遵辦理。爲此謹奏請旨。

嘉慶十三年閏五月廿六日奏，奉旨：『依議。』

工部奏核豐益倉堆撥等房修補事

工部謹奏，爲咨修豐益倉堆撥等房工程，循例奏聞事。

先由内閣抄出，奉旨：『據御史連慶奏，請將安河橋豐益倉看守官兵，照朝陽門外太平等倉之例，改歸中、北二營派撥稽查一摺。朝陽門外太平等倉，既係附近東便廣渠等汛營弁看守，其豐益倉亦係巡捕營汛地面，自應仿照派管，以歸畫一。著照連慶所請，准其改歸中、北二營選派官兵，在該倉門及原設堆撥處所，分段住守。即責成該管官，實力稽查，毋任稍有疎懈。其住宿房間，應行修補之處，著交倉場總督查明，照例咨部核辦，以資棲止。該部知道。欽此。』隨據倉場侍郎查明，造册咨部核辦前來。

復經臣部派員持册，前往勘估。計應行拆蓋房二間，揭瓦房十五間，照依册報丈尺做法，并添换物料數目，按例核算，共需工料銀六百五十九兩九錢九分七厘。遵照銀數在數百兩以上之例，輪值左侍郎臣周，督率司員，妥協辦理，理合循例奏明。恭候命下之日，將所需錢糧，在於臣部節慎庫，照數給發該工，按估如式修理。仍俟工竣，將實在修過處所，用過銀兩，據實題銷，并行文倉場侍郎查照。爲此謹奏請旨。

嘉慶十三年六月初一日奏，奉旨：『依議。』

工部奏核直隸千里長堤等工事

工部謹奏，爲遵旨查核具奏事。

嘉慶十三年閏五月十九日，内閣抄出欽差户部尚書德等奏，查勘直隸省千里長堤，新舊格淀堤，及各處疊道橋閘，並挑河各工，逐一驗收完竣。千里長堤，頂底高寬長丈，並各處疊道等工，與原估相符。至格淀新舊堤，并格淀疊道，自文安縣三灘里起，至天津縣西沽礮臺止，共分七十二段，通長一萬七千九百八十五丈五尺，内惟静海工段丈尺，悉與原估相符。其文安、大城、天津三縣堤工，以上年水勢汕刷過甚，其頂底丈尺，間有原估不符之處，另行分段備細註明單内。應俟工部按照土方銀兩，核算題明，著落承辦之員，賠交完款等語。

欽奉上諭：『德瑛等奏勘明直隸堤河橋道閘埧各工一摺，並開繕清單，繪圖貼説進呈，朕詳加披閲。此次估修千里長堤各工，經德瑛等逐一收驗核，與原估册報大率相符。所有文安、大城、天津等縣各工丈尺，與原估不符之處，著工部查核具奏等因。欽此。』臣等隨即移咨欽差户部尚書德等，將該督呈送原估册籍，咨送到部。

臣等詳細核對，所有千里長堤，及疊道橋閘等工，現在欽差户部尚書德等查驗，均與原估相符，應令該督照例造册，具題到日，臣部再行核辦。惟文安、大城、天津三縣，新舊格淀堤，原估册開共工二十四段，計長一萬一千三百六十五丈五尺。今查清單内開，共工五十三段，工段雖多，而長丈與原估相符。内有二十二段，頂底各寬丈尺，有與原估較少之處，自應按照現查實數核辦，理合繕具清單，恭呈御覽。俟命下之日，臣部開單行文該督，轉飭承辦之員，按照此次查驗清單内開丈尺，核算錢糧，分别新舊土方，造册具題核辦。其多開丈尺，行令據實删減，並將銀兩著落承辦之員名下追繳還款，報部查核。所有臣等查核緣由，理合恭摺具奏，伏乞皇上睿鑒。謹奏請旨。

嘉慶十三年六月初一日奏，奉旨：『依議。』

工部等核議估修山西綏遠城垣事

工部等部謹奏，爲核議估修山西綏遠城城垣，請旨遵行事。

内閣抄出山西巡撫成寧奏稱，竊照定例，動用耗羡銀兩，數逾五百兩以上，應奏明請旨等因，遵照在案。今查晉省綏遠城，爲將軍統領官兵駐防之所，地接外藩，最關緊要，每遇城垣坍損，歷係借項興修。兹據藩司金應琦詳稱，該處城垣，於嘉慶十一年間，據報東南西三面磚墻、土牛，各有坍塌。嗣於十二年冬間，據報西北兩面土牛、海墁，又續行坍塌。均經檄委歸化城同知查勘明確，將估需工料銀兩，造具册結，由歸綏道覆勘加結，詳請具奏借項修理前來。

臣查綏遠城城垣先後坍損，應修工段，既據勘明，共估需工料銀一千五百六十一兩零，由司覆核，並無浮冒，自應准其借項興修。而山西省應修城工定例，需費在二千兩以下者，借支司庫公項修理，於該州縣額設繁費内，每年扣銀二百兩歸款。今綏遠城城垣，應需修費銀兩，請照例在於嘉慶十三年耗羡銀内，借給修理。惟綏遠城理事同知衙門，並無額設繁費，從前借項修城，係於養廉銀内扣還，經部覆准有案。此次借動銀兩，應請照舊在於該同知養廉内，每年扣銀二百兩，分作七年零三季扣完清款。除將勘估册結，咨送户、工二部查核外，理合循例恭摺具奏等因。嘉慶十三年五月三十日奉硃批：『該部議奏。欽此。』欽遵於閏五月初二日抄出到部，並據該撫造具册結，送部前來。

臣等伏查城垣爲地方保障，遇有坍壞，自應及時修整，以資捍衛。今據山西巡撫成寧奏稱，綏遠城城垣於嘉慶十一年，東南西三面磚墻、土牛，各有坍塌。嗣於十二年冬間，西北兩面土牛、海墁，又有坍壞。

節據勘明應修，估需工料銀兩，請照例在於嘉慶十三年耗羨銀内借給修理。並據咨内聲稱，先後坍損工段，均係乾隆元年原建工程，不在歷任興修保固之内，造具册結送部等語。應如所奏，准其辦理。

至借動銀兩，准其於嘉慶十三年耗羨項下動支，即在該同知養廉内，分年坐扣。并令該撫轉飭，將領銀起扣日期，先行報部，俟准銷之後，即將借動銀兩實數，造入耗羨奏銷册内，題報查核。仍令山西巡撫轉飭，作速趕辦完竣，將用過工料銀兩，并修竣日期，造具清册，送部備案。仍嚴飭承辦之員，妥爲經理，務使工堅料實，以期經久。所有臣等核議緣由，理合恭摺具奏。伏候命下，臣部行文山西巡撫遵照。謹奏請旨。

嘉慶十三年六月初一日奏，奉旨：『依議。』

工部奏修地安門外東西步量橋事

工部謹奏，爲奏明請旨事。

先准步軍統領衙門咨稱，地安門外，東西步量橋二座，因年久墕碎，坑坎不平，車馬難行，應行查修，當經臣部奏請大臣查估。奉硃筆圈出：『德文、普恭。欽此。』旋據查估大臣奏明，將應修處所，丈尺做法，造册咨部。并聲明不露明處所，有無損壞，俟承修大臣拆卸時，再行報部辦理等因。臣部照依該大臣等册報，按例核算，共估需工料銀一萬一千九十兩四錢一分，循例奏請大臣修理，奉硃筆圈出：『禄康、鄒炳泰。欽此。』

今據承修大臣禄等奏稱，遵即前往拆卸修理，見不露明處所，磚塊石料，多有酥壚破碎。河底裝板，地脚沉陷，并撞券等處，石料薄小壚壞。隨河宇墻背後，散水沖汕，俱應續加成數，添安樁釘，一律修整，方資鞏固。謹繕清單，恭呈御覽。如蒙俞允，遵即行文工部覆勘，知照到工，再行造册咨部，核算錢糧，以便趕緊辦理等因具奏。嘉慶十三年四月二十六日，奉旨：『依議。欽此。』欽遵造册咨部核辦前來。

臣等當即揀派司員前往，詳細覆勘，情形均與該工原奏相符。照依册造應行續修各項活計，丈尺做法，交料估所按例核算。除所需江米、白礬等項，移咨户部取用外，共需續估工料銀九千九百三十兩四錢九分四厘，理合再行奏明。俟命下之日，將續估銀兩，照依内務府原奏移咨廣儲司，給發承修之大臣等支領，一併照估興修。統俟工竣，由該工奏請查驗後，仍將修過處所，丈尺做法，用過工料錢糧，一併據實報部核銷。爲此謹奏請旨。

嘉慶十三年六月初五日奏，奉旨：『依議。』

工部請修中兵馬司衙署房屋事

工部謹奏，爲奏明請旨事。

先准都察院咨稱，中兵馬司衙署房屋朽爛，應行修理，咨部核辦等因。當經臣等揀派司員，前往勘估。今據該員將應修處所，丈尺做法，開單呈遞前來。臣等照依勘估司員所報，中兵馬司衙署内，有監房六間應行揭瓦，正房五間應行撥正。東西稿案庫、庫神廟各二間，應行拆蓋，並挑换柱木梁枋，裝修門窗，補砌墻垣等工，交料估所按例核算。除所需架木，在於臣部木倉取用外，共需辦買木石、磚瓦、灰斤等項銀四百四十九兩一分四厘，工價錢一百五十六串一百五十五文。

查前項工程錢糧，係在數百兩以上，遵例輪應臣部右侍郎常，督率司員，妥協辦理，理合循例奏明。俟命下之日，將所需錢糧，在於臣部節慎庫，照數給發該工，按估如式修理。俟工竣後，將實在修過處所，用過錢糧，據實題銷。爲此謹奏請旨。

嘉慶十三年六月初五日奏，奉旨：『依議。』

工部議奏拆修惠濟四閘等工事

工部謹奏，爲遵旨核議具奏事。

内閣抄出江南河道總督徐端奏稱，裹河運口至清江一帶，地勢建瓴，水行湍急。是以建設閘座，層層鉗束，使湖水多出清口，少入運河，最爲緊要關鍵。因各閘年久損壞，啓閉不靈，於嘉慶九年冬間，經前督臣陳大文，前河臣吴璥，會同欽差尚書臣姜晟暨臣徐端，通籌南河全局各工，奏請分年次第拆修。復經督臣鐵保同臣會勘籌議，請將惠濟越閘、通濟正閘，清江正、越兩閘，先行拆砌，逐細勘估。緣例價不敷，再三撙節覆核，將購辦石料、河磚、椿木、石灰汁米等項，酌給津貼，共估例價銀十七萬三千七百餘兩，應需津貼銀十萬四千二百餘兩。即請以嘉慶九年高堰加高，石堤改砌磚工，商捐節省正價、幫價銀兩，爲閘工津貼之用。當經會摺奏蒙聖鑒，並開具清單，恭呈御覽。

其惠濟正、越兩閘之中，北裏頭地方，及通濟正閘上首東岸之張王廟，舊有涵洞處所，各另開越河一道，俾閘門河之溜稍平，仍層層築垻收束，亦經臣等附摺奏蒙硃批：『原議大臣議奏。欽此。』嗣准部咨，以拆修閘工並津貼，及開挑分洩，引河築垻等工，原任大學士保寧等議奏，均應如所請辦理。奏奉硃批：『依議。欽此。』欽遵各在案。惟查各閘閘塘水方，實因黄水倒灌，積淤深厚，必須挖盡施工，計增挑淤方價，與前奏清單内原估水方銀數不符。

茲據淮揚道鰲圖，將拆造該四閘實用料物，匠工例價津貼。並增估挑淤方價，及開挑分洩河道，築垻修堤等工，按册核算，料物銀數相符，遵例繕具清單，恭呈御覽。嘉慶十三年閏五月十九日奉硃批：『工部核議具奏。欽此。』

臣等查南河裏河廳屬，拆造運口清江四閘工程，於嘉慶九年十一月内，據欽差尚書姜晟等，通籌南河應辦各工情形摺内，開單奏明。裏河運口一帶，修砌惠濟等閘，並於閘之上下煞垻兩道，將水塘戽乾，以便拆造石閘。又，清江設有正、越兩閘，年久殘損，亦應次第修砌等因。經臣部會同户部議覆，准其辦理。奉旨：『依議。欽此。』欽遵行知在案。

嗣於嘉慶十年十月内，兩江總督鐵保等奏明，運口惠濟等閘，最爲緊要。請將惠濟越閘、通濟正閘，清江正、越兩閘，先行修砌，逐細勘估，共需例價銀十七萬三千七百餘兩，津貼銀十萬四千二百餘兩。又奏稱，各該閘向有兩閘分流，今所修之閘，皆築垻攔截，水勢全歸一閘，溜如懸瀑，春間重運北上，更難打放。應於惠濟正、越兩閘之中，北裏頭地方，及通濟正閘上首東岸之張王廟，舊有涵洞處所，各另開越河一道，俾閘門之水稍平。仍層層築壩收束，不使水勢過於分洩，亦屬利運最要機宜等因。經大學士、六部尚書併吴璥議奏，應如該督所奏辦理。奉旨：『依議。欽此。』行知該督，欽遵亦在案。

旋於嘉慶十一年五月内，據前河臣戴均元等奏稱，裏河廳屬之惠濟越閘、通濟正閘，並清江正、越兩閘，前經奏請拆造。緣上年黄水倒灌，各閘上下積淤甚厚，必須挑挖淨盡，方可施工。查惠濟閘越閘、通濟正閘，業已拆卸見底，上緊興砌。其清江正、越兩閘，積淤最厚，尚未拆卸到底。近日大雨如注，匯灌閘塘，須俟設法車涸，加工趲辦，勒限年内完工等因，抄摺咨部各在案。

今據該督將拆造惠濟、通濟，清江正、越等閘四座，並聲明增估挑淤土方，與原估不符之處，開單具奏。臣等查單開惠濟等閘四座，并開挑河道築壩等工，既據該督先後奏明，應令照例造册，具題核辦。惟據稱因該年黄水倒灌，積淤深厚，計增估挑淤土方，與原估不符之處，應令詳細確查有無浮冒，於題估疏内，據實聲明，以憑查核。所有臣等核議緣由，理合恭摺具奏，伏乞皇上睿鑒。謹奏請旨。

嘉慶十三年六月初十日奏，奉旨：『依議。』

工部奏修門神庫庫座墻垣等工事

工部謹奏，爲奏明請旨事。

先據臣部製造庫司庫慶瑞等，呈請修理門神庫庫座墻垣等工，當經臣等派員前往勘估。今據該員將應修處所，丈尺做法，開單呈遞前來。臣等照依勘估司員所報，門神庫正庫，月臺上西小庫三間，應行揭瓦。月臺下東、西兩邊小庫二座，各五間，内東五間應行揭瓦，西五間應行撥正。並挑换柱木梁枋，裝修門窗，補砌墻垣等工，交料估所按例核算。除所需架木，在於臣部木倉取用外，共需辦買木石、磚瓦、灰斤等項銀五百七十二兩四錢二分二厘，工價錢一百三十二串九百四文。

查前項工程錢糧，係在數百兩以上，遵例輪應臣部右侍郎陳，督率司員，妥協辦理，理合循例奏明。俟命下之日，將所需錢糧，在於臣部節慎庫，照數給發該工，按估如式修理。俟工竣後，將實在修過處所，用過錢糧，據實題銷。爲此謹奏請旨。

嘉慶十三年六月十四日奏，奉旨：『依議。』

工部奏修火藥局官廳庫座等工事

工部謹奏，爲奏明請旨事。

先准火藥局咨稱，本局官廳火藥庫座，並碾磺、貯磺、辦事等房，俱頭停滲漏，葦箔糟朽，瓦片脱落，墻垣臌閃，内外灰土圍墻坍塌，咨部速爲估修等因。當經臣部奏請大臣查估，奉硃筆圈出：『長麟、曹振鏞。欽此。』移咨查估去後。嗣據查估大臣長等奏明，將應修處所，丈尺做法，造册咨部，辦理前來。

臣部照依查估大臣等册報，計應修火藥局官廳庫座、辦事等房，共四十八間。内葦箔糟朽，瓦片破碎，墻垣臌閃，應行揭瓦房三十九間；大木歪閃，墻垣坍塌，應行撥正房五間；瓦片破碎，應行夾隴房四間。以及築打内外灰土圍墻，共湊長九百七十二丈三尺。並修理門樓栅欄，拆砌磚墻、影壁、八字墻等工，交料估所按例核算。除所需顔料等項，移咨户部取用，架木在於臣部木倉取用外。共需辦買木石、磚瓦、灰斤等項，并匠夫運價銀一萬零一百六十三兩六錢三分五厘，理合循例奏請欽派大臣修理。謹將各部滿、漢大臣職名，繕寫清單，恭候欽點。俟命下之日，將所需錢糧，照依内務府原奏，移咨廣儲司，給發承修之大臣支領，即行照估興修。工竣，由該工奏請查驗後，仍將修過處所，丈尺做法，並用過工料錢糧，據實造具細册，咨送臣部核銷。爲此謹奏請旨。

嘉慶十三年六月十四日奏，奉硃筆圈出：『多慶、周興岱。』

工部奏修保和中和二殿内龍毯花毯事

工部謹奏，爲請旨事。

先准内務府咨稱，查得保和殿、中和殿内鋪設龍毯、花毯，俱有糟爛破損之處，咨部修理等因。經臣部恭查，保和殿、中和殿内鋪設龍毯、花毯，酙舊破損，不堪鋪設，應行修理者十四塊。其餘六塊尚屬整齊，應請緩修，業經核明錢糧奏明，奉旨允准在案。臣等遵即遴選派司員，敬謹修製，今已修竣八塊。臣等率領承辦司員，親詣保和殿、中和殿内，試鋪新毯，核對式様、顔色、花様，均屬鮮明細緻，丈尺亦甚合式。

惟查前經擬請緩修之花毯六塊，與現在新製之毯，新舊懸殊，應請一律修製，以肅觀瞻。所有應修花毯六塊，共計折見方尺四千七百四尺，所需顔料、絲羢等項，照例行文户部取用外。估需辦買木柴銀二十八兩二錢六分六厘，工價錢一千三百九串十五文，由臣部節慎庫按數給發，理合奏明請旨。恭候命下，臣等仍飭原辦司員，敬謹修製，以供鋪設。爲此謹奏請旨。

嘉慶十三年六月十九日奏，奉旨：『依議。』

工部奏派大臣查估鑲藍旗漢軍官房工程事

工部謹奏，爲鑲藍旗漢軍官房工程，奏請欽派大臣查估事。准鑲藍旗漢軍都統咨送原奏内稱，該旗恩賞兵丁居住官房二百九十七間，取租官房一百十三間，義學房十間，官兵值班街堆房三間。今據各該管印務參領等報稱，兵丁居住官房内有二百八十六間，取租官房内有三十五間，義學房内有五間，官兵值班街堆房三間，此内因年久雨水潮濕，坍塌損壞者二十一間。其餘柱脚糟朽，瓦片脱落，葦箔霉爛，實難居住，應行修理等因。奴才等隨派參領章京等，逐處查驗無異，加結呈報。伏思兵丁居住官房，原係恩賞窮苦兵丁居住；取租官房，每有租息，係恩賞旗下辦公之用。義學房間，係教養旗人之所；街堆房間，係官兵值班之所。如再遇雨水潮濕，恐其復有糟朽坍塌，多糜帑項，應請交工部照例估修等因具奏。奉旨：『依議。欽此。』造册咨部修理前來。臣部查前項應修官房，共二百二十九間，約計錢糧，已屬過例。理合循例奏請欽派大臣，前往詳細查勘，據實確估具奏。並造具丈尺做法細册，咨送臣部，照例核算錢糧，再行奏請欽派大臣興修。謹將各部滿、漢大臣職名，繕寫清單，恭候欽點。爲此謹奏請旨。

嘉慶十三年六月二十二日奏，奉硃筆圈出：『禄康、劉權之。』

工部奏修天壇内祈穀壇等處事

工部謹奏，爲奏明請旨事。

先准太常寺咨修天壇内祈穀壇等處，應行挑墁，地面甬路蹉蹶磚塊工程，當經臣等派員，會同太常寺官員前往勘估。今據該員等將應修段落，丈尺做法，開單呈遞前來。臣等照依勘估司員所報，天壇内祈穀壇大磚門外，西邊戧橋下，轉至大磚門内東洞，接至祈年殿、皇乾殿，並神庫等處地面甬路蹉蹶，共湊長一百三十三丈五尺，應行挑墁磚塊等工，交料估所按例核算。除所需金磚，在於臣部營繕司取用外，共需物料銀六百十三兩九錢一分五厘，工價錢二百六十二串九百五十一文。

查前項工程錢糧，係在二百五十兩以上。遵例輪應臣部右侍郎阿，督率司員，妥協辦理，理合循例奏明。俟命下之日，將所需錢糧，在於臣部節慎庫，照數給發該工，按估如式修理。俟工竣後，將實在修過處所，用過錢糧，據實題銷。爲此謹奏請旨。

嘉慶十三年十月二十一日奏，奉旨：『依議。』

工部奏爲廂紅旗漢軍衙門堆撥等房工程奏請欽派大臣查估事

工部謹奏，爲廂紅旗漢軍衙門堆撥等房工程，奏請欽派大臣查估事。

准廂紅旗漢軍都統咨送原奏内稱，本旗衙門房二十七間，西江米巷堆撥房三間，共房三十間。内應行拆修房七間，揭瓦房十五間，補修房八間。臣等前往驗明，與印務章京等所報無異，應請交工部照例修理等因具奏。奉旨：『依議。欽此。』造册咨部查辦前來。

臣等隨經派員前往勘估，前項廂紅旗漢軍應修衙門房二十七間，堆撥房三間，需用錢糧約在千兩以上，理合循例奏請欽派大臣，前往詳細查勘，據實確估具奏，並造具丈尺做法細册，咨送臣部，照例核算錢糧，再行奏請欽派大臣修理。謹將各部滿、漢大臣職名，繕寫清單，恭候欽點。爲此謹奏請旨。

嘉慶十三年十月二十一日奏，奉硃筆圈出：『鄒炳泰、明亮。』

工部奏題都水司滿洲郎中事

工部謹奏，爲請旨事。

竊查臣部出有都水司滿洲郎中一缺，係臣部事繁應題之缺。臣等揀選得營繕司員外郎恒安，明白諳練，辦事認真，擬正；虞衡司員外郎英奎，才具優長，辦事明敏，擬陪。該員等是否合例之處，咨查吏部去後。嗣據覆稱，俱係合例應陞之員，應聽工部自行保題等語。

謹將該員等履歷，繕寫緑頭牌，帶領引見，請旨補授。恭候命下，臣部移咨吏部，遵奉施行。爲此謹奏請旨。

嘉慶十三年十月二十二日帶領引見，奉旨：『著擬正之恒安補授。』

工部奏請將德克精額題補都水司滿洲主事事

工部謹奏，爲請旨事。

先准吏部咨稱，吏部題覆，議將實録館議敘超等之纂修官，工部主事德克精額。由本館議敘分部之員，奏明照繙書房之例，試俸年滿後，俟有選缺主事缺出，准其先行坐補。遇有題缺，准將該員年滿日期，與各項奏留人員，統較日期先後，照例題補等因具奏。奉旨：『依議。欽此。』欽遵知照在案。

今臣部出有都水司滿洲主事一缺，係應題之缺，即將候補主事德克精額擬補，是否合例之處，咨查吏部去後。嗣據覆稱，查係合例應題之員，應聽工部自行題補等語。謹將該員履歷，繕寫緑頭牌，帶領引見，請旨補授。恭候命下，臣部移咨吏部，遵奉施行。爲此謹奏請旨。

嘉慶十三年十月二十二日帶領引見，奉旨：『准其補授。』

【校】選缺主事，底本誤作『選選主事』。

工部奏派大臣查勘保和殿修繕等工事

工部謹奏，爲請旨事。

准内務府咨稱，總管内務府大臣英等具奏，内開，奴才等昨日查明，保和殿西山明間，重簷椽望，磚塊脱落情形，奏明在案。查此項工程，係應工部承修，理合奏明請旨，飭交該部查例速行具奏，妥固辦理等因。於嘉慶十三年十月二十日具奏，本日奉旨：『知道了。欽此。』欽遵移咨前來。

臣等遵即揀派司員，率同前往查勘得，保和殿西山明間，下簷椽尾，脱落垂下，博脊倒壞，將殿内天花板壓落一間。東面金内帶子板片，被椽子支撑㽵裂，查係承椽枋下口，被椽子壓劈，不能擎架等工，應亟需修理，約計錢糧，已屬過例。謹將各部大臣職名，另繕清單，恭呈御覽，伏候欽點。恭俟命下，臣部移咨該大臣，敬謹查勘，速即造册，咨送臣部，交料估所按例核算錢糧，奏請欽派大臣修理。爲此謹奏請旨。

嘉慶十三年十月二十二日奏，奉硃筆圈出：『長麟、曹振鏞、廣興。』

【校】不能擎架等工，底本衍作『不能擎架等等工』。

工部奏鴻臚寺請修衙署可否准行事

工部謹奏，爲奏明請旨事。

准鴻臚寺咨送原奏内稱，竊查臣寺衙門，自乾隆五十七年修葺以來，迄今十七年未經修理。今歲雨水過多，龍亭宫門朝房，間有滲漏，墻壁坍塌。並署内二門、垂花門、齋戒房、司儀廳、檔册庫、啓疏廳、外官廳、科房、土地祠，署内圍墻閃裂坍損，頭停瓦片，均有破碎不齊，木植亦有糟朽，水溝淤塞，均須及時修整。查定例，一應修理工程，物料銀至二百兩以上，工價錢至五十串以上者，由本衙門奏交工部覆核修理。又，都察院條奏，在京各衙門奏請修理衙署，年限十五年之外，至二十五年之内，如有糟朽滲漏，自行修理。二十五年之外，始准奏明請旨，動項興修各等語。

今臣寺衙門應修處所，約需物料工價銀兩，數目已逾二百兩以上，例應奏明，移咨工部，照例勘估興修。而修理年限，尚在二十五年之内，理應臣寺衙門自行修理，但臣寺並無款項可動。合無仰懇皇上天恩，將臣寺衙門應行修葺處所，飭交工部，照例確實勘估，分别辦理等因，於嘉慶十三年八月初八日，發報具奏。十一日報到，奉旨：『依議。欽此。』欽遵咨部查辦前來。

臣部查乾隆五十五年十二月内，都察院條奏，在京各衙門修理衙署，定限十五年之内，遇有坍塌朽欹之處，著落該承辦官員賠修。如十五年之外，二十五年之内，如有糟朽滲漏等項，即令該衙門自行修葺。至二十五年之外，如有應行修理之處，始准奏明動項興修，奏准在案。今鴻臚寺衙署工程，雖據該寺奏明，該衙門並無款項可動，但尚在二十五年限内，與都察院原奏未符。臣等未敢擅便，理合請旨，可否准其估修之處，恭候命下。如蒙俞允，臣部再行奏請估勘辦理。爲此謹奏請旨。

嘉慶十三年十月二十二日奏，奉旨：『工部奏鴻臚寺請修衙署，請旨可否准其估修一摺。向例，各衙門修理衙署，定限至二十五年之外，始准奏明動項興修。今鴻臚寺衙署，自乾隆五十七年修葺後，尚未滿二十五年，該部於鴻臚寺咨請估修時，即應照例議駁。乃率行具奏請旨，以爲見好地步，殊屬不合。所有工部堂官，著傳旨申飭。其鴻臚寺懇請估修之處，著不准行。欽此。』

工部奏派大臣承修八旗漢軍礮神廟工程事

工部謹奏，爲八旗漢軍礮神廟工程，奏請欽派大臣承修事。

先准廂黄旗漢軍都統咨送原奏内稱，八旗漢軍都統具奏，礮神廟房間、月臺、甬路、影壁、泊岸、旗桿、圍墻等工，交臣部照例估修等因。當經臣部派員約估，需用銀兩係在千兩以上，遵例奏請欽派大臣查估。奉硃筆圈出：『瑚圖禮、多慶。欽此。』嗣准查估大臣吏部尚書瑚等覆奏内稱，當即前往逐細查勘得，礮神廟一座，共二十間。内應行拆蓋房八間，撥正房十二間，以及旗桿、墻垣、門樓、影壁、甬路、月臺、泊岸等項，均應修理，並應裝嚴神像，一律油飾見新等因具奏。奉旨：『依議。欽此。』欽遵抄録原奏，并造册送部查辦前來。

查前項八旗漢軍應修礮神廟一座，共房二十間，并旗桿、墻垣、門樓、影壁、甬路、月臺、泊岸，以及裝嚴神像，一律油飾等工。臣部照依查估大臣册報丈尺做法，并添换物料數目，按例核算。除所需顔料等項，行文户部取用，桅杉架木在於臣部木倉取用外，實需工料銀四千六百六十七兩六錢六分一厘，理合奏請欽派大臣修理。

謹將各部滿、漢大臣職名，繕寫清單，恭候欽點。俟命下之日，將所需錢糧，照依内務府原奏，移咨廣儲司，給發承修之大臣支領。於今冬備料，俟明歲春融，即行照估興修。工竣，由該工奏請欽派大臣查驗後，仍將修過丈尺做法，用過工料銀兩，造具細册，咨送臣部，照例核銷，并咨值年旗查照。爲此謹奏請旨。

嘉慶十三年十月二十八日奏，奉硃筆圈出：『長麟、英和。』

工部奏爲原任直督梁肯堂之孫梁寧吉代賠永定河漫工銀限滿未繳事

工部謹奏，爲遵旨具奏事。

查原任直隸總督梁肯堂，應追永定河漫工銀一萬九千三百四十兩二錢五分。先於嘉慶十一年六月內，據梁肯堂之孫候選員外郎梁寧吉，呈請將前項銀兩，同未完藩庫借墊銀十一萬七千六百三十八兩零，并未完旗租銀四萬二百五十兩零，自嘉慶十一年起，分作十二年，按款完交。經臣部以該員代賠永定河漫工銀兩，未屆限滿，自應上緊設措完交。統俟嘉慶十三年限滿之日，工部按其完交銀數，再行照例辦理。

當經臣部會同户部具奏，欽奉諭旨：『户部奏原任直隸總督梁肯堂名下，應追未完借墊、旗租等款銀兩，原限展限，均經屆滿。據伊孫候選員外郎梁寧吉呈請，援照同案劉峩之子劉澐，代交故父賠項，奏准展限之案，懇請分作十二年交納，可否准行，請旨定奪一摺。此項未完各款，銀數較多，且同案劉峩事同一律，現已邀恩予展。所有梁寧吉代賠伊祖未完藩庫借墊銀十一萬七千六百三十八兩零，又未完旗租銀四萬二百五十兩零，著加恩自嘉慶十一年起，再予展限十年，飭令依限趕緊完交歸款。其應賠永定河漫工銀一萬九千三百四十兩零，俟限期屆滿，該部再行具奏請旨。欽此。』欽遵在案。

今候選員外郎梁寧吉，代賠永定河漫工銀兩，自嘉慶八年十月內接准部文之日起限，扣至本年十月已屆限滿，理應遵旨具奏。查該員代賠漫工銀兩，已屆五年限滿，全未完繳，自難任其延宕。理合奏明請旨，敕下浙江巡撫，轉飭在於候選員外郎梁寧吉名下，上緊追繳，報部查核。如再遷延不繳，臣部即行查參。所有臣部遵旨具奏緣由，理合恭摺具奏。伏候命下，臣部行文浙江巡撫，遵照辦理，謹奏請旨。

嘉慶十三年十月二十八日奏，奉旨：『依議。』

文穎館奏爲繕寫宫史天禄琳瑯等事

文穎館謹奏，爲仰祈聖鑒事。

竊據前館奏交臣館繕寫《宫史》七分，《天禄琳瑯》十分。謹將盛京、熱河、尚書房陳設《宫史》前後編共三分，繕寫完竣，先行恭呈御覽。所有尚書房一分，應行陳設外，其盛京、熱河兩分，臣館現在行令各該處專員，赴京請領。其餘四分，同《天禄琳瑯》十分，亦經陸續校對完畢，隨後裝潢成書，再行進呈。爲此謹奏。

嘉慶十三年十一月初一日奏，奉旨：『知道了。』

文穎館奏請纂輯唐文添設人員事

文穎館謹奏，爲纂輯《唐文》，應行添設人員，奏明請旨事。

本年十月初七日，恭奉諭旨，命臣館纂辦《全唐文》，俟書成呈進，刊刻頒行。仰見我皇上右文鑒古，津逮藝林，臣等曷勝歡欣欽佩！當經南書房交出《全唐文》十六函，遵即發交趕繕，務令迅速繕完。伏查纂輯全唐一代文藝，必須恪遵諭旨，詳查載籍，期無遺漏，方成藝苑鉅觀。惟現在纂辦《文穎續編》，若俟全書辦竣，再行接辦，未免有稽時日。臣等同滿、漢提調，悉心熟商，纂輯《唐文》，頭緒紛繁，而趕辦《文穎》正在需人，必須酌分熟手，方臻妥速。

現在臣館各項人員，亦不敷用，請添設漢提調一員，幫同辦理。添設收掌四員，隨同照料。添設總纂五員，纂修十員，協修十二員，專司纂輯，並校閱正、副各本，仍交總閱官文寧、秦承恩，復加酌定。所有提調、纂修、收掌，均照例支給公費。查臣館協修官編修徐松，學問優長，才具明練，曾經奏署提調，辦理裕如，請即令充添設提調一缺，仍兼辦總纂事務。其總纂四缺，查有編修鄧廷楨，現充國史館提調，臣館現在應查該館事務最多，該員才學兼優，應請即令充補總纂。其餘三缺，即於現派之纂修庶子法式善，編修孫爾準、胡敬三員兼充。謹將派辦《文穎》，及添派纂輯《唐文》之纂修、協修等官，分繕名單，恭呈御覽。

所添收掌官，查有臣館幫辦收掌之門裕安等四員，即令充補。至謄録一項，前經臣等奏定額缺三十名，如不敷用，於吏部咨取。嗣奉諭旨，將本年召試考列二等之張廷選等十四名，均令在臣館行走，遇有謄録缺出補用。除已補一名外，仍有十三名未經挨補。該謄録等當差尚屬奮勉，此次趕辦《唐文》，應請均作爲額缺，給與公費，毋庸於吏部另行咨取。

其供事一項，原設額缺二十名，額外十二名。現既添設纂修等官，亦須增設供事承值，請添設公費額缺十二名，額外十二名。所添公費額缺，應以臣館額外供事挨補。其新添二十四名，俟有缺出，再行充補。但臣館先經奏明，應用供事，均行文翰林院衙門咨送。查翰林院供事，現亦乏人，此次應於翰、詹兩衙門，分行咨取，理合一併奏明。俟命下之日，臣等再將應纂《唐文》，如何詳定凡例，悉心妥議，另行奏聞。爲此謹奏。

嘉慶十三年十一月初一日奏，奉旨：『知道了。』

工部奏核續估順天貢院號舍等工銀兩事

工部謹奏，爲核算續估貢院號舍等工銀兩，循例奏聞事。先由内閣抄出吏部侍郎玉麟等奏，貢院内增添號舍一摺。嘉慶十二年九月二十三日奉旨：『玉麟、劉鐶之奏請增添貢院號舍一摺，著工部堂官先行詳細履勘。貢院中隙地，實在可添號舍若干，其地段是否嚴密，確查具奏，再行派員辦理。欽此。』欽遵抄出到部。臣等遵即調取順天學政衙門原擬底册，率同司員，親往貢院詳細履勘。共可添增號舍八百九十二間，各地段尚屬嚴密，便於稽查。將履勘情形，據實覆奏，並請欽派大臣查估。奉硃筆圈出：『禄、瑚。欽此。』嗣准查估大臣宗室禄等覆奏内稱，查勘得貢院東西文場，共添蓋號舍七百二十九間，拆挪號舍六十一間，拆挪委員房七間。惟查龍門内東西都統房前，擬蓋號舍共一百六十三間，暫停添蓋等因具奏。奉旨：『依議。欽此。』欽遵抄録原奏，并造册咨部核辦。當經臣部照依册報丈尺做法，按例核算，共需工料銀四千五百七十兩九錢四分六厘，請在於户部庫貯銀内動用，奏請修理。奉硃筆圈出：『恭、英。欽此。』

旋據承修大臣禮部尚書恭等奏稱，當即派員興修。據該員等報稱，應修各號首、號尾相連，號舍間有坍塌歪閃處所，每號一二間不等，約計號舍一百四十一間。又『知』字號號首前，迎面擋當墻三丈二尺，應行補砌。各號尾圍墻内外積土，均計凑長三百二十八丈二尺五寸，寬七尺至四丈，厚二三尺不等，運遠均計三百六十丈。新料自磚門内起，運至工次，均計遠八十五丈，原估内俱未經估入，均應增估以資辦理等情。

奴才等隨親詣工次，詳加履勘。前項坍塌號舍，俱係接連新工，必須一律修整，方期經久。將查勘應續活計情形，開寫清單，恭呈御覽。如蒙俞允，奴才等造具丈尺做法清册，咨送工部，照例核算錢糧，趁時修理等因具奏。奉旨：『依議。欽此。』欽遵抄録原奏，一併造册送部核辦前來。

查前項續修號舍一百四十一間，補砌搯當墻三丈二尺，起運圍墻内外積土三百二十八丈二尺五寸等工。臣部照依續估册報丈尺做法，按例核算，共需銀一千五百十兩八錢一分，理合循例恭摺奏聞。伏候命下，將所需錢糧，照依内務府原奏，移咨廣儲司，找給承修大臣支領。仍令將修過丈尺做法，用過原估、續估工料銀兩，照例一併造具細册，送部查核題銷，並劄行順天府府尹查照。爲此謹奏請旨。

嘉慶十三年十一月初四日奏，奉旨：『依議。』

工部奏請欽點寶源局漢監督事

工部謹奏，爲請旨事。

查得臣部寶源局漢監督户部郎中林紹光，二年期滿，所遺監督員缺，理合派員接管。遵查乾隆四十七年十二月内，臣部右侍郎諾穆親具奏，寶源局滿、漢監督二員，例由六部保送，引見補放。續經臣部以錢局鼓鑄攸關，該監督專司其事，自應常時在局辦理。其由别衙門派用之員，請專令在局坐辦，毋庸兼原衙門行走等因，奏准在案。乃近日各衙門，仍復有於該衙門派用之監督，奏請兼原衙門行走者。錢局鼓鑄重地，若仍兼原衙門行走，未免顧此失彼。請旨敕下各部，將由各該衙門補放之滿、漢監督，照原奏，一概停其仍兼原衙門行走，責令常川在局，專心辦理，庶於局務得濟，而鼓鑄愈昭慎重等因。奉旨：『依議。欽此。』

今臣部所出寶源局漢監督一缺，隨行文各部，照例保送，并十年以内，有無出差之處，聲明過部。今准禮部咨稱，無員保送。其餘各部覆稱，保送各該員，十年之内，並未出過各差。臣部郎中黄治，十年之内，亦未出過各差。謹將各部保送之兵部郎中余廷塏，刑部郎中劉坤，臣部郎中黄治，吏部員外郎胡萬青，户部員外郎劉尹衡等五員職名，繕寫緑頭牌，帶領引見。恭候欽點一員，令其到局任事，俟二年差滿，再行更替。爲此謹奏請旨。

嘉慶十三年十一月初七日奏，帶領引見，奉旨：『寶源局監督，著劉坤去。』

工部奏請湖南委員蔣震解運木植後引見事

工部謹奏，爲欽奉上諭事。

恭查雍正三年十月初五日奉上諭：『各省知縣以上官員，因公事差委，或解餉，或解顔料，或解銅觔等項到京者，於事將完結之前兩三日，令該部堂官奏明，帶來引見。欽此。』欽遵在案。今湖南省差委署常德府同知，沅陵縣知縣蔣震，解運嘉慶九年分應辦木植，臣部俱已照數查收。應將該員履歷，繕寫緑頭牌，遵例帶領引見。爲此謹奏請旨。

嘉慶十三年十一月初七日帶領引見，奉旨：『著回任。』

工部奏核捐修湖北歸州城垣用過工料銀兩事

工部謹奏，爲捐修歸州城垣，用過工料銀兩分别核銷，請旨遵行事。

工科抄出湖廣總督汪志伊題，淮南商人捐修歸州城垣，報銷工料銀兩一案。嘉慶十三年九月二十二日奉旨：『該部察核具奏。欽此。』欽遵抄出到部。臣等伏查湖北歸州地方，先據前任兩淮鹽政佶山奏明，該處向無城垣，淮南商人情愿捐銀修築，以資保障。並據調任湖廣總督吴熊光具奏，派委宜昌府，督歸州迅速購辦。所需工料，向係按照例價支銷，不准例外浮多。而例價歷時久遠，較之定價之初，加至一兩倍不等。一經據實估報部，臣不得不照例駁減，承辦之員力難賠累，往往遷就草率，以致工程未能經久。今前項城工係捐辦之工，請將一切工料，准照時價發給，免其交部核銷等因。奉上諭：『此等工程，雖係捐辦，但所辦既屬官工，焉有不報部查核之理！即所需料物運費，不能循照例價，將來經部議駁，朕酌量情形，加恩分别准銷，亦無不可。將此諭令知之。欽此。』

嗣據前任湖廣總督全保，將歸州城垣，共需工料銀三萬二千四百二十一兩五錢一分二厘，造具估册送部，經臣部題明，准其估辦。並將册造未協之處，行令於題銷册内，查明造報。其所開一切工料，有與該處例價浮多之處，應俟該督題銷到日，再行確核，請旨辦理各在案。

今據湖廣總督汪志伊疏稱，轉飭查明，前項城工，委係如式修竣。奉部指駁各款，逐一登覆，並聲明工完器具變價銀五十二兩，另行解繳歸款。將用過工料銀兩，造具册結，題報核銷前來。臣部按册查核，所需物料、匠夫等項，除與該處例價及工程《做法則例》相符者，應照册准銷外。其有與《做法則例》浮多之處，應減去銀二百八十六兩七錢六分一厘，應令湖廣總督轉飭，同器具變價銀兩，一併在於承辦官名下，照數著追，報部查核。

再，查歸州物料價值，《則例》内載，青磚照依尺寸核算，每塊銀一厘七毫八絲，板瓦每片銀四毫，石灰每千觔銀八錢，匠每工銀六分。今册照依時價開報，城磚每塊開銀四厘，照例核算，共計多用銀四百四十七兩四錢四分五厘。板瓦每片開銀八毫，共計多用銀十六兩二錢二分四厘。石灰每千觔開銀一兩，共計多用銀五百十七兩二分一厘。木匠每工開銀一錢二分，共計多用銀三十兩二錢五分二厘。以上四款所開時價，較之例價，統計多用銀一千十兩九錢四分二厘。查前項銀兩，雖係商捐，究屬官工，臣部應遵照定例核減。並令湖廣總督，將前項核減時價銀兩轉飭，一併在於承辦官名下，照數著追，還項報部，理合恭摺奏聞。伏候命下之日，臣部行文湖廣總督，并户部一體遵照。謹奏請旨。

嘉慶十三年十一月初七日奏，奉旨：『依議。』

工部奏派大臣查估歷代帝王廟東西牌樓事

工部謹奏，爲奏明請旨事。

先准太常寺咨稱，歷代帝王廟大宫門外，東西牌樓二座，油飾灰皮爆裂，鐵挺拘間有脱落，東一座中柱微有沉墜，均應修理，咨部作速查辦等因前來。臣部隨揀派司員，前往查勘。現在情形，約計錢糧，已在千兩以上，理合循例奏請欽派大臣查估。俟命下之日，臣部移咨該大臣，前往詳細查勘，據實確估具奏。將應修丈尺做法造册，咨送臣部，文料估所，按例核算錢糧，再行奏請欽派大臣修理。謹將各部滿、漢大臣職名，繕寫清單，恭候欽點。爲此謹奏請旨。

嘉慶十三年十一月十二日奏，奉硃筆圈出：『長麟、英和。』

工部奏派大臣查估各旗覺羅學官學房等工事

工部謹奏，爲各旗覺羅學官學房間等工，奏請欽派大臣查估事。

先准禮部會同管理各學大臣，及八旗滿洲都統議覆，詹事府少詹梁上國條奏，八旗各官學事宜案内，請修覺羅學官學房間一摺。奉旨：『依議。欽此。』欽遵抄録原奏，知照到部。

當經臣部查原奏，内稱正藍、正黄二旗覺羅學，均屬完好，無庸修理。其正白、正紅、廂黄、廂紅、廂藍、廂白等六旗覺羅學，均應分别修理。再，八旗各官學内，正黄、正紅、廂紅、正藍四旗，俱經修整，尚可緩修。惟廂黄、正白、廂白、廂藍等四旗官學，坍損應修等語。隨移咨各該都統，將正白等六旗覺羅學，廂黄等四旗官學房屋，查明應修情形，照例造册送部辦理在案。今據廂黄等旗各都統，將應修覺羅學官學房間，陸續造册送部。續據正紅旗滿洲都統，將該旗應修官學房間，分别急修、緩修，另行奏明，造册咨部估修前來。

臣等查各旗册報，應修覺羅學房共二百三十八間半，官學房共二百五十七間，以及垂花門、墻垣、甬路等工，約需錢糧已在千兩以上。理合循例奏請欽派大臣，前往各處詳細查勘，據實確估具奏。並造具丈尺做法細册，咨送臣部，照例核算錢糧，再行奏請欽派大臣修理。謹將各部滿、漢大臣職名，繕寫清單，恭候欽點。爲此謹奏請旨。

嘉慶十三年十一月十二日奏，奉硃筆圈出：『瑚圖禮、英和。』

工部奏爲太平倉圍墻倉門堆撥房等工奏請欽派大臣查估事

工部謹奏，爲太平倉圍墻、倉門、堆撥房等工，奏請欽派大臣查估事。

查修理京通各倉廒座，先由臣部覆奏修理海運倉工程案内酌議。嗣後遇有應修倉廒，由該倉監督報明倉場侍郎，查勘確實，徑行移咨臣部，料估錢糧，分别具奏等因在案。今據倉場侍郎達慶等咨稱，據太平倉監督呈報，土圍墻自龍門起，至四道門止，間段坍塌六七尺至一二丈不等。五道門南北墻頂、墻身坍壞三段，龍門外倉大門并磚圍墻一道，全行坍塌。又二道、四道、五道等門堆撥房，墻垣坍塌，造册請修等情。查倉墻防護廒座、堆撥房，係看守弁兵棲止之所，均關緊要，應將原册咨部估修前來。

臣等隨派員前往查勘得，倉大門及磚圍墻全行坍塌，堆撥房三間頭停破壞，土圍墻間多坍閃，均應修理。約計錢糧已在千兩以上，理合循例奏請欽派大臣前往該倉，詳細查勘，據實確估具奏。并造具丈尺做法細册，咨送臣部，照例核算錢糧，再行奏請欽派大臣興修。謹將各部滿、漢大臣職名，繕寫清單，恭候欽點。爲此謹奏請旨。

嘉慶十三年十一月十二日奏，奉硃筆圈出：『瑚圖禮、緼布。』

工部奏核安徽安慶府修理考棚應准估辦事

工部謹奏，爲核議安徽省修理考棚，應准估辦，請旨遵行事。

內閣抄出安徽巡撫董教增奏稱，據安徽布政使鄂雲布詳稱，安慶府考棚，自乾隆五十一年詳請大修之後，至今已有二十餘年。頭二門東、西、中三文場，大堂、二堂、上房等處，房屋樑柱、椽枋、墻垣等項，俱皆朽壞坍塌，急應修整。當即委員逐細勘驗，實係坍塌應修。隨據切實估計，除舊料抵用外，實需工料銀九百二十四兩七錢五分七厘。

查安省各屬修理考棚，例動耗羨銀款。今安慶府考棚修築年久，委員勘驗，實係坍塌應修，估計工料，委無浮冒，詳請奏准等情前來。相應循例奏明，請於耗羨項下，先給八分工料銀兩，購料修理，照例報銷。除冊結送部外，謹會同兩江總督臣鐵保，恭摺具奏等因。嘉慶十三年十月初六日奉硃批：『工部議奏。欽此。』欽遵於本月初九日抄出到部，並據安徽巡撫造具估冊，送部前來。

臣等伏思考棚爲掄才重地，遇有坍塌，自應修葺完整，以資考校。今安徽安慶府考棚，據巡撫董教增奏稱，自乾隆五十一年大修之後，至今已有二十餘年，房屋、墻垣等項，俱皆朽壞坍塌，急應修整。委員勘驗，估需工料銀九百二十四兩七錢五分七厘，請在於耗羨項下動給修理等語。應如所奏，准其辦理。除將送到估册，另行核覆外，仍令安徽巡撫嚴飭承辦之員，妥爲經理，務使工堅料實，可期經久。所有臣等核議緣由，理合恭摺具奏。伏候命下，臣部行文安徽巡撫並户部，一體遵照。謹奏請旨。

嘉慶十三年十一月十二日奏，奉旨：『依議。』

工部奏派大臣查估圓明園八旗内務府三旗營房工程事

工部謹奏，爲圓明園八旗、内務府三旗營房工程，奏請欽派大臣查估事。

准管理圓明園八旗、内務府三旗營房王大臣等，咨送原奏内稱，官兵等居住官房，共一萬二千八百六十三間。係乾隆四十五年奏請，由户部賞銀，全行修理，迄今二十八年。旋於嘉慶六年，因雨水過大，官房倒塌，共二千八百餘間。奏明請旨，動用本處當鋪每年存貯利息銀，及值班應得盤費内節省銀，共二萬四千餘兩，修過八旗、内務府三旗營房五百十三間。其餘未修房間，於十一年，由本處二座當鋪一年内所得利息銀兩，作爲一年每旗修蓋房二十餘間陸續修理等因，奏明在案。約計兩年内，共修過房四百餘間。

今因本年夏季雨水較大，八旗、内務府三旗官房倒壞甚多，奴才等派員查勘。除前後新修房九百餘間外，現在倒塌房共計二千二百九十二間，其餘官房亦皆歪閃。如僅照前奏，於本處當鋪内一年利息銀，陸續修蓋，必須多年。現今倒塌官房，兵丁等實無棲身之所，如仰懇皇上天恩，全行修蓋，所需銀兩浩繁。今奴才等派員據實查勘，内新修房九百餘間，俱屬堅固，毋庸修理；又尚可居住房五千五百餘間，亦請暫行無庸修理外。其餘實在倒塌不堪居住房六千四百餘間，奏請皇上天恩，交工部派員勘估，並請暫借户部庫銀修理。其每年本處二座當鋪，所得利息銀九千餘兩内，酌撥銀五千兩，歸還借項。其餘銀四千餘兩，仍照前奏存於本處，以便將現在暫行可住官房五千五百餘間，按年陸續修理等因具奏。奉旨：『依議。欽此。』欽遵咨部辦理前來。

臣等查前項應修官房，共六千四百餘間，約需錢糧，已屬過例。理合循例奏請欽派大臣，前往該處詳細查勘，據實確估具奏。并造具丈尺做法細册，咨送臣部，照例核算錢糧，再行奏請欽派大臣，照估興修。謹將各部滿、漢大臣職名，繕寫清單，恭候欽點。爲此謹奏請旨。

嘉慶十三年十一月十四日奏，奉硃筆圈出：『禄康、桂芳、廣興。』

工部奏派大臣查估正紅旗漢軍官房工程事

工部謹奏，爲正紅旗漢軍官房工程，奏請欽派大臣查估事。

准正紅旗漢軍都統咨送原奏内稱，該旗恩賞兵丁居住官房一百三十九間，於乾隆三十六年奏修過房五十二間，又取租官房一百四十八間，官兵值班堆撥房六間。今據各該管參領等報稱，兵丁居住官房内有一百三十二間，取租官房内有七間，堆撥房内有三間，此内因年久雨水潮濕，以致坍塌倒壞者二十二間。其餘柱脚糟朽，瓦片脱落，葦箔霉爛，實難居住，應行修理，呈報前來。奴才等隨派副參領等，逐處查驗無異，加結呈報。

伏思此項官房，原係恩賞兵丁居住，取租官房每月租息，係恩賞旗下辦公之用，堆撥房間係官兵值班之所，如再遇雨水潮濕，恐其復有糟朽坍塌，多糜帑項，應請交工部照例修理等因具奏。奉旨：『依議。欽此。』造册咨部查辦前來。

臣部查前項應修官房，共一百四十二間，約計錢糧，已在千兩以上。理合循例奏請欽派大臣，前往詳細查勘，據實確估具奏。並造具丈尺做法細册，咨送臣部，照例核算錢糧，再行奏請欽派大臣興修。謹將各部滿、漢大臣職名，繕寫清單，恭候欽點。爲此謹奏請旨。

嘉慶十三年十一月十八日奏，奉硃筆圈出：『長麟、瑚圖禮。』

工部奏請將九苞陞補滿洲員外郎事

工部謹奏，爲請旨事。

先經臣等將主事九苞奏請留於臣部，遇有選缺員外郎缺出，奏請陞補等因具奏，奉旨允准在案。今臣部出有滿洲選缺員外郎一缺，即將奏准留部，以員外郎補用之主事九苞擬補。該員是否合例，咨查吏部去後。兹據覆稱，核與原奏相符，應聽工部自行辦理等語。謹將該員履歷，繕寫緑頭牌，帶領引見，請旨補授。恭候命下，臣部移咨吏部，遵奉施行。爲此謹奏請旨。

嘉慶十三年十一月二十日奏，奉旨：『准其補授。』

工部奏請高際盛等三員分部學習期滿留部候補事

工部謹奏，爲請旨事。

查捐例内開，捐納京職人員，准其再捐，分部學習行走，仍令投供候選。如才具出衆之員，准各堂官於應選之缺，照例保題補用。其未經得缺之先，照例支給公費，不必給與俸禄。又吏部議覆御史朱丕烈條奏内稱，捐納分部學習人員，照進士學習之例，定以三年爲限，方准保題補用等因。

又本年五月二十三日奉上諭：『昨據御史史祐條奏，請嚴行甄别捐班及各項學習人員一摺。已明降諭旨，飭令秉公考覈，毋得市恩邀譽，自干咎戾。該部院堂官等，若仍視爲具文，一味優容見好，不復加以澄汰，固屬甘蹈愆尤。倘經此次嚴飭，遂有意從苛，將學習行走人員，不辨賢愚優劣，於期滿後率多咨駁，恐亦不免屈抑人材。若俟帶領引見時，專候朕裁，該員等平日賢否勤惰，既難一望而知，且其才具堪以造就與否，亦不能盡以貌取。嗣後捐班及各項學習人員，如果堪以奏留者，於報滿時，著該堂官等出具切實考語，帶領引見，不得僅以「留心部務，行走勤慎」虚詞，含混搪塞。若才具平庸，隨時甄别奏駁，亦可不必專候期滿，庶免壅滯而收實益。欽此。』欽遵各在案。

查臣部學習郎中高際盛，係安徽廬州府舒城縣人。由附貢生，遵衡工例捐納郎中，分部學習，於嘉慶十年十二月十六日到部，連閏扣至本年十一月十六日，學習三年期滿。又學習員外郎洪福田，係安徽徽州府歙縣人。由拔貢生，遵衡工例捐納員外郎，分部學習，於嘉慶十年十二月十四日到部，連閏扣至本年十一月十四日，學習三年期滿。又學習員外郎丁廷華，係山東萊州府濰縣人。由附貢生，遵衡工例捐納員外郎，分部學習，於嘉慶十年十二月十八日到部，連閏扣至本年十一月十八日，學習三年期滿。臣等留心察看得，學習郎中高際盛，實心任事，部務勤練；學習員外郎洪福田，年力富强，辦事實心；學習員外郎丁廷華，行走勤慎，辦事奮勉，均堪留部。仰懇聖恩，可否留於臣部候補之處，出自皇上天恩。謹將該員等履歷，繕寫緑頭牌，帶領引見。如蒙俞允，臣部移咨吏部，停其銓選，俟臣部遇有應得選缺郎中、員外郎缺出，照例奏請補用。臣等未敢擅便，爲此謹奏請旨。

嘉慶十三年十一月廿日奏，奉旨：『均准留部。』

工部奏修祈穀壇等處地面磚塊工程事

工部謹奏，爲奏聞事。

竊查祈穀壇等處地面磚塊工程，經臣部核明，共需辦買物料銀六百十三兩九錢一分五厘，工價錢二百六十二串九百五十文。輪應臣部右侍郎阿，督率司員辦理，專摺奏明，奉旨『依議』在案。嗣經臣部右侍郎阿，督率司員，開工興修。查得金殿原估挑墁，需用細二尺方磚；皇乾殿挑墁月臺地面，需用細停城磚。現因地面上凍，趕緊挑墁，前項磚塊，俱燒造不及，擬將金殿後二尺方磚，挪墁甬道，其後面改用尺七方磚。皇乾殿挑墁月臺，將舊磚湊墁中間二段，其東西二段，改用新臨清磚。

至各項需用磚塊，原估司員因工程緊急，估需辦買停城磚。今查阜成門工程，前經臣部行取臨清磚三十萬塊，節經該工取用，尚餘磚七萬餘塊。臣等公同商酌，與其現行辦買城磚，不如將此項臨清磚內，取用一萬三千五百五十四塊，行文通永道取用，以濟要工，且與舊墁臨清磚一律，較爲合式。臣部仍行文山東巡撫，轉飭臨清州，照數燒造歸款。

以上工料，除臨清磚行取通永道，桐油移咨户部取用外。内添做改墁金殿後面，並改墁皇乾殿月臺，又加臨清磚運脚，共需辦買物料銀四百二十二兩四錢一分四厘，工運價錢四百五十串八百三十四文。又大磚門内迤東地面，係皇上望燎經由之地，臣阿督率司員履勘，磚塊亦有殘缺，應一律挑墁。除臨清磚取用外，增估物料銀十五兩一錢五分二厘，工價錢十一串五百六十文，理合恭摺奏聞請旨。

嘉慶十三年十一月廿四日奏，奉旨：『依議。』

工部奏爲各項工程分别緩急次第估修事

工部謹奏，爲奏明請旨事。

臣等伏查，臣部現據各處奏報及咨修各項工程，共計二十一處。内有已經奏派查估大臣估計，應行奏派承修者；及已奏派查估，尚未據該大臣查勘覆奏者；並現已報部，應行奏請欽派大臣查估者。臣等公同商酌，分别緩急，次第估修。謹將各款開敘，繕寫清單，恭呈御覽，伏乞訓示。敬候命下，臣部移咨各該處，欽遵辦理。爲此謹奏請旨。計開：

一，刑部衙署工程；一，户部内倉廒座工程；一，續估都城隍廟工程。以上三處工程，擬於今冬奏請欽派承修大臣，明春興修。

一，朝陽門運糧石道工程。以上一處工程，擬於今冬奏請欽派大臣查估。

一，通州西倉溝幫、泊岸、堆撥房工程；一，鑲紅旗漢軍印房、堆撥房工程；一，各旗覺羅學、官學房工程；一，正紅旗漢軍兵丁住房工程；一，圓明園八旗、内務府三旗營房工程；一，太平倉圍墻、倉門、堆撥房工程。以上六處工程，擬俟查估大臣具奏後，再行分別次第辦理。

一，正陽等門城垣工程。以上一處工程，擬俟明春奏請欽派大臣承修。

一，鑲白旗漢軍兵丁住房工程；一，鑲藍旗漢軍兵丁住房工程；一，大理寺衙署工程；一，國子監殿座工程；一，歷代帝王廟牌樓工程；一，吏部衙署工程。以上六處工程，擬俟一年後，奏請欽派大臣承修。

一，正藍旗蒙古兵丁住房工程；一，正紅旗蒙古兵丁住房工程；一，臣部木倉工程；一，户部寶泉局工程。以上四處工程，擬俟一年後，奏請欽派大臣查估。

嘉慶十三年十一月二十四日奏，奉旨：『依議。』

文穎館奏爲恭進書籍仰祈聖鑒事

文穎館謹奏，爲恭進書籍，仰祈聖鑒事。

竊臣館續修《文穎》，前將高宗純皇帝聖製文，並皇上御製文，恭繕樣本進呈，並奏明俟繕寫成書，陸續呈進。兹將聖製詩卷首，第十一卷至第二十四卷，共十四卷，敬繕裝潢，恭呈御覽。爲此謹奏。

嘉慶十三年十一月二十四日奏，奉旨：『知道了。』

工部奏爲各司承辦科抄咨申俱依限全完事

工部謹奏，爲奏聞事。

查臣部各司等處，并製造庫、料估所，承辦完結事件數目，向例三個月奏聞一次，歷經遵辦在案。今查得臣部營繕司、虞衡司、都水司、屯田司、製造庫、料估所等處，自嘉慶十三年七月二十五日起，至十月二十四日止，共到科抄三百六十九件，咨申二千四百五十四件，俱已依限完結。所有各司等處，承辦科抄、咨申事件完結數目，開列於後。

營繕司承辦科抄九十七件，俱已完結；咨申五百七十五件，俱已完結。

虞衡司承辦科抄一百件，俱已完結；咨申八百七十八件，俱已完結。

都水司承辦科抄一百六十件，俱已完結；咨申六百二十八件，俱已完結。

屯田司承辦科抄十一件，俱已完結；咨申二百四十七件，俱已完結。

製造庫承辦咨申四十九件，俱已完結。

料估所承辦科抄一件，已經完結；咨申七十七件，俱已完結。

以上自嘉慶十三年七月二十五日起，至十月二十四日止，共到科抄三百六十九件，咨申二千四百五十四件，俱已依限全完。爲此謹具奏聞。

嘉慶十三年十一月二十八日奏，奉旨：『知道了。』

工部奏爲催交萬年吉地工程用剩木植磚塊事

工部謹奏，爲請旨飭行事。

查從前承修萬年吉地工程處，於嘉慶十二年十一月内奏銷時，將用剩長短桅木四十一根，杉木二百十根，架木三萬五百三十根，附片奏明就近運交易州工部存貯等因，知照到部。經臣部行文易州工部查明，將收到數目尺寸，咨部查核，嗣據易州工部覆稱，工程處並未送交等語。又經臣部催令工程處，迅速交明易州工部查收備用各在案。

今准現在承修萬年吉地工程處咨稱，所需桅杉架木及所需金磚，現經奏明，由易州工部行取。查從前各監督運往易州工部，尚未交收之桅杉木，劈裂糟損，不堪應用者，計見方尺一千一百五十四尺六寸六分；堪用杉木，僅有見方尺三千九百四十尺六寸四分，應如數領用。較原估尚不敷杉木，見方尺七百五十七尺九寸九分，咨部劄飭木倉，給發運用。其架木内有根梢齊全者，亦有糟朽不全者，今先號記架木共四千二百九十六根，俟開工後，倘不敷用，再行按估領用。並將需用見方二尺二寸金磚八十八塊，亦在於前工存貯磚内領用等語。

除將工程處取用不敷杉木，飭令木倉照數發給領用外。伏查從前萬年吉地工程，係於嘉慶十二年十一月奏銷，其用剩物料，理應即行交明易州工部，存貯備用。乃迄今一年之久，節經臣部行催，尚未交納，以致劈裂糟損，不堪應用之桅杉木植，竟有見方尺一千一百餘尺。其架木從前原領五萬九千五百一根，內除傷耗短少架木二萬三千一百六十六根，業經該工奏明，照例賠價外。其現存架木三萬五百餘根，自應均屬完好。乃現在號記僅有四千二百餘根，內尚有糟朽不全者，則此外二萬餘根，未必盡堪應用，已可概見。相應奏明請旨，敕交從前管工大臣，嚴飭承辦各員，將應交桅杉架木、金磚，除現在工程取用外，擇其堪用者，迅速交明易州工部查收。至劈裂糟損桅杉木植，及架木內糟朽不全者，查明共計若干根數、尺寸，如數辦買賠繳，以示懲儆。

至金磚一項，前經取用過二尺二寸及一尺七寸，共三千九百六十一塊。除用過外，實剩若干塊數，前次奏銷案內，未據聲明，亦應令查明交收，一面報部查核。並令易州工部，將前項堪用木植、磚塊，作速查收，將收過數目尺寸，詳晰開單咨部，毋再延緩。其賠繳木植，俟交收後，亦一併報部查核。所有臣等催交木植、磚塊緣由，理合恭摺具奏。爲此謹奏請旨。

嘉慶十三年十一月三十日奏，奉旨：『依議。』

【校】金磚八十八塊，底本誤作『金塊八十八塊』。

工部承辦各項工程用過錢糧請旨派員查奏事

工部等衙門謹奏，爲循例請旨派員查奏事。

查工部營繕等四司處，所承辦各項工程用過錢糧，并內務府取用過庫貯物料，向係遵照定例，每年統於冬至月造具印册，會同内務府，奏請派員查奏。今自嘉慶十二年十月初一日起，至本年九月二十九日止，工部各項工程用過錢糧，暨内務府取用過工部庫貯物料，理合循例會同奏請欽派大臣查奏。除内務府及工部係承辦衙門，職名毋庸開列外，謹將各部滿、漢大臣職名，繕寫清單，伏候欽點。恭俟命下，工部即將印册移咨該大臣，查勘具奏。爲此謹奏。

嘉慶十三年十一月三十日奏，奉硃筆圈出：『鄒炳泰、恭阿拉、明亮。』

文穎館奏請以程德楷充補纂修事

文穎館謹奏，爲請補纂修事。

竊臣館纂修官李可蕃，現在告假回籍，所有纂修一缺，應將協修官程德楷充補。其所遺協修之缺，臣等再於翰、詹衙門揀員充補，伏乞皇上睿鑒。謹奏。

嘉慶十三年十二月初二日奏，奉旨：『知道了。』

工部奏派大臣查估運糧石道工程事

工部謹奏，爲運糧石道工程，奏請欽派大臣查估事。

准倉場侍郎達慶等咨送原奏内稱，漕糧運抵大通橋，由朝陽門進運城内各倉。北水關至豆瓣衚衕，爲海運、北新、南新、舊太、興平、富新六倉必由之路。本年二月間，因該處石道損壞，及東便門外運道，一併具奏興修，請旨敕下工部勘辦。嗣經工部查勘，以東便門外無庸修理，惟北水關一帶，雖多損壞，尚可列入緩修，令大通橋監督，自行量加平墊。將來實在破壞較重，有礙車運，再行奏請修理。奉旨：『依議。欽此。』欽遵在案。

本年自三月盡間開運，大通橋車户隨時修墊，至六月大雨以後，所墊灰土，全行沖壞，往往翻車阻運。自七月中旬以後，天晴道乾，復行平墊，加車趲運。雖幸無貽誤，但石路窪陷殘缺處所甚多，若僅用土平墊，究與石塊兩不相合，遇陰雨泥濘，仍屬坑窪難行。查北水關起，至豆瓣衚衕，計長不及二里，石路寬窄，俱在一丈以内，將此段石路重修，似尚易辦。現值城内各倉糧運全竣，道路空閑，據大通橋監督呈請奏修前來。除東便門外石路，遵照部議，毋庸修理外。所有北水關起，至豆瓣衚衕石路一段，委係必須重修要工。理合據實奏請，敕下工部，即行勘估興修，庶轉運糧石，得以迅速遄行，於漕務大有裨益等因具奏。奉旨：『交工部。欽此。』欽遵咨部辦理前來。

臣等查前項石道工程，既據倉場侍郎達慶等奏稱，用土平墊，究與石塊兩不相合，遇陰雨泥濘，仍屬坑窪難行。且自北水關起，至豆瓣衚衕，計長不及二里，寬窄俱在一丈以内，將此段重修，似尚易辦等語，自應准其修理。至約需錢糧，已在千兩以上，理合循例奏請欽派大臣前往該處，詳細查勘，據實確估具奏。并造具丈尺做法細册，咨送臣部，照例核算錢糧，再行奏請欽派大臣修理。謹將各部滿、漢大臣職名，繕寫清單，恭候欽點。再，此項工程，係前經奏明，於今冬奏請欽派大臣查估之工，合併聲明。爲此謹奏請旨。

嘉慶十三年十二月初三日奏，奉硃筆圈出：『鄒炳泰、恭阿拉。』

工部奏核易州等州縣倉廒監獄應准估辦事

工部謹奏，爲核議易州等州縣倉廒、監獄，應准估辦，請旨遵行事。

内閣抄出直隸總督温承惠奏稱，據布政使方受疇詳稱，易州萬年倉廒，自乾隆五十六、五十八等年，動項修理。又常平倉廒，於乾隆四十五年動項修理。又深澤縣監獄，於乾隆三十七年動項修理。靈壽縣監獄，於乾隆三十九年動項修理。滄州監獄，於嘉慶二年動項修理。昌平州常平倉廒，於嘉慶元年動項修理。歷今十餘年至三十餘年不等。又宣化縣監獄，數十年來未曾請修，均逾保固限外。前據該州縣等，以歷年久遠，率皆坍塌，倉廒不堪積貯，監獄難以羈禁，詳請委勘。

當經移行該管道府廳州，委員確勘。易州萬年倉廒需用工料銀四千五百五十九兩五錢，常平倉廒勘估工料銀九百八十三兩九錢，深澤縣監獄勘估工料銀七百五十五兩五錢五分五厘，靈壽縣監獄勘估工料銀八百九兩六錢六分九厘，滄州監獄勘估工料銀八百六十三兩一分三厘，昌平州倉廒勘估工料銀九百九十二兩八錢四分五厘，宣化縣監獄勘估工料銀一千七百一十七兩三錢三分六厘。聲明俱係刻不可緩之工，由司詳請撥項興修前來。

臣查倉廒、監獄，均關緊要，既據該管道府廳州委勘，實係應辦要工，應請准其修葺。如蒙俞允，飭司在於地糧銀内動撥，給發興工，仍造具估册咨部。所有易州、深澤、靈壽、滄州、昌平、宣化等州縣，修葺倉廒、監獄緣由，理合恭摺具奏等因。嘉慶十三年十一月初六日奉硃批：『工部議奏。欽此。』欽遵於初十日抄出到部。

臣等伏思倉廒攸關積貯，監獄爲羈禁罪犯之所，如有坍塌，自應修葺完整，以資積儲而重防範。但前項七處工程，雖係刻不可緩之工，應仍令直隸總督查明，分別次第辦理。並轉飭各該州縣，照例切實確核，造具册結，分别題咨，送部核辦。并嚴飭各承辦之員，妥爲經理，務使工堅料實，帑不虚糜。所有臣等核議緣由，理合恭摺具奏。伏候命下，臣部行文直隸總督並户部，一體遵照。謹奏請旨。

嘉慶十三年十二月初三日奏，奉旨：『依議。』

工部奏請將學習主事佛慶補授主事事

工部謹奏，爲請旨事。

先經臣等將學習主事佛慶三年期滿，奏請留於臣部，遇有主事缺出補用等因具奏，奉旨允准在案。今臣部出有選缺主事一缺，將奏留候補主事佛慶擬補，該員是否合例，咨查吏部去後。兹據覆稱，查係合例應補之員等語。謹將該員履歷，繕寫緑頭牌，帶領引見，請旨補授。恭候命下，臣部移咨吏部，遵奉施行。爲此謹奏請旨。

嘉慶十三年十二月初四日帶領引見，奉旨：『准其補授。』

工部奏請將劉若漢補授漢軍筆帖式事

工部謹奏，爲請旨事。

先經臣等將漢軍繕本筆帖式劉若漢，奏請留於臣部，遇有筆帖式缺出，不論旗分補用，俟有本旗缺出，再行調補等因具奏，奉旨允准在案。今臣部出有漢軍筆帖式一缺，將奏留漢軍繕本筆帖式劉若漢擬補，該員是否合例，咨查吏部去後。兹據覆稱，查與定例相符等語。謹將該員履歷，繕寫緑頭牌，帶領引見，請旨補授。恭候命下，臣部移咨吏部，遵奉施行。爲此謹奏請旨。

嘉慶十三年十二月初四日帶領引見，奉旨：『准其補授。』

工部奏派大臣承修刑部衙署應修房屋事

工部謹奏，爲奏明請旨事。

先准刑部奏稱，刑部内關帝廟、文昌廟，暨直隸等司，以及廳庫各處房屋，間有坍塌，席箔糟爛，椽木朽壞，墻垣坍塌臌裂，請交工部迅即估修。至各座房間不露明處所，俟拆卸後，如有應修情形，由該工再行奏明辦理，合併聲明等因，移咨臣部查辦。當經臣部奏請欽派大臣查估，奉硃筆圈出：『德瑛、宜興。欽此。』移咨查估去後。嗣據查估大臣德等奏明，將應修處所，丈尺做法，造册咨部辦理前來。

臣部照依查估大臣等册報，刑部衙署應修房屋，共計四百五十二間。内應行補蓋房七間，拆蓋房八十九間，撥正房二十一間，揭瓦房二百二十四間，拘抿房一百十一間。並内外圍院墻、月臺、甬路，明溝暗溝等工，交料估所按例核算。除所需顔料等項，移咨户部取用，桅杉架木在於臣部木倉取用外。共需工料運價銀三萬六百七兩四錢三分一厘，理合循例奏請欽派大臣修理。謹將各部滿、漢大臣職名，繕寫清單，恭候欽點。俟命下之日，將所需錢糧，移咨内務府廣儲司，給發承修之大臣支領。於今冬備料，明歲春融，照估興修。

至不露明處所，倘有木植糟朽損壞之處，應令承修大臣，俟拆卸後，詳細查勘，奏明咨部，再行辦理。統俟工竣，由該工奏請查驗後，仍將修過處所，丈尺做法，用過工料錢糧，據實造具細册，咨送臣部核銷。再，此項工程，係奏明今冬備料，明春興修之工，合併陳明。爲此謹奏請旨。

嘉慶十三年十二月初四日奏，奉硃筆圈出：『禄康、桂芳、曹振鏞。』

工部奏核直隸通州北關外西河橋船隻應准排造事

工部謹奏，爲遵旨議奏事。

内閣抄出直隸總督温奏，通州北關外西河橋船九隻，例届應修。查明船身糟朽，楞檁椿板朽壞，奏請排造，估需工料銀兩一摺。嘉慶十三年十一月十九日奉硃批：『工部議奏。欽此。』欽遵於本月二十二日抄出到部。

臣等查通州船隻定例，自新造之年爲始，三年後每年油艌一次，間年修艌，十年拆造。今據直隸總督温奏稱，通州北關外，路當衝要，額設橋船二十二隻。嗣因河身沖刷日寬，額設橋船，不敷應用，於乾隆三十八年，經前督臣周元理奏明，添造船九隻。自嘉慶三年排造以來，迄今已逾十年，船身糟朽，楞檩椿板朽壞，應行排造，估需工料銀一千四百六十四兩一錢零。又搭橋需用楞檩椿板，工料銀五百三兩二錢零，二共估需銀一千九百六十七兩三錢零，在於司庫地糧銀内動用排造等語。臣部查前項橋船九隻，既係通衢要路，且與應修年限相符，應如該督所奏，准其排造。仍令該督將需用工料銀兩，照例核實，造册具題核辦。恭候命下，臣部行文直隸總督，欽遵查照辦理。爲此謹奏請旨。

嘉慶十三年十二月初四日奏，奉旨：『依議。』

工部奏派大臣承修户部内倉廒座事

工部謹奏，爲奏明請旨事。

先准户部咨稱，查内倉各廒，俱接連大清門東面朝房後簷。今因大雨連綿，以致内倉倉神廟相連朝房，隔火墻坍塌，氣樓并房間，間有滲漏坍塌，檩窗脱落。廒内地平板楞木，年久糟爛甚多，不敷應用，咨部估修等因。當經臣部奏請欽派大臣查估，奉硃筆圈出：『瑚圖禮、恭阿拉。欽此。』移咨查估去後。嗣據查估大臣瑚等奏明，將應修處所，丈尺做法，造册咨部辦理。并聲明廒板楞木一項，京通各倉，俱由倉場衙門行取應用。今内倉所需廒板楞木，應請飭交該衙門備給等因前來。

臣部照依查估大臣等册報，户部内倉應修廒座，共計九十間。内應行拆蓋房十間，應行揭瓦房十間，應行揑節拘抿房七十間。並應修氣樓、隔火墻、界墻、廒座後簷、東面朝房墻垣等處，其槅窗亦多損折，一併修整，油飾見新等工，文料估所按例核算。除所需廠板楞木一項，行文倉場衙門備給，顏料等項移咨户部取用，架木在於臣部木倉取用外。共需工料運價銀八千二百七十九兩八錢三分二厘，理合奏請欽派大臣修理。

謹將各部滿、漢大臣職名，繕寫清單，恭候欽點。俟命下之日，將所需錢糧，移咨内務府廣儲司，給發承修之大臣支領。於今冬備料，明歲春融，照估興修。統俟工竣，由該工奏請查驗後，仍將修過處所，丈尺做法，用過工料錢糧，據實造具細册，咨送臣部核銷。再，此項工程係奏明今冬備料，明春興修之工，合併陳明。爲此謹奏請旨。

嘉慶十三年十二月初九日奏，奉硃筆圈出：『禄康、鄒炳泰。』

工部奏銷俄羅斯館喇嘛官學生住房等工用過錢糧事

工部謹奏，爲奏銷用過錢糧數目事。

先准理藩院奏修俄儸斯館喇嘛官學生，居住房屋墻垣等工，當經臣部於嘉慶十二年十月十二日奏請大臣查估。奉硃筆圈出：『瑚圖禮、劉權之。欽此。』移咨查估去後。隨據查估大臣瑚等奏明，將應修處所，丈尺做法，造册咨部辦理。臣部照依册報，按例核算，共需工料銀四千八百三十兩五錢八分九厘，於嘉慶十三年五月初六日奏請大臣修理。奉硃筆圈出：『禄康、鄒炳泰。欽此。』旋據承修大臣宗室禄等，將前項房間墻垣等項，照估如式修理完竣，奏請大臣查驗。奉硃筆圈出：『德瑛、恭阿拉。欽此。』復經查驗大臣德等，持册前往，詳細查對，均與原估丈尺做法相符等因具奏。奉旨：『依議。欽此。』今據該工將修過處所丈尺做法，用過工料錢糧，造具細册，咨部核銷前來。臣部按册照例查核，所有前項修竣房屋六十六間，並門樓、墻垣、影壁、甬路、海墁、暗溝等工，共用過物料工價銀四千八百三十兩五錢八分九厘，俱與原估相符，理合循例奏明請銷。爲此謹奏請旨。

嘉慶十三年十二月初九日奏，奉旨：『依議。』

工部奏請將二品蔭生恩錦坐補滿洲主事事

工部謹奏，爲請旨事。

先經臣等將滿洲二品蔭生恩錦，學習二年期滿，懇恩留於臣部，如果始終奮勉，俟有臣部主事缺出，挨次題補，謹將該員帶領引見。奉旨：『准其留部。欽此。』欽遵在案。又定例，蔭生留部補用，於期滿時已經帶領引見，遇有缺出，照例題補等語。今臣部出有滿洲主事一缺，將留部之滿洲二品蔭生恩錦擬補，是否合例，咨查吏部去後。兹據覆稱，查與定例相符，應聽工部自行辦理等語。查恩錦係期滿時業經帶領引見之員，請將該員照例奏明坐補。恭候命下，臣部移咨吏部，遵奉施行。爲此謹奏請旨。

嘉慶十三年十二月初十日奏，奉旨：『依議。』

工部奏銷天壇齋宫各項工程用過錢糧事

工部謹奏，爲奏銷用過錢糧數目事。

准查驗大臣長等奏稱，前經禮部尚書恭等，承修天壇齋宫各項工程修理完竣，奏請欽派大臣查驗。奉硃筆圈出：『長麟、廣興。欽此。』奴才等遵即率領司員，恭赴天壇内，敬謹查得，齋宫正殿一座五間，垂花門一座，内圍值房二座十間，外圍值房二座十間，並甬路、海墁、散水，及内簷裝修，糊飾、油畫等項工程，按照估册逐細丈量。除不露明之處，無從查驗外，其露明之處，丈尺做法，並無偷減情弊，均與册報相符，理合將查驗緣由，恭摺具奏。至所需原估以及續估錢糧，應請旨飭令該工咨交工部，按例據實核銷等因具奏。奉旨：『依議。欽此。』並據該工將修過原、續估做法，並用過銀兩等項，各數目細册，咨部核辦前來。

臣部按册照例，逐一詳加核算，所有修竣天壇齋宫各項工程，需用工料銀二萬七千九百四十五兩六分六厘。内除按照工部價值例載，稍有不符之處，應核減銀九十兩五錢四分九厘，其餘與該工原、續估册報相符，净應准銷銀二萬七千八百五十四兩五錢一分七厘。除該工由户部領過銀二萬四千五百三十九兩七錢六分二厘外，應找領工料銀三千三百十四兩七錢五分五厘。俟命下之日，將前項找領銀兩，仍由户部照數給發承修大臣支領。至所需顔料等項内，應行繳回，並找領各數目，開單移咨户部，查照給發，理合循例奏明請銷。爲此謹奏請旨。

嘉慶十三年十二月十二日奏，奉旨：『依議。』

工部奏修福陵東西石牌樓等工事

工部謹奏，爲恭修福陵東西石牌樓等工，核估錢糧，據實奏聞事。

恭查福陵下馬石牌樓二座，先經前任總管内務府大臣巴寧阿奏請，照昭陵式樣成做。並中間望柱二根，石獅一對，一律築打地基，釘樁建豎，交盛京工部造具做法丈尺細册，咨報京工部，按例核估錢糧。奏明後，再請欽派大臣承修等因，奉旨：『依議。欽此。』

嗣據將軍富俊等奏稱，福陵牌樓建設百有餘年，似未便輕易更改。請仍照原式拆修，恪遵舊制，以肅觀瞻。所有築打地基修理情形，均照巴寧阿原奏辦理等因。奉上諭：『富俊等奏福陵下馬石牌樓，請依舊式拆修一摺。陵寢重地，一切規制，自應恪遵舊式，以肅觀瞻。現在恭修福陵東西下馬石牌樓二座，著照該將軍所請，悉依原式，敬謹拆修，用資鞏固。欽此。』並據該將軍等造册繪圖咨部。至地基釘樁，埋頭石料，築打灰土，若干丈尺並不露明，現未拆卸，無憑查勘。再，石料一款，現飭上緊踹勘，應俟踹得另行咨報等因。當經臣部將送到牌樓，圖式做法册籍，先行按款核算。行令將所需石料，一俟踹得，即將拽運里數，迅速報部，以便一併核估錢糧。其地脚做法，應俟拆卸之日報部，再行續估各在案。

今據盛京將軍等，將踹勘得青色、碌色石料，山場距工里數，並石料觔重，咨報前來。臣部照依册報丈尺做法，並添换石料數目，及拽運價值，按例核算，共需銀三千六百八十七兩二錢四分三厘。理合據實奏聞，交該將軍富俊等，即行奏請欽派大臣，擇吉敬謹興工。其地脚做法，應令該將軍等，俟拆卸之日，詳細查勘奏明，造册報部核估。恭候命下，臣部行文該將軍并工部暨府尹等，一體遵照。爲此謹奏請旨。

嘉慶十三年十二月十二日奏，奉旨：『依議。』

文穎館奏爲恭進高宗純皇帝聖製詩事

文穎館謹奏，爲恭進書籍，仰祈睿鑒事。

竊臣館續修《文穎》，前將卷首高宗純皇帝聖製詩十四卷進呈，並奏明俟繕寫成書，陸續呈進。兹將第二十五卷至第三十八卷聖製詩，共十四卷并目録，敬繕裝潢，恭呈御覽。爲此謹奏。

嘉慶十三年十二月十二日奏，奉旨：『知道了。』

文穎館奏爲恭進授衣廣訓事

文穎館謹奏，爲恭進書籍，仰祈聖鑒事。

竊臣館奉旨纂辦《授衣廣訓》一書，今臣等謹遵諭旨，依次纂輯。並據如意館將全圖繪妥，敬分上、下兩卷，恭繕裝潢，奉表進呈。伏候欽定，臣等再行移交武英殿刊刻。爲此謹奏。

嘉慶十三年十二月十二日奏，奉旨：『知道了。』

工部奏爲驗收川省運到楠木事

工部謹奏，爲奏明驗收楠木，飭交地方官收管，以備工用事。

臣部伏查嘉慶十年，據四川總督勒保奏報，前奉諭旨，飭令川、楚兩省採辦楠木，隨經委員採獲大楠木十九根。内小徑二尺六寸，長三丈八尺五寸者三根；小徑二尺四寸，長四丈零五寸者三根；小徑二尺三寸，長三丈三尺五寸者八根；小徑二尺二寸，長三丈三尺五寸者五根，運京備用等因，節次具奏。奉硃批：『既已辦成送京，亦可不必忽忙。欽此。』當經臣部行令四川總督，遵照辦理在案。

今據四川總督勒保，委員屏山縣知縣李師曾，將前項楠木十九根，運抵張家灣，賫批赴部，稟請驗收前來。臣部當即派員前往驗收，與該督原報丈尺徑寸，均屬有盈無絀。隨劄行通永道，轉飭通州知州，先行加謹收管，以備欽工應用，毋得稍致損壞。所有臣等驗收楠木緣由，理合恭摺奏聞，請旨應交何處，伏候命下，臣部行文該處，遵照辦理。爲此謹奏請旨。

嘉慶十三年十二月十四日奏，奉旨：『著交總理工程處。』

工部議奏江蘇儀徵口羅泗閘税銀徵收事

工部謹奏，爲遵旨議奏事。

嘉慶十三年十一月二十六日，内閣抄出兩江總督鐵保，江蘇巡撫汪日章奏稱，接准部咨，審辦已革監生盛永和，揑控揚州關違例徵收税銀案内。儀徵口徵收本地卸載，例無明文；羅泗閘徵收操、撫二餉，載在《賦役全書》，而於羅泗閘名目，究未載入。以及儀徵河餉，應徵欅頭税銀，户、工税則，亦非畫一。行令詳查明確，悉心定議，覆奏到日，再行辦理等因。當經臣等札飭江寧藩司，及管關道查議詳辦去後。

茲據江寧布政使楊護詳稱，揚關之由閘，例徵五餉稅銀。嗣後船貨已及樑頭者，遵奉部文，飭令照例簽量，毋得仍前率用零點徵收外。至儀徵口係由閘分口，只徵河餉，按樑頭徵收，每尺徵銀五分，定例以丈六滿料，即爲樑頭一個。前已奉工部查明，《會典》所載河餉稅則，並無止徵一個樑頭明文。且河餉親填册檔，及徵收稅銀，向歸工部核銷。所有儀徵口徵收河餉稅銀，應請循照工例，於丈六樑頭滿料之外，照徵解貨折算科稅，作爲奇零報納。請於例内註明，頒發遵行。

其儀徵口本地卸載貨物，向與過往客商，一律報稅，經前司劉墫詳明徵輸在案。惟《則例》未載，應請明定例文，以便遵守。奉取失察關書浮收職名，係常鎮道趙宜喜。惟關書罪名，業經援免，所有應議職名，應否免議之處，應聽部議。又，羅泗閘經徵操、撫二餉，係儀徵縣所轄。今奉部文，以《全書》内未將『羅泗閘』名目載入等因，應遵於《全書》内明晰增載，詳請具奏前來。

臣等伏查，由閘徵收船貨，不及樑頭者，准照零點稅則徵收；如已及樑頭，即按尺按擔，五餉並徵，定例本有分別。嗣後，船貨已及樑頭者，即行照例簽量，毋得以貨色不一，仍前率用零點徵收外。至儀徵口徵收本地卸載貨物稅銀，原以杜商販繞越偷漏之弊，前於乾隆四十五年胡廣有控案，經前藩司劉墫詳請，前撫臣閔鶚元批准，照舊徵輸在案。其河餉稅則，既經工部查明，《會典》所載，並無止徵一個樑頭明文。而河餉現填册檔，及徵收稅銀，向歸工部核銷。似應於《則例》内，將儀徵口徵收本地卸載貨物稅銀，及河餉丈六樑頭滿料之外，照徵解貨折算科稅，作爲奇零報納，註明頒發遵行。

又，羅泗閘經徵操、撫二餉，係儀徵縣所轄。查儀徵雜稅項下，每年額徵由閘操、撫扣餉銀一千七百五十三兩二錢，《全書》内雖未載有羅泗閘之名，而銀款相符。應於《全書》内，增載『羅泗閘』字樣，以重國課而杜訟端等因。嘉慶十三年十一月二十四日奉硃批：『該部議奏。欽此。』臣等查該督等奏稱，羅泗閘經徵操、撫二餉，請將『羅泗閘』名目，於《賦役全書》内增載之處，應由户部議奏。

其儀徵口河餉，應徵樑頭税銀。臣等查《會典》内開，儀徵由閘河餉上下水貨船，依户關操、撫餉例，折盡擔數，合樑頭五尺至丈六，滿料每尺徵銀五分；不及五分者，作爲奇零報納等語。是儀徵口徵收河餉，《會典》内雖無止徵一個樑頭明文，而多徵餘貨，《會典》内亦無明文，所謂不及五分作爲奇零報納，係指一船不及樑頭者而説，非指一船已滿樑頭者而言。現查户關税則，徵收操、河二餉，以丈六樑頭爲滿料。此外如有餘貨，不再科操、河二餉，只科撫餉，户例所載更爲明晰，此項儀徵河餉，自應照户例徵收。該督等所請餘貨作爲奇零報納，於例内註明之處，應毋庸議。並請旨敕下該督等，轉飭該監督，嗣後徵收河餉，務照現行《則例》科税，不得於樑頭滿科之外，違例徵收，致滋擾累。

至儀徵口徵收卸載貨物，臣部查《會典》所載儀徵由閘河餉項下，凡報卸載樑頭一丈至丈六尺者，均作樑頭五尺，每尺徵河餉銀五分，不及一丈者免等語，是儀徵口應徵卸載貨則，載在《會典》，與往來貨船科税輕重，原有區别，並非一律徵收。自應恪遵成憲，按樑頭分别應徵、應免，何得以未經報部，祇係詳撫批准之案，率請增定例文，致啓浮收之弊！該督等所請儀徵口徵收卸載貨物，與過往客商，一律報税，明定例文之處，亦毋庸議。仍令該督等轉飭該關監督，嗣後於部頒親填簿内，將『過壩』及『卸載』字樣，分晰註明，以便查核。

惟查河餉樑頭一條，本年臣部片覆刑部時，承辦司員未將『過垻』及『卸載』各例，分晰聲敘，實屬疎忽，相應請旨，交部議處。臣等未經看出，並請交部察議。俟命下之日，臣部行文兩江總督、江蘇巡撫，欽遵辦理，并行文吏部查照。爲此謹奏請旨。

嘉慶十三年十二月十五日奏，奉旨：『依議。』

工部議奏吉林届期應修船隻應准修理事

工部謹奏，爲遵旨議奏事。

内閣抄出鎮守吉林將軍秀林等奏，吉林所屬地方届期應修船隻，查明船身開裂，油艌脱落，實不可緩，請於明年修理一摺。嘉慶十二年十一月二十三日奉硃批：『該部議奏。欽此。』欽遵於本月二十五日抄出到部。臣等查吉林所屬地方，修造各項船隻，内米、槳船五年大修，十年拆造，每逢動用一次，小修一次。叱喇站渡船，自新造之年爲始，扣至第三年，逐年小修一次，至第六年拆造。佛斯恒廟村二站渡船，並松阿禮諾叱喇搭界地方渡船，自新造之年爲始，扣至第三年，逐年小修一次，至第七年拆造。

今據吉林將軍秀林等奏稱，吉林地方米船三十隻，槳船二十隻，明年俱毋庸修理。但己巳、庚午二年小修，需用油麻、鐵斤等項，例應預爲備用。叱喇站嘉慶八年造過船二隻，至明年已届七年，船身板開縫裂，油艌脱落，應行修造。佛斯恒廟村二站，嘉慶十年造過船二隻，至明年已届五年；十二年造過船二隻，至明年已届三年。此四船板縫開裂，油艌脱落，應行補修。松阿禮諾叱喇搭界地方，嘉慶七年修過船三隻，至明年已届八年，船身板縫開裂，油艌脱落，應行拆造者改爲大修。十年修過船三隻，至明年已届五年，船身板縫開裂，油艌脱落，應行補修。所有前項船隻，實不可緩，所需物料，委員赴部請領等語。

臣部查該處届期應修船隻，既據查明實不可緩，且與應修年限相符。其應行拆造渡船三隻，改爲大修，所用物料，較成案亦有節省。應如該將軍等所奏，准其於明年分别修理。仍將修船及預備小修需用物料，俟該差員赴部請領到日，照例核明，由臣部、户部、盛京工部，給發應用。恭候命下，臣部行文該將軍等，户部、盛京工部，欽遵查照辦理。爲此謹奏請旨。

嘉慶十三年十二月十五日奏，奉旨：『依議。』

文穎館奏進宫史天禄琳瑯等書並繕辦之員應否議敘事

文穎館謹奏，爲恭進書籍，仰祈恩鑒事。

竊臣館恭繕《宫史》等書，前將盛京、熱河、尚書房前後編各三分，繕妥進呈，仰蒙睿鑒。兹將文源閣、摛藻堂、味腴書室前編三分，抽换更正，並各添寫《續編》，以成全書。其清漪園前編一分，亦均抽改妥協，遵旨無庸添寫《續編》。謹同繕辦《天禄琳瑯》十部，一並裝潢，恭呈御覽。再，臣館現在纂輯《全唐文》，應請將《天禄琳瑯》副本，存本館備查。其原本一分，即交回南書房，理合一並聲明。爲此謹奏請旨。

再，查前館辦理《宫史》四分，計書五百四十餘卷，先於嘉慶十一年進呈一分。上年十一月，因亟須封館，將續繕《宮史》三分呈進。其餘未繕各書，奏明交臣館接辦。其前館纂修、校對、收掌、謄録、供事等，均經荷蒙恩准，給予議敘在案。今臣館接辦前編三分，又抽改前編四分，添寫《續編》六分，繕寫《天禄琳瑯》正本十分，副本一分。共計繕辦《宮史》八百五十餘卷，《天禄琳瑯》二百二十卷，比較前館，多繕書五百餘卷。所有繕辦之謄録，及經手收發承值一切之收掌、供事等，均非前館曾邀議敘之人。惟現在開館未及一年，應否核其微勞，分量予鼓勵之處，出自皇上天恩。謹奏。

嘉慶十三年十二月十五日奏，奉旨：『給予議敘。』

工部奏派謁陵隨營辦事堂官事

工部謹奏，爲請旨事。

恭照次年二月十七日，皇上啓鑾恭謁東陵，所有臣部隨營辦事及查看橋道，例應出派臣部堂官一員隨往。謹將臣部堂官職名，繕寫清單進呈，恭候欽派一員隨往。爲此謹奏請旨。

嘉慶十三年十二月十六日奏，奉硃筆：『派出阿明阿。』

工部奏修先農壇地面磚塊工程事

工部謹奏，爲奏明請旨事。

先准太常寺咨修先農壇地面磚塊工程，當經臣等揀派司員，會同太常寺官員，前往勘估。今據該員等將應修處所，丈尺做法，開單呈遞前來。臣等照依勘估司員所呈，先農壇内先農門、慶成宮、具服殿、拜殿等處，地面蹉䃴，甬路海墁等處，共湊長一百九十二丈二尺三寸，應行挑墁磚塊工程，交料估所，按例核算。除所需桐油，移咨户部取用，金磚、臨清磚，在於臣部營繕司取用外，共需物料銀四百八十七兩一錢九分七厘，工價錢四百二十六串三百十九文。

查前項工程錢糧，係在二百五十兩以上，遵例輪應臣部右侍郎顧，督率司員，妥協辦理，理合循例奏明。俟命下之日，將所需錢糧，在於臣部節慎庫，照數給發該工，於今冬備料，明春即行按估如式修理。俟工竣後，將實在修過處所，用過錢糧，據實題銷。爲此謹奏請旨。

嘉慶十三年十二月十六日奏，奉旨：『依議。』

工部議奏乾州等州縣監獄應准估辦事

工部謹奏，爲核議乾州等州縣監獄，應准估辦，請旨遵行事。

内閣抄出陝西巡撫方維甸奏稱，據藩司慶保、臬司陳祁詳稱，乾州、華州、延長、府谷、鳳翔等州縣，監獄久未大修。雖經地方官隨時粘補，而閲年已久，須加修葺，委員勘估。其中有舊料堪抵，或監房寬窄不一，及物料價值多寡不同，共需銀二千五百一十六兩五錢，出具勘結，由該管道、府，核轉到司。查乾州等五州縣監獄，均係即應修理之工，應請於嘉慶十三年地丁銀内動支，詳請具奏前來。臣覆查無異，謹循例專摺奏聞，如蒙俞允，再行動項興修。除將勘估册結，咨部查核外，理合恭摺具奏等因。嘉慶十三年十一月二十八日奉硃批：『工部議奏。欽此。』欽遵於十二月初一日抄出到部。

臣等伏思監獄爲羈禁罪犯之所，如有坍損，自應修葺完固，以資防範。今陝西乾州、華州、延長、府谷、鳳翔等五州縣監獄，既據該巡撫方維甸奏稱閱年已久，均係即應修理之工，估需工料銀兩，請在於嘉慶十三年地丁銀内動支等語，係爲慎重囹圄起見。自應如所奏，准其辦理。

但查前項五處監獄，雖均係即應修理之工，亦當查明，分別緩急，次第辦理。應令該巡撫轉飭各該州縣，據實詳查，照例核辦。並確切估計，造具册結，將從前建修年分，一并詳細聲明，以憑查核。仍嚴飭各承辦之員，妥爲經理，務使工堅料實，帑不虛糜。所有臣等核議緣由，理合恭摺具奏。伏候命下，臣部行文陝西巡撫並户部，一體遵照。謹奏請旨。

嘉慶十三年十二月十六日奏，奉旨：『依議。』

兵部奏派謁陵隨扈武職大臣事

兵部謹奏，爲請旨事。

查定例，凡遇聖駕恭謁東陵、西陵，應行隨往之都統、副都統内，除王、宗室、公，領侍衛内大臣、散秩大臣，御前、乾清門行走大臣，侍衛總管、内務府大臣、前鋒統領、護軍統領，並内閣各部院衙門文職兼管者，均由各該處自行奏派外。兵部將並無兼任之都統、副都統職名進呈，恭候欽派等語。本年正月内，内閣交出軍機大臣面奉諭旨：『向來凡遇行圍，各衙門應派隨扈人員，在内廷及御前、乾清門行走者，例俱於各員名下註明，並不另行請派。此次三月間巡幸天津，所有前項人員，均無庸各自登註。著歸入各該衙門，一體開列，候朕簡派前往。欽此。』臣部即遵照辦理在案。

今恭照明年二月十七日，皇上啓鑾恭謁東陵、西陵行禮，臣部仍照舊例，將並無兼任之武職大臣職名，繕寫清單進呈，恭候欽派。爲此謹奏請旨。

嘉慶十三年十二月十七日奏，奉硃筆：『派出正藍旗蒙古都統巴特瑪，廂藍旗滿洲副都統豐伸殷德。』

兵部奏派謁陵隨扈大臣事

兵部謹奏，爲請旨事。

恭照十四年二月十七日，皇上啓鑾恭謁東陵、西陵，臣部尚書、侍郎，理應隨往。除漢右侍郎臣萬現出學差，毋庸開列外，謹將臣部滿、漢尚書，侍郎、署侍郎各職名，開列清單，恭候欽派一員隨往。爲此謹奏請旨。

嘉慶十三年十二月十七日奏，奉硃筆：『派出劉權之。』

兵部奏請學習司務劉寶籙三年期滿留部試看事

兵部謹奏，爲請旨事。

查捐納分部學習人員，三年期滿，如有才具出衆之員，准該堂官奏請留部。倘才具平庸，不能留心部務者，咨回吏部候選，歷經辦理在案。又，本年五月内奉上諭：『昨據御史史祐條奏，請嚴行甄别捐班及各項學習人員一摺。已明降諭旨，飭令秉公考核，毋得市恩邀譽，自干咎戾。該部院堂官等，若仍視爲具文，一味優容見好，不復加之澄汰，固屬甘蹈愆尤。倘經此次嚴飭，遂有意從苛，將學習行走人員，不辨賢愚優劣，於期滿後率多咨駁，恐亦不免屈抑人材。若俟帶領引見時專候朕裁，該員等平日賢否勤惰，既難一望而知，且其才具堪以造就與否，亦不能盡以貌取。嗣後，捐班及各項學習行走人員，如果堪以奏留者，於報滿時，著該堂官等出具切實考語，帶領引見。不得僅以「留心部務」「行走勤慎」虚詞，含混搪塞。若才具平庸，隨時甄别奏駁，亦可不必專候期滿，庶免壅滯而收實益。欽此。』欽遵亦在案。

今臣部學習司務劉寶籙，由監生遵衡工例，捐納司務，於嘉慶十年十月十二日簽分吏部。本年三月内，因與署吏部尚書曹振鏞係屬姻親迴避，改掣刑部。六月内，又因迴避署刑部尚書曹振鏞，改掣兵部，於七月十一日到部。前後接算，除改掣日期不計外，連閏扣至本年十一月初九日，據該員呈報三年期滿。查學習司務劉寶籙，因迴避改掣臣部，現經三年期滿。惟該員行走雖屬勤慎，但到部未及半載，其才具之短長，臣等尚未深悉，未便出具切實考語，率行奏請留部。

相應請旨，將劉寶籙留於臣部，再行試看一年。如果始終勤奮，臣等再行出具切實考語，奏請留部，帶領引見。如蒙俞允，臣部移咨吏部，遵奉施行。爲此謹奏請旨。

嘉慶十三年十二月十七日奏，奉旨：『依議。』

工部奏派更換管理河道溝渠事務值年大臣事

工部謹奏，爲請旨事。

查辦理河道溝渠事務值年大臣，例應於每年歲底更替時，將臣部堂官，并奉宸苑、清漪園、步軍統領衙門各大臣職名，開單進呈。恭候皇上於每衙門各派一員管理，俟一年期滿，臣部奏請另行更替。查本年管理值年河道事務，先經臣部奏請欽派，奉硃筆圈出臣部侍郎阿，奉宸苑卿徵，管理清漪園事務大臣蘇，步軍統領宗室宜管理，欽遵在案。

今屆一年期滿，例應奏請更替。除現在期滿之管理河道大臣阿、徵、蘇、宗室宜，毋庸開列外。謹將臣部堂官，并奉宸苑、清漪園、步軍統領衙門各大臣職名，恭繕清單，請旨於每衙門欽派一員，更換管理。恭候命下，臣部行文各該大臣，欽遵辦理。爲此謹奏請旨。

嘉慶十三年十二月十八日奏，奉硃筆圈出：『曹振鏞、英和、長麟、皂保。』

工部奏爲安掛各宮殿門神門對事

工部謹奏，爲奏聞事。

恭照年節安掛各宮殿門神、門對，應遵照上年安掛日期，於十二月二十三日起，至二十六日，所有宮内門神、門對，全行掛齊。其寧壽宮門神、門對，於二十日安掛，均於次年二月初三日收回貯庫。爲此謹奏。

嘉慶十三年十二月十八日奏，奉旨：『知道了。』

兵部將和克濟善等員帶領引見奉旨情形

兵部將奏調鳳凰城守尉之開原城守尉和克濟善一員帶領引見，奉旨：『和克濟善，著照該將軍等所奏，准其調補鳳凰城城守尉，著赴任。』又將保舉堪勝陸路總兵之四川夔州協副將福智一員帶領引見，奉旨：『福智著回任，交兵部記名。』

又將奏補游擊之四川建昌鎮標右營都司江萬里，奏補都司之四川酉陽營守備謝成貴，湖南澧州營守備麻光裕，題補都司之浙江撫標左營守備汪鎮標，推陞都司之湖北提標左營守備王鑒，奏補守備之四川會川營千總孫如藻，四川川北鎮標左營千總楊慎知，廣東肇慶協左營千總劉連生，題補守備之四川寧越營千總趙浩，湖北襄陽城守營千總王殿元十員帶領引見，奉旨：『江萬里准其補授四川川北鎮標中軍游擊，謝成貴准其補授四川太平城口營都司，麻光裕准其補授湖南提標前營都司，汪鎮標准其補授浙江溫州城守營都司，王鑒准其陞用廣西梧州協中軍都司，孫如藻准其補授四川黎雅營守備，楊慎知准其補授四川提標中軍守備，劉連生准其補授廣東羅定協左營守備，趙浩准其補授四川松潘鎮標左營守備，王殿元准其補授湖北鄖陽鎮標左營守備。』

又將三年期滿之廣東提標前營守備詹如葵一員帶領引見，奉旨：『詹如葵著回任。』又將預行保舉之四川督標中營千總許文通一員帶領引見，奉旨：『許文通准其預保註册。』又將軍政卓異之四川軍標左營千總趙國棟，四川峨邊營千總田長銘二員帶領引見，奉旨：『趙國棟、田長銘，俱准其卓異註册，著回任候陞。』又將保送邊俸俸滿之四川崇化營千總張文魁，保送曾經出兵年滿之貴州貴陽營千總蘇元二員帶領引見，奉旨：『張文魁、蘇元俱著回任，照例以守備題補。』

又將期滿之提塘黄玢一員帶領引見，奉旨：『黄玢著以營缺用。』又將學習期滿之雲騎尉許朝鍾、汪長庚、余廷松、馬文棟、張禮，恩騎尉王文椿、馬鱨、鄔永陞十員帶領引見，奉旨：『許朝鍾、汪長庚、余廷松、馬文棟、張禮，俱著發回各本省，照例以守備題補。王文椿、馬鱨、鄔永陞，俱著發回各本省，照例以千總補用。』

又將捐納分發漕標試用之衛千總崔寶笏一員帶領引見，奉旨：『崔寶笏准其分發漕標，以衛千總試用。』又將擬補直隸馬蘭鎮標左營把總之外委謝國保、馬騰蛟二員帶領引見，奉旨：『直隸馬蘭鎮標左營把總員缺，著擬正之謝國保補授，擬陪之馬騰蛟著記名。』又將擬補直隸馬蘭鎮標右營把總之外委徐俊、王朝臣二員帶領引見，奉旨：『直隸馬蘭鎮標右營把總員缺，著擬正之徐俊補授，擬陪之王朝臣著記名。』又將丁憂回旗，百日服滿之原任廣東三江口副將關山一員帶領引見，奉旨：『關山著仍以副將用。』又將軍政計典年老，情愿赴部引見之勒休參將永明一員帶領引見，奉旨：『永明著以本營護軍用。』

嘉慶十三年十二月二十日。

兵部奏請補放陸路部推副將事

兵部謹奏，爲請旨補放副將事。

查定例，陸路部推副將缺出，將俸深參將開列十員，并本省參將，軍政卓異參將，保列一等參將，曾經出兵得有功加參將，繕寫摺片，隨本進呈，恭候欽點一員補授等語。今出有廣西慶遠協副將，係陸路部推之缺，現無在部候補人員，例應開列，題請補授。因現届封印，不及循例具題，謹將應行開列之俸深參將清德等十員，本省參將鮑友智等二員，軍政卓異參將胡沆等二員，保列一等參將鮑友智等九員，曾經出兵得有功加參將王玉龍等十員，繕寫清單，敬呈御覽。恭請欽點一員，補授廣西慶遠協副將。爲此謹奏請旨。

嘉慶十三年十二月二十日奏，奉硃筆圈出：『廣西撫標中軍參將鮑友智。』

兵部議奏巴里坤等廠馬匹孳生撥補挑變事

兵部謹奏，爲遵旨議奏事。

嘉慶十三年十二月初一日，内閣抄出陝甘總督長齡奏稱，案查巴里坤馬廠，設自乾隆二十六年，原牧馬一千五百餘匹。至乾隆三十四、四十等年，因孳生蕃衍，廠地不敷牧放，奏准添設古城、西廠、木壘三廠，每廠牧馬二千九百餘匹，各派千、把、外委十員，兵一百二十二名，每兵一名，牧馬二十四匹。嗣於乾隆五十一、五十七暨嘉慶十年，孳生馬匹，漸至三萬一千三百有餘，擁擠傷駒，節經前督臣福康安、勒保、倭什布奏准，將不堪孳生馬，分別等次，挑出變價。並奉部議，令查明古城、木壘，有無可以添設牧廠，不致擁擠之處，酌定奏聞等因，奉旨『依議』，咨行查辦。

當經前督臣全保，護督臣蔡廷衡暨臣到任後，節次咨商烏嚕木齊都統臣和寧，提臣定住。並委游擊楊雲霄前往，會同該處文武員弁，在於瑪納斯、塔西河、乾溝、八家户、博羅通古等處，詳加踹勘。凡水草豐盛之處，俱係官屯民田，不便牧放馬匹。其餘土山沙磧，水草缺乏，無從添設馬廠。現除巴里坤東廠地面稍寬，尚可容牧外，其古城、西廠、濟木薩三廠，共牧馬二萬二千餘匹，孳生日久，牧地日窄，擁擠傷駒，每遇冬令草枯，更多餓斃。且每兵一名，牧馬九十餘匹，照料難周。若按數添兵，既不免多費鹽菜，亦仍與馬政無益，移咨酌辦前來。

臣查各廠孳生馬匹，自嘉慶十一年七月以前，所有出群騸馬一千七百餘匹，已撥營用外，尚牧兒騍馬三萬三千二百餘匹。較之十年分前督臣倭什布具奏，有馬三萬一千三百餘匹時，甫隔一年，已多一千九百餘匹，近已相距二年，自必馬數愈增。現在既無水草豐盛，可添牧廠之處，若不設法疏通，恐愈致擁擠傷損。臣再四籌酌，陝甘各營，並口外營屯、軍台、卡倫，每年需用及例倒馬匹，尚有伊犁估調餘馬撥補。至各廠孳生兒馬，向須三年考成割騸，五年出群，方可撥用，不能以兒騍馬撥營。即六年挑變疲瘦馬匹一次，每百匹只准挑變六匹，不得過多。且若以挑變爲疏通之計，核計變價銀數，每匹僅止四兩及二三兩不等，不及甘省買補營馬，每匹價銀八兩之半。更恐日久弊生，以有用之馬，賤價挑變，亦不可不防其漸。

臣愚昧之見，與其坐視馬匹疲瘦之後，始行變價，莫若就現在膘壯時，挑變疏通。不但價值可以稍多，且廠馬既少，廠地自寬，水草有餘，此後疲乏倒斃，亦可漸少，似於馬政有裨。本年現屆考成之期，巴里坤東廠現據勘明，尚可容牧，無庸置議。古城、西廠、濟木薩三廠，共牧馬二萬二千餘匹，除本年考成堪以割騸馬匹，留廠備撥外。應請每處再挑留健壯頭等兒騍馬五千五百匹，共一萬一千匹，以騍馬十匹，兒馬一匹之例，均勻配搭，牧放孳生。其餘馬匹，分別二三等變價。二等每匹，照內地馬價酌減一兩，變價七兩，三等每匹變價六兩。臣仍派委幹員前往，督同挑變，毋許多作下等賤售，致滋弊混。至挑存馬匹內，日後口老力弱，并骨小殘廢等項，自不能免。應請仍照從前奏定章程，俟兩次均齊考成後，准其挑變一次。所有該處馬匹變價銀兩，俱解交鎮迪道貯庫，報撥口外各營兵餉，以省領解之煩等因一摺。奉硃批：『該部議奏。欽此。』欽遵抄出到部。

臣等伏查巴里坤設立三廠，原牧馬八千七百餘匹，每屆三年，均齊按馬三匹，取孳一匹。前於嘉慶十年，該廠孳生馬有三萬一千三百餘匹，據原任總督倭什布奏稱，馬多廠窄，請挑變不堪留牧馬三千一百九十匹，並按五年挑變一次。經臣部查照乾隆五十一年、五十七年該處馬廠挑變成案，議令據實估變，俟屆六年二次均齊後，方准奏請挑變。至馬匹漸已孳生繁多，臣部查明該廠現有騸馬一千餘匹，并可計歲騸割之兒馬五千餘匹，俱援伊犁解送內地馬匹之例，陸續撥補陝甘各營缺額，以省採買之煩。再，該處曾已屢次查添新廠，其是否尚有水草豐盛可以增廠分牧之處，行令該督詳查，奏聞辦理等因具奏。奉旨：『依議。欽此。』欽遵在案。

今據陝甘總督長齡奏稱，委員前往瑪納斯等處詳加踹勘，凡水草豐盛，多係官屯民田，不便牧放。其餘土山沙磧，無從添設牧廠。現在巴里坤廠地稍寬，尚可容牧，其古城、濟木薩二廠，孳生日多，牧地日窄，恐致擁擠傷損，莫若就現在膘壯時挑變疏通，價值可以稍多，而馬廠亦寬有餘地。請將該二廠牧馬二萬二千餘匹，除本年考成堪以騸割馬匹，留廠備撥外，每處再挑留壯健頭等兒騍馬五千五百匹。以騍馬十匹，兒馬一匹之例，均搭牧放。其餘馬匹，分別二三等變價。二等每匹，照内地馬價酌減一兩，變價七兩，三等每匹變價六兩。仍派員督同挑變，毋許多作下等，致滋弊混等語。臣等伏思牧廠馬匹，總宜撥補内地各營缺額，營中既得口外好馬差操，兼可節省買補帑項。而廠地自不虞擁擠，馬匹亦均歸實用，始於營務馬廠，俱用裨益。查自嘉慶十年，臣部議令巴里坤廠馬調撥營缺後，現據册報，十一年、十二年各撥馬三五百匹，所撥已屬有限。

再，查甘肅省該年朋馬奏銷案内，尚扣朋銀買補馬八九百餘匹，此項買補之馬，自應將巴里坤廠馬儘數撥補，以收牧馬之益。相應請旨，飭令陝甘總督，將甘肅省各營例補缺額馬匹，每年預行核明確數。除伊犁應調撥之馬，照舊撥補外，其餘尚須撥補馬匹，即由該督移咨烏嚕木齊都統，將巴里坤等廠孳生馬匹撥補。如該廠馬匹實有贏餘，該烏嚕木齊都統即行知照陝甘總督，仍可分撥陝西各營領用。其沿途解撥馬匹，俱照伊犁解送内地之例，一體辦理。并將每年撥解馬數，由該都統奏聞一次。至各牧廠孳生兒馬，向須計歲騸割出群，不能以兒騍馬撥營馬。

但查伊犁牧廠，自乾隆四十八年，經軍機大臣奏准撥解内地營缺，每年撥至一二千餘匹，迄今三十餘年，從無不敷撥補，亦并無奏請挑出變價之事。是在經理得宜，行之自有成效。況伊犁撥解，向由巴里坤經過，而巴里坤解送内地馬匹，較之伊犁更爲近便。若不詳籌撥補，其勢必至馬匹壅積，始議挑變爲疏通，殊非牧馬利用之道。惟該處馬廠，現已孳生日久，牧地日窄，前於嘉慶十年，業經督臣倭什布奏請，挑變馬三千一百餘匹。今復據該督奏稱，甫隔一年，廠馬已較前加增，難以容牧，若仍概行留廠，自不免擁擠傷駒。但古城、濟木薩二廠，共牧馬二萬二千餘匹，今即請挑至一萬一千餘匹，爲數殊覺過多。且亦未據該督奏明各廠實在堪以容牧馬數，臣部難以懸擬。

相應請旨，飭令陜甘總督，會同烏嚕木齊都統、提督，將古城、濟木薩二廠，實在可以容牧馬若干匹，現已經騸割，并可計歲騸割留廠備撥馬若干匹。其餘應作爲二等三等，挑出變價馬各若干匹，詳細查明，據實具奏，請旨辦理。所有臣等酌議緣由，謹繕摺具奏，是否有當，伏乞皇上訓示施行。謹奏。

嘉慶十三年十二月二十日奏，奉旨：『依議。』

工部奏核永定南北運三河用過搶修銀數事

工部謹奏，爲遵旨查核具奏事。

内閣抄出直隸總督温承惠奏，本年永定、南、北運三河，用過搶修銀數，循例具奏一摺。嘉慶十三年十一月二十六日奉硃批：『工部查核具奏。欽此。』欽遵於本月二十九日抄出到部。臣等查該督原奏内稱，永定河每年搶修，准銷銀一萬二千兩。自嘉慶六年之後，新添埽數，較前多至一倍有餘，增添搶修銀一萬二千兩。自八年以來，埽數歲有加增，用料愈多，購運愈遠，原設歲搶修經費，實屬不敷。請於歲搶修之外，動支銀一萬兩，添購料物，以期有備無患。欽奉諭旨：『准其於司庫内，每年預領銀一萬兩，俾先期購運料物備用，仍歸入歲搶修項下報銷等因。欽此。』遵將此項銀兩，於預估歲修案内題明，以四千兩歸歲修，以六千兩歸搶修，分案報銷。又，南、北兩運河，每年採辦料物，各先發銀六千兩，如有不敷，借款墊發，核實找領各在案。

永定河本年伏、秋大汛，水勢盛漲，南北兩岸埽數，多有蟄陷。隨時添埽加廂，得臻穩固，節次具奏，並開單恭呈御覽。據永定河道陳鳳翔彙核具詳，共估用搶修銀二萬六千九百一十四兩四錢七分三厘。南北兩岸上游八汛，採辦稭料，加添運脚銀八千五百兩。除歲修動用外，計搶修稭料運脚，尚不敷銀二千九百一兩四錢八分七厘七毫，請在搶修項下通融。以上共用銀二萬九千八百一十五兩九錢六分七毫。南運河大汛期内，水勢長發，溜逼堤根，均經搶護平穩，共估用銀五千九百九十一兩一錢一分九厘。北運河伏、秋汛内，河水漲發異常，兼之上游潮、白二河，山水下注，兩岸堤埧鑲埽，并加添草埧，俾得鞏固，共估用銀一萬二千二百九十一兩二錢一分二厘。又，備辦防險物料，並搭蓋棚鋪等項，共用銀二千六百五十二兩四錢一分五厘，照例造具估册，詳請具題外。所有永定、南運二河節省銀兩，存貯道庫，留爲下年之用。北運河墊用銀兩，俟部覆到日，再行赴部請領歸款等語。

臣等查南、北運河堤埧各工，遇有塌卸卑矮處所，理應及時搶辦。既據該督奏稱南運河大汛期内水勢長發，溜逼堤根，隨時搶護平穩，共估用銀五千九百九十一兩一錢一分九厘。北運河伏、秋汛内，河水漲發異常，兩岸堤埧廂埽，并加添草埧，共估用銀一萬二千二百九十一兩二錢一分二厘。又，備辦防險物料，並搭蓋棚鋪等項，共用銀二千六百五十二兩四錢一分五厘。自應如該督所奏辦理，仍照例造具估册，具題查核。

惟查永定河搶修工程，定額每年准銷銀一萬二千兩。自嘉慶六年之後，經欽差侍郎那彦寶奏請，於定額之外，增添搶修銀一萬二千兩，奉旨允准，遵行在案。前據該督奏稱，永定河歲搶修經費，原有定額，未敢再請議加。惟預買料物，以備另案險工支用，請於歲搶修之外，動支銀一萬兩，添購料物，以備另案工程動用。欽奉上諭：『温承惠奏永定河添備料物，懇恩動支銀兩，以濟要工一摺。國家經費有常，凡定額之外，斷不能屢議增添。前據該督奏請酌添永定河歲修搶修銀兩，業經降旨飭駁。兹據稱經費不敷，請動款預買料物，以備另案險工支用等語，事尚可行。著准其照數於司庫内，每年預領銀一萬兩，俾先期預購料物，貯工備用，仍歸入歲搶修項下報銷。並著該督嚴飭各屬，核實經理，毋任稍有偷減浮冒等弊。欽此。』欽遵在案。是預領購料銀兩，既經欽奉諭旨，仍歸入歲搶修項下報銷，自應照定額銀數扣算。前據該督具題，本年歲修工程案内，將額定銀數之外，增銀四千兩，業經臣部題明，行令該督於報銷案内扣除亦在案。

今該督復奏稱，於歲搶修之外，動支銀一萬兩，以四千兩歸歲修，以六千兩歸搶修，分案報銷。是於額定銀數之外，又復加增，與前奉諭旨不符，臣部礙難核准。理合奏明請旨，飭下該督，將定額搶修銀二萬四千兩，及南北兩岸加添運脚銀八千五百兩，照例估報。其餘不敷運脚銀二千九百兩零，并搶修項下所增銀二千九百一十四兩零，於報銷案内，一併據實删減。仍照定額銀數報銷，以歸核實。

再，查永定河南北兩岸上游八汛，採辦稭料，每年加添運脚銀八千五百兩。自嘉慶八年至今，該督節次具奏，並未將稭料加增運脚，奏請停止。應令該督據實確查，嗣後近地村莊，一經復舊，即將稭料加增運脚，奏明停止，以歸節省，不得因循照舊開銷。所有臣等查核緣由，理合恭摺具奏，伏乞皇上睿鑒。謹奏請旨。

嘉慶十三年十二月二十日奏，奉旨：『依議。』

工部奏核江西南昌縣倉廒應准估辦事

工部謹奏，爲核議南昌縣倉廒應准估辦，請旨遵行事。

內閣抄出江西巡撫金光悌奏稱，據藩司先福詳據南昌縣知縣龍澍具詳，該縣節備倉廒，建自雍正二年。迄今八十餘載，雖節次粘補，現在木料腐朽，墻垣皸裂，勢將傾圮，必須大加修葺。逐一確估，實需銀九百六十七兩零，委員查勘，實係必不可緩之工。此項修費，向例於道庫買穀鹽規款下動支，現有存庫銀一千二百二十餘兩，足敷支放等情。臣覆查無異，除飭照數給領興修，並將册結咨部外，理合恭摺具奏等因。嘉慶十三年十二月初三日奉硃批：『該部議奏。欽此。』欽遵於初五日抄出到部。

臣等伏思倉廒攸關積貯，如有損壞，自應修葺完整，以資儲備。今江西南昌縣節備倉廒，既據巡撫金光悌奏稱建自雍正二年，迄今八十餘載。現在木料朽腐，墻垣皸裂，應行修葺，實係必不可緩之工。估需工料銀九百六十七兩零，請在於道庫買穀鹽規款內動支等語，係爲慎重倉儲起見，應如所奏，准其辦理。

仍令江西巡撫轉飭，照例切實確核，造具估計册結，送部核辦。并嚴飭承辦之員，妥爲經理，務使工歸實用，帑不虚糜。所有臣等核議緣由，理合恭摺具奏。伏候命下，臣部行文江西巡撫并户部，一體遵照。謹奏請旨。

嘉慶十三年十二月二十日奏，奉旨：『依議。』

兵部奏爲武進士孫占元等情願照衛千總分發隨營事

兵部謹奏，爲請旨事。

據衛用武進士孫占元、楊濟芳呈稱：『竊惟兵部例載，揀選三等，以衛千總用之武舉，如有年力盛壯，情願入伍效力者，准其隨營效力，三年期滿，以把總降補。占元等俱係中式戊辰科武進士，奉旨以衛守備用。現在選期尚遠，自揣精力强壯，不甘自棄，情殷報效。懇照以衛千總用之武舉入營效力，期滿降補把總之例，賞給驗票，入伍效力，三年期滿，以營千總降補』等情，具呈前來。

臣等伏查定例，揀選三等武舉，以衛千總用者，准其分發隨營效力。給與馬糧一分，三年期滿，以把總降補等語。至衛用武進士，向無分發隨營之例。惟查衛守備歸部銓選者，僅止二十七缺，分雙單月輪班選用；衛用武進士，歸於雙月科班内，與各班一體輪用。現在臣部甫選至乾隆四十三年戊戌科，實屬缺少人多，選補無期。伏思衛千總一項，除投供銓選外，尚可分發隨營，得以及時報效。而衛用武進士，其弓馬究比衛千總較優，乃中式之後，正當年精力壯，因例無明文，不能分發隨營。俟銓選到班，大抵俱在五旬以後，臣部考驗年力衰邁者，又照例勒令休致，以致終身廢棄，殊爲可惜。

今據衛用武進士孫占元等呈請，情愿照衛千總分發隨營之例，三年期滿，以千總降補等情。相應請旨，可否將衛用武進士分發隨營，期滿以營千總降補之處，恭候欽定。如蒙俞允，臣部載入《則例》，嗣後衛用武進士，有情愿隨營者，即照武舉之例，分發本省效力。給與馬糧一分，三年期滿，以隔府別營之千總，與隨營武舉，相間輪用。仍照千總之例，六年俸滿，分别保送留任。其已經保送者，引見後，遇有應陞守備缺出，一體揀選保題。理合恭摺具奏，是否有當，伏候訓示遵行。爲此謹奏請旨。

嘉慶十三年十二月二十一日奏，奉旨：『知道了。』

吏部等部遵旨議處阮元齊布森長齡等餽送廣興銀兩事

吏部等部謹奏，爲遵旨議處具奏事。

嘉慶十三年十二月十七日，内閣奉上諭：『欽差大臣仰承簡命，赴各省審辦案件，理宜秉公持正，潔己爲先，一切夫馬供頓，應從簡約。地方大吏自揣果無瑕疵可指，設遇欽差有縱恣勒索情事，原當據實揭參，豈可私行結納，轉相餽遺！乃近年廣興出差河南、山東，供出阮元曾送過公幫銀一千兩，齊布森等曾送過公幫銀二千兩，長齡曾送過銀三百兩。此在廣興貪污狼藉，其所得自尚不止此，而地方官吏輒相率攢湊幫費，任意苞苴，此風實不可長。阮元、齊森、長齡均著交部議處。此内公幫各員，亦著查取職名，交部議處。欽此。』欽遵抄出到部。

查律載，不應爲而爲，事理重者，杖八十。又定例，官員犯私罪，杖八十者，降三級調用。兵部查定例，派往新疆駐劄大臣，遇有議處之案，應降級調用者，帶所降之級仍留該處，暫停開缺，准照原缺支食俸餉等項，俟事竣回京之日，兵部再行請旨各等語。除公幫銀兩各員，應令河南、山東各巡撫查取職名，咨送臣部核議外。此案前署河南巡撫阮元等，於廣興前赴河南、山東審案時，該撫等以地方大吏私相餽遺，俱各送過公幫銀兩，實屬不應。欽奉諭旨，交部議處，應將前署河南巡撫，今授浙江巡撫阮元；前任河南布政使，今奉旨賞給副都統職銜庫爾喀拉烏蘇領隊大臣齊布森；前任山東巡撫，陞任陝甘總督長齡，均照不應重杖八十私罪例，降三級調用，俱毋庸查級議抵。齊布森降三級調用之處，應照例仍留該處辦事，俟事竣回京之日，兵部再行請旨。所有臣等遵旨議處緣由，理合恭摺具奏，伏乞皇上睿鑒，訓示施行。謹奏。

嘉慶十三年十二月二十二日奏，奉上諭：『吏、兵等部議處餽送廣興銀兩之長齡、阮元、齊布森等，均請降三級調用，毋庸查抵一摺，係屬照例辦理。但伊三人獲咎情節，亦微有不同。長齡、阮元彼時俱係巡撫，身任封疆大員，固不應有餽送欽差之事。惟係自出己資，以盡朋情，尚可託詞餽贐，其咎稍輕。長齡、阮元，均著加恩改爲降四級留任。至齊布森前在河南，職任藩司，乃於衆人攢湊銀兩，伊首先出名餽送，尤屬不合。齊布森人本平常，著實降一級，作爲頭等侍衛，留於庫爾喀拉烏蘇領隊大臣辦事，仍帶降四級留任。餘依議。』

兵部議處福陵總管常海冒昧呈奏事

兵部謹奏，爲官員議處事。

嘉慶十三年十二月十八日內閣抄出，奉上諭：『昨日福陵總管常海召見時，伊忽面行泣愬事件，並欲將懷中字片取出呈覽，當交軍機大臣詳加詢問。據稱，該處官員辦理事務，多不認真，計有八條，已降旨交該將軍富俊查辦矣。常海係因年班到京，除照例請安外，並無奏事之責。伊既將該處官員不認真辦事之處，呈報將軍衙門，自應聽候該將軍核辦。如果該將軍查辦又不認真，亦可向本旗呈請代奏。何得於召對時懷挾字片，在朕前冒昧瀆陳，有乖體制！常海著交部議處。看其人年老糊塗，亦難勝總管之任，著即行開缺回旗，聽候部議。其所遺總管員缺，著照例揀選引見，候朕簡放。欽此。』抄出到部。

除臣部先行恭録上諭，行文各處外，查福陵總管常海，年班到京，並無奏事之責。乃於該處官員不認真辦事之處，召對時冒昧瀆陳，實屬不應。臣等酌議，請將奉旨開缺，回旗聽候部議之福陵總管常海，照不應重私罪，降三級調用，毋庸議抵。是否有當，伏候訓示遵行。謹奏請旨。

嘉慶十三年十二月二十三日奏，至十四年正月初八日奉上諭：『前因福陵總管常海，懷中揣摺，欲在朕前呈奏，當交部議處。並令富俊詳細確查，所言是否屬實，俟奏到之日，再降諭旨。茲據富俊查明具奏，常海所稱玩褻祭品，缺補回乾樹株，鹿角損壞未修，火道內未能一律鏟草。及英敏撿拾木植，富寧等素常懶惰，蘇拉偷盜爲匪七款，均毫無確據。其户部司員萬德，私改富昌地畝檔案，致富昌自縊一節，雖現在查辦，亦與伊毫無干涉。常海糊塗冒昧，即著照部議，降三級調用，毋庸查抵，令在本旗當差。至萬德一案，雖經審結，但事關人命，著富俊提集卷證，秉公審辦。欽此。』

兵部議奏將馬林家失事案内緝兇不力各員按限分别議處事

兵部謹奏，爲請旨事。

准吏部咨稱，本部具奏，由内閣抄出，奉上諭：『前因馬林家母女被殺身死，正兇無獲一案，特經降旨，飭令步軍統領衙門、順天府、五城，一體嚴拏，勿任漏網。如不迅即就獲，著每月具奏一次，自請處分。旋經朕寬限，改爲兩個月奏請處分一次，後又改爲四個月一奏，各該衙門自應遵旨上緊踩緝。乃自上年六月至今，兇犯總未弋獲。本日復據鄒炳泰等奏稱，現又屆限滿，自請交議，殊屬延玩。看來奏請議處，伊等視爲海捕具文，每屆限滿，輒照例奏請議處。伊等亦明知部議上時，僅得罰俸而止，是以相率因循，督緝迄無成效。若不立限嚴懲，何以示儆！試思此案以輦轂之下，白晝行兇，連斃二命，豈尋常命案可比！乃日久稽誅，成何事體！今特明定限期，予以處分。所有此次緝捕不力之步軍統領、兩翼總兵、順天府府尹、五城御史，毋庸再交部議，均著降一級，從寬留任。如再屆四個月，仍未緝獲，則當以次遞加，予以降二級留任；又屆四個月，降三級留任；又屆四個月，革職留任；又屆四個月，即著實降一級調用。朕計日以待，斷不寬恕，仍著軍機大臣存記，届期題奏。各該衙門務當上緊飭屬，嚴拏務獲，毋得再有遷延，自罹重咎。欽此。』

又，軍機大臣面奉諭旨：『昨經降旨，將馬林家母女被殺案内，緝兇不力之步軍統領、兩翼總兵、順天府府尹、五城御史，均降一級，從寬留任，並著以四個月爲限，每次遞加處分。因思五城御史，向例一年期滿，遇有事故，又復隨時更換。若届四個月限滿，而甫經到任接緝之員，與承緝限滿者同一處分，未免無所區别。所有五城御史到任接緝此案者，以扣滿四個月作爲初次處分，予以降一級留任，嗣後以次遞加，著吏部再行分晰具奏。欽此。』

請嗣後順天府府尹、五城御史接緝此案者，均自到任之日起，扣限四個月，作爲初次處分，議以降一級留任，嗣後以次遞加。其順天府府尹，扣至第五次四個月限滿，即議以實降一級調用。五城御史，扣至第三次四個月限滿，議以降三級留任。如府尹及巡城御史，遇有隨時更換，均照已、未滿緝限，分别辦理。至五城司坊官及大興、宛平二縣，承緝初次限滿，議以降二級留任之後，又届四個月不獲，議以降三級留任；又届四個月不獲，議以革職留任；又届四個月不獲，即議以實降一級調用。凡緝限未滿，遇有事故離任之員，均照離任官例，議以罰俸一年完結。如係告病離任之員，應照原處分議結，其已議降級留任、革職留任處分，均帶於新任，按限開復。如該犯續經别員拏獲，其從前被議之員，均准開復原議處分，仍照例減等議結等因，知照前來。

除此次督緝不力之步軍統領、兩翼總兵，均奉旨降一級留任，嗣後按限遞加議處外。查此案馬林家母女被殺，當犯案時，即經臣部遵旨嚴議，將該管之步軍翼尉、協尉、步軍校等，分别議以降調在案。所有現在該管地面各員及鄰汛各員，均係接緝、協緝之員，例無處分。惟逸犯日久未獲，現經欽奉諭旨，將步軍統領、兩翼總兵，明定限期，予以處分。復經吏部奏准，將五城司坊官及大興、宛平二縣分别核議，所有武職各員弁，自應畫一辦理。惟查步軍統領所屬，共計七百六十餘員，若盡照吏部定議，一律處分，現在同時起限，將來即同時限滿降調，不特一時盡易生手，即補放未免乏人，自應分晰核議。

此案馬林家失事，係在城内奶子府衚衕，所有該管鑲白旗滿洲地面官員，雖係接緝，究屬本管，應即照五城司坊等官之例定議。請嗣後步軍營接緝，左翼翼尉、副翼尉，并廂白旗滿洲步軍協尉、副協尉，該地面步軍校委、步軍校等，於初次四個月限滿不獲，議以降二級留任；二次四個月限滿不獲，降三級留任；三次四個月限滿不獲，革職留任；四次四個月限滿不獲，即實降一級調用。至步軍營及巡捕營各員弁，雖非本管地面，現當奉旨嚴緝之際，亦應令其實力查拏，但不酌予處分，恐各該員易生延玩。臣等公同酌議，請將各該旗營員弁，照該地面官現議處分，按限分別減等核議。

設該犯在所管地面潛匿，該管官不能查出，續經別員拏獲，詢明在某處地面潛匿者，即將未經查出之員，照該地面官處分，議以降調。其拏獲之員，按照拏獲鄰汛要犯之例，給予甄敘。凡緝限未滿，遇有事故離任之員，均照離任官例，議以罰俸一年完結。如係告病離任之員，應照原處分議結，其已議降級留任處分，均帶於新任，按限開復。仍令步軍統領衙門，將接緝各員有無事故，離任及到任日期，詳細聲明，隨時報部核辦。臣等愚昧之見，是否有當，伏候訓示遵行。謹奏請旨。

嘉慶十三年十二月二十三日奏，奉旨：『依議。』

兵部奏補福建閩安水師副將事

兵部謹奏，爲遵旨議奏事。

内閣抄出閩浙總督阿林保奏稱，竊照陞署閩安水師副將林承昌，調補副將遺缺，准到部咨，行令揀員題補等因。查閩安協副將爲附省濱海要區，最關緊要，必須熟練勤奮出色之員，方克勝任。查閩、浙兩省水師參將内，僅有浙江鎮海營參將朱天奇一員，合例應陞，但於閩省洋面不能熟悉，未便請補。復於水師各游擊内逐加遴選，查有福寧鎮標左營游擊陳琴，福建人，由義民首洊陞今職。該員前因獨駕一船，力敵匪船二十餘隻，身被戳傷，仍奮勇殺賊，奪獲盜船。仰蒙恩旨，游擊陳琴著加恩以參將用，遇缺即補，並著賞戴花翎等因，欽遵在案。該員緝捕勇往，熟諳水務，實爲水師中得力之員，惟籍隸本省，與例稍有未符。但水師人材難得，合無仰懇皇上天恩，俯准照籍隸本省之游擊林承昌陞署閩安協副將之例，以即用參將陳琴，陞署閩安協副將。如果始終奮勉，俟歷俸一年，再請實授等因一摺，於嘉慶十三年十二月十五日奉硃批：『兵部議奏。欽此。』欽遵於本月十六日抄出到部。

臣等伏查定例，水師副將缺出，本省之人不准題補本省之缺。又定例，水師題補副將缺出，如本省無合例可題之員，兵部將各省歷俸一年以上，任内並無事故之應陞水師人員，開列職名，請旨簡放。如歷俸已滿之員，不敷開列，再將歷俸未滿，例應陞署人員，一併開列職名，請旨簡放各等語。福建閩安協副將，係外海水師題補之缺，經臣部行文該督揀員題補。今該督援照籍隸本省之游擊林承昌陞署副將之例，請將福建游擊陳琴，奏請陞署閩安協副將等語。查嘉慶十二年十一月二十八日，奉上諭：『阿林保奏閩安協副將員缺，係外海水師要缺，請以金門鎮標左營游擊林承昌陞署等語。閩安協副將員缺緊要，著照該督所請，准其以林承昌陞署』等因，欽遵在案。是林承昌陞署閩安協副將，係欽奉特旨允准，不得援以爲例。福寧鎮標左營游擊陳琴，因獲盜出力，經臣部遵旨擬補浙江乍浦營參將。該員籍隸福建，陞署閩安協副將，係屬本省，與例不符，應毋庸議。

所有福建閩安協副將一缺，該督既稱並無合例可題之員，臣部查各省水師參將，現在亦無歷俸已滿一年，合例應陞之員。謹將歷俸未滿，例准陞署副將，現無事故之外海水師參將湯聯，並題准給與署劄現無事故之外海水師參將何英二員，開單進呈，恭候欽簡一員，陞署福建閩安水師副將。仍俟扣滿一年，再行照例題請實授。所有臣等遵旨核議緣由，理合恭摺具奏，是否有當，伏候訓示遵行。謹奏請旨。

嘉慶十三年十二月二十三日奏，奉硃筆圈出：『江南吳淞營外海水師參將湯聯。』

工部議奏修理江南各河營浚柳船事

工部謹奏，爲遵旨議奏事。

内閣抄出江南河道總督徐端等奏，江南河工葦蕩船務營，並各河營，額設浚柳船共七百七十二隻，以爲裝運蕩柴及各廳運料之用。茲據河庫道同興，署徐州道張鼎，葦蕩營參將劉輝宗等會詳稱，遵查江南河工葦蕩船務營，並各河營浚柳船隻，常年在於黄運湖河上下往來，裝運葦柴料物。伏、秋大汛，不避波濤顛簸，時逢冬令，又多冰凌擦碰，經歷數年後，板縫俱皆滲漏，不能不隨時修艌，以供駕駛轉運。

所有嘉慶十二年分葦蕩船務營，並各河營輪應修造淺柳船隻，逐細覆核，嚴飭減緩。驗明實在朽壞，必須分別拆造、大修、小修，共船二百三十三隻。又，輪該拆造改爲大修船一隻，輪應大修改爲小修船二隻，以上共估修船二百三十六隻，實需工料銀二千八百七十二兩四錢零。責令該管道將等，按船給價，趕緊修造，以資裝運工需料物，實係刻不可緩之工，並非徒循年限開銷。除造具實用工料細册，照例恭疏具題外，理合會同兩江總督臣鐵保，專摺具奏。嘉慶十三年十二月十五日奉硃批：『工部議奏。欽此。』欽遵於嘉慶十三年十二月十七日抄出到部。

臣等伏查葦蕩船務營，並各河營，額設淺柳船七百七十二隻，定例三年小修，五年大修，八年拆造。每年驗明實係朽壞，不堪駕駛，或船身尚屬堅固，堪以緩修，分別確勘辦理。今江南葦蕩船務營並各河營，嘉慶十二年，應修造淺柳船共二百三十六隻，需用工料銀二千八百七十二兩四錢零。既據該督等奏明，前項淺柳船隻，常年裝運蕩柴，不避波濤，經歷數年，實係朽壞，急應修造，以資裝運料物，自應准其辦理。仍行該督等，將各船前修年分，并現在拆造、大修、小修各數目，詳悉聲明，照例造具估册，具題查核。所有臣等核議緣由，理合恭摺具奏。俟命下之日，臣部行文該督等，欽遵查照。爲此謹奏請旨。

嘉慶十三年十二月廿三日奏，奉旨：『依議。』

兵部奏爲四川提督豐紳等平定果羅克賊番議敘事

兵部謹奏，爲遵旨議敘事。

内閣抄出嘉慶十三年十二月二十二日奉上諭：『勒保奏官兵查辦果羅克賊番，分别起贜捕賊，業已竣事一摺，所辦甚好。果羅克賊番，屢赴西寧一帶糾衆搶掠，爲害行旅。此次搶劫回藏堪布等，贜物尤多，毫無忌憚，前經降旨川省查辦，並命提督豐紳帶兵前往，量加懲創。

『兹據勒保奏稱，豐紳帶兵壓境之後，雖經該土目等兩次到營呈繳贜物，爲數無多，尚存觀望。隨即布置官兵，乘機深入。除下果羅克查明本未同行搶劫，其中果羅克亦先將贜物全行獻出外。惟上果羅克之上寨土番蔡太來奔等，始終怙惡，竟敢踞險藏匿，悉力抵禦。經官兵分路進攻，連次撲壓，立將爲首賊目一斬一擒，斃賊四百餘名，生擒二百一十四名口，並無漏網。寨房一百三十餘所，亦全行燒燬，其原贜亦經官兵逐一檢出呈繳。似此大加懲創，遠近番民，聞風震懾，不敢潛出爲匪。從此邊境敉寧，行旅往來，不致復有搶劫等情。豐紳辦理此事迅速妥協，著加恩交部議敘。所有在事出力之漢、土各官弁，著查明咨部議敘。其綽斯甲頭人安奔，於賊番順溝沖出之時，督兵直前，奮勇剿殺賊匪，始行折回，尤爲出力。著加恩查明，如本無頂戴，即賞給頂戴；如本有頂戴，著加一等賞給，并賞戴翎枝，以示奬勵。

『其臨陣傷亡各兵，並著查明咨部，分别賞卹。查出贜物，著即移交駐藏大臣，飭令失物之堪布等，分别領回。至此外尚有未經查出之物，除客貨本係違例多帶，不值代追外，即其餘賞件及堪布等自帶物件，此時賊匪已剿洗净盡，其巢穴俱已燒燬，無可著追，亦可不必再爲查究。至生擒賊目蔡太來奔，及殲斃賊目寧卡來奔二犯，先經糾衆搶劫，甚至將恩賞物件，亦一併劫取。又敢抗拒官兵，致有傷亡，實屬罪大惡極。將來審明後，蔡太來奔應即凌遲處死，其寧卡來奔應行剉屍，以示炯戒。其餘現獲各犯，並著審明，分別辦理，摺併發。欽此。』欽遵抄出到部。

除恭録上諭，先行該督遵照外。查定例，出征立功，副將以下官員，奉旨交部議敘者，列爲一等軍功，給與功加一等，紀録二次。又定例，提督、總兵出征立功，按其立功等第，俱給與軍功加級、紀録等語。今果羅克賊番，屢赴西寧一帶糾衆搶奪，爲害行旅。提督豐紳帶兵撲壓，斬獲賊目賊匪，並將寨房全行燒燬，邊境敉寧，辦理迅速妥協，欽奉諭旨，交部議敘。臣等酌議，請將四川提督豐紳，照一等軍功之例，給與軍功加一級，紀録二次，是否有當，伏候訓示遵行。謹奏請旨。

嘉慶十三年十二月二十六日奏，奉旨：『依議。』

陳希曾詩文補遺

陳希曾詩文補遺

仲秋朔六日雨後陶然亭宴集與者十五人皆宦京師惟琴隖以翰林改官將外授因用時帆學士前輩韻贈琴隖以廣其意并諗同席諸君子

秋聲已入耳，秋潦猶載塗。連宵釀雨色，起視雲模餬。曉霽肅晨駕，寧恤馬力瘏！詩龕素恬淡，勝侶相招呼。風雨非重陽，乘興誰催租？圜坐互諧謔，賞識逮菰蘆。惜哉青雲客，轉瞬飛雙鳧。何必感升沉，何必念菀枯！得朋且爲樂，善畫聊自娱。精微出真放，逸興傾千壺。贈我古梅樹，直幹不須扶。挺立冰雪中，生意無時無。預愁别緒苦，肯使清賞孤。且携琴隖琴，偕坐梧門梧。

屠倬輯《是程堂倡和投贈集》卷九

題大樹山房

投紱歸來賦《遂初》，急流勇退意何如！龍鱗老去跏趺坐，一縷茶煙一卷書。

幾度從軍細柳營，鄉園大樹十圍成。至今風雨蕭騷夜，猶帶金戈鐵馬聲。

道光《安陸縣志》卷三十五《古蹟》

薤露篇 按事武林作

我上梯子田，頹墻墜瓦紛相連。我入青芝塢，蟻户蜂房森可數。如此青山骨不埋，國殤公厲計殊乖。生前猶記樂土樂，死後難得佳城佳。使者來，開攢屋，新鬼故鬼同一哭。漆室殘燈有火燃，黎邱幻鬼煩刑鞫。春露秋霜空涕淚，祖宗靈爽非兒戲。富室每多祈福心，貧家誰篤通財誼！棠梨麥飯年復年，何處豐碑問墓田！摇落可堪風雨嘆，護持難恃子孫賢。 張應昌編《清詩鐸》卷二十三

題稼邨讀書圖

少小課耕耘，窈窕尋幽壑。負耒忘辛劬，横經詎寂寞！前隴下牛羊，閑倉驅鳥雀。阡陌互縱横，秧歌勸出作。桑麻陰翳中，慰勞雜諧謔。卅年入塵網，農譜束高閣。君亦田間來，爲述農家樂。園中屋數椽，鄉夢容棲託。 鮑文逵等輯《寸草園彙鈔》卷四

聖駕巡幸淀津詩 謹序

聖清受命，奕葉重光。今皇帝甄靈貺，致泰平，格天漏泉，蒸雲濡露。鼚輪裳而秉朔，浹海寓以馳風，蓋十有三年於兹矣。然猶戰戰兢兢，日慎一日，以蒼生爲念，不以宵旰爲勞；以康濟爲心，不以府庫爲遴。每歲修河防，豁宿逋，施賑貸，洋洋乎若德，史不勝紀。

往者天漢之津，北流經途，穆笛偶吹，媧灰旋晝。以培以護，以休以息。元氣迺復，萬性晏粲，而皇帝

常以弗躬弗親爲憂。即左輔耆老，亦懷慕思，吾休吾助，有若姒氏之諺。於是降德音，涓吉日，三月辛丑，乘輿迺出。首謁山陵，次舉巡狩，簡車徒，崇儉素，吏無供帳，民鮮徵求。孟夏禮蕆，慶賞遂行，罔不周洽。蒸髦士，給軍裝，眷百齡，免半租，卹鹺賈，惠鰥寡。從臣以敘，失職以聞，問罪以宥，國典也。當夫乘素虬，泛畫鷁，周覽列原，如圖如繪。

其時造膝親臣，守土大吏，左右翊衛，咸請指授。天子曰：『嘻！大夫不聞乎？夫水，波而上，搖而下者也。故治三輔之水，當由淀始。淀之名，見《魏都賦》，猶南之稱湖。上噏桑乾，吞子牙，宜分清刷濁也。下通漕渠，控引衛白，宜疏直河，犖石閘也。長隄格隄，障也；大沽小沽，壑也。孰淤孰徙，或瀉或瀦，廓而清之，引而洩之，瀹而通之，牐以啓閉之，柳葦以固之。下不壅，上不濫，夫如是，吾民其何患！』群公卿士，迺儼然造曰：『陛下亶聰明，籌溝洫，拯下民之莫，契上帝之仁。乾符坤珍，理與數協，丕休哉！此聖主之明德，而皇畿萬萬世無疆之利也。雖古神聖，奚以加茲！』

天子方龠乎以思，瞿然以惕，謂：『予何功！維我高宗純皇帝五巡茲土，經營相度，盡神盡利。用能海不揚波，民無失職。汝諸臣其益孜孜贊贊，以永保厥功，庶幾六府修而三階平也。』斯舉也，上以纘治水營田之聖緒，次以飭修防導瀆之諸司，下以慰就日瞻雲之兆姓。臻清晏之瑞，納福祿之林，景爍洪庥，煌煌乎與天無極矣。

臣職列亞卿，躬逢昌運，際茲屬車所至，俗易風移，採閭巷之歡謠，聆譽髦之嘉頌。一時珥筆諸臣，靡不欣躍舞蹈，歌詠至德，以曜國家隆茂之庥。臣愚無似，竊製柏梁體詩一章，章一百二十韻，敬就睹聞所及，聲教所漸，狀巍焕之難名，徵緝熙之至善，以揚帝德輝光於萬一云爾。敢拜手稽首以獻，其詞曰：

聖德跨厲溟與嵩，勤民不羨云云封，戎亭卧鼓邊銷烽。至仁究物昭龎洪，綿區飲化登時雍。人曰已治帝益恭，曷敢暇豫居九重！一夫不獲心忡忡，惟勤清問恢宸聰。析津地當南北衝，七十二澱皆朝宗。恒衞既作大陸從，神禹治冀先成功。山川奠後巡重瞳，允猶翕河《周頌》中，先聖後聖將毋同。帝廼戒塗咨司空，郵亭儲跱無須供。非登岳麓非崆峒，聖人勵政親劭農。永承燕翼恢鎬酆，惟事事備基無窮。陽晁發鯨鏗金鏞，髾曳長庚鳶揭橦。行漏抱刻聲玲瓏，玉輅結綏引紅絨。左右扶翊侯與公，扶桑麗景暉高春，遲遲銅葉輪芙蓉。八尺之表六尺筒，郵籤記途轡瓏璁。佳哉燕郊氣鬱葱，慈雲花雨飛牕櫳，甘露曉降橋山松。仰溯前謨觀劍弓，廣樂九奏聲彤彤。祭告既罷揚金㚇，南苑帳殿何穹窿！短蕪淺水調花驄，萬年枝暖鳴鸀䳾。沙龍緑覆花瓏鬆，維柞之枝葉蓬蓬，式臨高衍看峪嵷。外門虎落開三𡨦，佽飛有力真如狨，圓文之豜班起豵。或私或獻皆敬共，聿修武備嗤射熊。紫泉啓蹕春光融，桃花柳花夾路穠。棣以竹名亭以欆，十吟譜入朱絲桐。燕南趙北波鴻溶，沽淪濡滱滋涞通。漁磯石梁圖畫工，晴湖光湧朝曈曈。祥烟蓊鬱盪心胸，安福艫放吉祥風。荇牽翠帶蒲生茸，中亭十望懸雲淙。列埧連棧陂偃虹，下赴直沽歸於東。隱天樓閣青葱蘢，垂楊繞殿春惺忪。零雨桑田歌邶鄘，津門沃衍圍高墉。水營弭節修我戎，靈潮音送鼉鼓逢，海鯨那敢吹氛霿！一人祉福包函蒙，中嚴外辦官給饔。燕饗雅奏音渢渢，五聲之和感頑聾。登臺望遠雲溟濛，大海一碧摩青銅。中間廟島浮孤峰，天吴蛧象逃無蹤，但有拜舞朝魚龍。蘆田平曠分横縱，巨蠔曉曝晴陽紅。一莊一灘必親躬，口講指畫勞宸衷。支祁獸鎖神效忠，蚍蜉曷敢金隄攻！田無沙淤川毋壅，永慶安瀾成厥終。華文焕爛碑穹隆，報以辛犢加黄琮。從此澤畔無飛鴻，菰蔣魚蟹蒲稗豐。麥曰兩岐禾曰穟，舳艫上玨國賦充。世登太上民倥侗，出作入息無惰慵。渾忘帝力安愚憃，惟聞土鼓擊鼕鼕。鳧鷖豈惟歌在潀，德音無遺掇菲葑。菰蘆操管來傱瀧，許從清籞鳴噰噰。皇心愷豫波泖灦，升我髦士如臨雝。皇恩況復春膏醲，地與比訾天比崇。蠲宿逋外減租庸，延頸舉踵何喁喁！扶鳩父老騎竹童，士女夾道争昌丰。鵲尾爐爇香烟濃，山呼萬歲由歡悰。時和物阜愉天容，宸吟振響訇華鐘。古今囊括乾坤籠，紫庭晨露誰争雄！禮成肅穆歸法宮，淵塞敕幾親瞍矇。圖成無逸樂辟廱，景星有爛卿雲叢。億千萬載叨帡幪，聖壽無疆承昊穹。

董誥等輯《皇清文穎續編》卷七十三

德徵答問篇 謹序

嘉慶十有四年，太歲己巳十月六日，恭逢皇上五旬萬壽慶辰。天歡地洽，瀛歌嶂舞，君圖帝寶，戩耆大來。臣自詞館洊陟卿貳，遭逢恩遇，至優極渥。比年復奉命教習戊辰、己巳兩科庶吉士，職在宣德導忠，輸誠效信。雖天地之所以大，日月之所以明，自維學識黯陋，不足以擬議萬分之一。竊幸侍從禁幄，朝夕見皇上順時奉元，以實心行實政，巽令宣布，中外懽悦。然猶虔鞏勞謙，日慎一日，上德不德，福應尤盛。臣不敏，謹擬爲主客問答辭，明天申祥錫之由，歸之於聖化，將以焜燿朝策，傳示無極。其辭曰：

教習大夫沐恩浴德，懷誠抱忠。纘服朱紱，嬰怡麻明。叶。將欲宣淵體之淳懿，牖瀛洲之俊良。叶。厲嵩溟於壽域，扇颮溢以聖風。縷藻思於西清，鏘玉珂於在公。

有庶常吉士若干人，魚鱗雜襲，戴縰垂纓而相從。坐已，問曰：『蓋聞上古之世，天地人皇，各萬八千歲。上哉敻乎，莫之紀極。叶。已靈符遞臻，逮及五帝。亦克綿厥祚，百神效職。叶。握籙膺圖，垂裳而治。當斯時也，乾宇豐靖，地區昌泰。故或百年而服教，或七十載而在位。姒子姬氏，纚屬龍興，大化粲晏，福祉霶霈。其後二千有餘歲，天乃歆靈歎曜，以佑啓我大清。

『懿我大清之受命也，國圖日升，皇寓山壽。美意延年，自天申佑。洪算無極，莫可殫究。我皇上暢祥源，引福緒，衍洪暉，崇軒后。叶。山川納祿，慶基廣厚。叶。遂乃胎堯孕舜，挈殷攜周。端冕而朝萬國，統楫群元而功無與儔。維時基皇啓聖，綿瑞産㟪者，若大椿之紀歲，以八千爲春秋。走初登仕版，懵於典故，洪邕之德，茂世之規，竊擬焉，無異挈瓢以測海流。先生歷金門，上玉堂有日矣，請條其由。』

大夫於是俙然改容，正襟危坐曰：『善如爾之問也，善如爾之問也。吾將與子黼黻昌期，紬繹聖訓。蓋聞天之所助者順，人之所助者信。故夫山嶽之壽，億萬之齡，皆昊蒼之所以翼清時，啓泰運。我皇上感神以誠，應天以實，養萬民以仁，先天下以質。躬聖神文武之姿，而聖懷尚承之以撝抑。凡所爲勤政延謀，兢兢焉若腊若腒者，蓋十有四年如一日。

『往者有苗弗率，帝敷文德。舞羽嫣廷，七旬來格。川陝楚地，赤子盜兵。師如時雨，皇奮威霆。簡將授策，綏靖邊疆。帝曰：「咨，汝往哉，其飭於戎行。汝但馘其渠魁，毋殲我良。」英謨天授，克犁其庭。闢彼邪説，聖謨洋洋。振頑梗之聾聵，俟不革心而用臧。於是神縣靖，溟渤清。弛天罼，櫜日弓。叶。風淳俗晏，華區歡聲。道函九壄，智周萬族。懸告善之旌，立誹謗之木。譬瀛岳收益於塵露，日月增輝於螢燭。兼覽博照，廣納謇謇。霽顏以受直言，觀風謡於仄遠。執兩端而用中，贊棄瑕而忘短。懿乎鑠哉，心如尺衡，放之四海而準。漢祖之拔足揮洗，從諫如流，方斯褊矣。豈德暉有未顯乎，蓋樂取於人以爲善也。

『於是廣開慶榜，群材以儲。娉揔剛柔，左右皇家。叶。育英彦於文館，珊網高張於天衢。雍容揄揚，歌思詠謳。叶。士之濳潤德教者，若金錫銅鐵之鎔鑄於洪鑪。大化無硋，有孚惠民。謂此氓庶，以食爲天。畺吏偶以偏災辰告，不旋踵而發倉賑貧。蠲租緩賦之詔，下霑濡醲澤者，若蕭艾之蒙春温。其它所爲劭農瞻萌，恩綸稠疊，尚靡得而殫陳。迺復解苛除嬈，尚德緩刑。勤則能慎，公則能明。大哉王言，皓乎德光。化呰窳爲良善，濟秋霜以春陽。

『重華釐工，三載考績。我皇愛民，躳親黜陟。謂承宣德化，最切於民者，其在循吏與良二千石。迺攄丹毫，摛義畫。析義利之辨，沛德音而爲之則。於是吏不容奸，人懷自厲。蔚乎烝烝，克佐上治。爰馹蒼螭六素虬，親巡視河。睿謨軼姒，神答休嘉。德水順軌，舞魚澄波。天貺萬吉，罄無不宜。叶。伏秋安瀾，漕艘相隨。叶。陋宣防之築，嗤《瓠子》之歌。榮光上燭乎霄霓，炳爲盛世之上儀。叶。

『至若「南風慶雲」之頌，玉宁仙札之紙。臣風行於皇誥，民挾纊於宸旨。皆德言之所昭，羌彌世而長久。叶。又況昭垂天潢之訓，彌綸綏遠之謨。授時則二十四氣合時之序，説經則五十八篇執經之樞。九服之清怡如彼，五夜之勤思如此，我皇尚謙讓而未已也。方將不明求衣，調風選政。小心翼翼，畏天之命。雖堯、舜之疇咨，禹之祗台，湯之日躋，文、武之執競緝熙，無以加茲矣。固宜其鴻休汪濊，福嘏駢徠也。

『且吾聞之，天啓聖人以無疆之福者，聖人與天合德也；民祝聖人以無疆之壽者，聖人與民同樂也。蓋觀於天與民之際，則知延洪納祉，罔不由斯得矣，而又何惑焉！故夫仁風普扇，昊貺臻也。恭館肅祇，列祖歡也。騰華上宙，神庥綿也。式銘皇風，民望敦也。藻儀睟穆，德容尊也。靈囊大包，寶命延也。中成獨督，皇圖申也。太和翔洽，上瑞臻也。上覽古在昔循蜚因提之君，以迄乎漢唐以來累葉之主。其間所爲繼韶夏，禪亭云者，蓋不可同年而語。故能繼天測靈，張維運斗。叶。發祥隤祉，超邁皇古。吾與子遊仁壽之域，霑龐鴻之澤，含甘吮滋，故可得而覼縷。』

吉士聞之，肅然而起曰：『丕休哉，德如斯之盛，化如斯之神哉！我皇上受泰元，秉道真。膺天胙，榮仙椿。修德錫福之效，既得其所云矣。抑又有聞焉。天子富與地侔訾，貴與天比崇。雖珍臺閑館，金屋璇宮。犧雙角之獸，腨三群之蟲。亦所謂有其功者食其報，曾不足以爲豐。然而唐堯捐金，虞舜捐璧。夏后卑宮，文王卑服。廣崇醲化，延納福禄。疇侈肆而有餘，疇敦朴而不足。皇上去甚去奢，躬先儉素。矗裘大帛，以表聖度。用政八圻繁昌，嘉穀迭覯。叶。將帝眷因之攸崇，甄靈貺而綿寶祚。又聞古人君流虹繞電之期，群臣進嘏詞而祝頌。然而侈功德者過於浮，摛華藻者鄰於縱。是以張九齡進《金鏡録》而納規，崔日用采《十二雅》而借諷。皇上優繇亮直，樂聞嘉謨。又復聖學淵懿，敦悦詩書。前聞天語昭賁，凡剽辭竊句，割裂補綴者，皆無實而有華。叶。以讜言鋪陳者，概予屏除。走耳之久矣。兹當祝釐之期，思摹繪夫聖政，而操約望奢。叶。渺乎不知其意之所如。』

大夫曰：『然子之見及此，庶幾乎有古蓋臣之風也。我皇上守始治紀，日昭月融。福以德積，壽以仁徵。叶。儉者仁之所由著，德之所由崇也。故雖際曼壽嘉節之期，綿區匝宇，歌舞懽悦。而聖性恬熙，猶復節上羡下，貶損儀節。其儲祥貢禧，棧壑梯山而徠者，雖出於葵藿傾陽之誠，尚恩免其什七八。蓋皇上以年豐民樂爲庥徵，而靈華寶露，不足爲其珍也；以大法小廉爲嘉貺，而金符帝符，不足爲其觀也；以恩周惠乎爲介祺，而稱觥酌斝，不足爲其歡也；以帝典王謨爲寶籙，而華祝嵩呼，不足爲其文也。

『且夫人臣之紀慶辰也，寧惟是辨華其辭，頌禱塞責云爾哉！必將丕顯不世之神功，揚厲無前之偉績。益贊臯颺，爲萬世則。流祉祚而俱永，齊山嶽而無極。喬乎煌煌，真天子之式也。今吾子垂紳儒館，然藜秘閣。旅靈囿而躡踪，溯蓬萊而釋蹻。幸值晨暉疊旦之時，聖恩拔，湛露沐。豈宜自屏清時，浮湛流俗！文章華國，亦先資拜獻之義也。子盍勖之。』

庶常吉士聞斯言也，始而洋洋然思，繼而翼翼然恭。既而坎坎然，墫墫然，不知足之蹈之，手之舞之也。大夫於是率吉士，北面拜手，稽首而頌曰：

於爍我皇，恩普德洋。一人兢業，萬邦之慶。我皇壽而昌，我皇壽而康。天佑聖人，萬壽無疆。　董誥等輯《皇清文穎續編》卷十四

殿試對策

應殿試舉人臣陳希曾，年貳拾柒歲，江西建昌府新城縣人。由廪膳生應乾隆伍拾肆年鄉試中式，由

舉人應乾隆伍拾捌年會試中式。今應殿試，謹將三代脚色，開具於後。一，三代，曾祖道，祖守誠，父元。

臣對。臣聞持敬者錫福之原，宗聖者治心之矩，裕民貴儲夫委積，慎憲宜凛夫時幾。伊古帝王，繼天出治，胥本正位凝命之實，立豐亨豫大之基。以垂道統，則所其無逸也；以正學術，則會其有極也。以授人時，以籌國本，則重農貴粟之有經，保泰持盈之克慎也。《易》曰：『中正以觀天下。』《禮》曰：『王中心無爲也，以守至正。』惟欽崇之道，端自一人；斯醇茂之風，應於四海。是以綿區飲化，匝宇歸仁，上暢九垓，下泝八埏，所爲罄圖牒而難稱，超古今而莫擬者，道由是也。

欽惟皇帝陛下學貫天人，道光謨烈，性功裕而正學常昭，民氣樂而邦本益固。綜稽前古，無以踰斯，洋洋乎帝者之上儀矣。乃聖衷虛受，彌切疇咨，猶以盡性明道，足食保邦之要，進臣等於廷而策之。臣來自田間，知識檮昧，然際嘉言罔伏之時，敬承清問下逮芻蕘，敢不竭愚以對，用效管窺蠡測之微忱乎！

伏讀《制策》，有曰：『十六字心傳，蔡氏沈書序言之綦詳，而因推及夫心法治法之本。』臣謹案，唐虞授受，爰有命辭，千古道統所宗，實千古治統所匯也。『執中』一言，禹、湯、武相傳不失，而所以致其精一者，曰誠曰敬曰仁。誠者德之原，敬者德之體，仁者德之用。持其原以究其體，而其施之於用也，遂以立千古之極。唐太宗作《帝範》，雖其見諸行事者，未必悉符，而其言頗稱醇正。宋范祖禹所獻《帝學》一編，條理備具，論者謂其勝於張蘊古之《大寶箴》，以其所見者大也。

若夫真德秀《大學衍義》一書，體製詳備，徵引該洽，本末有序，先後有倫。其先之以《堯典》《皋謨》《伊訓》與《思齊》之詩，『家人』之卦者，見前聖之規模，不異乎此也。繼之以子思、孟子、荀況、董仲舒、揚雄、周敦頤之説者，見後賢之議論，不外乎此也。其自言曰：『爲人君而不知《大學》，無以清出治之原；爲人臣而不知《大學》，無以盡正君之法。』則其書雖僅及修身齊家而止，而治平之跡，特舉而措之耳。補是書者，明有邱濬《政典》，極爲詳備，綱舉目張，可與原編並垂不朽，有裨治道，功非淺鮮。我皇上躬集大成，生知好古，繼往聖之心傳，析群儒之精蘊，治統道統，同條共貫，不誠冠百王而獨隆也哉！

《制策》又以學術多歧，而欲考其派别，指其同異，斯誠敦崇實學之本務也。臣竊以爲，學者，學爲有用而已。漢世經學極盛，弟子守其師説訓詁不差。唐時諸儒，以疏解經義，顯名當世。至宋而義理之學始大盛於天下，洛學末流，歧爲二派。永嘉之後，好談經濟，無亦讀書既多，旁推交通，偶有所觸，輒爲之條分縷析，實可見諸施行，故朱子謂其頗近事功也。金谿之學，流爲姚江，泥主静之説，往往索良知於杳冥恍惚之地，致或遁入虚無，或流於暴棄。不知金谿之學與紫陽之學，其原未有不一者，不得謂朱、陸之果有異同也。世多以河津爲紫陽之正脈，然如王守仁之决大計，定大事，指揮叱咤，而動中機宜，此豈空談性命之旨，矯語鎮静之度者之所能哉！議者謂王守仁所樹立，斷非薛瑄所能，信矣。至言心學者，莫切於『思慮未萌，必戒必懼；事物既接，必恭必欽』數語。彼空虚而無實用，如王畿以後諸人之講心學者，愈講而愈晦，豈所謂明體達用，可任之實學也耶！

《制策》又以三代重農，而及於規制之當詳，源流之宜悉。臣考漢代力田與孝弟並重，宋守土之官，結銜必有『管内勸農』字，而明亦有檢田之吏。蓋以一夫不耕，天下必有受其饑者，重其事，斯專其責也。採買積貯之法，古無成局，自管仲行之齊，李悝行之魏，始詳立糶糴之令。如穀賤則增價而早糴以利農，穀貴則減價而早糶以利民，隨上熟中熟下熟之歲，以定糴三糴二糴一之規。後世耿壽昌之常平，長孫平之義倉，斟酌古法，度其時勢以行之。得其人則濟民，失其人則厲民，古今一揆矣。朱子在閩時，因鄉里歲稍歉收，貸於官，得穀六百石，春給於民，秋則斂之，而稍收其息。積十四年，得穀數千石，見於朱子所爲《社倉記》者甚詳。其時諸州倣行，並有成效，非如青苗之專於剥民以奉上也。我皇上愛育群黎，無微不至，固已民皆藏富，歲盡占穰。猶復上廑宵旰，預爲先事之圖，其爲閭閻計者，至優且渥。間或因時因事，特命平糶，以厚民生，以阜民財，博濟之仁，直軼姚嬀而上之。宜夫喜溢通寰，恬熙萃慶，豈史册所稱蠲租賜復之可擬也！

《制策》又曰：『聖賢之學，必有所持守運行，而後能久於其道。』臣嘗讀《堯戒》曰：『戰戰栗栗，日慎一日。人莫躓於山，而躓於垤。』黄帝之誨顓頊曰：『爰有大圜在上，大矩在下，爾能法之，爲民父母。』舜與臯陶賡歌一堂，各有責難之義。蓋帝王之功業，雖已地平天成，而儆戒無虞之念，何嘗一日去諸懷耶！宋張根作《吴園易解》，六十四卦之中，惟『泰』卦别著一論。夫極難得者泰之時，而不常有者亦泰之時。『泰』之内卦即『乾』，惟有健行不息之流貫於家國天下之間，則治而益治，安而益安，泰交之永保，泰運之常亨，皆由是矣。老氏知足知止之學，僅自守者之言。若聖賢之君，經緯天地，品節庶類，固以其身置之乎巍巍之上，以其心運之乎業業之中也。

我皇上建極斂敷，天人叶德，旦明宥密，日進無疆。庚戌之歲，恭逢萬壽八旬，特鐫『八徵耄念之寶』，引以嚮用，副以自强。亦猶闡《羲易》而占元亨利貞，受《頊書》而銘杖帶机鑑，蓋久道而化成矣。若此者稽古訓而至德懋昭，崇實學而人文蔚起，厚生即正德之端，保大爲定功之本，皆聖功王道之切務也。惟皇上日新又新，至誠無息，宗往典而單心夙夜，布成式以廣厲學官，勞來更切於盈寧，乾惕彌勤於上理，我國家億萬年無疆之慶肇此矣。臣草茅新進，罔識忌諱，干冒宸嚴，不勝戰慄隕越之至！臣謹對。（開面硃批：）『第壹甲第叁名。』　法蘭西學院漢學研究所編《法蘭西學院漢學研究所藏清代殿試卷》

朋舊及見録序

時帆先生彙輯《朋舊及見録》六十四卷既成，將鏤版行世。客有問於余者，曰：『聚生平之朋舊，得若干人，若干詩，不已博乎？』余曰：『烏乎博！』『聚生平之朋舊，僅若干人，若干詩，不又隘乎？』余曰：『烏乎隘！』人之見少見多者，人其人，詩其詩也。余之不以爲少爲多者，知先生以有窮之境論詩，而以無窮之心待人也。夫人人有所及見，而人人負所及見，先生獨能不負之，其不負之者，心也。人人既負所及見，即人人遺所不及見。先生未始不遺之，而如未嘗遺之，其不遺之者，亦心也。

余以同館後進，侍先生十餘年。所居邸第，相距率十里而遥，或匝月一見，或數月一見。往蜀往晉，或終歲未通一問，而先生皆不以爲疎。余亦疎於跡，而不敢疎於心，則先生之煦人以和，薰人以德，余因得以用其情於先生也。

先生交游滿天下，以余之用情於先生推之，天下之學士大夫，其願用情於先生者，當無以異也。以余之孤陋，而先生煦以和，薰以德，亹亹然奬所已至，而勖所未至。推之先生之待天下學士大夫，其亹亹然獎之而勖之者，當無以異也。然則以是編爲所見之隘，固淺之乎？視先生即以是編爲所見之博，猶未爲深知先生也。先生以無窮之心待人，余願天下之學士大夫，因是編而益相勵于性情學問，則詩教豈不通於治教也哉！　法式善輯《朋舊及見録》

松柏恒春館詩鈔序

余視學蜀中，與松茂吉芝田觀察相友善，觀察以弟畜余，余亦兄事之維謹。每與晤對，觀察輒以其生平學問所得力者，娓娓相告。蓋簡約以處己，真誠以接物，不以才智先人，不以機械應務，觀察身體而力踐之，已數十年。而因以其所閲歷者，示諸同志，宜其親切而懇到也。余譾陋無似，辱觀察不我遐棄，時時進而教之，余竊自幸得所師資，以益堅其純泊寧淡之志。

顧奉使三年，居成都之日恒少，觀察亦以戎務，馳驅於保寧、龍安、松潘諸屬，□□曠時閲歲，始得一握手相見，形跡或疎，而心期愈密。□□□□情，嗜好之相契，殆有不知其然而然者耶！

觀察□□□言，長於近體，行部所經，意境所會，寓物以寫心，□□□□。言詞托於蟲鳥禽魚，而志係乎民物風土，蓋静者之心多妙，仁人之言如春。觀察主静而敦仁，其本心以徵於言者，不僅見之於詩，而讀者自可於其詩得之也。屬余將受代北行，觀察以余相知之深，命爲弁其卷首，因舉余兩人性情嗜好之相契者，詳著於篇，以復於觀察，並以爲他日請益之資云。時嘉慶辛酉季秋月朔，黎川愚弟陳希曾拜手謹序。　吉爾彰阿《松柏恒春館詩鈔》卷首

譚子受止止室詩跋

姑夫譚子受先生，既出其《止止室》少作詩以問世。讀其詩者，或以爲狂士，或以爲奇才，先生笑而受之，不自置一説也。先生自其少時，驅馳滇黔，往返輒數萬里。隆冬盛寒，匹馬行風雪中，興益豪，神益壯。又素善酒，其磅礴鬱積之氣，磊落抑塞之才，一發之於詩。與當代名公碩彦游，上下其議論，殊不多讓也。

去年秋，奉尊甫薈亭少宰命，出游歷下，往返可日月計。而先生出門惘惘，若重有不釋於懷者，比歸，而少宰已先一日捐館舍。先生哀毁之餘，撿途中詩一帙，授希曾曰：『此行所作，動有哀音，余不自知其然也，安忍自存其詩哉！』

吾謂先生之至性至情，原不待詩而傳，而至性至情之發於詩者，終不得而滅也。因爲任校字之役，編次成帙，以附於《止止室》少作之後。且使讀是編者，知聲音之道與性情通，於向所謂狂且奇者，而更有進焉，庶以存先生之真也夫。嘉慶三年三月十五日，侄陳希曾識。譚光祜《鐵簫詩稿》卷二題識

重建翠屏書院記

嘉慶四年秋，吾鄉宋梅生先生，以儀部郎奉天子命來守蜀。其明年，權知敘州府事，數月之間，政通人和，諸廢具舉。既聚十三廳縣人士之秀者，扃試之，以覘所學，拔其尤，獎翼之，俾入書院，以時習肄。又以書院舊址湫隘沮洳，不足以勸學而崇師也，爰詢於衆，更諸爽塏，講貫有堂，棲息有室，登降揖讓，彬

彬如也。其年冬，余按試至戎，既蕆事，諸生相率來告，曰：『是舉也，實此邦人士之慶。維太守嘉與師儒之意至厚，願乞一言，以垂諸永久。』

余曰：『語有之：「百工居肆，以成其事。」君子學以致其道。道貫於事，而散見於《詩》《書》六藝之文。今之學者，離道以言文，而又導之無其具，居之非其地。於是樸鈍迂謹者，日囿於鄉曲猥瑣齷齪之態，所見日以卑，所習日以陋。而聰穎俊達之士，又往往跅跎不羈，泛濫焉而莫知所止。太守懼道之不明，而學之日偷也，將與諸生循循於師弟朋友間，日反求諸心，以固其敦龐浮厚之氣，而抒其淵懿樸茂之辭，所謂「道勝者」，不求文而文自至矣。諸生之得居於是者，盍思各成其事，衷諸道以言文，毋忘太守之嘉惠乎？余竊願推本太守勸學崇師之意，以重爲諸生勖也。』僉曰然。遂書以示諸生，並以請益於太守焉。

嘉慶《宜賓縣志》卷四十八《藝文》

邊司馬韻溪公傳

公姓邊氏，諱鏞，字洪聲，號韻溪，先世爲陳留人。始祖唐進士益昌公，官吉州節推，遂家桂竹。桂竹舊隸廬陵，元以後割入新淦，明始分峽江，故今籍峽江也。

公生而穎異，讀書成誦，終身不忘，爲文陶鑄《六經》，如出己手。弱冠應童子試，受知於邑侯山左余公，疊冠其軍。年廿五舉於鄉，時乾隆甲子也，與余曾祖同登賢書，相契特深。乙丑捷禮闈，名播京師，後需次歸里，嗜學不倦，尤留心經濟。癸酉謁選，除知四川重慶酆都事。甫抵成都，酆邑鹽商謁公旅館，獻千金，乞增額引，公弗許。入酆都境，葺文廟，修學署，造樂器，煥然一新。遴諸生及鄉老之堪表率者，加以崇獎。

城南燕尾潭，舟行甚險，公爲設救生船，置腴田贍水手，每歲五月朔日禱潭神，往來藉以無恐。有漆商挾貲巨萬，舟覆潭中，救生船拯之出，而土人乘危攫其貨殆盡。公聞，急嚴追，令如數還商，商泣謝。庚辰調任秀山，秀山地屬苗疆，置縣未久，文武生員，皆附於州學。公詳請建學校，設司訓，又躬涖講堂，集多士，口授指畫。每月課，分別醇疵，手定甲乙，弦歌雅化，直繼武城。

不但此也。民不知嫁娶，男女山歌相答即野合，以故婚後多訟於庭。公教以六禮，與夫父母之命，媒妁之言，民於是漸知禮義廉耻，而訟亦息。邑南地名平塊塘，田疇沃衍數十里，溪水中流，北屬秀山，南轄黔之松桃縣。舊有水堰，分溉南北兩界田畝，松桃民黠，塞北口，令堰水盡歸南界，搆訟莫能剖斷。公至其地，視其堰，召耆老而詢之，知水堰故分溉也，上其事於制軍，而北口復爲之開，田疇悉治。其後，公奉部推升雲南阿迷州，秀山人鑄金爵，製萬民衣繖爲壽，譔次德政，勒碑以誌去思。此余視學蜀省時，得聞公之善政善教有如此。

其治阿迷也，見書院久廢，謀興復。有打魚寨，彝租千餘石，蓋歷任之相沿飽私槖者，公曰：『是可爲重建書院之資矣。』尅期興工，既落成，顔曰『靈泉書院』。束脩膏火，即取給彝田中，不數年，人文遂盛。

彝俗之害天理，拂人情，莫如火葬。公委曲告戒，諄諄懇懇，至爲之痛哭流涕，以激發其天良，諸彝感動，枯骨始得免於烈焰。民有争彝田者，計其值以萬計，訟於州，久不決，呈契於府，又久不還。公下車，秉公剖判，白郡守，以田與契歸彝，彝感恩，圖報甚厚。公曰：『爾視我爲何如人乎！』斥之去。時南豐李公某撫滇南，知公循聲丕著，題升麗江中甸同知。公之去也，阿迷士民仿浚儀圖畫陸雲配食縣社故事，爲建生祠於靈泉書院之左。此余典試滇省時，得聞公之治績，與民之愛慕不能忘又如此。

公致仕後，所居室自署『亦政齋』，蓋孝友存心，歷終身不忘也。宗黨戚屬，咸賴公成就學業，周卹貧窮，士林莫不奉爲矜式焉。卒時年七十有五。子二，孫三，曾孫八，濟濟一堂，列庠序者有人，遊太學者有人。皆能守公遺訓，綿詩書之澤，永忠厚之傳。異日顯榮褒大，報公德者，正未有艾。嘉慶甲戌春暮，公次孫邑庠生柱，寄書京師，乞余爲公傳。余與公家世訂蘭譜，知公最悉，因不揣固陋，而傳其大略。同治《峽江縣志》卷八《宦業》

鄧公墓誌

鄧諧，字鳴岡，城内西街人。父時中，廩貢，任通州訓導，獎勵寒畯如不及。奉檄捕蝗放賑，有勞績。尋調大名，遷赤城教諭。諧乾隆庚子舉人，由教習選贛榆知縣，權邳州，遷泰州運判。知縣遷運判，自諧始。旋補海州運判，所至案無留牘，庶政畢舉。

戊申，分校南闈，稱得士。海州蝗，諧捕之立盡。雹壞民舍六千餘，諧分俸卹之。嘉慶丙寅，河溢王營減垻，竈井俱湮，諧亟爲請賑，親自稽散，帑銀不足，以俸補之。又捐築堤數十道，以障積潦，通行路。

初以憂去泰州時，借用贛邑倉麥六千石，未得歸，士民代償恐後。海州竈籍無科目，諧培植學校，始有掇巍科者。以疾歸，倡修學宫，興養濟院。生平屏絶請託，所好惟書史，重刊濂洛關閩及吕新吾、劉蕺山、陳榕門諸家之書，凡數百卷。道光七年，崇祀鄉賢。子湘霖，嘉慶庚午舉人，累知廣西横州、象州。節陳希曾《鄧公墓誌》。同治《欒城縣志》卷十一《宦蹟》

奏爲典試貴州事竣進京復命事

貴州正考官臣陳希曾，貴州副考官臣吴烜跪奏，爲恭復恩命事。

竊臣等奉命典試貴州，遵限由京馳赴貴州，於八月初六日入闈，將各房薦卷，公同悉心校閲。於九月初二日揭曉，即由貴州起程進京。理合具摺，趨赴宫門，叩謝天恩，恭復恩命，伏乞睿鑒。謹奏。乾隆六十年十一月二十四日。（乾隆帝於陳希曾名側硃批：）『年少。』（於吴烜名側硃批：）『更好些。』（後硃批：）『都明白。』中國第一歷史檔案館藏硃批奏摺

奏爲奉旨授四川學政謝恩事

新授四川學政，右春坊右贊善臣陳希曾跪奏，爲恭謝天恩事。

八月初七日，本報到京，内閣奉上諭：『四川學政，著陳希曾去。欽此。』竊臣江右庸愚，毫無知識，由癸丑科一甲三名進士，授職編修。本年大考二等，蒙恩陞授贊善，疊膺寵渥，屢典文衡。兹復蒙恩命，

視學川省。伏念士習爲風化所基，學政有訓飭之責，以臣疎陋，深懼弗克稱職。惟有矢慎矢勤，以期仰副高厚鴻施於萬一。所有感激下忱，理合趨赴行在，叩謝天恩，恭請聖訓，伏祈皇上睿鑒。謹奏。嘉慶三年八月十二日。（乾隆帝於陳希曾名側硃批：）『此人似可。』　中國第一歷史檔案館藏硃批奏摺

奏報到任接印日期事

四川學政臣陳希曾跪奏，爲恭報微臣接印日期，叩謝天恩事。

竊臣仰蒙恩命，視學蜀中，於趨赴行在，恭聆聖訓後，即日束裝就道。茲於十一月十五日行抵成都，准前任學臣李棨，將學政關防並文卷、書籍，移交到臣。臣隨恭設香案，望闕叩頭，祇領任事。

伏念臣江右庸愚，學識譾陋。由乾隆癸丑科一甲三名進士，備員詞館，涓埃未效，疊邀簡命，典試雲南、貴州。本年大考二等，蒙恩擢授贊善。茲復仰荷温綸，簡放四川學政，隆施稠疊，感激難名。臣惟有恪遵聖諭，諸事實心辦理，矢公矢慎，以期稍報高厚鴻慈於萬一。所有微臣到任日期，除恭疏題報外，理合繕摺具奏，伏祈皇上睿鑒。

再，臣經過山西、陝西地方，沿途雨水調匀，麥苗暢茂。及抵川境，小春極爲青葱，民情亦極寧貼，合併陳明。謹奏。嘉慶三年十一月十五日。（乾隆帝硃批：）『覽奏俱悉。』　中國第一歷史檔案館藏硃批奏摺

奏爲補授翰林院侍講謝恩事

四川學政臣陳希曾跪奏，爲恭謝天恩事。

本年七月十一日，准督臣勒保咨開，准吏部咨文選司案呈，嘉慶四年五月二十七日奉旨：『陳希曾補授翰林院侍講。欽此。』欽遵轉行到臣。臣隨恭設香案，望闕叩頭祗謝訖。

伏念臣江右庸愚，由乾隆五十八年一甲進士，備職詞垣，屢司文柄。嘉慶三年二月，大考二等，蒙恩陞補右春坊右贊善。旋邀簡用，視學來川，未效涓埃，時滋兢惕。本月初間，接奉諭旨，轉補左贊善。兹復仰荷温綸，擢授侍講，沐隆施之稠疊，屢進秩於清華。聞命自天，悚惶無地；受恩益重，報稱綦難。臣惟有矢公矢慎，倍加勤奮，以期仰報我皇上高厚生成於萬一。所有微臣感激下忱，理合繕摺具奏，叩謝天恩，伏乞皇上睿鑒。謹奏。嘉慶四年七月十三日。（嘉慶帝硃批：）『矢公較士，而正人心，厚風俗，尤爲要務。正教光昌，邪自消滅。汝其勉旃。』 中國第一歷史檔案館藏硃批奏摺

奏爲敬陳本年開考成都府等情形事

四川學政臣陳希曾跪奏，爲敬陳考試情形，仰祈聖鑒事。

竊臣於本年四月開考成都府屬，即接試附棚之松潘廳、資州、茂州、綿州四屬生童。臣悉心校閲，隨時加意防閑，并飭地方官嚴密稽查，剔除弊竇。間有冒籍歧考，及懷挾文字之童生，即發交提調，照例辦理。至各屬文風，不無優絀，臣擇其理明詞達者録之，並諄切告諭，務以清真雅正爲宗。

伏惟我皇上崇儒重道，嘉惠士林，御書『聖集大成』扁額，頒發直省各州縣學宫，一體懸掛。臣於獎賞各屬生童時，敬繹綸言，宣揚德意，俾士子咸知感奮。臣仍嚴飭各教官，實心訓迪，認真約束，務期士習文風，蒸蒸日上，以仰副我皇上振興學校，誕敷文教之至意。所有考試情形，理合繕摺奏聞，伏乞皇上睿鑒訓示。

再，臣考試成都，合屬文武生童，均極安静。省城一帶雨水調匀，秋收可卜豐稔。臣於拜摺後，即日出棚，按試嘉定及敘州、瀘州、重慶各屬，合併陳明。謹奏。嘉慶四年七月十三日。（嘉慶帝硃批：）『川省軍務情形，亦應奏報。』中國第一歷史檔案館藏硃批奏摺

奏爲敬陳歲試嘉定等屬情形及保寧等屬現辦軍需擬請暫緩考試事

四川學政臣陳希曾跪奏，爲敬陳歲試各屬情形，及現辦軍需之各府州，應請暫緩考試緣由，恭摺奏聞事。

竊臣去年開考成都府屬，及附棚之松潘廳、資州、綿州、茂州，業將考試情形，奏蒙聖鑒在案。臣自出棚後，照例先考嘉定、敘州、瀘州、重慶，次及忠州、夔州等處。本應順道按考達州、保寧、順慶、潼川、龍安等屬，緣該府州等先後稟稱境内被賊滋擾，難以辦考。是以臣於夔州事竣後，即赴寧遠、雅州、邛州等處，次第考試。以上各屬生童，尚俱安守場規，並無招摇撞騙等弊。間有尋常夾帶亂號之人，即發交提調，隨時懲治。臣每於獎賞發落之時，面諭各士子，務須端正心術，期歸淳樸。所取文藝，均以清真雅正

爲宗，以期仰副聖主正人心而厚風俗之至意。

茲於本月十二日回省，適查潼川所屬賊蹤已遠，士子均經歸業。臣現擬即日前往該府按考，計算試畢旋省，録送遺才，正可無誤。至保寧、順慶、達州等處，軍務尚未完竣；龍安一屬，亦因賊匪竄擾，署督臣勒保現在帶兵剿捕，地方官不能分身辦考。以上三府一州，應請俟科試時，歲、科併考。其順慶、保寧二府，上届未經科試；達州一屬，上届歲、科俱未舉行。應俟臣科試按臨時，再行分别補試。

再，臣經過川東、川南各州縣，本年春夏之間，雨水調匀，麥收豐稔。刻下田禾長發，民情寧謐如常，合併陳明。所有臣歲試各屬情形，及現辦軍需之各府州暫緩考試緣由，理合恭摺具奏，伏乞皇上睿鑒。謹奏。嘉慶五年五月十五日。（嘉慶帝硃批：）『知道了。汝既不言軍務賊情，朕亦不問，但汝自問於心，應陳奏否？』中國第一歷史檔案館藏硃批奏摺

題爲遵例復開鄉會恩科事

提督四川學政，翰林院侍讀臣陳希曾謹題，爲遵例題明，仰祈睿鑒事。

竊臣蒙皇上天恩，簡畀四川學政。自到任後，凡學政事宜，悉遵循定例，次第辦理。茲於嘉慶肆年陸月初貳日，准禮部劄儀制司案呈，嘉慶肆年肆月拾肆日，内閣抄出拾叁日奉上諭：『上年籲請恭辦皇考九旬慶典，欽奉敕旨，特開鄉、會恩科。本年正月内，猝遭皇考大事，朕當哀痛迫切之時，曾降旨因慶典既不能舉行，并將恩科停止。茲過百日後，復思開科一事，乃皇考嘉惠士林至意。今朕不獲祝嘏承歡，以

天下養憾率土臣民之願。而惟此作人盛典，爲皇考已沛之恩，自應仰體聖慈，無庸停止。俾天下士子，仍得普沾遺澤，倍深感慕。所有恩科文武鄉試，著於庚申年舉行；其文武會試，著於辛酉年舉行。欽此。』劄行到臣。臣隨即通行各屬，壹體欽遵外。

伏查《學政全書》内開，鄉試期近，科考未遍，准其以歲作科等語。查四川考棚，共計壹拾伍處。臣自嘉慶肆年肆月開考起，所有成都府、松潘廳、資州、綿州、茂州、嘉定府、眉州、敘州府、瀘州、敘永廳、重慶府、酉陽州、忠州、石砫廳、夔州府、寧遠府、雅州府、邛州各府廳州歲試，於本年閏肆月貳拾叁日考畢。隨科試邛州事竣，於伍月拾貳日回省。臣現在起程，按考潼川府歲試，即行旋省，於柒月初旬，舉行起送録遺等事。

所有歲、科連考之酉陽州、忠州、石砫廳、夔州府、寧遠府、雅州府陸府廳州，及已經科考之邛州，俱應將科考生員起送。未經科考之成都府、松潘廳、資州、綿州、茂州、嘉定府、眉州、敘州府、瀘州、敘永廳、重慶府拾壹府廳州，併現在按試之潼川府，遵例以歲作科。其因辦理軍務，併未歲試之龍安府，以上届科考録取生員起送。至上届亦未科考之順慶府、保寧府，以上届歲考録取生員起送。上届歲、科俱未舉行之達州，其再上届科考距今柒載，舊案未便查照，概行録遺起送。俟各屬科試通行考畢，陸年鄉試，仍按例統以科案起送。所有臣遵例辦理緣由，理合繕疏具題，伏祈皇上睿鑒施行。謹題。嘉慶伍年伍月貳拾壹日。提督四川學政，翰林院侍讀臣陳希曾。（開面硃批：）『該部知道。』　中國第一歷史檔案館藏題本

題爲復開鄉會恩科代成都府等舉人生員謝恩事

提督四川學政，翰林院侍讀臣陳希曾謹題，爲皇仁廣被，多士奮興，懇請代陳，以伸謝悃事。

恭照嘉慶肆年陸月初貳日接准部文内開，嘉慶肆年肆月拾肆日，内閣抄出拾叁日奉上諭：『上年籲請恭辦皇考九旬慶典，欽奉敕旨，特開鄉、會恩科。本年正月内，猝遭皇考大事，朕當哀痛迫切之時，曾降旨因慶典既不能舉行，并將恩科停止。兹過百日後，復思開科一事，乃皇考嘉惠士林至意。今朕不獲祝嘏承歡，以天下養愜率土臣民之願。而惟此作人盛典，爲皇考已沛之恩，自應仰體聖慈，無庸停止。俾天下士子，仍得普沾遺澤，倍深感慕。所有恩科文武鄉試，著于庚申年舉行；其文武會試，著于辛酉年舉行。欽此。』劄行到臣。臣遵即敬謹通行各屬，并出示曉諭。

嗣據成都府成都縣、重慶府長壽縣等處，舉人生員蔣啓蘭、張國慶、周賜福、韓懋勳等，以前事呈請轉奏恭謝天恩等情前來。臣伏思歛五福以錫民，庶類咸淪闓澤；崇四術以造士，儒林尤被休光。洊兩朝嘉惠之鴻慈，成百代書升之曠典。我皇上孝思維則，世德作求，特於嘉慶五年，詔舉恩科鄉試。敷天感慕，多士奮興，翳遺澤之普霑，實纘承之共仰。科開甲乙，木天欣出震之榮；歲建庚辛，金榜焕乘乾之健。且值賢書之上報，即看捷羽之飛馳，一時文德武功，同慶堯階舜陛。篤洪延之多祐，慰陟降於在天。是則握乾符而闡坤珍，爰合八極四瀛，歡騰凫藻；帝會昌而神建福，豈僅岷峨井絡，瑞應精英。理合會同署總督臣勒保據呈代題，恭謝天恩，伏祈皇上睿鑒施行。爲此具本，謹具題聞。嘉慶伍年柒月貳拾伍日。提督四川學政，翰林院侍讀臣陳希曾。（開面硃批：）『該部知道。』中國第一歷史檔案館藏題本

奏爲按考嘉定等屬及敬陳舉行選拔録取情形事

四川學政臣陳希曾跪奏，爲科試成都府屬事竣，按考嘉、瀘一帶，敬陳舉行選拔緣由，恭摺奏聞事。

竊臣自録送文、武兩闈遺才之後，即開考成都府屬生童，並附試松潘廳、綿州、資州、茂州四屬，悉心校閲，擇其文理明通者，照額録取。仍於獎賞發落之時，惟以端士習，正文體，諄切告諭，諸生各知自愛，尚無懷挾代倩等弊。現在業經事竣，即定於本月初六日出棚，按考嘉定、敘州、瀘州等屬。伏查本年舉行選拔，查照定例，府學二名，州、縣學各一名，寧缺毋濫，久經遵行在案。兹川省成都、重慶、保寧、順慶、敘州五府，向俱照例擬選二名。惟夔州、龍安、嘉定、潼川四府，上届俱止擬選一名，自係循繹例意，寧缺毋濫。惟臣於歲試之時，留心體察，如嘉定、潼川二府文風較盛，府學中堪膺選拔者，似不止一人。

兹届舉行選拔之年，應否查照府學定例擬選二名，抑或仍舊擬選一名，曾經臣咨請部示。接准部覆，應由臣具奏請旨，再行辦理。臣又詳細歷查上届成案，如順慶、敘州兩府，例選二名，自乾隆十八年以後，止選一名。夔州、龍安兩府，歷次擬選一名，而於乾隆六年以前，亦有選拔二名者。嘉定、潼川兩府，自設學以後，俱止擬選一名，又與府學二名之例不符。因思選拔貢生，十二年始一舉行，考核固宜慎重，而諸生屬望尤殷。如果該府學士子堪膺是選者，不止一人，祇因拘泥上届名數，轉於定例有缺，似不足以爲士林鼓勵。

現除夔州一府已經試竣，應考人數較少，仍止選拔一名外。其順慶、敘州、龍安、嘉定、潼川等府，如届期並無多餘佳卷，自當仍循上届之例，不敢稍濫。如實有文理優長，可以兼收並取者，自應照例擬選二名，在額數並不加增，辦理庶歸畫一。是否可以量予録取，以示樂育人材之處，相應據實陳明，恭候聖慈訓示。

再，臣前將新設之天全州學、秀山縣學咨部，各擬選拔一名。雖係相沿舊案，但究係未經准設貢額，僅止前任學臣咨部覆准之案，率行考拔辦理，實屬錯誤。迺蒙恩旨免其議處，洵爲逾格施仁，愧悚之餘，下忱萬分感激。所有現在出棚按試各屬，及聲明選拔緣由，理合恭摺具奏，伏乞皇上睿鑒。謹奏。嘉慶五年十一月初四日。（嘉慶帝硃批：）『總期選拔得人，不在多一名，少一名。秉公辦之。』中國第一歷史檔案館藏硃批奏摺

奏爲敬陳科試事竣並將順慶達州保寧三屬一律補考事

四川學政臣陳希曾跪奏，爲敬陳科試事竣，並將順慶、達州、保寧三屬，一律補考緣由，恭摺奏聞事。

竊臣於上年十月内，曾將開考成都，並附棚之資、綿等屬，業經科試情形，奏蒙聖鑒在案。嗣臣照例按考，先由嘉定、眉州，遞及敘州、瀘州、重慶，次第嚴加扃試。當經擇其文理平通者，録爲科舉，各士子均能恪守場規，並無招摇撞騙等事。維時適據順慶、達州、保寧各府州稟報，所屬地方，均距賊較遠，生童望考情殷，稟請按試前來。臣即由重慶，取道先至順慶，次及達州、保寧。以上各屬，自被賊滋擾以後，學臣未能按臨，各生童有志上進者，咸覺觀摩倍切。

兹届開棚考試，其順慶文武牛童，約有一萬餘人，達州約有三千四百餘人，保寧約有七千五百餘人。

臣逐一分場考校，無不踴躍歡欣，洵足以激揚士氣。旋赴潼川、龍安二屬，剋期竣事，即於本月初一日回省，現即趕辦録遺，於秋試可期無誤。所有各屬科試事竣，及補考保、順等屬緣由，理合恭摺具奏，伏乞皇上睿鑒。謹奏。嘉慶六年七月初二日。（嘉慶帝硃批：）『覽奏稍慰。』《宮中檔嘉慶朝奏摺》第九輯

奏報近日川省軍務及沿途地方情形片

再，臣前於按試達州時，適督臣勒保帶兵前赴雲開一帶，旋聞進抵大寧，屢次獲勝，並將李顯必一股剿辦完竣。嗣抵保寧，知所屬廣元、通南境内，尚有餘匪出没，幸人數無多，不致蔓延，府城附近，甚爲寧謐。現在勒保督同鎮臣薛大烈等，於東鄉一路又獲勝仗，疊殲首逆鮮俸先、苟文通，並生擒逆黨多名，軍行順利，蕆功可期迅速。

至臣經過川東、川北地方，本年雨水調匀，高下一律栽插，田禾長發，彌望青葱，民情均各安貼，足慰聖懷。所有近日川省軍務，以及沿途地方情形，理合附片具奏，伏乞皇上睿鑒。謹奏。（嘉慶六年七月初二日嘉慶帝硃批：）『覽。』《宮中檔嘉慶朝奏摺》第九輯

奏爲按考馬邊彰明兩處舉行選拔緣由恭奏

四川學政臣陳希曾跪奏，爲按考馬邊、彰明兩處，舉行選拔緣由，恭摺奏聞事。

竊查四川敘州府之馬邊廳，於乾隆四十五年分撥設學，即於是年題請出貢。上届選拔年分，因人數

尚少，未經考選。龍安府屬之彰明縣學，自乾隆三十五年，與綿州分設貢額後，於四十二年、五十四年兩次，均經學臣咨部選拔。上年，因臣考拔天全、秀山新設兩學，援照彰明舊案，咨部辦理。奉准部咨，照例不准，奏明行知在案。嗣經臣奏請酌定各府學選拔額數一摺，欽奉硃批：『總期選拔得人，不在多一名，少一名。秉公辦之。欽此。』仰見聖主樂育人材，惟期覈實之至意。

茲臣於按試之次，留心察核，除舊有貢額之各府廳州縣，照例辦理外。其馬邊、彰明兩處，雖僻處偏隅，而士子頗知苦志讀書，文風亦甚可觀。且俱久符貢例，自應仰體皇上嘉惠邊庠，量予選拔一名，以示鼓勵。如蒙聖慈俞允，查馬邊廳學廩生朱朝棟，彰明縣學廩生蔡履庸，屢次考列優等，品行亦頗端謹。臣現將該生等備擬選拔緣由，照例咨明督臣，暫行一併會考。敬俟奉到俞旨，再將該生等彙册咨部。

再，天全、秀山兩處所擬選拔，已經奉部議駁，此次未便舉行。而該處文風尚好，且遠在邊隅，幸逢雅化作人。如下屆選拔之年，准令學臣察其實有堪膺是選者，量加考拔，皆出自恩慈所賜。臣爲鼓勵人才起見，不揣冒昧，專摺奏聞，伏候皇上睿鑒，敕部議覆施行。謹奏。嘉慶六年七月初二日。（嘉慶帝硃批：『禮部議奏。』）　臺北故宫博物院藏硃批奏摺

奏報移知藩司楊揆會同考試片

再，查學政考取選拔，向例於闈場之先，咨請督臣會同覆試。茲臣旋省後，所有選拔各生，已經陸續到齊，惟勒保遠在軍營，不能屆期會考。因即就近移知藩司楊揆，會同考較，秉公驗看，以昭慎重。理合

附片具奏，伏乞皇上睿鑒。謹奏。（嘉慶六年七月初二日嘉慶帝硃批：）『覽。』　臺北故宮博物院藏硃批奏摺

題爲遵例舉黜優劣生員事

提督四川學政，翰林院侍讀臣陳希曾謹題，爲請定學臣舉黜優劣，隨棚造册達部，以杜奉行不力事。

竊查雍正陸年柒月，准禮部劄開，雍正陸年肆月，本部會議得，山西學政勵宗萬條奏内稱：『近年各省學臣舉報優行，並無一人開報劣行，又不過將緣事已經黜革者造報，苟且塞責。總由三年任滿後，方行造報，其中不無瞻狥顧忌，市恩沽譽之處。請嗣後舉黜優劣，隨棚造册達部，三年報滿，具疏彙題』等語。應如所請，嗣後學臣每考一棚，各學教官將所屬文武生員優劣款項，秉公據實開報。其府州縣亦於學臣按試時，呈送優劣密單，以憑學臣查對。該學臣再細加訪查，儻府州縣及教官開報不實，或有通賄濫舉及挾嫌妄報者，即以祖庇營私參處。如果查明舉報得實，於考畢時面行獎戒。將各生姓名，造册達部存案，於三年任滿時具疏彙題，優者照議升入太學肄業，劣者照例褫革。其先經達部之劣生，果有改悔向善者，仍令該學政於任滿彙題時聲明，除去原册劣生之名。儻學臣有瞻狥隱漏情弊查出，照例嚴加議處等因。奉旨：『依議。本内議稱，劣生果能改悔，即除去原册劣生之名等語。夫分别優劣，以昭勸懲，原以望其自新。但人之遷善，亦有勉强於一時，而不能始終如一者。儻既除劣生之名，將來又復開報，不但紛擾，亦且非體。嗣後，凡有劣生改過自新，即於册内開注，不必除名。欽此。』欽遵等因在案。

又於雍正拾貳年叁月，准禮部劄開，本部題各省優生准作歲貢一疏等因，於雍正拾壹年拾貳月拾壹

日題。本月拾伍日奉旨：『各省保送優生内，廩、增生俱著准作歲貢，附生著准作監生，該部劄監肄業。其武生於到部時，禮部考試文藝，兵部考試騎射，即行具奏請旨。欽此。』欽遵等因，遵行在案。

又於乾隆叁拾肆年捌月，准禮部劄開：『乾隆叁拾肆年陸月初陸日，奉上諭：「向來各省學政，三年任滿，例應舉報生員優劣。其優生之保題到部者，經禮部彙試，分别廩、增、附，作爲貢、監，送入成均肄業。且有按省分大小定額，不得過幾名之令，而日久相沿，奉行殊難責實。在學政中之拘謹畏事者，多以無可舉報爲辭，人才既不無屈抑。其他好名市惠之人，雖所舉不敢踰額，必至儘數充選，自博寬厚之譽。况學政與生員，分屬師生，隨時得以相見，其中保無納贄夤緣情弊，於造士掄才，甚有關係。但三年舉行一次，爲獎勵士子之一端，若竟輟而不行，未免因噎廢食。嗣後學政舉報優生，著照選拔貢生之例，會同該督、撫，一體考核。果屬文行兼優者，准其一體會銜保題，庶諸生不致濫遺，而甄拔益昭公當。其報劣之例，照舊加意核實辦理。欽此。」相應恭録，通行各省督、撫、學政，一體欽遵辦理可也』等因，各通行遵照在案。

臣於嘉慶叁年拾壹月拾伍日到任，舉行歲、科兩試。每於按考各棚，據府州縣及各教官呈報優劣，經臣確實考覈，遵例隨棚陸續造册，報明禮部，並將舉優各生咨明督臣查核在案。今臣任滿，例應彙題。伏查報過優行文生，共肆拾伍名，内除丁憂肆名何如瀚、趙鍾秀、熊來儀、劉士奎，選拔拾壹名何椿齡、張崇樸、馮國柱、唐張瑶、袁大謨、李映揚、彭運章、熊覲儀、成章、譚言藹、唐祖佑。本年辛酉科鄉試，中式舉人叁名趙鍾山、夏書、任型芳。捐納教諭，中式舉人壹名洪昀，歲貢壹名麋奇瑾，其餘多係循分自守之人。

惟有梁山縣學廩生曾邦彦，品行端方，文理優裕；温江縣學廩生錢鯨，品行端正，學業優長；大寧縣學廩生王啓鏊，品行端方，文理優裕；閬中縣學廩生蘇兆熊，人品端方，文行優裕。以上肆名，臣會同督臣詳加考核，取具事實印結送部。應否准作歲貢之處，俟該生等到部請旨考試之後，照例辦理。至臣所報劣文生一名，自報劣之後，頗知改悔自新，臣謹遵旨於册内開注，予以自新，仍令該教官不時嚴加約束。除將優劣總册，分送部、科外，所有舉報優生，臣謹會同四川總督臣勒保，合詞具疏彙題，伏祈皇上睿鑒，敕部議覆施行。謹題。嘉慶陸年玖月初捌日。提督四川學政，翰林院侍讀臣陳希曾。（開面硃批：）『該部知道。』　中國第一歷史檔案館藏題本

題爲遵例報滿事

提督四川學政，翰林院侍讀臣陳希曾謹題，爲遵例報滿事。

竊臣一介庸愚，學識淺陋，恭荷皇上天恩，簡授四川學政，於嘉慶叁年拾壹月拾伍日到任受事。陸年玖月竣試，例應報滿。伏查康熙拾捌年，吏部等衙門，題覆左都御史魏象樞爲學道一官等事疏稱，學院任滿，將剔除十弊之處，開明具題。臣謹遵例題報。

一，考試童生，並無府册無名，徑取入學之弊。二，考試悉遵定額，並無溢取撥學之弊。三，彌封編號印簿，並無收署私查之弊。四，考完即發紅案，並無遲延更改之弊。五，考案俱臣手定，並無出入嚇詐之弊。六，童生各取各額，並無以文充武之弊。七，各府俱係親臨，並無憚勞遠調之弊。八，教官不許私謁，並無縱容包攬之弊。九，考試憑文去取，並無曲徇請託之弊。十，部册俱照原額，並無顶補朦混之弊。凡

此十弊，臣俱實心剔除，並無捏飾。至於宣揚聖化，整飭士風，振拔孤寒，崇重實學，凡事關學政者，臣皆竭力遵循，奉行惟謹。

伏念盛世之作人悠久，聖朝之文治光昭。頒經籍於黌宫，幸際正學昌明之會；廣教思於多士，咸荷君師樂育之仁。以臣之愚，何能少效涓埃於萬一。謹循例開明，伏乞皇上睿鑒施行。謹題。嘉慶陸年玖月拾貳日。提督四川學政，翰林院侍讀臣陳希曾。（開面硃批：）『該部知道。』中國第一歷史檔案館藏題本

題報交代起程日期事

提督四川學政，翰林院侍讀臣陳希曾謹題，爲恭報微臣交代起程日期事。

竊臣仰蒙皇上天恩，簡授四川學政，臣遵於嘉慶叁年拾壹月拾伍日到任受事。陸年玖月竣試，業於本月拾貳日，將任滿緣由，恭疏題報。伏查乾隆叁拾年拾貳月初柒日，禮部題覆各省學政報滿，新舊面爲交代一疏，於是年拾貳月初玖日奉旨：『依議。欽此。』欽遵在案。

今新任學臣錢栻，已於本年玖月拾貳日到任。臣謹遵例將學政關防壹顆，同原領上諭壹道，《聖諭廣訓》壹本，上諭硃字貳本、墨字貳本，上諭督學壹道，上諭貳部，《御製朋黨論》壹部，《欽定訓飭州縣規條》壹本，《欽定中樞政考》全部，《御製日講四書解義》壹部，《欽定吏部品級考》壹部，《欽定吏部則例》壹部，《欽頒大清律集解附例》全部，硃批諭旨壹部。《欽頒大清律例》全部，《續纂律例》貳部。上諭清字貳本，漢字貳本。《欽頒三禮義疏》壹部，《欽頒磨勘試卷條例》壹本，《欽定鄉會墨選》壹部。《御製詩初

集》壹部,《御製詩二集》壹部,《御製文初集》壹部。《御纂周易述義》壹部,《御纂詩義折中》壹部,《御纂春秋直解》壹部,《御論》壹部,《萬壽衢歌樂章》壹部。《欽定吏部清字則例》壹部,《漢字則例》壹部,《禮部則例》壹部。《欽定國子監則例》壹部,《上諭四庫館議定章程查明違礙書目》叁本。《學政全書》貳部,《四川通志》壹部。及文卷、册籍,逐一備細造清鈐印,並科考報部册檔,移交新任學臣錢栻接辦。其原領坐名敕書一道,照例移交督臣,送科繳閣外,臣即於是日起程回京。所有微臣交代日期,理合恭疏題報,伏祈皇上睿鑒施行。謹題。嘉慶陸年玖月拾貳日。提督四川學政,翰林院侍讀臣陳希曾。(開面硃批:)『該部知道。』中國第一歷史檔案館藏題本

奏爲四川學政任滿抵京謝恩復命事

翰林院侍讀臣陳希曾跪奏,爲恭復恩命事。

竊臣仰蒙皇上天恩,於嘉慶三年視學四川。於本年九月任滿,遵例俟新任學臣到省,交代回京。所有報滿事宜,業經恭疏具題外,今到京趨赴宫門,叩謝天恩。爲此謹奏。嘉慶六年十二月初九日。(嘉慶帝於陳希曾名側硃批:)『中等。』中國第一歷史檔案館藏硃批奏摺

奏報到任接印日期事

山西學政臣陳希曾跪奏,爲恭報微臣到任接印日期,仰祈聖鑒事。

竊臣奉視學山西之命，請訓時，荷蒙天顏温霽，指示周詳。並以臣胞兄希祖簡放河南副考官，天語褒嘉，一門榮寵，受恩深厚，報稱愈難。茲臣於八月初二日抵晉，准前任學臣陳霞蔚，將印信、文卷，並科考未經報部各項册檔，移送到臣。臣謹恭設香案，望闕叩頭，謝恩任事。

伏念臣江右庸愚，學識淺陋，屢膺任使，未效涓埃，沐鴻慈之稠疊，實感激以難名。惟有矢慎矢公，認真衡校，以期仰副高厚隆施於萬一。所有微臣到任日期，除恭疏具題外，謹繕摺奏聞，伏乞皇上睿鑒。再，臣經過直隸各屬，雨水均屬調勻。入晉境後，因雨澤略少，市價稍昂，而民情實爲寧貼，合併陳明。謹奏。

嘉慶九年八月初二日。（嘉慶帝硃批：）『實心閱文，培養人才。通省官吏之聲名賢否，隨時密奏。』　中國第一歷史檔案館藏硃批奏摺

奏爲敬陳開考汾州等府屬情形事

山西學政臣陳希曾跪奏，爲敬陳考試情形，仰祈聖鑒事。

竊臣於十一月初間出省，按試汾州府屬。臣先期飭知署知府葉汝芝，汾陽縣知縣吴邦治，遍行出示，嚴禁招摇撞騙、鎗手頂替等弊。臣抵汾後，嚴密查察，加意防閑。點名之時，督同提調官逐細搜檢，封門之後，率同教官親自巡查。間有夾帶亂號者，臣隨案發交提調官，照例懲治。其餘生童，均知安静守法，尚無別項弊竇。查汾州府屬八州縣，臣悉心校閱，汾陽、介休、平遥三縣文風較優，孝義、臨縣、寧鄉等縣次之，石樓、永寧等州縣又次之。臣就各該處之優劣，分別甲乙，取中如額，惟生童詩句，尚未能一律諧叶。

臣於到任後，細校通省觀風試卷，平仄均多未曉，不獨汾郡爲然，緣晉人語音重濁，限於風土所致。臣將詩中錯誤之處，向生童等一一辨論，並令將《字典》《韻府》諸書，隨時講求，庶可不致舛誤。

其考武生童，照例會同營員校閲，將馬箭、步箭與各項技勇，逐一比較，務期選拔良材，以備干城之選。臣又思士爲四民之首，民風之良莠，視士習之淳漓，臣於考竣奬賞，向諸生等愷切面諭。考文者當潛心舉業，閉户讀書；考武者當練習技能，兼明大義。斷不可把持鄉曲，欺壓愚民，及包攬錢糧，教唆詞訟等事。其中善良之士，自必遵循；好事之徒，亦俾儆懼。庶士習日見敦龐，則民風益增樸茂矣。臣現已試竣回省，所有開考汾州府屬情形，謹繕摺奏聞，伏乞皇上睿鑒訓示。謹奏。嘉慶九年十二月十四日。

（嘉慶帝硃批：）『正人心，厚風俗，爲教養之本。勉之。』　中國第一歷史檔案館藏硃批奏摺

奏爲本年往試沁州等屬情形事

山西學政臣陳希曾跪奏，爲奏報考試太原、潞、澤等處情形，仰祈聖鑒事。

竊臣上年冬間，按考汾州府屬情形，業經奏蒙聖鑒。臣於本年正月底，往試沁州，次及潞安、澤州兩府，回省後接試太原府，及照例調考忻州一屬。内如陽曲、榆次、文水、定襄、長治、鳳臺、陽城等縣，文風較優。太谷、清源、長子、壺關、高平等處次之，其餘文藝，俱屬中平。臣每場飭委提調，督率教官，嚴密稽查，生童均甚安静，尚無鎗替歧冒等弊。臣近讀諭旨：『朕培養士子，至優且渥，原望其束身自愛，鍵户讀書。並當勸化閭里，愚民知所觀法，方不愧四民之首』等因。臣敬繹綸言，恪承聖訓，於發落生童時，

宣揚德化，諄切開導，示以德行爲本，文辭爲末。士子果皆圭璧持躬，廉隅勵行，則士習益醇，民氣自厚，庶以仰副我皇上教誨成全，有加無已之至意。

至各屬舉報品行端方之優生，臣詳慎察核，面加獎賞。間有不安本分者，或由臣訪聞，或由地方官詳報，臣隨案懲辦，分別斥革戒飭。臣仍通飭合省教官，嚴行約束，不得稍事姑容，以期學校振興，風俗樸茂。臣擬於秋初出省，按考平陽、蒲州一帶。所有現在考試情形，謹繕摺具奏，伏乞皇上睿鑒訓示。謹奏。嘉慶十年六月十七日。（嘉慶帝硃批：）『正士習爲本。勉之。』　中國第一歷史檔案館藏硃批奏摺

奏爲蒙恩加級謝恩事

山西學政臣陳希曾跪奏，爲恭謝天恩事。

竊臣接准吏部劄開，實録館四十年書成，具題議敘一本。奉旨：『陳希曾著加二級。欽此。』臣敬惟高宗純皇帝聖德神功，超軼萬代；我皇上繼述孔殷，孝思維則。自開館纂辦《實録》以來，總裁諸臣督同各纂修官，稟承睿裁，虔恭將事。臣在館數載，分年編輯，載筆時虞罣漏，撫衷惟切慚惶。兹以四十年書成，仰蒙聖恩，優加甄敘。愧乏涓埃之效，渥邀高厚之施。稠疊上荷乎鴻慈，感悚莫名於蟻悃。所有微臣感激下忱，謹繕摺具奏，叩謝天恩，伏乞皇上睿鑒。謹奏。嘉慶十年六月十七日。（嘉慶帝硃批：）『知道了。』　中國第一歷史檔案館藏硃批奏摺

奏爲奉旨補授詹事府詹事謝恩事

山西學政臣陳希曾跪奏，爲恭謝天恩事。

嘉慶十年七月十五日，臣於平定州考棚接閱邸報，奉旨：『陳希曾補授詹事府詹事。欽此。』竊臣學謝窮經，質慚通藝，忝躋膴仕，躐踐華資。幸文章可得而聞，知天地莫名其大。與賡歌而颺拜，韻和《咸》《韶》；勉載筆以編排，恩加階級。身依香案，近光繪日月之華；化溥膠庠，銜命衍河汾之澤。報稱難期萬一，鐫銘倍切尋常。

茲復申命温綸，晉增顯秩。蓬瀛可望，頭銜領坊局之班；雨露親承，掌故艷清華之品。寵榮逾分，感奮交并。矧蒙不次之遷，尤荷非常之眷，實遭逢之至幸，豈夢寐所敢期！臣惟有益勵操修，勤思職業。膺服訓言，以端士習；力敦本行，以飭官箴。冀稍效夫涓埃，庶仰酬夫高厚。所有微臣感激下忱，謹繕摺具奏，叩謝天恩，伏乞皇上睿鑒。謹奏。嘉慶十年七月十六日。（嘉慶帝硃批：）『知道了。』 中國第一歷史檔案館藏硃批奏摺

奏爲奉旨補授内閣學士兼禮部侍郎謝恩事

山西學政臣陳希曾跪奏，爲恭謝天恩事。

本月十二日，接閱邸報，奉旨：『陳希曾補授内閣學士兼禮部侍郎。欽此。』竊臣姿同駑駕，器等樗材，亹勤職於文章，願植基於學識。憶昨賡颺舜陛，瞻儲材勵品之題；迨茲衡校堯封，凛厚俗正心之訓。日承

誨育，未效涓埃，方愧悚之叢滋，迺寵榮之疊沛。清班領袖，甫越級而蒙恩；紫禁冠裳，又晉階而拜命。維直閣乃儒紳之殊遇，而貳卿即侍從之初基。手詔重頒，頭銜再换，叨兼顯秩，倖躐華資。鈴索風聲，輸忱於萬年枝上；絲綸天語，視草於五色雲中。實夢寐所未期，荷眷垂之獨厚。草木先春而承大澤，鐫銘倍切尋常；膠庠布化以答鴻施，報稱勉圖萬一。所有微臣感激下忱，謹繕摺叩謝天恩，伏乞皇上睿鑒訓示。謹奏。嘉慶十年十二月十三日。（嘉慶帝硃批：）『知道了。』　中國第一歷史檔案館藏硃批奏摺

奏爲詞林典故書成奉旨加級謝恩事

山西學政臣陳希曾跪奏，爲恭謝天恩事。

嘉慶十一年三月二十二日，臣於解州考棚，接准吏部文開，《詞林典故》書成，具題議叙一本，奉旨：『陳希曾著加一級。欽此。』竊臣幸際昌期，渥膺寵遇，侍西清而載筆，入東觀以紬書。憶排仙仗於蓬瀛，六十載勳華繼美；忝和元音於《韶》《濩》，卅八人賡拜叨陪。詔增璧府之新函，特誌玉堂之嘉話。昭代聿稽夫典故，微臣曾與乎編摩。緬徽猷睿旨之重光，較宛委、嫏嬛而增富。方勤牋草，旋賦《皇華》，問河岳以掄才，繞觚稜而縈夢。

側聞琳琅寶笈，弁冕天章。軼唐宋元明之舊制，而焕乎有文；萃陳、李、洪、周之遺書，而燦然大備。獎微勞於筆乘，予優叙於詞壇。臣俯愧疎蕪，感承嘉賚。挂名文字，銘心邀階級之加；奉教君師，翹首仰門墻之峻。所有微臣感激下忱，謹繕摺具奏，叩謝天恩，伏乞皇上睿鑒。謹奏。嘉慶十一年三月二十四

日。（嘉慶帝硃批：）『覽。』　中國第一歷史檔案館藏硃批奏摺

奏爲敬陳出試蒲州解州二屬及雨水禾苗地方情形事

山西學政臣陳希曾跪奏，爲敬陳蒲、解二屬雨水調勻，春麥秀發，及現在考試情形，恭摺奏聞事。竊晉省南路各州郡，去歲被旱歉收，荷蒙皇上蠲賑兼施。今春復恩加優渥，展賑數月，命各州縣多設粥廠，接濟貧民，具仰聖主惠愛黎元，有加無已之至意。臣於二月初旬，由省出試蒲州，所經過各州縣城鄉，俱設粥廠數處，每廠就食者約千餘人、二三千人不等。凡男婦老幼，無不歡呼載道，頂感皇仁。即有轉徙在外者，現亦歸籍復業，民情極爲寧謐。臣蒲州試畢後，本月初間，即按試解州。兩屬雨暘應候，民皆東作，麥穗彌望青葱，收成可卜豐稔。惟聞太原、汾州、平陽等處，雖於月初各得雨數寸，麥苗藉資秀發，但雨澤未能深透，秋禾尚未翻犁播種。撫臣同興現飭各屬設壇虔禱，連朝陰雲四合，惟冀甘霖一律普霑，以上慰聖懷。

至臣辦理試事，勉矢公慎，不敢稍生怠忽。蒲、解界連豫、陜，恐有歧冒等弊，臣督令提調官嚴密稽查，並飭教官、廩保認真保結，各生童尚知守法，未滋弊竇。間有夾帶亂號者，臣隨案發交提調官，照例懲治。蒲、解雖連年歉收，而應考人數，仍不減於往日。臣隨時體卹，不令生童有羈留守候之勞。并諄切曉諭，勖其敦品勵行，安分守己，俾士習蒸蒸日上，以仰副聖天子嘉惠士林盛心。所有現在雨水及考試情形，謹繕摺奏聞，伏乞皇上睿鑒訓示。再，臣於拜摺後，即日往試絳州及平陽二屬，合併陳明。謹奏。嘉慶十一年

三月二十四日。（嘉慶帝硃批：）『晉省麥收情形，察明據實具奏。詢之農民，勿問官吏。』　中國第一歷史檔案館藏硃批奏摺

奏爲察看晉省南路經過各州縣麥收分數雨水情形事

山西學政臣陳希曾跪奏，爲察看晉省南路各屬麥收情形，遵旨據實具奏，仰祈聖鑒事。

竊臣前於絳州棚次，賫摺家人回晉，跪奉硃批：『晉省麥收情形，察明據實具奏。詢之農民，勿問官吏。欽此。』仰見我皇上宵旰勤求，痌瘝在抱之至意。臣頃由平陽試畢旋省，沿途詳加體察，遇有村户莊農，隨時詢問。臨汾、襄陵、太平、洪洞四處，因春間雨澤稀少，麥收仍復荒歉，竟俱不成分數。兹蒙天恩，展賑兩月，窮黎疊沐皇仁，歡聲載道，民情極爲寧謐。至霍州、趙城、靈石三州縣，春雨亦未透足，因有渠水分灌，附近水田麥收，自五六分至六七分不等。其旱田多未播種，收成僅止二三分。平遥、介休、祁縣、徐溝等處，向來種麥本少，且得雨稍遲，收成亦只二三分。所幸交夏以後，各處甘霖疊霈，民間及時翻犁趕種，現在膏粱豆菽，均秀發茂密。臣途中所見，彌望青葱，農民俱極歡忭。

即臨汾、襄陵、太平、洪洞四縣，臣在平陽時，已連次得雨，比聞均各透足，於秋稼大有裨益。惟旬日内陰雨連綿，氣候過涼，恐大田微有妨礙。如即日晴霽，土脉疏暢，秋苗吐穗揚華，益臻堅好，則秋成定卜豐稔，庶以上慰聖懷。所有臣經過各州縣麥收分數，及現在雨水情形，謹據實繕摺奏聞，伏乞皇上睿鑒。謹奏。嘉慶十一年六月初九日。（嘉慶帝硃批：）『覽奏俱悉。』　中國第一歷史檔案館藏硃批奏摺

奏爲遵旨查訪通省官吏聲名密陳事

山西學政臣陳希曾跪奏，爲奏聞事。

竊臣前歲抵任時，摺内奉到硃批：『通省官吏之聲名賢否，隨時密奏。欽此。』臣跪讀之下，仰見皇上勤求治理，兼聽並觀之至意。臣前因初到山右，見聞恐未真確，不敢冒昧入奏。今在晉已閱兩載，於出棚接見地方官時，留心體察，並密加詢訪。如雁平道趙文楷，謹厚安詳，持躬儉約，操守極爲可信，不愧方面大員。潞安府知府張曾獻，老成歷鍊，悃愊無華。蒲州府知府特通阿，辦事認真，小心細密。該府等倡率屬吏，俱能留心民瘼。汾陽縣知縣吴邦治，才優守潔，聽斷公平。汾陽爲山西第一難治之區，該令在任已逾八年，辦理裕如，民心甚爲悦服。以上數員，俱係循聲素著，毫不沾染外官習氣，臣謹遵諭旨，據實上聞，以備採擇。餘俱循分供職，知遵功令。倘有簠簋不飭，劣蹟昭著者，臣一有所見，即當奏聞，不敢扶同諱飾。至晉省錢糧，各州縣解交藩庫時，兼有巡撫衙門批迴，書吏無從舞弊。且係年清年款，各州縣尚無侵虧情事。

再，鹽務招商一節，已有五十餘家分認引地，於明年掣配行銷，可期無誤。現聞撫、藩諸臣，督同河東道劉大觀，妥定章程，革除一切弊竇。惟是向來辦理鹽務，地方官視爲利藪，層層朘削，以致病商虧課。查承辦鹽務之商人，大半係河東所屬。臣明年開印後，按試河東各府州，如不肖州縣有復蹈故轍者，臣查訪得實，自當隨時密陳。（嘉慶帝硃批：）『甚是。』所有臣訪察官吏情形，謹繕摺具奏，伏乞皇上睿鑒訓示。謹奏。嘉慶十一年十二月初九日。（嘉慶帝硃批：）『覽奏俱悉。』　中國第一歷史檔案館藏硃批奏摺

奏爲由大同接辦科試次及寧武等屬並省城糧價微貴事

再，臣於秋間歲試大同府屬，即循例由大同接辦科試，次及寧武、代州等處，冬間考試澤州、潞安兩府。臣惟以守本分，明大義，諄切戒諭，生童等均尚安靜畏法。臣現考沁州，俟竣事後，回省封印。至潞、澤等屬，入冬雪澤霑足，糧價中平，民情極爲寧貼。惟聞省城一帶，因關北今歲收成稍歉，商販稀疎，以致糧價微覺昂貴，謹附片奏聞。（嘉慶十一年十二月初九日嘉慶帝硃批：）『覽。』　中國第一歷史檔案館藏硃批奏摺

奏爲體察河東各州縣徵收錢糧情形事

山西學政臣陳希曾跪奏，爲體察河東各州縣徵收錢糧情形，恭摺奏聞，仰祈聖鑒事。

竊臣自二月出省，科試平陽府屬，次及解州屬。每因公接見各州縣，多以嚴催錢糧爲目前急務，設法徵收，原爲慎重正供起見。惟是平、蒲、解、絳四府州，連年積歉，非一隅偏災及一年偶旱可比。前此，荷蒙皇上蠲賑兼施，不惜帑金鉅萬，百姓叨沐恩膏，至優極渥。去歲秋收，幸獲豐稔，而目下新麥尚未登場，現已將緩、帶各項錢糧，并本年新糧，一律開徵。以一季之收成，完積年之逋欠，民力雖不至十分拮据，元氣似難驟復。

臣去春歲試時，該四府州文武生，據教官查明遊學他出者，計千餘人，較上兩屆歲試游學者，增至數倍。今科試復業，補考僅百餘人，以此類推，則閭閻未能一律復業，略可概見。就臣所知者，如臨汾、洪洞、聞喜等縣，數月來應徵錢糧，俱約十二三萬。小民誼切奉公，本屬無可推諉。即各州縣自顧考成，或

傳集糧差，犒賞激勸；或親至四鄉，挨户曉諭。智盡能索，似於緩、帶各項錢糧，可以無誤奏銷。臣伏思民爲邦本，民力稍寬一分，即元氣多固一分。不揣冒昧，請皇上飭下撫臣，查明該四府州現在情形，除向年被灾稍輕者，毋庸置議外。其受灾甚重，而目下輸納頗形拮据者，分别酌量將本年新糧，遞行展緩。如此稠疊隆施，恩出自上，小民頂感生成，益淪肌浹髓於無既矣。臣無稽核錢糧之責，又未敢與撫、藩諸臣札商入奏，故於徵收款項，實不能分晰指陳。惟見聞既確，不敢壅於上聞，是否可採，仰祈聖裁。所有臣察看河東徵收錢糧情形，理合繕摺具奏，伏乞皇上睿鑒訓示。謹奏。嘉慶十二年四月十九日。（嘉慶帝硃批：）『另有旨。』　中國第一歷史檔案館藏硃批奏摺

奏爲依次科試平陽府等屬及沿途麥田長勢情形事

再，臣二月間科試平陽府，循例調考絳、霍、隰三州，旋即馳赴解州，亦循例調考蒲州府屬。現順道按試汾州府，約五月初旬可以回省，接考太原。臣惟公慎自矢，兢兢以立品勵行，爲諸生勖，生童尚知守法自愛，不滋弊端。

昨臣由解至汾，沿途麥田秀茁可愛，交夏後，各處甘霖疊沛。目下正當吐穗結實之時，更喜晴霽和暖，收成定卜豐登，民情均爲慶悦。謹附片奏聞。（嘉慶十二年四月十九日嘉慶帝硃批：）『覽。』　中國第一歷史檔案館藏硃批奏摺

奏爲扃試太原府等屬及通省科考全竣事

山西學政臣陳希曾跪奏，爲通省科試事竣，恭摺奏聞事。

竊臣本年春間，按考河東各府州及汾州府屬，業經節次奏蒙聖鑒。臣回省後，即扃試太原府屬，兼照例調考平定州、遼州、忻州三屬。臣以士子雲集省城，恐滋弊竇，預飭提調官，隨時訪察。每遇試日，臣督同巡場之教官，嚴密稽查，各處生童，均尚安静守分。現在通省科考，俱已告竣。

臣惟經學乃士子根本，而試帖亦揚扢風雅之具。晉人口語重濁，往往沿習土音，失誤平仄。臣歲試時，於《五經》《左傳》中，各擬詩題數十首，派定上下平韻，發交各學傳課，既以驗諸生工夫之勤惰，並可察教官訓迪之能否。嗣臣科試各棚時，諸生應試者，皆各投繳詩卷。臣細加校閲，雖未能一律諧叶，而經旨明白，聲韻妥帖者居多，似於經學、詩學，略有成效。臣定於本月二十後，考録通省遺才，册送鄉試。其歲試咨部之優劣生，俟臣再加考核，照例會同撫臣，秉公辦理。所有科試告竣緣由，謹繕摺具奏，伏乞皇上睿鑒。謹奏。嘉慶十二年七月十二日。（嘉慶帝硃批：）『覽。』　中國第一歷史檔案館藏硃批奏摺

奏爲收到吏部憑科書吏指控司務華文瑛等匿名揭帖事

臣陳希曾跪奏，爲奏聞事。

本月二十四日亥刻，臣隔壁居住之户部司員劉敏家人，於門首拾得知會一件，封面填寫投交臣處。臣當即拆閲，係吏部憑科書吏，指控司務華文瑛、宗鵬翥等匿名揭帖一紙。

臣查司務華文瑛、宗鵬翥，向俱兼司行走。去歲十二月，奉有『捐班資淺之員，毋得派令兼司』之旨，臣等當將該二員退出，現在並未兼司。至月選各官，及各項分發人員，於籤掣缺分省分後，按照程途，給予憑限，均係遵例填註。今匿名帖中所控情節，是否挾嫌誣陷，抑或該司務等實有徇情包攬之處，臣應於奏明後，隨同松筠等詳細查詢，儻有情弊，即行參奏，請旨究辦。一面於本衙門書吏中比對筆跡，訪查書寫揭帖之人。及已滿之經承張七，是否逗遛，復充貼寫，一併嚴查，照例懲辦。爲此恭摺具奏，並將揭帖録呈御覽，伏乞皇上睿鑒訓示。謹奏。嘉慶十七年二月二十六日。

文選司謹稟，所有去年求賢科配籤舞弊，咨送刑部治罪，此係大人整飭吏部，絶書吏之弊端，罪所應得。今有捐納司務廳華文瑛、宗鵬翥，由捐納出身，求謀兼司，能辦何事。並非辦公有益，實係因私希圖每月分發各官，從中取利。現在飛過憑科憑數十張，有焦老爺亦飛過憑三張，並無分文給發。憑科係簡缺小吏，並無別項出息，只有憑費一項，科房中備辦紙筆、飯食，零星使費，亦要養贍眷口。若老爺們受情囑託，刻扣書吏已極，書吏今有舞文弄法，格外生枝。

今憑科經承許高，苦難言喻，不能進署當差，若託人代畫卯者，老爺們亦要責取。現在憑科役滿，經承張七逗遛在京，承充貼寫，考職府經。去年，因憑漏行，掌印老爺將憑科經承許高屈打二十板，亦被張七所害。今將華老爺、宗老爺取出綽號，稱爲『華包攬』『宗不化錢』，亦係張七編造。並非捏造空言，特求大人詢問許高，是否虛實。爲此將充當貼寫苦情，一一呈訴，伏乞大人明日進署時，訓示施行。爲此特訴。

中國第一歷史檔案館藏録副奏摺

奏報到任日期事

江蘇學政臣陳希曾跪奏，爲恭報微臣到任日期，仰祈聖鑒事。

竊臣秋間扈蹕熱河，蒙恩簡放江蘇學政，疊次召見，訓示周詳。臣跪聆之餘，感悚無極，陛辭回京後，遵即束裝起程。兹於十月初二日，行抵常州府無錫縣地方，准前任學臣文寧，移交學政關防前來。臣恭設香案，望闕叩頭祇領，即於初三日赴江陰縣之駐劄衙門，接收文卷、册籍等項，到任視事。

伏念臣江右庸愚，知識淺陋，渥膺寵命，視學大邦。人文此爲淵藪，校衡貴拔真才，士習恐其澆漓，整飭更求實效。臣惟恪遵聖訓，認真辦理，不敢稍有因循，以期仰答高厚鴻慈於萬一。所有微臣到任日期，除循例恭疏題報外，謹繕摺具奏，叩謝天恩，伏祈皇上睿鑒。謹奏。嘉慶十八年十月初四日。（嘉慶帝硃批：）『正人心，厚風俗爲本。勉之。』 中國第一歷史檔案館藏硃批奏摺

奏爲奉諭調補刑部右侍郎謝恩事

新授刑部右侍郎臣陳希曾跪奏，爲恭謝天恩事。

本月二十四日，接准吏部咨開，三月十二日奉上諭：『陳希曾著調補刑部右侍郎，即來京供職。欽此。』竊臣江右庸愚，毫無學識，幸屢邀大誨育，愧未效夫涓埃。臣自上年初冬，抵江蘇學政駐劄之江陰縣衙門，數月以來，北望闕廷，萬分瞻戀。兹奉諭旨，調補刑部右侍郎，並命來京供職。

臣自念於刑名事件，素未諳練，委任渥荷於九重，悚惶實切於五内。惟有盡心學習，酌理持平，冀以

仰副皇上弼教協中之至意。臣現在考試常州府屬，計旬日外可以竣事，一俟新任學臣到署交代，遵即束裝北上，恭復恩命。所有微臣感激下忱，謹繕摺叩謝天恩，伏乞皇上睿鑒。謹奏。嘉慶十九年三月二十五日。（嘉慶帝硃批：）『覽。』　中國第一歷史檔案館藏硃批奏摺

題報起程日期事

江蘇學政，新授刑部右侍郎臣陳希曾謹題，爲恭報微臣起程日期，仰祈睿鑒事。

竊臣仰蒙皇上天恩，調補刑部右侍郎，並奉命即來京供職，當經恭摺奏謝在案。臣現將常州府屬試事，趕緊辦竣，新任學政臣王以銜，亦已入境。臣於本月拾捌日，帶印由江陰駐劄衙門起程，迎赴前途交印，並將節次奉到上諭、書籍及文卷等項，造册交代。所有微臣起程日期，理合恭疏題報，伏祈皇上睿鑒施行。爲此具本，謹具題聞。嘉慶拾玖年肆月拾捌日。江蘇學政，新授刑部右侍郎臣陳希曾。（開面硃批：）『該部知道。』　中國第一歷史檔案館藏題本

奏爲恭報奉旨審辦福建寧化縣民婦遺幼孫徐協宗赴京呈控徐榮懸謀死徐超宗一案情形事

再，臣等奉命審辦福建寧化縣民婦徐李氏遺幼孫徐協宗，赴京呈控徐榮懸謀死徐超宗一案。臣等於上年十二月二十四日，馳抵邵武府，提集人證，詳細研鞫。僉供當日尋見徐超宗，屍身狼藉，

肉口不齊，確係虎傷，彼時屍父徐興贊業經認明。至該縣原驗頭骨一具，臣等提到相驗，委係幼孩之頭，並非大頭，徐李氏等亦無異説。並據該氏供稱，歷次翻控，均係徐興幅從中主唆。此次徐協宗抱告赴京，亦係徐興幅帶同前往。臣等當即委員迎提徐協宗，並令密訪徐興幅蹤跡，本日據委員將徐協宗解到，徐興幅未經訪獲。現在徐協宗尚無定供，容臣等悉心研究，再行定擬具奏，理合附片奏聞。（嘉慶二十一年正月十二日嘉慶帝硃批：）『覽。』中國第一歷史檔案館藏硃批奏摺

奏因病請准開缺事

刑部左侍郎臣陳希曾跪奏，爲夙恙未痊，職司懼曠，籲懇聖恩，俯准開缺調理事。

竊臣猥以菲材，備員卿貳，渥荷生成之德，曾無塵露之勞。臣秉質素弱，數載以來，染患咳嗽之症，疎於調治，中氣漸虧。近復加以喘急，時覺氣逆上衝。日昨仰蒙矜卹，命醫診視，賞假調理，沐逾格之恩施，實悚感於無既。惟臣自揣受病頗深，醫家僉云肺氣虧損，難以旦夕見效。現在每日嗽喘，動發數次，語言行步，往往不能自如。

竊念趨朝對命，恐愆敬慎之儀；即欲入署辦公，慮多疎忽之處。倘仍戀職，必致辜恩。再四思維，惟有仰求聖慈，准予開缺，俾臣得以上緊覓醫，安心調治。臣年甫五十，精力本不應衰頽，祇緣肺病牽纏，未能速愈。所冀仰仗慈芘，寬以歲月，一俟病體稍痊，即當趨詣宮門，叩求賞給差使，以申犬馬圖報之誠於萬一。所有微臣籲懇開缺緣由，理合繕摺具奏，伏祈皇上睿鑒。謹奏。嘉慶二十一年四月十三日。中

國第一歷史檔案館藏録副奏摺

奏請開缺調理病體事

工部右侍郎臣陳希曾跪奏，爲微臣病體未痊，籲懇聖恩，俯准開缺調理事。竊臣夏間因痰喘時發，仰荷聖慈賞假調治，不令開缺。嗣復蒙恩調任工部，沐鴻仁之體卹，增螻悃之悚惶。臣自閏月銷假後，入署辦公及恭閲各館書籍，不敢怠惰，勉力支持。惟因脾胃不調，飲食不化，每日早間，漸至痰飲膠粘，仍復咳喘，氣息增促。月來又緣求效太速，過服峻補之劑，喘急逾加，行走費力。伏念部務緊要，兼有稽查錢法事宜，以臣病軀承乏，恐滋貽誤。又臣氣體素弱，積病之後，醫藥補救，似難收效於旦夕，并不敢以旬月假期，遷延冀倖。再四思維，惟有仰懇皇上天恩，准予開缺，俾臣得安心調養，以期漸次就痊。一俟病體向愈，即當泥首宫門，叩求賞給差使，以圖報效於萬一。所有微臣籲懇開缺緣由，理合繕摺具奏，伏祈皇上睿鑒。謹奏。嘉慶二十一年九月十二日。

臺北故宫博物院藏軍機處檔摺件

復梧門前輩書

一生低首在詩龕。傾合之懷，皈依之願，十餘年來，早邀垂鑒。比雖睽侍經時，而仁崖智宇，襟抱相符。黄秋舲來晉，台函賜讀，謦欬如聞，即諗道體安勝爲慰。

承示近輯《及見録》，未知專採韻語，抑兼收古文否？竊意詩家比來林立，甄録自極宏富，至究心散體者差少。以大君子交游之廣，手眼之高，及此時并加選取，彙成巨帙，以資後學講求，亦是要着。老前輩詢及菲葑，深愧無以應命，容俟繕抄數首，寄呈郢削也。

曾近試關北數郡。國家承平日久，邊徼安恬，覽昔時攻戰守禦之地，舊堡頽城，森然在目，絶好詩料。而曾自覺性靈窒塞，不能成章，憑眺之餘，深悔不十年讀書耳。近作望惠示，以當面領教益爲幸。復箋抒悃，未盡所懷。　法式善輯《朋舊及見録》

致法式善 一

違侍又閱數日矣，企甚企甚！聞先生有盤山之遊，未知果否？如已尋幽選勝，則同人新作必多，願先睹爲快也。

兩次收到《詩鈔》，自第一卷至第廿卷，惟第十一卷尚未得收，望查明補付爲囑。前集不知已送交曉嵐師處否？錸舟字幅，昨存交館卜陸供事手，文駕赴館時，伊自當呈繳也。家叔試帖，久彙送崔五兄問余處矣。順候日安。不具。時帆先生。後學陳希曾拾及。再，前送呈墨隸數種，係十三家叔遺跡，公暇懇隨誌數語，以光家乘，感何可言！又行。　北京故宫博物院藏

致法式善 二

啓者，《文穎》中詩二函，今檢出，送呈左右。書賈約於十二三日來取，届期務望專人付下，至禱至

禱！順請日佳，不一。時帆老前輩大人鈞覽。後學陳希曾頓首。　北京故宫博物院藏

致法式善　三

啓者，兩日到館，未得相值。今將《詩鈔》四十卷，呈送左右，其餘現在上緊讎校，陸續送山尊兄處，可期無誤。順請日安，不一。時帆老前輩大人吟席。館後學陳希曾頓首。前付來數家補入之詩，俱如來單粘好，並查明移置。内第八十卷富公昌詩移入他卷，則八十卷似太少，届期請將上下卷通融編定。　北京故宫博物院藏

致法式善　四

兼旬未晤，甚念甚念。曾園居十餘日，頃始歸來，值四家叔自閩入都引見，又增一番煩冗。《詩鈔》已擾山尊，將四十卷送石君先生處閲看。曾屢告山尊，必須於圍前統交朱處，庶不致誤。頃得示書，其增補之六家，謹如諭查出粘好，目録亦俱添入。伊郡主一家，俟朱處付出，再彙入十九卷中。附去目録四卷，祈檢存，其餘只好續行補繕耳。

昨日到館，闃無一人，曾分之書，究無頭緒，殊爲焦急。扇子未敢草草應命，容再書呈也。順請吟安，不具。時帆先生覽。後學陳希曾頓首。　東京國立博物館藏《國朝各家尺牘》第六册

致法式善 五

敬啓者。張永貴抄本詩一册，徐琨刻本詩一册，并靳光宸選謄詩，及張徐二公選謄詩各件，統俟兩日内，曾到館時攜去。如與老前輩不相值，曾即交館二供事收存轉呈，斷不至誤。《函海》中二種，便中亦望帶至館中擲還，以目下有友人索觀也。餘俟續罄，即請梧門老前輩大人鈞安。後學陳希曾頓首。去冬所選謄十餘種，因匆匆，未另補稿本，并此聲明。

東京國立博物館藏《國朝名人尺牘》第五册

致法式善 六

付到各集，均經檢入，俟日内趕緊倩人抄出，陸續送交左右。天暑，祈珍重，不具。梧門老前輩大人鈞座。後學陳希曾頓首。

東京國立博物館藏《國朝名人尺牘》第五册

致法式善 七

初九極樂寺之遊，猥以事牽，未得陪侍。十一日，厚荷寵招，復以有萬不得已之事，不能脱身，當令家叔轉致代謝，知邀鑒察。早間接到諭言并詩卷，領悉一切，和、良二公之詩，謹已照式補入矣。首集目録，已繕成六卷，兹送呈閲，并稿本附去。

其第二卷誠隱王，第六卷平敏王、寧良王，目録與詩稿内提頭處親郡互異，懇查明，於抄出目録内填註。至山尊有簽之處，請一一閲之，晚則隨閲隨定，不另加簽耳。目録皆晚手寫，日來以冗集，不能得太速，惟當儘力趕辦耳。順請時帆老前輩大人日安。晚陳希曾頓首。每卷首數，皆經細核。其重出者，經兩人之目，俱已刪去矣。 東京國立博物館藏《國朝名人尺牘》第五册

致法式善 八

涯翁墓誌，並無銘詞。至另紙所鈔數條，亦係《所徵録》中附見者。其書於每人或傳或誌後，往往雜録數條，並無原書小註，故不能知所自出也。匆匆奉復，即請時帆前輩大人時安。後學希曾頓首。 東京國立博物館藏《國朝名人尺牘》第五册

致法式善 九

承命，謹録拙作六首呈覽，伏懇賜以斧削，酌留二三首付梓，至幸至幸！曾連日抱痾，肺疾致咳，少間即趨謁，面領誨言也。順叩安祺，不既。時帆老前輩大人詩龕。館後學陳希曾謹啓。 東京國立博物館藏《國朝名人尺牘》第五册

致法式善 十

啓者。前已面訂明日下園，兹緣小兒於兩日内忽患疾壅速滯之症，延醫未見有效，甚爲可慮，明早實不能往園，特此奉聞。或於廿六七，在煦齋家中一晤，亦可暢談一切耳。匆匆，即請老前輩大人日佳，不

一。後學陳希曾頓首。

東京國立博物館藏《國朝名人尺牘》第六册

致楊國楨

春間台旆出都之後，無日不深馳系，接奉手書，具承注念。藉悉年兄大人留駐固原，盤桓兩月，歡承愛日，侍奉康寧。比維吉座公升，新猷懋展。汝陰民俗强悍，素稱難治，然年兄以實心行實政，寬猛得宜，剛柔互濟，化導之，撫循之，本文章爲經濟，敦禮教於樸淳，尤在表率僚屬，整飭官方。使各縣吏皆本此意以求之，則民情自化，民氣自馴，亦不難收效於旦夕也。渥膺帝簡，克紹家聲，勉之望之。

僕夏間調任水曹，較雲亭勞逸迥殊。惟因久患疾嗽，肺病牽纏，待漏衝寒，恐滋貽誤。是以日昨瀝情奏懇開缺，荷蒙聖慈俯允，得以調攝三冬，速冀痊可。一俟明歲春融，再當趨傍觚稜，力圖報效。邸寓自老母而下，叨庇粗寧。附去康撫台、韓方伯二函，可即加章郵遞。又各處候信數函，亦望照簽轉發。專此布答，順請台安，統惟藹照。不具。友生陳希曾頓首。

北京故宮博物院藏

致曹錫齡

承示大作，老筆森然，真有字字堅城之意，欽佩欽佩！賤兄弟日内因他冗，尚未脱稿，俟再録呈鈞政。蘇詩批本，送上六帙，祈照收，年内望趕緊批出付下爲禱。即請時安，不一。定軒先生閣下。晚生陳希祖曾頓首。

國家圖書館藏稿本《伊墨卿各家書札册》

致公玉

得子固是大喜，而得於難得渴思之日，其爲欣忭，更當百倍也。適見庚甲甚善，不惟易於長養，且必開其家者，更爲可賀。特此奉報。公玉兄詞壇。希曾頓首拜上。

美國普林斯頓大學藝術博物館藏

致某同年

（前缺）同此耿耿不釋耳。二十年前，明心僧人現宰官身，忽墮塵劫，致長齋之蔣七先生罷職。鹿園、蘭楣二君，幸早怛化，不然皆須遠戍矣。侍逐隊西曹，如墮煙霧中。喜桂舲、脩田兩公，均推老手，侍惟遇事學習而已。敝門人談君素敦，分發候補知縣，聞已到省，其才質尚可造就，得隸仁帡，渥加噓植，侍心感靡既。今日御園散直，歸後稍暇，手肅上啓，覼縷即如面譚。政餘珍重倍萬。年侍希曾頓首。季夏二日。附去各札，懇到日照簽飭交爲望。老母體中仗芘安適。玉方兄目恙數旬，比始向愈。推陞郎中，尚無消息，所謂如鮎魚上竹竿者。

趙一生等編《香書軒秘藏名人書翰》上册

附録

附録一　遺跡題識

陳延恩輯

家珍載輯。

門下晚學生譚祖同敬題。

初寫重排。

道光丙申七月，竹葉亭生姚元之爲登之仁兄題。

巧者述之。

登之世講屬。英和題。

嘉慶丁丑歲，李松甫先生七十壽，京師癸丑同榜爲屏以祝，屬吾兄玉方先生書之，已署英樹琴大金吾款撰文矣。既而葉琴柯丈巡撫粤西，松甫先生僑居於粤，衆謂當用葉款，復請吾兄易書後四幅。吾兄爲春湖之尊人書屏，極用意，亦頗得意。登之時年十八，侍書於旁，不欲廢棄前所書者，而又苦銜名無可裝禩，乃集爲四言韻語，禩成一卷。中闕八字，請吾兄補書，兄當時笑諾之，而未及書。不謂又三年秋，兄南旋，遽没武林行館也。

甲戌、庚辰歲，蘭祥兩以試事至都，兄見必督以肄習試卷。而每樂與言古人意理神韻之超絶處，蘭祥亦心知其意，而腕弱質駑，無能執筆。吾家子弟，頗有二三年少，筆姿奇異者，惜不得從兄口講指畫，以底於成就。而登之於凡手澤叢殘，書卷評點，無不珍護，其用筆又能謹守家法，則又喜吾兄爲不死矣。登之出此卷見示，屬書緣起，時道光三年四月八日，識於墨華樓。蘭祥。

吾師大字追摹唐人，兼有顔、柳二家筆意。使爲尋丈之碑，立於懸崖，臨於大江，當不讓華陽《鶴銘》，擅美千古也。此乃爲李翁書屏，更易銜款所遺之字。登之不忍弃之，緝爲韻語，禩裝成卷，非真知先生之書之寶貴，而能若是乎！且即此可徵登之之孝也。昔庾征西嘗怪兒輩捨家雞而愛野鶩，所謂『野鶩』者，蓋指右軍。然子敬與謝公論書，頗有突過乃父之意，抑又何耶？予謂登之賢於昔人遠甚。甲申臘月二日，識於雙溪草堂。齊彦槐。

嘉慶丁丑，玉方兄爲吾翁書《七十壽序》，以平原之格力，運香光之神秀，懸諸中堂，藹然自遠。越八載，晤登之於京師，出示其先人手墨，乃即前書《壽序》之後四幅，爲易銜所餘者。登之掇拾家雞，纂言裝軸，添後來一段韻事。而其鋭志臨池，能傳家學，方之扛鼎虎兒，殆未多讓，洵孝而且賢矣。曩余與玉方居比鄰，每得古碑名蹟，輒相與賞析，竟日忘倦，持論亦間有齟齬。然玉方不薄余書，余亦心折玉方書，卷中所云『知其有源，是以大同』，并可爲吾兩人寫照也。雨窗展此，忽忽如對故人，《廣陵散》猶在人間，愈增撫琴之慟矣。道光乙酉仲秋，李宗瀚題記。

二百餘年來，學香光書者，不可僂數，顧未有若玉方先生者。香光書以顔魯國爲圭臬，先生實於魯國探香光之源。其氣韻静遠，出自天賦，規圓矩方，天造地設，朱霞天半，望不可即。此卷爲李春湖中丞楷則，近日巨擘，洵知之作，固當更合也。余館師爲鍾溪少司空，故先生於余爲丈人行，然以論書故，先生折輩行與交。曩歲同官京師，無數日不相見，見則出書畫卷軸碑帖及古墨，羅列而品次之。所言有相視而笑者，有機緣不契者，然必陶然竟日。每謂人海中此樂大不易得，而得之爲可幸，忽忽若昨日事耳。郢人既逝，余無所爲質矣，展觀此卷，淚涔涔者久之。時乙酉初冬，莆田郭尚先識。

唐人每集右軍書爲碑文，其時右軍書尚多，文成而集其字，非集其字以爲文也。集其字以爲文者，惟梁周興嗣《千文》，故自古稱絶。然余每疑《千文》中，何竟無一字重複！必其集時删去。既有删去之字，則其遷就處必多，世傳其只有千字者，或神其説耳。今登之集其尊甫玉方先生書，盡數綴之，不遺一字，更爲難矣。況字多則意得開拓，字少則語苦牽制，今所集字僅一百九十有六，乃讀去洋洋灑灑，詞意爛然，其巧固有遠勝於周者。此實縹緗之傑構，不獨箕冶之美譚矣。至於先生書，海内知名，與唐人之重右軍者無異，豈待余之贅述乎！吳縣顧蒓拜跋。

登之世兄攜此卷入粵，出以相示，初疑玉方先生録古金石文字。及讀《墨華樓跋語》，方悟登之綴集殘字四幅，撰此奇搆，是拆裂天吳紫鳳，另幻一山海名圖。而針線裁縫，滅盡痕迹，得不詫以爲奇！昔有以《金剛經》字砌作佛塔，閱三世而後成，標佛標塔，位置天然，至乃不可思議。凡若此類，匪惟智慮絶人，良由意念專誠，故有此意外巧妙。閱者徒於文字上求索，奚有乎！丁亥七月望日，南海謝蘭生拜識。

余與玉方先生同官西曹時，每公餘，輒往就正書道，先生論昔賢筆法甚精微。或有不解，先生即以畫稿筆，就官紙縱横指示，弗倦也。余凡得前人手跡墨刻，必求其題跋，極爲精鑒，以故得其小行楷書甚夥，而大楷書則不多見。道光丁亥秋，嗣君登之訪余於嶺東，獲觀是卷，筆意沉著古茂，純用平原法，足與《家廟碑》《東方贊》方駕。噫！先生歸道山已八年矣，而遺跡在人間者，無慮千萬。今登之又能世其家學，以傳不朽，先生有子矣。至其綴集之工，乃其餘事耳。瀕行，屬於卷尾書數語，又不勝今昔之感焉。桂山楊振麟謹跋。

我師玉方先生，品端抱準，藝絶臨池。石渠妙楷，蘭臺奏草，秀平原之骨，得華亭之髓，獲其片紙，珍於雙南。曩者爲人介眉書屏，張壁偶有改竄，遂遺篇幅。序聯鵷鷺，類名簿之敘階；人得苧麻，惜礬卿之翦紙。哲嗣登之收餘掇弃，析字分文，婉婉載章，英英樹義，始作海圖之坼，終如沙塔之成。逸少二十八行，殆無以過；率更三十六法，畢具於斯。固由孝思，非獨妍手也。伯玉近參父跡，方慶舊有法書。老成典型，神明規矩，有雛鳳之譽，無野鶩之嘲，宜矣。若夫家藏故札，繼營州而立功；宴賜近臣，侍寶章而閱古。期之名世，是在慶門，展卷摩挲，服膺讚嘆。時道光七年九月，門下士黄安濤謹跋。

初展此卷，如讀斷碣。繼審其書，若臨殘帖。星宿縱横，煙霧霏結。生截蛟鼉，碎翦蝴蝶。誰抱禪經，聚字成塔？猶餘古錦，未盡補衲。登之示余，更詳問答。嗟哉令子，善守家法。昔者右軍，《千文》垂世。鐵石所搨，智永所次。或出臨摹，頗淆真僞。孰如厥子，硯席親侍！掇拾叢殘，毫髮盡備。矧其巧思，不減興嗣。珠妙能聯，金何妨碎！書家者流，最重墨迹。紗裓一衲，棐材一簣。古人遇之，隻字猶惜。陳家筆陣，從此什襲。遺教子孫，壽踰金石。豪奪巧偷，慎防蕭翼。時道光九年十一月望日，曾燠讚。

侍御書名家，藝林久推奉。楷法守虎兒，公子實雛鳳。示我一鉅卷，徵詩願增重。百九十六字，闕文難補空。韻語出碎金，天衣妙無縫。想見結構初，孝思極沈痛。嗟我忝姻舊，夙昔俊游共。論書若論詩，微言時一中。謂當才法兼，謹嚴發奇縱。君師董華亭，風神堪伯仲。此卷顔柳參，筆堅無不洞。手澤幸猶新，心魄森欲動。虹月貫高齋，硯几足清供。後更三百年，宜爲天廟貢。東鄉吴嵩梁題。道光辛卯四月，定安張岳崧獲觀。

先文勤公昔在高廟時，曾就《聖教序》文，爲《萬福集成讚》，恭祝六旬聖壽，蒙頒内府本，鈎勒上石。又重排《千文》，恭跋《聖製全韻詩》，仰荷御筆獎諭。迄今言進奉文字，編輯舊文者，咸推爲鉅製。夫集字難，集字而無重複則尤難，然字數盈千，尚易於布局。若登之此作，特百餘字耳，乃能洋洋灑灑如是，抑又巧矣。嗟夫！以登之之才，掇科第，入承明，安見不可希踪老輩！今且綰半通以去，良足惜也。登之瀕行，出此索題，因爲書數語以誌之。至玉方世丈之書法，其可作《聖教》《千文》觀，皆有目共見者，故無事乎贅言。時道光壬辰子月上澣，南州彭邦疇謹跋。

綴玉編珠絶妙詞，《千文》集得未云奇。天吴顛倒看無縫，誰信家藏百衲碑！
筆陣爭傳大小王，虎兒妙腕繼元章。何如至性通文字，寶晉英光萬丈長！
麗藻真應奪五花，却憐殘字翦琅琊。房山鶴口如裁句，何止千頭换苧麻！
一卷時賢共品題，紛紛野鶩鬥家雞。寶章自守先人集，留與雲礽寫赫蹏。

習聞登之世叔大人，侍書集字，爲諸前輩所推重。兹乃獲觀家寶，謹占四斷句，以識眼福之幸。道光甲午中春，宗世愚侄鑾謹跋。

吾師書李翁《壽序》，時徐與登之皆侍側。迨登之集爲此卷，師笑而頷之，徐戲謂登之：『此後頻年掇拾，可積鉅卷累百，勿吝分惠也。』越二年，徐備兵武林，而師易簀於西湖邸舍，自是與登之一慟而別，無幾相見矣。憶師在日，喜與徐論書，謂其會心不遠。時都下趨鐵限者踵相接，紙絹盈數屋，而徐有求，必先予之。然轉恃請業之日長，所求者皆爲人，而非自爲。詎知尺波電謝，已隔人天！今篋中僅藏『過眼雲煙』四字額，及便面兩幅，楹帖十六字已耳。《廣陵散》絶，不可復得，始悔當時過於恃愛，荏苒蹉跎，不逮登之用心之勤且篤。因悟凡事之若可恃而不可恃，以爲易則難將至者，率類此也。

十餘年來，與登之展此卷，輒泫然欲涕，登之屬跋其後，屢爲擱筆。今適與登之同官吴中，取而覆觀，則題詠殆遍，且皆佳妙，安用徐更爲詞費！然哲人梁木之感，有非他人所同者，終不可以無言也。爰以登之所輯者，重次其半爲贊，凡百十有二字。登之見之，得毋嗤爲效顰否？贊曰：

西江哲人，以書壽世。其文炳也，中外瞻拜。前者登龍，撰杖東第。書家堂室，洞見其大。天花三管，雲錦十賚。鷗波垂露，魚笏布地。道山何高，鸞翩天際。官維御史，年纔中歲。英英登之，世德是嗣。臚敘遺書，廣彰盛製。言周理匝，行聯部次。恩門茂葉，有子紹系。源知經曲，函啓正隸。嘉慶道光，文同政備。登之此卷，輯於嘉慶丁丑，而有道光字，此不可思議者，故他字皆重次，而此獨因之。道光十四年五月，識於金閶節署之小滄浪館。時登之督運南漕北上，將以此卷自隨也。林則徐。

余家藏董思翁大楷一立幅，吾宗玉方先生來必諦觀，以手倣畫，殆有神契。今睹此卷，其圓勁遒媚處，真與思翁把臂入林矣。至登之綴輯之巧，用心之專且勤，諸跋已詳，故不復及。時道光甲午八月，嵩慶謹識。

顔筋柳骨，香光之神。周規折矩，左鳳右麟。羲書獻集，巧妙絶倫。豈惟家寶，允爲世珍。道光甲午秋九月，芝軒潘世恩書。

學董即從董入，不善學董者也。知過於師，乃能傳法。董淵源於顔，先生深於顔，其脱秀乃似董，故善學董，莫如先生。甲午秋日，古歙程恩澤識。

褚河南書有《倪寬傳贊》，董香光乃以顔法爲之，而壁壘一新。玉方先生神明於董，實則根氏平原，故第從董入者，無由夢見也。余飫聞先生之論久矣，此卷雖截金碎玉，而堅凝深秀，一如平生所言，《廣陵散》其可多得耶！道光甲午秋九月，仙槎何淩漢謹識。

思翁書，早年從元人入手，故不能立卓。中年以後，始返而求諸歐、顔，乃得唐人正傳，不爲閣帖元人所囿。玉方同年學董而得其三昧，非學董，實學歐、顔也。余著《北碑南帖論》，玉方兄韙之，爲余楷書一通，至今寶之。今觀此卷，不勝感憶。道光丙申秋，阮元識，時年七十有三。

遠同拜錫肅桓榮，炳茂陳函進馬卿。府寺天邊中歲秩，河山雲際百人英。郎官邦府東西隸，嘉慶首葉，尚備員部裏也。撰敘王家次第賡。子史部同經部廣，邊書露布少知兵。

敦和廉直是朱紘，德行高瞻講御前。堂室氍毹歡沸地，東西笏錦賚垂天。魚書製曲彰花管，鳩杖臚恩祝玳筵。斟酒江廳三爵拜，何龍世系啓聯翩。

前祐封綿壽者門，登之哲嗣拜初元。鷗波紹武纔知政，鹿洞遺文首系言。見察以中譚以理，道周其外正其源。有司大吏鸞龍市，盛世雲英尚戴恩。維道光十有四年七月丁丑書。

登之督漕北行，自甲午至丙申，三年中，南北均得相見。常以所集尊人玉方先生書屏遺字卷索題，因集先生字，爲詩三首，詩一百六十八言，以十字爲註，十二字爲款，總百九十言。其避用二字，先生諱也。丙申七月二十又九日，山陽李宗昉又記。

故侍御玉方先生，以書名宇内，稱爲華亭後身。華亭爲近世書宗，執筆者莫不學，劣者不能似，優者得其形，蓋由未悉華亭源流所自也。華亭書受籙季海，參證於北海、襄陽，晚歸平原，親近柳、楊兩少師，故能於姿致中出古澹，爲書中樸學。然能樸而不能茂，以中歲深襄陽之習，故行筆不免空怯，去筆時形偏竭也。侍御酷嗜華亭，而導源平原，故形神皆肖，異於世之學華亭者。然侍御嘗謂世臣曰：『二百年士大夫善學華亭者，唯諸城耳。』則其宗旨，蓋亦主於求變，而侍御之卒不變者，則年爲之也。然侍御終身未染襄陽，故姿致遜華亭，而下筆輒茂，則其自得，固别有在矣。雲乃自成童時，已駸駸能發其家尊之勢。而侍御每作書，雲乃必侍供伸紙和墨之役，零章斷柬，收檢弆藏，珍重異聞，過於世人之展轉泥求者。

此卷乃侍御書臨川李氏屏幛，後填銜名之四幅中，有所竄易而更寫。雲乃以銜名不文，難爲行遠，而方二寸正書，尤侍御所慶，斷不可不使之流傳，故翦截集爲四言語，以迪觀者。裝成之後，名流借觀，歡熹讚歎，帙等牛腰。世臣謂千餘年來，以書世其家者，推大小歐陽、大小米。然沿襲家學，樝不如梨，以習見而易視也。今雲乃用心之勤如是，則賢於古人必矣。道光十有七年七月十一日，通家子包世臣敬觀題記。

龍蟠鳳逸，翰墨之殊觀；棐几練裙，藏弆之韻事。或雜羼殘缺，一夕而盡《千文》；或鄭重遺蹟，百拜而求片牘。未有一家羲、獻並時，該述作之奇；當代夔龍餘事，盛文章之美者也。雲乃先生道繼楹書，情深泣硯。玉琢金箱，焕雲霞之色；拾遺補藝，窮纂組之工。洵足垂範來兹，騰輝書苑者矣。仰規矩而諦尋，緬璇圖而獻頌。頌曰：

一朝高矩，百世良書。懸衡引繩，馭奔範驅。非曰心匠，兹惟道樞。令緒欽帥，揚諸榷諸。戕留殘零，智妙益損。媧皇鍊石，山甫補衮。心精庚庚，經緯冥冥。識擅通敏，巧侔神靈。訓由義立，文逐思遷。古藻蟠若，新硎發然。兹焉孝思，永啓維則。如臨師保，克由克繹。弓冶之垂，寶豈鼎彝！公弗替型，永世保之。李兆洛敬上。

玉方師墨寶。

則徐爲登之題。

吾師書無處非法，而意餘於法之外。兹卷以遒緊取格，以沖澹取韻，其品乃與淵明《辭》相稱，覺玉局、鷗波所書，猶未忘自家結習耳。登之世兄，書有家範，珍此卷如尺璧，比借賞旬日，索取數四，欲豪奪之而不能。明當乞吾師重寫一卷見貽，不知能得否也。嘉慶丙子十一月二十有五日，識於拜石山房。福州弟子林則徐。

此卷筆意，謹嚴中仍自瀏漓渾脱，披閱再四，愈見精神，吾師楷法，每令人尋繹不盡。登之世兄出示此幀，雪窗静對，覺塵俗都消。緣識數語而歸之，私心耿耿，殊不能去懷耳。嘉慶丙子十一月廿七日，謹跋於宣武城南之松筠蘭若。受業龔鐙。

書法要訣，全在『離合』二字。離處在形體疎散，合處在筆鋒生秀，大抵剸截如太阿，又復温潤如美玉，則古人妙諦可尋矣。此乙丑歲，師爲背臨香光《女史箴》而自跋，以誨之琦者。登之世兄出示此卷，高處純在遺貌取神，則又非可以離合之跡拘矣。時丁丑花朝，受業周之琦謹識。

晉人作書，以奇爲正。《蘭亭》非不正，其縱宕處無迹可尋，若以形模相似，去之益遠。吾師楷法，由《黄庭》《樂毅論》得筆，遂博集晉唐衆大家之成。故用筆藴《蘭亭》縱宕之勢，而冲微古淡，迥超畦徑，非思議所能形模。登之世兄，天姿英邁，書有淵源，將見擅臨池之能，雖羲獻、詢通，未讓專美於前。今年九夏，以師書陶淵明《辭》見示，余敬玩不忍釋，遷延匝月，登之已索之屢矣，爰書此以誌服膺云爾。時嘉慶丁丑七月上浣，跋於直廬之七峰别墅。受業聞人熙。

吾師此書，如藐姑射仙人，不食人間煙火，用筆變化，已到香光晚年妙處。猶曰：『海上三山，去之尚遠。』此與香光所云『余解此意，筆不與意隨』之語，何以異哉！黄長睿《東觀餘論》曰：『昔人運筆，側掠努趯，皆有成規，若法度禮樂，不可斯須離。及造微洞妙，出没飛動，神會意得。所謂成規者，初未嘗失。』此千古書家無等等咒，即吾師入三摩地不二法門也，登之以爲然否？道光甲申十二月三日，跋於雙溪草堂之西軒。婺源門下士齊彦槐。

夫子書入化，怡情不知倦。衣巾翳飛雲，遐心復何羡！即用師『三山流霞自識』語意。

委懷任流光，息景銷長日。庭前扶杖來，撫幼樂安膝。闇用王文度事。

登之非時流，悦親出天賦。引經而問途，臨窗得微悟。

我是及門者，往向春風游。實歸欣吾與，載酒常有求。

登之世兄，持師所書《歸去來辭》卷，屬系跋語。予謂師筆法神妙，非游、夏所能贊者，謹集《辭》中字，得小詩四首，以志師門風雅，且申悦服之懷爾。時丁丑二月，受業黄安濤敬題。

雲在軒遺集跋語。

陳君登之，搜集其尊甫玉方先生殘墨，編成四卷，示余讀之，澹然漠然，若近若遠，如復接先生謦欬矣。先生少年登第，官刑部而不樂爲之，惟好讀書，不問門外事，每數日一至署，隨衆畫諾。一日，遇某尚書於堂上，問同列曰：『此何人？』人告之，則曰：『憶某爲某部長官，何來此？』不知其調刑部已三四月矣。詩古文辭及星命雜學，無不究心。而書名尤盛，四方來都者，多方求得片紙隻字以爲榮。其論書，二王後，獨董香光得真傳，近時惟張文敏、劉文清爲法嗣。識者亦謂本朝書家，可與張、劉鼎足者，惟先生。先生爲余雪香師兄，余敬禮之，先生則以余爲同歲生，引近之。又因登之與兒子剛曾，生亦同歲，嘗曰：『余與子生子遲，幸其質皆可讀書。今後當令其常相見，如我兩人，他日可得切磋益。』故每至余寓，輒挈登之來，余亦頻與剛曾至其寓。今登之詩文有聲於時，書尤有羲、獻之譽，而剛曾已化爲異物十七年矣。余於詩古文，本無所得，剛曾十二三歲時，見輒爲收貯。及其死，余悉取焚之，自是不復作。先生所作，亦不自收拾，今登之所搜集者，不及十之一，然吉光片羽，自足傳世。余既喜登之克光前烈，又歎先生之不及見也。然而先生之望慰矣，孰謂生之幸，死之不幸哉！讀此能勿憮然。道光十一年六月，顧蒓識。

雲在軒批藏蘇詩。

玉方兄平生讀書，不尋行數墨，往往獨出意解，超妙異常，又極細密，不肯草草放過一字。常自言胸中所獨得者，著筆可三卷許，然未盡出也。此蘇詩下筆，亦未盡全，而微妙處沾溉多矣，登之舟車南北，輒攜以往。道光丁亥，冒暑自王營入都，行裝俱陷泥淖中，獨喜此本猶未十分壞爛，亟亟裝褾，什襲珍藏。他日講授子弟輩，使知學問入路，皆能有成，正不必以納貲爲歉矣。蘭祥謹識。

聯額題跋　附

來可閣。

玉方先生爲登之顔讀書之室，曰『來可閣』。二字義藴，令人尋味無窮，非名父不能有此庭訓，非令子不克仰副厚望。適余在都，僑寓雲在軒中，既爲書額，并誌數語。鐵簫譚光祜。

董海。

登之世大兄，家藏董文敏真蹟最多，臨川春湖前輩書二字以贈，因仿爲之，即正。芝齡李宗昉。

懺心閣。

懺之爲義，乃佛門微妙心法，吾儒雖無此説，而實備見於孔、孟書中。如責以援儒入墨，則亦所不辭，即罰令閣中司香掃地，何如？癸巳七月白露後五日，應登之世大兄即正。朱文翰并識。

罷讀樓。

登之仁兄大人，於壬辰秋試罷後，將之官吳門。瀕行屬爲顔額，書請教正。竹葉亭生姚元之。

十硯千墨之居。

壬辰嘉平月，詣登之仁弟寓齋，獲觀名硯古墨甚夥，詢係傳自舊藏。并有三橋居士手録『十硯千墨之居』印鈕，遂以自名其居，因屬篆此六字。深知醜拙唐突，愧汗而已。珊林許槤并隸。

當以文章，横行一世，出其餘技，足了十人。

句贈登之世講。春湖李宗瀚。

儒術要當求利濟，才人端不藉科名。

登之世講仁兄正句。復莽嵩慶。

閉門句好傳鈔久，藏牘書工乞判多。

句贈登之仁兄先生即正。古歙弟程恩澤。

立身行道，揚名於後世；夙興夜寐，無忝爾所生。

登之老弟屬書格言，集句以應，即請正之。時道光壬辰嘉平下澣，春農彭邦疇。

有才繼風雅，即事捨塵勞。

此舊歲同在都門，奉題《罷讀圖》三律中之一聯也。出句本杜詩，對以《首楞經》偈語，殆所謂活句耶？捨從手旁，取便時目耳。癸巳七月下浣九日，登之通守大兄屬書即正。朱文翰并識。

羔雁門楣盛，龍蛇判牘新。

登之世二兄大人正句。姻世愚弟祁寯藻。

棠棣政碑龍鳳判，劉盧族望孔龐交。

登之二兄親家大人書家政腕。世姻愚弟吴其濬。

嗜酒晉山簡，通經漢仲舒。

登之仁兄，書法得過庭之學，精妙處且直入香光之室。余書散漫庸劣，粗無師承，而猥蒙見許，輒貢其醜，一垂教焉。道光丁亥春暮，愚弟屠倬。

詩宗魯直推駒父，書繼元章得虎兒。

登之老公祖大人正句。韋伯馬沅。

葆養真精存夜氣，勤修學業趁晨功。

邃臣銘座十四字，囑予書之，可作《養生論》《定性書》觀。邃臣以時自勵，勿忘勿助，二語可終身行之矣。嘉慶二十二年春，予自蜀入都，寓於雲在軒中，蓋日與邃臣樂數晨夕也。三月三日，譚光祜識。

經世有才，盤錯更見；視人如己，然諾不欺。

登之以天授之資，而好學深思。其詩文有奇氣，書宗香光，能得其古拙之趣，固未易，才人皆稱道之，抑庸有能及之者！至其歷坎坷而真氣不損，篤交誼而久要弗忘，則結交少年場，實未數數覯也。道光己丑歲同報罷，將出都，登之納貲爲府判，將赴銓之官，從此兩人蹤跡離合，未可預卜。因撰十六字，作楹帖贈之，以見同相識之真，且歎奇才偉抱之不易逢也。時己丑仲夏月之上浣，識於都門寓廬之來可閣中。桐舫譚祖同。

呵呵他生未卜，咄咄今日捉將。

登之二弟，高文偉抱，不得於有司，以貲判郡，意殊不自得。世臣憶尊甫侍御世伯，於譚君鐵簫選郡判時，曾撰此十二字，書楹帖爲贈。登之情事，略同譚君，故爲書之。古人云：『處之别駕，乃展驥足。』今之通守，非其職矣。世臣前有贈友人詩云：『閑曹肯居閑，斯民待攸塈。』登之此行，暇日已多，理其世業，黜俗學而作傳人，使不由科目出身者，引以自重，則世臣之意也。道光己丑夏五月，包世臣并識。

何處買山，便稱吏隱；從今投筆，應覺身輕。

登之仁兄罷試之官江蘇，句以贈之，兼誌别。壬辰歲除前三日，宗小弟潮。

求之流輩豈易得，此地看君未忍分。

登之仁弟，清才超詣，凌轢一時，今將之官江左。予以逐隊入場，尚留滞都門，瀕行握手，不無離别之感，爰集玉谿生、太白山人二語爲贈。年來學植荒落，技止於此耳，一笑！時癸巳端月，許槤摹鐘鼎字。

和聲樂奏笙陔雅，壽德心莊綺歲春。

登之侄孫成室之喜。石士用光。

少年敏練娱親志，新婦柔嘉本姊賢。

登之吾侄成室有喜。鍾溪叔希曾書。

政平訟理。

恭頌雲乃老公祖大人德政。常熟閤邑紳士公立。

天水式坤儀，鳳誥龍章，直以慈祥凝燕喜；太邱傳治譜，召棠郇黍，已徵謡誦遍雷封。

撰句恭侑貤封宜人陳庶母趙太宜人開六帙壽觴，兼頌雲乃老父臺司馬大人德政，并請訓晝。江陰治晚生章朝樞、張世承、周仲簡、王寶珪、薛人鑒、祝維祺同頓首拜。

功埒崔、楊。

道光十八年春，開浚應天河，陰雨連綿，不克蔵事。仰賴登之陳老公祖大人，以司馬來權邑篆，盡心民瘼。躬詣西垻，虔禱河神，果邀誠格，晴霽兼旬，夫工踴躍，刻日告成。輿情欣戴，闔邑謳歌，敬書以誌勿諼。江陰闔邑紳耆士庶公立。

鸞樹式新猷，治宰真源，俾諸生習禮，君子愛人，比户弦歌承德化；鴻陂醒舊蹟，誠通大造，見疏勒泉飛，衡山雲掃，此邦惠澤慶靈長。

恭頌署邑侯登之陳公祖司馬人人德政。江陰闔邑紳耆士庶公立。

二三萬户皆傳説，八九十年無此官。

道光戊戌仲夏月，余返自金陵，道經姑幕，聞雲乃司馬權篆澄江，迂道造訪。甫入境，即頌聲藉藉，詢諸父老，僉稱履任未三月，治理焕然一新，仁心仁政，入人家室，雖鄉曲細民，莫不感戴，并云：『八九十年來，未見此好官府矣。』因憶全謝山先生《鮚埼亭集》中此句，遂書以爲贈，用誌欽佩。世愚兄范今雨謹識。

心香曲录。

江陰縣廨廳事之西有閑館，前置花石，後臨池，池廣如館。池中央甃臺，廣如一楹，草宅之不可登也。雲乃先生架木於中楹之後而接之，施屋其上，從旁而視，比舍如跌，所搆蕤然，如花心入其中。屏欄折旋，八窗洞達，予因署之曰『心香曲录』。蓋先生盡心於民，隱曲畢達，凝香燕寢，此焉存録。取適異乎小眠，起草同乎精思，不可以無述也。道光戊戌季夏之月戊寅，武進李兆洛恭記并書。

又，雲乃先生涖江陰，葺臨池一室，爲鳴琴所，兆洛題之曰『心香曲录』。既書而顔之矣。又以此可爲兹邑之鴻爪，不足當隨身之行看，請别書焉。夫香焚清夜，曲室麗廔，所至有之。而心字香燒，曲通仙录，尤他日功成林下之宜也，謹書而識之。道光戊戌七月既望，李兆洛再書并記。

以上陳延恩輯《罷讀樓彙刻贈言》卷一

附録二　遊杭小草

陳希孟撰

自序

辛未閏三月，母氏有天竺進香之願，命予侍奉。予又同人别坐一船，每過山青水緑之處，詩情油然以生，聊以自遣自咏，幾忘汗顔。比至湖上，每挐舟之朝，遊山之日，偶有所得，即投之囊中。俟歸寓時，短檠鐙下，費盡推敲，輒至永夕，竟不知安枕而卧也。嗟乎！遷客騷人，往往留題於此，如詩不成，未免江山笑人耳。於是隨詠隨寫，并集得六十首，以誌一時之遊興云爾。分溪夢琴居士。

舟中晚眺

泛鴨溪頭落日黄，牛羊星散客歸裝。獨憐女子供蠶食，尚在畦中摘嫩桑。

新市夜泊曉聞大雨枕上即口占一絶

船傍人家繫水樁，忽聽急雨打船窗。分明撃醒舟師夢，趁早推篷開畫艭。

舟次新市有僧尼兩庵相接見而異之戲作竹枝詞四首

尼庵僧寺竟連居，各念菩提打木魚。定是前身蓮並蒂，出家還要接衡廬。

金鐃法鈸鬧春雷，僧去投齋尚未回。忽見女冠斜倚檻，鐘樓竟作望夫臺！

琉璃鐙火最分明，照見空門兩處情。彼此聲聲都念佛，蒲團拜倒祝長生。此庵名『長生』。

香積廚前枯木堂，當年即是近西廂。而今苦海思離去，願渡金剛般若航。

塘上背縴

風狂不用錦帆張，縴子身隨雲路長。莫説鞠躬非盡瘁，一肩負荷爲人忙。

背凴尺木獨徘徊，正好船中午夢回。試爲撥開篷脚望，一繩横去挾潮來。

欲吟未吐韻頻看，水滴篙頭硯屢乾。僮僕無言竊相笑，作詩似背縴絲難。

水急船頭風太狂，手牽弱線上官塘。忽然似覺扁舟疾，却有一帆飛過旁。

舟行即事

過一條橋棹一移，小船輕快似瓜皮。舟人要挂蒲帆去，貪坐梢頭看弈棋。

三月十七日赴杭泊潭子裏

小舫停橈傍水隈，夜光似墨黑雲堆。樵風忽送松香過，知有擔柴路上來。

由松木塲至陸氏萬峰齋

挈榼携壺忘路遥，回頭暗記一條條。頓圍山色湖光裏，楊柳陰中見六橋。

衝雨闌珊著屐行，層巒聳翠萬峰横。主人相見不相識，握手殷勤問姓名。

贈萬峰齋主人作

樓非高百尺，當面即西湖。疑是雙明鏡，天然一畫圖。孤山峰隱約，十里水平鋪。興到留題壁，如鴉援筆塗。

同人泛湖

西湖十里淡煙浮，携酒同人泛小舟。花港飛花紅錦散，柳陰垂柳緑絲稠。空明水碧如僧眼，繚繞山青似佛頭。暮色蒼然催客去，三潭月起又勾留。

湖上晚歸

一抹胭脂落日黄，催予歸去馬蹄忙。遊人悵望黄妃塔，只替儂家管夕陽。

湖樓曉望

葛嶺朝暾初放出，湖心宿霧漸飛開。低頭羅列山猶睡，頓起波聲唤醒來。
第六橋頭緑柳陰，漁舟幾隻盪波心。小樓昨夜瀟瀟雨，湖水新添幾尺深。

湖樓晚眺

波光淼淼淡煙衝，忽聽南屏寺裏鐘。夕照半湖畫舫散，晚山一帶水雲封。斷橋小立呼人渡，旅館遥迎歸客蹤。更好三潭明月上，樓頭瓶酒正初濃。

湖樓夜望

萬木風回萬壑聲，波濤洶湧起三更。推窗忽駭人僵立，不道黄皮塔影横！

湖樓同人小飲醉後戲筆

青山碧水豁雙眸，一飲會須三百酬。勸客莫嫌今夜醉，一年幾度到湖樓。

開懷暢飲不停壺，最愛頽唐一老夫。謂竹湖九叔。抵掌諠譁争射覆，西湖應亦笑狂徒！

任人喚我是風魔，傾倒淋漓醉態多。欲把湖山描一幅，攜回茅舍細揩磨。

更闌滴漏聽銅壺，狼藉杯盤肴核無。倒著接羅肱作枕，殷勤老母喚人扶。

湖樓即事

窈娘逐隊轎如飛，乍上湖樓對夕暉。預計來朝登佛刹，開箱撿點白羅衣。

天竺進香

衆香來佛國，一界接西天。上路依叢竹，分溪入寺泉。講臺聽説法，趺坐睹參禪。結契三生幸，今身了萬緣。

到送子觀音殿

慈航普渡發慈悲，瓜瓞綿綿德澤施。不道青春年少女，焚香禱告亦求兒！

遊飛來峰

渾來蓬島界三千，一到山中便是仙。龍澗潺湲聲滿耳，鷲峰峭拔勢參天。仰看佛似雲頭立，忽駭人從石罅穿。布滿藤蘿如此老，飛來試問幾門年？
於彼飛來於此集，天然恰在雲深處。如此清泉如此峰，只恐飛來又飛去。

冷泉亭小憩

奇峰回繞處，一水有空音。不記何年冷，能令萬古深。澄明清我骨，洞徹浸人心。靜向亭隅坐，烹來茶滿斟。

到靈隱寺

舊聞靈隱寺，今日足幽尋。桂樹盤根古，蓮華寶殿深。日來滄海岸，潮捲浙江潯。遊子杳然去，惟聞鐘磬音。

清漣寺觀魚題壁

魚游池水緑無涯，風景依稀港號花。莊子濠梁同一樂，要將此意問《南華》。
半是回廊半水園，潛鱗潑刺弄波痕。商量投餌憑欄看，引起紅魚巨口吞。
堂堂策策放清漣，可免尾摇又乞憐。從此悠然爰得所，山僧無似校人烹。

謁岳武穆王墓

忠臣盡瘁矢無他，萬死甘心奈屈何！三字獄成千古恨，從來謗語不須多。

古大佛寺

寶刹成行古石根，圓明朗照坐香塵。眼開看遍三千界，頭出偏藏丈六身。

登吴山望江

樹繞西興處，峰迴南渡頭。潮來白雪捲，日照紅雲流。微有魚龍氣，不知身世浮。大觀臺上立，直望海天悠。

紫雲洞

不必巫山峰，不必蓬島路。此山别有天，自然得佳趣。深洞呀然開，紫雲滃焉護。一步一回頭，不覺入深處。此中人跡稀，樵子自來去。

瑞石洞

青山如招人，愈行愈巧妙。初來步仄磴，既入始幽窔。轉折若無路，忽又石聳峭。洗手行酌泉，却忘日西照。

飛來石

飛來峰處勢危巔，此地飛來石一拳。定是翱翔落在後，翼然瑞石洞中懸。

金龍閣

峰回七十二芙蓉，絶頂凴虚高閣重。上出重霄無客到，此中常借住金龍。

山行

千巖萬壑勢峥嶸，百道飛泉石谷鳴。樵子山腰聞唱斷，行人蹇背有詩成。奇境一重復一重，重來宛在凌虚步。忽然嶺上白雲生，遊人欲下山無路。

山中松樹圍繞喬然特立高不可攀見之欣然偶題一絶於石上

雲霧山中虎豹眠，千年松子大於拳。自從柯爛無人伐，萬丈奇杉欲上天。

樵柴

山靄暮迢迢，林端見遠樵。砍雲迷谷口，伐木響峰腰。志願芻蕘老，名同負荷標。炊煙萬竈待，風雨一肩挑。斜日穿巖淡，飛花壓檐飄。柴扉何處在，歸唱路忘遥。

採茶

鳴鳩聲徹向山家，唤起春閨去採茶。辭却妝臺臨疊翠，玉顔紅映嶺頭霞。翠袖攜筐上碧峰，山花滴滴妒芙蓉。偶然貪看雙飛蝶，忘却枝頭摘紫茸。雀舌青青嫩欲黄，年年抛却好春光。一番採擷嬌肢怯，弱質誰憐瘦海棠！採罷歸來帶晚煙，盈筐茶重負香肩。行行欲憩溪邊石，照見梨花亦自憐。

到虎跑寺

滿路山紅澗碧寥，若教高手也難描。四圍萬丈青屏嶂，恰恰中間徑一條。

虎跑寺題壁

古藤裊裊石縱横，聽滴山坳鏑乳聲。遊子新來不敢到，只緣寺取『虎跑』名。

即景

誰家閨女到焚香，繞遍閑階步曲廊。折得一枝鸎粟好，携歸只怕賽紅妝。

虎跑寺遇雨

禪房飛雨水迴旋，著屐蹣跚步不前。天却有緣留我住，留來飽飲虎跑泉。

雨中到虎跑寺遊女皆避雨其中偶口號二絶

腰肢裊娜出春閨，無那霏微歸路迷。小憩回廊行不得，石榴裙怕點春泥。

半高半下路盤紆，顆顆圓莎石徑鋪。只恐蓮趿泥滑滑，上前喚箇侍兒扶。

同人欲遊雲棲至六和塔忽逢大雨只聽山鳴谷應風起水湧予亦悄然而憂肅然而恐凜乎其不可留也因冒雨而歸題一絶以消悶

欲到雲棲歸思催，傍人笑我雨中回。可憐肩子不知滑，踏破芒鞋石徑來。

六和塔候潮

登高望捲雪成堆，未見銀山二十回。愧我不如層塔立，朝朝暮暮看潮來。

二十一日主人招飲詩以謝之

羈旅情何切，筵開此夜中。一堂兼舊雨，謂竹湖表叔、葵圃同硯。滿座拂春風。時有蘇郡游客同席。山蔌芝蘭秀，春醅琥珀紅。瓊瑶未有報，詩謝主人翁。

歸時偶作

西湖是我舊交知，無奈今朝欲別離！堤柳分明留客住，一絲絲繫馬蹄遲。

附録三　傳記檔案方志

從兄子鍾溪侍郎墓志銘

陳用光

吾世父恕堂府君之次孫，由乾隆己酉鄉舉第一，癸丑進士，以殿試一甲第三人爲編修，歷官至工部右侍郎名希曾者，吾伯兄節庵府君之次子也。少孤而敏於學，工爲文，有治事才。既官侍從，屢膺使事，逮陟卿貳，仁宗睿皇帝益深器之。既命督學江南，甫半歲，召爲刑部右侍郎，旋命偕户部右侍郎成格，讞獄浙、閩，蓋將大用之矣。復命未幾，咳疾發，乞病踰時，終至不起。遺疏聞，仁宗爲嘆息者久之。

吾世父四子，伯兄既早世，季兄仁山府君由陝西布政使，内召爲太僕寺卿，旋再擢爲倉場侍郎，與鍾溪同居朝列。季兄卒，而鍾溪繼之，其撤瑟之辰，相距甫半月，蓋丙子之季冬也。家門方慶振興，而有顯望者先摧，鍾溪之身雖顯，而志亦未究，可悲也夫！

君字集正，又字雪香，『鍾溪』其初入詞館時所自號也。其官由編修擢贊善，六遷至内閣學士兼禮部侍郎，擢工部右侍郎。自江南還，爲刑部右侍郎，調左侍郎，旋補工部右侍郎。其使事，典雲南、貴州、江南試，督四川、山西、江南學，分校丙辰會試，主庚午順天鄉試，讞獄於浙、閩。其任史館編纂事，充國史館、武英殿、實録館纂修，《熙朝雅頌》總纂官。及擢卿貳，充武英殿、國史館、河渠方略館、文穎館副總裁，讀殿試卷，閲朝考卷，直省選拔貢生朝考卷。而充教習庶吉士，則戊辰、己巳，凡再膺命。其充文淵閣直閣事，則命於閣學時；充經筵講官，則署吏部右侍郎時也。其與重華宫聯句茶宴者四，其被賜有《御製詩文集》，及文綺字畫，筆硯書籍，不可勝紀。晚名其室曰『賜書千卷之廬』，以《全唐文》千卷，特紀恩遇也。

君之督學蜀中也，士多客籍，文有假手，君禁約書吏僕從，杜其根株。其骩於法，非甚不可教者，輒懲其惡，而導以善。其士之有才者，獎勵甚至，以故士畏其嚴，而仍樂其寬。及在山西，士習樸於蜀中，鮮骩於法者。君煦嫗以教，士乃奮興於治經，而詩亦漸諳聲律矣。稷山令及校官爲士論所薄，有攻其冒試者，倡言欲罷試。君不爲動，徐開示之，按册唱名，以使諸生進，而黜其所攻者，終試時，士無譁。既劾令及校官，而士亦曉然於法度，咸悦服。其在江南，僅試蘇州、太倉、松江、常州，所取多知名士，士争濯磨，而以其未終厥任爲悵也。在工部，考核工程，慎屬曹司，擇其端謹，與爲淬厲。在户部時亦然。有曹司欲兼他司主稿者，君不同畫諾，曰：『是嘗辦某事，安可兼司！若吾所見不當，則侍郎固可聽劾也。』終皆從君言。

先是，有御史劾總辦秋審處多紈袴貲郎者，既得俞旨，及君貳刑部，而總辦猶未補人。君曰：『是職安可曠！今所欲掄委，雖非紈綺，亦資淺望輕者，曷不遴資深望重者？』衆方議，而君以使事出矣。君之在部，能虚懷以接曹司，使得盡其言，而及其有不可者，則又持之甚力。蓋君没，而朝士嘗舉其軼事以相與稱述如此。

君性開敏，而喜求實用，明輕重，慎取舍，遇事亦敢爲有氣。少時，諸叔祖嘗使之勾稽質庫事，他人不能得其要領者，君至一按其籍，主進者咸慴服，衆謂君才任治劇也。當壬子北上時，先府君笑謂之曰：『汝成進士，且作知縣否？』君曰：『希曾雖得部曹，亦乞假歸，佐叔祖治義田、祭田，及諸鄉義莊事，以究闡先人之緒也。』先府君喜曰：『集正有器識矣。』其爲編修，典雲南試還，有欲偕置資于納資官主進者，君笑謝之，曰：『是得無非公儀子拔園葵之意乎？且翰林不可有市心也。』及爲卿貳，朝官之業鹾者或欲議姻，亦笑謝之。睿皇帝嘗詢其有往還否，既知其不相識，則曰：『朕知其與汝異趣也。』

其初得閣學時，語同年潘芝軒尚書曰：『國家之設此官，欲使閱題本而兼嫺六部事，儲材之意也。吾輩可憚煩，而不一審其所畫諾之事乎？』其爲國史館副總裁，於本朝大臣之有政績者録其副，以時省覽。而於江西之有著述入《四庫》書目者，自明以來，皆録取而纂輯之，欲都爲一書，而未及焉。蓋先大父凝齋府君，嘗有輯《江西文統》之意矣，未及爲而遽卒。君與余偕受業於魯山木先生，略知先大父之意，又嘗奉先府君命，偕余同檢閱凝齋府君藏書，編爲《目録》，以藏之五宅，故其欲推衍先志如此。君之文，得山木清剛之氣，而傅以所博采。及居館中，作詩賦皆能工，與翰、詹、都試，皆得前列，循資遷至卿貳，惜其所欲爲者，未能究厥志也。

君兄弟三人。兄希祖，庚戌進士，官至浙江道御史；弟希孟，辛酉選拔貢生。君事母孝，而友愛兄弟篤。母黄太夫人性嚴毅，君先意承志，能得其歡心。女弟二人，同居京邸，諸甥皆賴其提攜，以充裕其家。兄雖爲部曹，而其家計，皆君爲區畫之。弟佐治家事，以拔貢可得知縣，欲出就官，君挽留之，而爲納資得同知，比得選，而弟以病卒矣。當癸酉督學江南時，與余別，嗚咽言曰：『希曾尚爲能知先人之志事者，欲推究之，而恐其弗及焉。惟吾叔自幼與同筆硯，其有以明之也。』余曰：『君年甚壯，受國恩甚厚，今所以報國恩而衍先澤者，其事未艾，三年之別，何遽言是！雖人事錯迕，難以自行其意，然寬裕其中，優悠以俟之，君才無不克遂也。』嗚呼，孰謂其言乃若讖！自江南還，雖尚同居京師二年餘，而終以咳疾不起，吾今乃銘君墓也，余能無感於中乎！君之疾，自典試江南時，勤閱卷而得之，亦足見其不苟於使事也。嗚呼，悲夫！

曾祖道，世所稱凝齋先生也；祖守誠，恕堂府君也，仕至金衢嚴道；父元，節庵府君也。皆以君貴，贈如其官，妣皆贈一品夫人。君卒後一年，母黃太夫人攜其子婦諸孫歸，後君四年，卒於家。娶同邑江氏，生子二，晉恩、孚恩，縣學生。側室子一，升恩。女五，幼者未字，婿江承誥，臨川壬午科舉人李鳴珂，嘉善錢沂，南豐趙登畯。君以嘉慶二十一年十二月二十四日卒，年五十一。某年月日，葬於某山某原，爲之銘者，從叔用光也。銘曰：

先君昆弟，曰維五支。世父之澤，伯兄培之。孝友温恭，鬱而早世。德馨所襲，茂於厥嗣。三子皆儁，仲也尤才。帝眷上承，家聲是恢。駪駪原隰，與與著位。和而有守，廉而不劌。黎水湯湯，邑之西鄉。居是望族，朝頌載揚。季父晚登，同朝半載。再旬偕喪，士悲友駭。宗生族茂，洪幹俄坤。高曾矩矱，孰繼孰承？緊余弱植，曷以負重！求福不回，庶偕群從。列君懿美，式告將來。幽宫既妥，無恫君懷。《太乙舟文集》卷八

陳希曾列傳

匡源校輯

陳希曾，江西新城人。乾隆五十八年一甲三名進士，授翰林院編修。五十九年，充雲南鄉試副考官。六十年，充貴州鄉試正考官。嘉慶三年二月，大考二等，遷右春坊右贊善，八月提督四川學政。四年五月，轉左贊善，旋擢翰林院侍講，六月轉侍讀。

六年差竣回京，遷右春坊右庶子。八年轉左庶子，大考二等，遷翰林院侍讀學士。九年二月，充日講起居注官，七月提督山西學政。十年七月，擢詹事府詹事，十二月遷内閣學士，兼禮部侍郎銜。十二年八月差旋，充文穎館副總裁，九月《高宗純皇帝實録》告成，命予二等議敘。十三年二月，擢工部右侍郎，兼管錢法堂事務。四月充殿試讀卷官，五月充教習庶吉士，六月充江南鄉試正考官，九月轉左侍郎。十四年五月，仍充教習庶吉士。十二月，以失察書吏冒領户部三庫物料，部議降調，上改爲降二級留任。十五年，充順天鄉試副考官。十六年四月，復充殿試讀卷官，五月充武英殿副總裁，七月調户部右侍郎，兼管錢法堂事務，九月署吏部左侍郎。

十七年五月，武英殿呈進《高宗純皇帝聖訓》，擡寫錯誤，希曾自請治罪，諭曰：『陳希曾係翰林出身，校書原所優爲，乃不加敬慎，厥咎較重。本應革職，姑念素行勤勞，著實降三級調用。』十月授内閣學士，兼禮部侍郎銜。十八年三月，復遷工部右侍郎，兼管錢法堂事務。八月，因寶源局匠役辦公拮据，奏請賞借二年工食銀兩，以資鼓鑄，得旨允行，旋提督江蘇學政。十九年閏二月，以纂輯《全唐文》告成，賞加一級。三月調刑部右侍郎，命回京供職，尋充國史館副總裁，轉左侍郎。

二十年九月，浙江省城外，有賊匪燒竊厝棺，巡撫顏檢先已獲犯擬結。嗣經部駁，御史蘇繹復以贓賊未確，奏請覆訊，上命希曾偕户部右侍郎成格往讞之。訊明顏檢所獲竊犯俞瑞祥等，係由捕役賄囑頂認，並非正犯。所有案内真賊，尚無一名就獲，請將顏檢交部嚴議，餘革職問擬有差。十一月，山西雁平道福海，因不諳文理，任聽幕友朦混舞弊，褫革治罪。希曾以濫保福海，部議降二級調用，上加恩改爲留任。二十一年六月，仍調工部右侍郎，兼管錢法堂事務。九月因病開缺，十二月卒。子晉恩，陝西陝安道；孚恩，刑部尚書；升，兩淮梁垛場大使。

臺北故宫博物院藏清國史館傳稿包

【校】陳希曾庶子升，陳用光《從兄子鍾溪侍郎墓志銘》作『升恩』。

陳希曾列傳

李岳瑞纂

陳希曾，字集正，江西新城人。乾隆五十八年一甲三名進士，授編修。希曾少孤，而敏於學，工文辭，有治事才。五十九年，充雲南鄉試副考官。試還，有欲偕置資於納資官主進者，希曾笑謝曰：『是得無非公儀子拔園葵之意乎？且翰林清秩，不可有市心也。』

嘉慶三年二月大考，擢右贊善，八月出督四川學政。蜀士多客籍，文恒假手，希曾禁約吏胥僕從，杜其根株。其骫於法，非甚不可教，輒懲其惡而導其善。士有才行者，獎勵備至，士皆畏其嚴而仍樂其寬。在任三遷至侍讀，回京遷右庶子，大考二等，擢侍讀學士。九年，提督山西學政。山西士習樸於蜀，鮮骫法，希曾煦嫗爲教，士悉奮於治經，而詩亦漸諳聲律。十年遷詹事，旋授内閣學士，兼禮部侍郎銜。十三年，擢工部右侍郎，考覈工程，慎屬曹司，擇其端謹，與爲淬厲。十六年，調户部右侍郎。司員某欲兼他司主稿，希曾不肯畫諾，曰：『是常辦某事，安可兼司！若吾所見不當，侍郎固可聽劾也。』諸尚書、侍郎不能屈，卒皆如希曾言。武英殿進《高宗聖訓》，有訛字，希曾自請治罪，上寬之，僅降内閣學士。十八年三月，復遷工部右侍郎，出督江蘇學。十九年，調刑部右侍郎，召回京供職，尋轉左。

先是，言官或奏劾刑部秋審處多紈袴貲郎，及希曾貳刑部，而總辦猶未補。希曾曰：『是職安可曠！今所欲掄委，雖非紈袴，亦資淺望輕，曷不遴資深望重者爲之？』方議未決，而希曾復以使事出。初，杭州多劫墓賊，巡撫顔檢已以獲犯擬結奏報矣，已而御史蘇繹劾奏贓賊未確，請復訊。上命希曾偕户部右侍郎成格往鞫，具得捕役賄買頂凶狀以聞，巡撫已下，落職問擬有差。二十一年，仍調工部右侍郎，十二月卒。

希曾性開敏，喜求實用，遇事敢爲有氣。少時，其諸父常使句稽質庫，他人悉不得要領，希曾按其籍，主進者咸慴服。爲卿貳，朝官某有業鹺者，欲與議姻，笑謝之。仁宗偶從容問希曾，與某有往還否？既知其不相識，則曰：『朕知其與汝異趣也。』初爲内閣學士，語同官潘世恩曰：『國家設此官，使閲題本，冀嫻六部事，儲材之意也。吾輩可憚煩，不一審其所畫諾之事乎？』在部能虚懷以接曹司，使得盡其言。及事有不可，則又持之甚力，侃侃無少假借。副國史總裁，大臣有政績者，皆録其副，以備省覽，欲别爲一書，未成而卒。子晉恩、孚恩、升，孚恩自有傳。　臺北故宫博物院藏清國史館傳稿包

陳孚恩列傳

施之博纂輯　鄧蓉鏡覆輯

陳孚恩，江西新城人。由拔貢生，於道光六年朝考一等，以七品小京官用，分吏部。十二年升額外主事，十三年充軍機章京，十七年補主事，十八年升員外郎。二十年四月升郎中，五月奉旨以四品京堂用，六月擢太僕寺少卿。二十二年三月，授通政使司副使，四月升太僕寺卿，均留軍機章京行走，十月遷大理寺卿。二十三年兼署順天府府尹，二十四年授都察院左副都御史。二十五年九月，充武殿試讀卷大臣，十二月署工部右侍郎，兼管錢法堂事務。二十六年九月，署倉場侍郎，十二月實授。二十七年五月，命署兵部左侍郎，並在軍機大臣上行走。十一月，以御史毛鴻賓奏山東庫款虧短，命偕户部左侍郎柏葰，前往查訪，旋覆奏，將庫款覈實封存。又以御史陳壇等奏山東盜賊公行，捕務廢弛，仍命與柏葰嚴密查辦，尋查出搶案與原參相符者共十六件。奏聞，命暫署山東巡撫，旋授刑部右侍郎，十二月回京。

二十八年，諭曰：『陳孚恩前在署山東巡撫任内，於公費等項，一概不收，清正可嘉之至！著賞給頭品頂帶，並著在紫禁城騎馬。』復賜『清正良臣』匾額。二十九年正月京察，上以孚恩襄贊庶政，矢慎矢勤，下部議敘。閏四月，命偕户部右侍郎福濟，赴山西查辦事件。六月，奏訊明巡撫王兆琛收受節禮屬實，論如律。七月調工部左侍郎，八月署户部左侍郎，兼管三庫事務。十一月署刑部尚書，十二月實授。三十年正月，宣宗成皇帝升遐。二月，會議升配升祔典禮，怡親王載垣等奏言，召對時，與陳孚恩語言辯論，舉措失儀，自請嚴議。諭曰：『爾等雖失小節，究屬忠悃之誠，而陳孚恩雖爲廣言起見，於大體實屬乖謬。均著交各該衙門議處。』尋部議，孚恩革職留任。五月以親老多病，奏請開缺，回籍侍養，允之。

咸豐二年七月，以捐助軍餉，下部優敘。九月，粤逆竄擾江西，命孚恩幫辦團防事務。三年正月，賊陷九江郡城，巡撫張芾前往勦辦，復命孚恩與司道等守護省城。時逆匪竄擾安徽滁州一帶，官軍分路截擊。上慮該逆回竄上游，命孚恩與張芾等，各就地方情形，擇要布置。六月，逆匪回竄江西省城，孚恩與張芾等督兵迎擊，斃賊甚衆。翼日，賊攻德勝門，轟塌城墻，蜂擁而上，我軍力奪缺口，賊敗走，上嘉獎之。七月，賊復攻城，調派總兵馬濟美等下城兜勦，毁其壘。賊復以大股撲營，濟美陣亡，孚恩率勇抵禦，敗之。尋畫水陸夾攻之策，賊大窘，遂遁。捷入，賞戴花翎。四年，逆匪復圍省城，孚恩等竭力堵勦，解其圍。

五年丁母憂，七年服闋到京。八年三月，御史錢桂森奏言，陳孚恩才具練達，識見明通，邇來在外數年，多所閱歷，尤能洞悉外間情弊。比者粤寇未平，海疆多擾，儻仍命其入直樞廷，必能剖決機宜。否則授爲欽使，俾其專辦夷務，亦必能揆時度勢，剛柔交濟。疏入，上以桂森朋比黨援，不勝御史之任，著回原衙門行走。七月，命以頭品頂帶署兵部右侍郎。八月調署左侍郎，九月署禮部尚書，旋授兵部尚書。十一月，以順天鄉試關節案發，上派孚恩會同審訊。嗣因案内牽涉伊子陳景彦遞送條子，嚴詰得實，自請嚴議，並請迴避。得旨：『刑部員外郎陳景彦，著即革職。陳孚恩並不知情，著改爲交部議處。此案關涉陳景彦之處，陳孚恩著照例迴避。餘仍秉公會審，無庸迴避全案。』旋經部議，降一級調用，准抵銷。九年三月，兼署刑部尚書，八月兼署户部尚書，十二月管理户部三庫事務。十年八月，上巡幸熱河，九月調吏部尚書。

十一年，文宗顯皇帝升遐，穆宗毅皇帝御極，載垣等矯詔，令孚恩赴行在。尋載垣等獲罪，詹事府少詹事許彭壽，以孚恩爲載垣等黨援，形迹最著，奏請查辦。諭曰：『陳孚恩於上年七月大行皇帝發下硃筆，命諸臣會議巡幸熱河，是否可行，陳孚恩即有「竊負而逃，遵海濱而處」之語。其意在迎合載垣等，當時會議諸臣，無不共聞。大行皇帝龍馭上賓，滿、漢大臣中，惟令陳孚恩一人先赴行在，是該尚書爲載垣之心腹，即此可見。聲名如此狼藉，品行如此卑污，若任其濫厠卿貳，何以表率僚屬！著革職，永不叙用。』

初，睿親王仁壽等會議郊壇配位典禮，孚恩聲稱，道光三十年，大行皇帝以三祖五宗爲定之旨，係大學士杜受田所擬，仍請以大行皇帝配祀。至是，許彭壽等引據大行皇帝聖製詩，有『以後無須再變更』之句，請飭王大臣再議。尋議不配祀。仁壽等以前主配祀之議，係受孚恩語言朦混入奏。諭曰：『郊壇配位，大典攸關。爲臣下者，宜如何援據《禮經》，敬謹詳擬。乃陳孚恩以荒誕無據之詞，冀聳衆聽。揣其意，不過掇合仁壽等一同列銜，以便其諂媚載垣等之計，謬妄卑污，至於此極。又查抄肅順家産内，陳孚恩親筆書函中，有「闇昧不明」之語。朕新政頒行，務從寛大。唯其與載垣、肅順交往密切，已屬確有證據，若不從嚴懲辦，何以儆示將來！著派瑞常、麟魁前往，將陳孚恩拏交刑部，即將該革員寓所資財，嚴密查抄。著派大學士周祖培，軍機大臣文祥，定擬罪名具奏。所有前經御賞匾額，著即恭繳。』尋發往新疆，效力贖罪，同治元年到戍。

三年，伊犁將軍常清，以孚恩當差奮勉，未便没其微勞入奏。上以孚恩獲罪甚重，毋庸給予奬勵。四年伊犁被圍，常清會同新任將軍明緒奏言，孚恩籌餉籌兵，不遺餘力，懇請釋回。諭曰：『革員陳孚恩，既在伊犁尚能出力，著加恩准其釋回。仍著留於伊犁，幫同辦理一切兵餉事宜。但能始終出力，並准明緒酌量保奏。』五年，伊犁城陷，孚恩偕其妾黄氏、子景和、媳徐氏、孫小連，同時殉難。事聞，得旨：『陳孚恩無庸給予卹典。孚恩之妾黄氏等，均下部議卹。』　臺北故宫博物院藏清國史館傳稿包

誥封奉直大夫例授州同知立軒陳公暨元配誥封太宜人魯氏合葬墓表

朱仕琇

公諱世爵，字浣脩，世居江西之新城，至公始自縣治徙居鄉聚曰鍾溪。公父以汧，縣學生，讀書不問家人産，晚歲益困，而公乃奮于賈起家。始，公嘗病市道詐僞，歎曰：『信義人所棄，自我得之，則富資也。』既而四方爭任之，交易者有不重千金，而重公一言，以是致富。

嘗曰：『財者，生人之大命也。吾儉自奉，將推以益世之不足者，非封殖也。』乾隆壬戌歲饑，公在南昌，舟稻四千石，將歸下估，以紓貧民。既而曰：『使市販聞而不前，非計也。』後米日騰，販亦益集，公舟適至，下其估，市價遂平。嘗泣謂子道曰：『吾家世士也。吾以困失業，幸天地之靈，家道稍豐。每望繼先志而大之者，非爾耶？爾其勉之。』道偶涉家事，公輒怒曰：『此爾所當爲耶？』道兒時，即親課以《小學》《近思録》等書。道遊太學，以學行顯名，所交盡四方賢豪，公聞甚喜。既兩試不遇，公書慰曰：『此命耳，不足憂也。』道卒成進士，得援例貤贈縣學公，成公志云。

嘗新鍾溪橋，修祖祠，置二代祭田，又欲立義産，以贍族老。客南昌，未肯歸，道固以請，公怒曰：

『我欲爲事甚衆也，而尼我耶？且我性不耐閑也。』嘗曰：『人能勤則無邪思，儉則不妄求，非獨治生宜之也。』夫人魯氏，縣學生正音之女，柔嘉淑明。嘗有竊公物者而覺，公將白治之，夫人曰：『物未必復得也，而益仇怨，焉用之！』治家事，能使公客外無憂。遇道尤嚴，曰：『吾惟一子，非有他屬望者也。』道以夫人年老，不即官，夫人以爲宜。既孫守誠官金衢嚴道，則趣道往，曰：『守誠年少，慮其易事而病下也。』公本太學生，例選州同知，以子道貴，援例加級封奉直大夫，夫人封太宜人。

仕琇與道爲兄弟交，成進士又同年。道在京師，人怪其處饒家，自奉朴菲，而早夜刻苦力學，過于寒士，不知其本家教者乃如此。蓋士族以貧徙業者，數世之後，或夷于百工隸圉，而不自振。其富厚則淫侈驕溢，忘其貧矣，而儒素之風衰焉。若公夫婦之教子者，其爲賈也，與其爲士，無以異也；其在富也，與其在貧，無以異也。其規模蓋已閎廓深遠矣。及考其所自業者，則又以信義勤儉爲守，益知司馬遷所載計然白圭之説。蓋衰世之末術，而市道雖猥，以君子之義處之，亦未嘗不得其志也。

進士爲當世聞人，而諸嗣君方分官内外貴顯，蓋公夫婦之德在人者，子孫宜享之。而其身且受國家追榮加錫之典於累世者，此《傳》所稱『以道受命，其福祉非自外至』也。進士以乾隆二十四年某月日，祔葬太宜人于公墓次，書來請表其阡，仕琇書此歸之。至其生歿葬期兆域，世次子姓，已具誌銘，故此不著。乾隆二十五年四月十八日，建寧年眷侄朱仕琇表。

《梅崖居士文集》卷十五

凝齋陳先生行狀

魯仕驥

曾祖一翰，邑庠生，妣魯氏。祖以汧，邑庠生，以公貴，貤贈奉直大夫；以曾孫守訓官，覃恩貤贈朝議大夫，刑部奉天司員外郎加二級；妣李氏，貤贈宜人，覃恩貤贈恭人。考世爵，國學生，候選州同知，以公貴，誥封奉直大夫；以孫守誠官，覃恩誥贈中憲大夫，浙江分巡金衢嚴道加三級，晉資政大夫；妣魯氏，誥封宜人，覃恩誥贈恭人，晉夫人。

公諱道，字紹洙，號凝齋，先代自宋進士孔明籍江西之新城，居縣治，世傳儒業。至公之父，以家落，卜宅於新城之西鄉鍾溪居焉。乃去儒爲商賈以治生，遂以康熙四十六年五月己巳，生公於鍾溪之湄。公生而端重，自童時不爲兒嬉。甫入塾，晝從師習業，夜則從父受《小學》《近思録》。父命之曰：『此爲學爲人之本也。』公即莊誦之不倦。既成童，父經商，長年客外，公則佐母理家事。及冠，父以縣郡試費日力，乃爲援例以國子監生應鄉試。乾隆元年丙辰，今上御極，特開恩科，公以監生應江西鄉試，既呈薦，以額滿落解。二年，奉父命加捐貢生，入國子監肄業。是時，合河孫文定公主監事，一見公，即稱爲大器。而廣昌黄崧甫先生永年，官刑部主事，工古今文，力儒先之學，公更從而師事之。

先是，公爲文好深湛之思，以先輩章柳州、羅儀部爲法，務去陳言，戛戛其難。及從崧甫遊，聞儒先爲學之要，益尋繹家傳，日致力於日用動静之際，暇則矻矻窮經，務得其大意。又以治經之餘，探討史傳，以身處之。公故饒治事才，至是遇事益精於擘畫，而文亦浩乎其沛然矣。崧甫之友，若寧化雷中丞鋐，宣城劉觀察方藹，雲南傅中丞爲詝，同鄉前輩司寇劉公吴龍，皆海内賢者，並折節樂與公交，公皆以師友之禮事之。而公所自取友，則浙江祝人齋先生洤，新建夏檀園先生之瀚，聚則相與講習正學。

崧甫於儒先之學，不專主一説，意在兼集衆長，以適用爲貴，而獨好羅文恭公書。雷中丞、祝人齋，則力守程、朱規矩，人齋尤嚴，斷斷不少假借。公日遊於賢師友間，意亦在兼集衆長，以致於用，其服膺崧甫之教，終不爲他説稍奪。而公之才尤有過人者，其發揮於事者尤著，雖雷、祝諸公，亦歎其能自力，謂其所行莫非其所學也。

三年戊午，應順天鄉試，不遇。四年冬，省親南還，因崧甫先生言，而交邑涂南池先生登，及其族弟訒庵先生瑞。南池先生，崧甫之執友，而訒庵故嘗受業於崧甫者也。公歸，日與二先生往復論學，而篤守師説益摯，日以金谿陸氏《居家正本》《制用》二書教於家。五年，仍入監肄業。六年辛酉，再應順天鄉試，又不遇。七年，奉父召南還，蓋是年秋江西大旱，繼之以大風，蟲傷秋稼，民鮮穫。公父時客會城，憂鄉里之困也，買穀數千石，將運歸以平糶。及公還，則大喜，亟命歸里，以濟鄉鄰。八年春，公歸里。新城縣萬山中，鍾溪尤僻在一隅，素樸質，頗多温飽户。民不知饑饉之苦，忽遇大荒，少備豫，向之温飽者，皆無以自存矣。而稍有贏餘者，又方居奇閉糶，於是窮民益無所得食。而一二桀黠不逞之徒，藉端煽惑，以搶奪爲事，鄉里洶洶然，幾至聚衆。

公既歸，調和貧富，諭以大義，而馴柔其桀黠不逞者，諗於衆，舉行平糶法。顧人未知平糶之爲如何也，群以不均不溥，或贏或虧爲慮，又大譁。公規畫已定，請於邑令，頒給十家牌。至是宛轉曉譬，俾需糴者人自領牌，實填丁口，持牌赴糴，計日以受，計口以給，必均必溥，無贏無虧，雖婦孺不致擁擠，如是行之，衆乃讙。自春徂夏，新穀既升，於是鄉里之貧者皆曰：『微陳公，吾屬填溝壑矣。』其富者皆曰：『微陳公，吾屬卧不安席矣。』自始事及訖功，數月之間，公日夜憂勞，鬚髮爲之蒼白，是時公年三十有七耳。公自是請於父，家積穀數千石，每於青黄不接之際，接濟鄉里，一遇荒歉，則發而平糶。於是鄉里之間，皆知平糶之法之爲善，而舉事有成規可循矣。

九年甲子，公舉江西鄉試。乙丑會試，下第南歸，從崧甫先生讞獄江南，多所贊畫。既歸，念江西前輩遺書多散佚，欲網羅搜討，都爲一集，爲《江西文統》，屬南池先生綜其事。既而南池先生病，不果。十三年戊辰，再會試，遂成進士，引見歸班，候選知縣。公因援例加三級，請封父母、大父母而歸養。暇則集親戚鄰里，講肄冠婚家祭之禮，孝友睦姻任卹之行。於是鄉里之間，皆知成人重冠，婚重親迎，而高、曾、祖、考之祭，不可黷於淫祀。宗族鄉黨，有相繫屬之義矣。

十五年，崧甫先生以常州知府罷官待勘，卒於蘇，公聞之痛哭，爲經紀其喪，歸其櫬。十六年，詔舉經明行修之士，郡守金華葉公夙知公，欲舉公以應，公固辭。十七年，奉父命，有事於北，歸途聞父訃，痛哭奔喪。歸治喪葬，一遵古禮，必誠必信，不用浮屠鼓樂，吊客至，不飲燕。於是鄉里之間，皆知喪葬用浮屠固非，即鼓樂燕客，亦非所宜矣。既終葬事，本父遺意，立義田。以爲范氏義田，文正公當日自高祖以下，族之食者百口。故千畝之入，足以食其百口之衆，然力能自食者，無所需此。不如斟酌其法，變而通之，由始祖以下，以待夫力不能自食者，庶幾君子周急不繼富之義。於是以二千畝爲父祭田，自歲供祭祀而外，權其所入以贍族，立爲規條。鰥寡孤獨廢疾者有養，力不能婚喪者有贈。有志向學，力不能從師者有助，應試乏資斧者，行李有資。於是鄉里之間，又知贍族有義田之制矣。

是時也，祝人齋先生來吊喪，公既與之諮諏喪禮，因歎議禮家言人人殊，欲薈萃先儒簡要精義爲一書，俾夫學者童而習之，稍有以窺古聖制禮之意，屬其事於人齋。以人齋先曾自任注《禮》，且以其年五十，尚未舉子，欲俾以著書家居，因資以膏火費，止其客遊也。而公自任《春秋》，以爲左、公、穀三《傳》，或誣或誕，不但彼此多所牴牾，其於經意，亦多違悖。即後來胡氏《傳》，義理正矣，而多以己意解經，非聖人本旨。至《國語》與《左傳》互見，亦頗可采，欲於其中擇是去非，以成一書。

先是，公課三、四兩子，倣袁機仲《通鑒紀事本末》之例，編輯《左氏紀事本末》一書，俾之誦習。至是又删其駁雜，存其精粹，以課幼子。學者請其書，以嘉惠後學，公歉然曰：『此未成之書也。』十九年，郡守湘湄姚公修盱江書院，以膏火費不足，來商於公，公俾次子守詒，輂白金二千兩助之。姚公欲詳請議敘，公曰：『此體賢太守振興人才之意，豈敢因以爲利哉！』固辭之。二十年，公選期已屆，部檄屢催，以母老終養辭。會是時豫工例開，因命長子守誠，應例捐部員外，以報效國家。

二十一年，公年五十矣，收集崧甫先生遺集，授之梓，因爲《崧甫先生行狀》。既成稿，與雷中丞，南池、訒庵二先生往復商榷，凡數易槁而後定，蓋其慎也。二十四年，長子守誠以守部候選已久，加捐外任，選授浙江分巡金衢嚴道。公既書官戒十六條寄之，旋奉母命，親至其署勖勉之。既至，則扁舟訪故郡守葉公於其廬，商論學業。又以祝人齋先生既卒，作文哭之，爲經紀其家，卹其孤，俾可成立。未幾，母以無疾終，公聞訃奔喪，痛父母之没，皆不及視含斂，日夜泣血，毁瘠甚。既終葬事，遂得疾。二十五年春，浙中饑，其長子奉督、撫檄，採買江西、湖廣，公念民瘼攸關，力疾至章門，授以機宜。歸而疾益甚，遂以八月乙亥，終於塈室。臨終，凴几端坐，顧諸子曰：『無擾，吾當保此清明之氣。』已而遂瞑，享年五十有四。

公爲人嚴毅清苦，自少至老，未嘗一日怠惰。嘗曰：『憂勤惕厲，人生所以成德業。反是敗矣。』其言動必由於禮，嬉笑怒罵之辭，不出於口；聲色玩好，遊觀之娱，不接於目。雖處饒家，而衣服飲食，儉於寒素，夏葛冬裘，歲有常御，雖敝不易。其閑居肅然，其接人也藹然，居鄉黨之中，人無貴賤賢愚，相接必以誠。聞人有善行，則獎之惟恐不及，苟有過，則欷歔歎息，若疾痛之在其身。有可與言者，必盡言以規之，俾改而後已。遇人疾病死喪，水火之厄，必力振卹之。其於三黨至親，體卹尤至，然不爲姑息之愛，必以德成全之。後生子弟，有相從問學者，諄諄誨之不倦。嘗以文義訓學者云：『人之爲義，兩足豎立，旁無依倚，如此方謂之人。人而横開一肩，能任大事，則可謂大人矣。大之上加一畫，則天也。故《記》曰：「人者，天地之心。」人而能爲大人，則不愧天地之心矣。知此，則爲人爲學，思過半矣。』

生平讀儒先書，體諸身，不形諸論説。自集崧甫遺書後，又以《近思録》例，集《四子書》，日自考鏡得失。又集周、程、張、朱、陸、王，鄒文莊、羅文恭之書之切於身者爲一編，朝夕省覽。其於文不苟作，有所作，必本其中之所得爲言。人或謂其氣味似某氏作者，公不以自憙也。嘗曰：『讀古人書，行之不暇，何暇以爲文！』其所欲注《春秋》五傳，尚未成書，所存者僅得古雜文六卷，古今體詩二卷，皆關於倫理之大者。其於師友存没之際，亦足以考見其始終不渝之概也。

仕驥自成童以制舉業事公，公爲示以正學，而戒以勿近名，勿爲口耳論説。年今五十有二矣，距公之没，亦已二紀矣，而頑然無所成就，追惟公教，泚然汗出，惕然恐墜。念公生平篤志儒先之學，仕驥雖淺陋，未敢知其精微之藴，於儒先何如。而其所行，著見於人耳目者，足以型方，足以訓俗。竊以爲古士大夫之教於其鄉，所謂『鄉先生没，可祭於社』者，公其無愧矣。國家化民成俗，采鄉之賢者，祀於學宫。誠得如公者，以應斯典，其庶幾足以興起後之學者與！今幸去公之世未遠，其行事皆有實蹟可稽，鄉之人皆歷歷能言之。因公之孫、曾又從仕驥學制舉業，故詳著其行於篇，以示公之孫、曾，且徵於鄉之人，俾後世之舉鄉賢者，得有所徵信焉。《魯山木先生文集》卷八

奏報前任學政陳希曾改就水程回京事

楊揆

再，正考官錢栻，蒙恩簡任四川學政。所有前任學臣陳希曾，副考官楊健，均應回京，恭復恩命。惟聞陜省寧沔地方，尚有剿散餘匪，不時出没，若仍由棧道行走，轉恐遲滯。陳希曾等與臣面爲商酌，即擬改就水程，先後從夔州一路，取道湖北旋京，以期便捷，理合附片奏聞。謹奏。（嘉慶六年九月十一日嘉慶帝硃批：）『覽。』臺北故宫博物院藏硃批奏摺

遵旨據實奏聞差滿學政陳希曾在任考試聲名事

勒保

奴才勒保跪奏，爲學臣任满回京，遵旨據實具奏事。

竊照乾隆四十二年欽奉上諭：『傳諭直省督、撫，嗣後學臣差滿，將其在任考試聲名若何，辦事若何，據實具奏等因。欽此。』欽遵在案。兹查四川學政陳希曾，三年差滿，新任學政錢栻欽遵諭旨，於出闈後接印任事。陳希曾已於九月十七日，自省起程回京。奴才上年自龍安回至保寧，道經省城，與該學政會晤，留心察看。該學政品行端方，辦事明敏，於通省學校事宜，認真整飭，勸課有方。所屬教職等官，如有年老才庸，不堪振作者，即咨奴才斥革，不稍姑息。

本年係拔貢之年，所有選拔各生，俱係文行兼優。歲、科兩試，去取允當，士論帖然，聲名甚好。奴才於經行之處，訪之各府州縣，並據藩司楊揆密禀，異口同聲，洵屬清慎自矢，操守可信之員。理合據實奏聞，伏乞皇上睿鑒。謹奏。嘉慶六年九月二十三日。（嘉慶帝硃批：）『覽。』　臺北故宫博物院藏硃批奏摺

奏爲密陳山西學政陳希曾在任情形事

同　興

山西巡撫臣同興跪奏，爲密呈學政聲名，仰祈聖鑒事。

竊照學政在任有無劣蹟，並所延幕友人數，例應歲底密奏。又於嘉慶四年七月内，欽奉上諭：『嗣後密呈學政聲名，務當詳覈政績，秉公據實具奏。毋得復蹈故轍，以循例一奏了事等因。欽此。』欽遵在案。

臣查現任山西學政，翰林院侍讀學士陳希曾，係本年八月内到任，爲人端方謹飭，現在考試汾州府屬各州縣生童，甫經事竣。臣密訪該學政關防嚴密，場規整肅，凡考列生員等第，及童生入學者，去取悉皆

公允，輿論翕然，聲名甚好。至其閲文幕友，准該學政造册移送，有江南舉人唐廣模，四川拔貢生張崇樸、于德培，江西拔貢生陳希孟、廪貢生楊以滋五人。兹届歲底，理合據實恭摺密奏，伏乞皇上睿鑒。謹奏。嘉慶九年十二月二十二日。（嘉慶帝硃批：）『覽。』　中國第一歷史檔案館藏硃批奏摺

奏爲密陳山西學政陳希曾考語事

同　興

山西巡撫臣同興跪奏，爲密呈學政聲名，仰祈聖鑒事。

竊照學政在任有無劣蹟，並所延幕友人數，例應歲底密奏。又於嘉慶四年七月内，欽奉上諭：『嗣後密呈學政聲名，務當詳覈政績，秉公據實具奏。毋得復蹈故轍，以循例一奏了事等因。欽此。』欽遵在案。

臣查現任學政陳希曾，爲人端謹。自抵晉以來，已考試過太原、汾州、潞安、澤州、寧武五府，併沁州、平定州、遼州、岢嵐州、代州等處所屬生童。臣隨時留心密訪，該學政聲名頗好，并於各屬因公進省之便，逐加詢問，僉稱該學政考試各棚，關防嚴密，場規整肅，校閲極爲認真。凡考列文、武生員等第，及童生入學者，去取悉皆公允。至其閲文幕友，准該學政造册移送，有雲南舉人楊焜，四川拔貢生于德培，江西拔貢生陳希孟，江西增生黄紳曾、陳錫周五人。兹届歲底，理合據實恭摺密奏，伏乞皇上睿鑒。謹奏。嘉慶十年十二月二十一日。（嘉慶帝硃批：）『覽。』　中國第一歷史檔案館藏硃批奏摺

奏爲密陳山西學政陳希曾考語事

成　寧

山西巡撫臣成寧跪奏，爲遵旨據實具奏事。

竊照學政在任有無劣蹟，例應年底密奏。又，嘉慶四年七月内欽奉上諭：『嗣後密呈學政聲名，務當詳覈政蹟，秉公據實具奏。毋得復蹈故轍，以循例一奏了事。欽此。』欽遵在案。

伏查臣於本年十月二十七日到任，適值學政陳希曾即於是日往試澤州、潞安等府，與臣甫經相見，旋即起程。臣月餘以來，訪聞該學政在任兩年有餘，爲人端謹，學問優長，歷試各府州生童，甄拔公平，士論翕服。延有幕友六人，足資分校，關防甚爲嚴密。臣到晉未久，謹就所聞，先行陳奏。尚容隨時留心體訪，倘有劣蹟，即行據實具奏，斷不敢稍涉徇隱。兹届年底，謹繕摺奏聞，伏乞皇上睿鑒。謹奏。嘉慶十一年十二月十七日。（嘉慶帝硃批：）『覽。』　中國第一歷史檔案館藏硃批奏摺

奏爲密陳山西學政陳希曾任滿考語事

成　寧

山西巡撫臣成寧跪奏，爲遵例據實具奏事。

竊照學政差滿，例應將在任考試聲名辦事，據實具奏。兹新任山西學政黄鉞，業已抵晉任事。前任學政，内閣學士兼禮部侍郎陳希曾，任滿交卸回京，於十月十六日起程。查陳希曾係二品大員，其品學才具，久邀聖明洞鑒。臣於上年十月到任，與之同官一載。該學政爲人端謹，學問優長，每遇按試各屬生童，臣留心察訪，去取公當，士論咸爲翕服。至其操守清潔，關防嚴密，聲名俱好。臣不敢稍事徇飾，理合

據實恭摺密奏，伏乞皇上睿鑒。謹奏。嘉慶十二年十月二十日。（嘉慶帝硃批：）『覽。』中國第一歷史檔案館藏硃批奏摺

奏爲胞侄陳希曾簡放江蘇學政應否迴避事

陳觀

江寧布政使臣陳觀跪奏，爲遵例奏明請旨，仰祈聖鑒事。

竊臣伏查定例，現任學政，有祖孫父子、親伯叔兄弟陞遷至一省者，督、撫、藩、臬自行奏明請旨，應否迴避，恭候欽定等因。兹臣之胞侄希曾，蒙恩簡放江蘇學政，業經抵任。查藩司與學政近在同省，均有公事交涉，謹遵例奏明，應否迴避，恭候諭旨，伏祈皇上睿鑒。謹奏。十月二十七日。嘉慶十八年十一月初九日奉硃批：『另有旨。欽此。』中國第一歷史檔案館藏録副奏摺

同治建昌府志

陳希曾，字集正，號雪香，新城人，元次子，見事明達，而處事和易。領乾隆己酉鄉舉第一，癸丑成進士，以殿試一甲第三人爲編修。歷晉工部侍郎，出典雲南、貴州、江南鄉試，庚午主順天鄉試，歷任四川、山西、江南學政。在江南半載，内召爲刑部侍郎，旋出讞獄於浙、閩。還朝調工部，乞養病，半載卒，年五十一。

希曾督學蜀中，知士多客籍，文有假手，嚴禁書吏僕從，杜其根株。其觝於法，非甚不可教者，懲其

惡而導其善，有才者奬勵之，以故士畏其嚴，而仍樂其寬。在山西，教士以治經爲根柢，而詩亦漸諧聲律。在江南，甫試三州郡，所取多知名士，而未終其任。在工部，考核工程，慎選曹司，擇其端謹，與爲淬厲。在户部亦如之。爲侍郎，虚懷若谷，人得盡言，而不合於政體者，則持之甚力。爲國史館副總裁，於本朝大臣之政績，録其副，以時省覽。而於江西之著述入《四庫》書目者，自明以來，皆纂輯之，藏於篋。惜享年不永，未竟其用云。同治《建昌府志》卷八《人物志·宦業下》

陳希祖，字敦一，號玉方，新城人，元長子。元殁時年十一，與弟希曾從魯九皋學，九皋一以宋五子書正其趨。希祖讀書專篤，不爲涉獵之學，故制舉文有如宋人經義。乾隆庚戌成進士，爲刑部主事。性恬淡，雖補官，猶低頭於積卷中。赴曹司，處置可否，吏不能欺。而嘗讓其能於同官，凡平反庶獄，有歐陽崇公燭治官書，屢廢而嘆之意。希祖於書無不覽，旁及天文算法，水利河渠，皆能深究而洞悉其原。然不自表暴，嘗言曰：『假我十數年，吾所欲著之書，可次第就矣。』書法奄有諸家之長，而於董思白晚年筆意尤近。擢浙江道監察御史，未數月，乞養病歸里，至杭州卒。同治《建昌府志》卷八《人物志·文苑》

同治直隸綿州志

陳希曾，字鍾溪，江西新城縣進士，洊陞工部右侍郎。任四川學政，學有本原，宅心正大，以正人心，厚風俗爲急務。歲、科兩試，諸生依例默寫《聖諭廣訓》一段畢，擇一二純修士，命對衆逐字宣講，有未協處，必躬自口指手畫，啓迪再三。輔以朱子《小學》，使之歸述鄉里，倡率有方，不至流於浮薄。

時值川匪未靖，士遭兵燹後，强半貧困，振作維艱，赴試者寥落。迺隨時訪聞，助以資斧，俾努力名場，勿致裹足，寒畯悉沐其惠。更仿先儒經義、治事兩齋意，捐廉刻《大學衍義》及《大學衍義補》，弁語懇切，勉以躬行。凡經郡縣書院，必親詣講席訓課。或書籍缺少，即以己所讀愜心當理，有關名教者，酌留數部或數十卷，藉廣士識。膏火不足，輒捐廉補助之。以地方辦軍需急，乃減免供帳，號舍有坍塌處，出俸修理，不煩有司。力約束胥吏，嚴整有法。在蜀三年，弊絶風清，士人賴以成就者居多，數十年來，猶圭臬奉之未艾。　同治《直隸綿州志》卷十六《學校》

同治新城縣志

陳希祖，字敦一，號玉方，元長子。元歿時年十一，與弟希曾從魯九皋學，逾三年，先後補弟子員。復偕其從叔用光、九皋子嗣光，同肄業於石竹山房。九皋一以宋五子書正其趨，故希祖兄弟少以端雅重於鄉黨，而長各成其造詣。希祖讀書專篤，不爲涉獵之學，故制舉文有如宋人經義。乾隆丙午舉於鄉，庚戌成進士，進呈殿試卷名在第七，卒以刑部主事用。會丁曾祖母憂歸。嘉慶丙辰，奉母就養京師，與弟希曾以癸丑編修在館供職，同侍左右，致足樂也。

希祖性恬淡，雖補官，猶低頭於積卷中。赴曹司，處置可否，吏不能欺，而嘗讓其能於同官。凡平反庶獄，有歐陽崇公燭治官書，屢廢而嘆之意，惟敬且慎也。希祖於書無不覽，旁及天文算法，水利河渠，皆能深究而洞悉其原。然不自表暴，嘗言曰：『假我十數年，吾所欲著之書，可次第就矣。』書法奄有諸家之長，而於董思白晚年筆意尤近。希祖由主事，歷遷員外、郎中，擢浙江道監察御史。未數月，乞養病歸里，至杭州，卒於蘇公祠。

陳希曾，字集正，號雪香，元次子，見事明達，而處事和易。領乾隆己酉鄉舉第一，癸丑成進士，以殿試一甲第三人爲編修。嘉慶戊午，擢贊善，旋擢至庶子，癸亥擢内閣學士，三遷至工部侍郎。壬申以事左遷，未半載，仍擢内閣學士，旋晉工部侍郎。出典雲南、貴州、江南鄉試，分校丙辰禮闈，庚午主順天鄉試。歷任四川、山西、江南學政。在江南半載，内召爲刑部侍郎，旋出讞獄於浙、閩。還朝調工部，乞養病，半載卒，年五十一。

希曾督學蜀中，知士多客籍，文有假手，嚴禁書吏僕從，杜其根株。其骫於法，非甚不可教者，懲其惡而導其善，有才者獎勵之，以故士畏其嚴，而仍樂其寬。在山西，教士以治經爲根柢，而詩亦漸諧聲律。在江南，甫試三州郡，所取多知名士，而未終其任。在工部，考核工程，慎選曹司，擇其端謹，與爲淬厲。在户部亦如之。爲侍郎，虚懷若谷，人得盡言，而不合於政體者，則持之甚力。初任閣學時，語同年潘芝軒尚書曰：『此官爲閱題本而兼嫻六部事，國家儲才之意也。吾輩可憚披閱之煩，而不細審其畫諾之事乎？』尚書韙之。爲國史館副總裁，於本朝大臣之政績，録其副，以時省覽。而於江西之著述入《四庫》書目者，自明以來，皆纂輯之，藏於篋。希曾通籍蚤，感激聖眷優隆，屢掌文衡，歷任臺省，黽勉從事，盡抒其讀書報國之誠。享年不永，未竟其用，識者爲惋惜云。

其事母至孝，黄太夫人性嚴，而能得其歡心。其待兄弟友愛，弟希孟以辛酉選拔貢生得知縣，希曾不欲其遠離，留使佐治家事，而爲遵例捐同知職。希孟卒，希曾哭之慟。女兄弟四人，皆賴之以裕其家。同治《新城縣志》卷十《人物志·文苑》

御史陳希祖母黄氏，漢陰知縣黄道嘉女也，年三十一而夫亡，逾二月而生子希孟。其長子希祖、希曾年十歲，已能文矣，趣之從魯九皋學，且戒以當法其爲人。其衣服飲食，不使踰中人，而獨督之學，不少暇。每出入，必稽其所居遊，聞其與夫從弟用光、九皋子嗣光處，則喜。及希祖爲部曹歸，偶有嬉戲事，即斥之曰：『爾恃爲官人，遂廢學耶？異日將何以治民！』希祖屏息受戒維謹，其嚴且明如此。後希孟亦以拔貢朝考，得雲南知縣，夫人愛之甚，不使赴官，然任以家事，不使暇逸。就養京師二十餘年，待親舊有恩，待族戚尤摯。及暮年歸家，家人忘其爲一品貴也。歸二年卒，年七十五。初以夫弟觀，貤封宜人，後以子希曾，封一品夫人。同治《新城縣志》卷十《人物志·列女》

光緒江西通志

陳希曾，字集正，元次子。乾隆進士，殿試一甲第三人，授編修，擢贊善。累官吏部侍郎，緣事左遷，起内閣學士，旋晉工部侍郎。先後典順天、雲南、貴州、江南鄉試，四川、山西、江南學政，充鄉、會試同考官。希曾歷掌文衡，以經術取士。浙江杭州城外，賊潛焚厝棺，攫衣物，巡撫顔檢奏獲盜，御史蘇繹奏贓犯未確，請覆訊。下希曾，偕侍郎成格馳讞，如繹言，巡撫交部嚴議，承審官革職問擬有差。後以奏薦雁平道福海不諳文理，幕客舞法，褫革治罪，部議希曾降二秩，上加恩改留任，尋卒。

希曾生平嫻於掌故，居國史館爲副總裁，凡於大臣政績，罔不録副，以時省覽。而於江西著述，尤所留意，凡載《四庫》書目者，自明以來，皆有纂輯。子晉恩，甘肅鞏秦階道；孚恩，拔貢生，累官至吏部尚書。同治元年，獲罪戍伊犁，逆回陷城，遂殉難，妾黄氏、子景和等同死。事聞，奉旨其妾與子等，均予旌卹。升恩，兩淮梁垛場大使。本傳《府志》。　光緒《江西通志》卷一百五十六《列傳》

光緒越巂廳全志

陳希曾，江西新城進士，督學四川，教士以明體達用爲要。仿先儒經義治事之意，捐廉購《大學衍義》及《衍義補》諸書，散給蜀士，勉以躬行實踐，成就者多。道光十九年，崇祀名宦。　光緒《越巂廳全志》卷七之二《政績》

附録四　新城鍾賢陳氏支譜（選録）

新修支譜序

陳國世

昔三代重族氏而專設之官，其間支分派别，雖千百年之紀，皆可得而稽也。迄於秦漢，王侯卿相，崛興草莽，莫能詳其先世，而譜系寖以不傳。魏晉六朝尚門第，隋唐因之，譜牒之學復貴。五季以降，舊書散佚，其學亦幾微矣。然宋元之世，官籍廢而家譜興，歐、蘇兩家之學傳，後之修宗譜者，莫不遵守而奉爲家法焉。

吾家自宋進士孔明公，由九江義門遷新城。至贈資政立軒公，始家於鍾賢，遂爲鍾賢陳氏。然則就徙居鍾賢言之，當以資政公爲始遷一世祖矣。計自分支以來，傳歷九世，要皆聚族而居，百數十年如一日。其或志在四方，浮家泛宅者，往往離鄉日久，不獨族之伯叔兄弟，或存或亡，與夫妻妾子女，未可具悉。甚至時移世易，容有詢其先世，莫能歷溯者。故先侍御玉方公、贈比部桂門公，皆先後纂輯支譜，命子姓各自手録，顏曰《親親小譜》，殆亦默寓敬宗收族之遺意歟？

然而支派蕃衍，世系漸增，傳寫既憂紕謬，補註不無異同，缺略漫漶，恐非經久之計。兹於宗譜告成後，復編纂《支譜》，宗派取法歐陽，而體例兼仿蘇氏。前後凡六卷，專紀世系，詩文傳誌舉不録，亦既簡而易攜矣。匝月稿始定，復與族中諸君子詳加校勘，爰付劂氏。曾叔祖竹園公喜斯譜之既成也，命國士弁言簡端，用誌不朽。國士以爲，世族之崇替無常，即門第之盛衰，未可預卜，然差冀其經歷久遠。惟此孝友之風，詩禮之遺，有以纏綿於勿墜，蓋本根實，而枝葉靡有不茂者。

吾陳氏自始遷祖資政公，二世祖光禄公，積功累仁，世濟其美。後嗣之拔科第，登膴仕者，皆獲以聞達顯揚，而食先世潛德之報。於戲，前人之留貽，以至於今日，豈偶然哉！後之爲子姓者，苟能敦崇禮讓，思有以恢宏其先澤，則他日之大宗族而長子孫，又當何如也。光緒廿三年，歲次丁酉季夏月，第八世孫國士謹序。

光緒《新城鍾賢陳氏支譜》卷首

原抄譜序

陳希祖

《親親小譜》，吾弟雪香所手輯者也。乾隆四十八年春，吾族重修宗譜於廟中既成，余受而讀之，則世系相承，遠近親疏，井然可觀。蓋吾族自宋景炎間蔓延至今，凡數百餘年，自始支祖元盟公，遞傳至余輩，凡十餘世。近數十年間，吾新城陳氏頗稱殷盛，而士農工商，遊業於四方者，因徙居離散，則閩越吴楚之間，所在多有。蓋未嘗不歎宗族蕃衍，幾漠然視若途人也。

今年冬，雪香手持是編以示余，且語余曰：『昔我先君節庵公篤於族義，黽勉無已，至今族中人猶能言之，吾兄弟其可不勉承先志！雖然，有序焉，自吾立軒公起家鍾溪，至今五世聚居於此，幸席先人之蔭，無饑寒之戚。使由此而力敦孝友，相習成風，庶乎仁愛之誼，自近以及遠，由親以及疏。而昔之漠然視若途人者，亦可相維繫於不替也，豈不盛哉！今是編自吾祖父而上，歷序一本之親。至始祖華夫公爲十七世，而支分派遠者略之，非敢漠然也，蓋有深意焉。吾兄以爲何如也？』嗚呼，雪香其有以進我矣，因序之於簡端云。乾隆四十九年十一月長至日，希祖序。

光緒《新城鍾賢陳氏支譜》卷首

原抄譜序

陳　英

新城之有陳氏也，自宋孔明公由江州義門遷居於此始。我高祖立軒公，又由新城徙於鍾賢，是爲始遷鍾賢一世祖。曾祖凝齋公而下，世世聚居，家於是焉，百餘年來，子姓繁衍，支分派别。乾隆四十九年，先從兄鍾溪公，輯凝齋公支下子孫世次一册，爲《親親小譜》，隱然有敦一本之親，相維相繫，終始不替之意焉。其法亦如宗譜五世一提，九世再提之例，絲聯繩貫，井井有條。越今日世次遞增，又八世矣。余深懼夫族大繁多，遠近親疏，漠然不屬，有失鍾溪公相與維繫之意。今年夏家居無事，將世次另爲彙册，每世以生年先後次第之，合中有分，分而仍合，傚《小譜》例，略爲變通，亦未始非維繫之初心也。輯既成，爰書數語於後云。咸豐五年六月，第五世孫英謹誌。

光緒《新城鍾賢陳氏支譜》卷首

新修支譜凡例

一，世系倣歐陽家法，五世一提，昭穆蟬聯相接。每支列圖於首，俾閲者依圖尋派，瞭如指掌。至體例則遵蘇氏，挨次直敘，取其卷頁不多，簡而易藏，法至善也。

一，支譜世系，祇就鍾賢合族分支編纂。以上各老祖，自孔明公以下，皆就本支單行直列。迄我立軒公，實爲鍾賢分支所自始，故特另提立軒公爲一世祖，凝齋公爲二世祖。至三世祖，分爲『恭從銘聽惠』五大支。每世系圖，列第幾世祖至第幾世，每頁中縫註明某房，令閱者易於查考。

一，譜以紀世系爲主，各人名下，詳載名諱、别號、履歷，生卒葬處，妻妾子女。其餘事蹟詩文，碑銘傳誌，概不登入。至祖先家訓官箴，學規條約，以及事祀誌、祀田誌、墳墓誌，並祖産田塅，一切雜議，悉載宗譜，兹不復贅。

一，立繼由親及疏，以次相承。倘無期功之親，再就遠支擇繼，亦必昭穆相當，不得以弟嗣兄，以孫禰祖。他若乞養異姓，篡亂宗支者，尤當擯斥，不准冒濫。

一，繼子如果昭穆相當，即於嗣父名後，書『嗣缺，以某第幾子繼之』。其本生父名下，書『第幾子某出繼某』。如有一子兩祧者，仍於兩支分載『某人之子』『某人祧子』，以備將來後嗣蕃衍，得以分紹宗支。

一，支下子孫，凡未成人者書『殤』，已娶無子書『嗣缺』，爲僧道書『出俗』，遭寇掠書『被擄』，有妻被出書『妻某氏出』。

一，世代字派，謹遵宗譜原編『守先惟積善，立本在行仁。德報馨香遠，宗承統緒新』二十字。自三世迄今九世，已傳至『本』字派，以下依次遞接，不容紊亂。

一，此次新修支譜，其遠在他省他府者，隔年早已函知，令送世系入局。今又屢催，尚有一二未及寄齊，工竣在即，勢難延俟，祇有照抄本支譜敘稿，及廟中丁口簿内添註。其中未盡詳悉之處，仍請各自補增。

一，支譜共印五十部，每部凡六本。除五大房各給一部，及在局司事之人，每人領一部外。其餘族下領譜者，須於未開刷前，先自來局報名。每領譜一部，應備紙墨費四百文，送呈族長，彙登來數。開刷以後，雖備資送局，亦不給領。有議在前，凡我族人，當可共諒也。

光緒《新城鍾賢陳氏支譜》卷首

支譜世系選録

一世祖華夫公，支祖元盟公次子，派二，名缺。以行誼著，稱五六耆德，是爲城内雲路巷啓賢陳氏一世祖。生元大德壬寅十二月十三，卒明洪武庚戌四月初一。葬二十五都高豐源。娶饒氏，生卒缺。葬株林陂。繼娶戴氏，生元大德己酉四月二十一，卒明洪武丁巳十一月二十九。葬十四都井广。子二：源三，元配饒出；思禮，繼娶戴出。

二世祖思禮公，華夫次子，諱約，號源五。任福建章石丞掾。生卒缺。葬二十五都高豐源。娶范氏，生卒缺。葬十一都蕨崗嵊。繼娶過氏，生卒缺。葬羅家坪。子一，伯虞。

三世祖伯虞公，思禮之子，諱喬。生明洪武戊申九月初九，卒永樂己亥九月初一。葬十一都塘坑。娶饒氏，生洪武戊申八月二十二，卒缺。葬十二都湖頭高坑口。子二，文節、文義。

四世祖文節公，伯虞長子，諱命三，生卒缺。葬五都寒村。娶黄氏，生卒缺。葬十都前田桐園。子五，勖鳴、勖成、勖性、勖鑒、勖學。

五世祖勖鑒公，文節四子，諱榮智，號慧庵。明天順六年歲貢，候選教諭。生卒缺。娶李氏，生卒缺。葬三都大寒源。繼娶潘氏，生卒缺。與公合葬十九都探科嶺，公禁支下子孫，不得添葬，立有禁碑。子二，克謨、克謀。

六世祖克謀公，勖鑒次子，諱獻，號柏軒。生明天順庚辰三月十二，卒弘治甲寅五月初八。娶包氏，生天順癸未閏七月十二，卒正德甲戌正月二十五。合葬十四都井广。子一，養素。

七世祖養素公，克謀之子，諱琳，號廷宴。娶饒氏，生卒俱缺。合葬十四都許家嵊。子二，碧泉、孔愚。

八世祖碧泉公，養素長子，諱槐，字汝卿。生卒缺。葬十九都探科嶺。娶涂氏，生卒缺。葬十三都姚源。子四，茂才、敬泉、愛泉、雪坡。

九世祖雪坡公，碧泉四子，諱體道，字子用。生明嘉靖癸丑十一月二十一，卒萬曆戊子九月二十四。娶魯氏，名康之女，生卒缺。合葬十一都白元鋪。子二，啓元、太姑。

十世祖啓元公，雪坡長子，諱惟俊，字良瑀。生明萬曆乙酉十月十七。娶駱氏，同邑駱名應芳女。生萬曆癸巳十一月二十六，卒缺。葬二十五都高峰源。子二，賓于、章民。

十一世祖章民公，啓元次子，諱一翰。邑庠生。生明天啓甲子八月初四，卒康熙丙寅十一月初二。娶魯氏，天啓己卯舉人，江南蕭縣教諭魯公汝亨女。生明天啓丁卯五月十三，卒康熙丙寅二月初九。合葬探科嶺。妾劉氏、鄧氏，生卒俱缺。子三，儀一、西耆、玉川。

十二世祖西耆公，章民次子，諱以汧，號開周。邑庠生。貤贈奉直大夫，以曾孫守訓官，貤贈朝議大夫，刑部奉天司員外郎加二級。生順治乙未六月二十五，卒康熙戊子二月二十七。娶李氏，同邑二十七都河塘李□□女，貤贈宜人，晉贈恭人。生順治丙申十一月初三，卒雍正癸丑三月初二。合葬探科嶺。子五，寧侯、立軒、光大、宏遠、又陶。女三，長適河塘李，次適邑中饒，三適營前王。以上光緒《新城鍾賢陳氏支譜》卷首

立軒，第一世始遷祖。西耆次子，諱世爵，字浣修。太學生，援例州同。以子道乾隆戊辰進士，候選知縣加三級，誥封奉直大夫。乾隆癸未，以長孫守誠官浙江分巡金衢嚴道，覃恩誥贈中憲大夫，又援例加三級，晉贈資政大夫。嘉慶丙子，奉旨旌奬『樂善好施』四字建坊。道光戊子，以曾孫用光官内閣學士兼禮部侍郎，誥贈資政大夫。生康熙壬戌六月二十六，卒乾隆壬申十月二十七。娶魯氏，同里邑庠生諱正音女。誥封宜人，覃恩誥贈恭人，晉贈太夫人。生康熙辛酉八月十六，卒乾隆己卯七月二十五。同葬本都探科嶺。子一，凝齋。女二，長適同里太學生，原任江南蕪湖縣典史魯諱江；次適龍安鎮貢生，候選同知吴諱邦燦。

凝齋，第二世。立軒之子，諱道，字紹洙。乾隆甲子科舉人，戊辰進士，候選知縣。乾隆癸未，以長子守誠官浙江金衢嚴道，覃恩誥贈中憲大夫，援例加三級，晉贈資政大夫。嘉慶己巳，以曾孫希曾官工部侍郎，覃恩誥贈光禄大夫。嘉慶丙子，奉旨旌奬『樂善好施』四字建坊。道光戊子，以孫用光官内閣學士兼禮部侍郎，誥贈資政大夫；道光己酉，以元孫孚恩官刑部尚書，誥贈光禄大夫。崇祀鄉賢。著有《遺集》

行世，採入四庫館。生康熙丁亥五月十八，卒乾隆庚辰八月初四。娶同邑楊氏，貤贈朝議大夫諱大炳女。覃恩誥封恭人，晉封太夫人，晉贈一品太夫人。道光己酉，晉贈一品太夫人。生康熙丁亥五月初七，卒乾隆庚戌十一月初十。合葬十八都扶嶺，公禁支下子孫，不得添葬，立有禁碑。妾雷氏，以子守訓官山東分巡濟東道，誥封宜人，覃恩晉封恭人，例晉淑人。生康熙壬辰十二月十八，卒乾隆己亥八月十三。葬四十三都妙嶺。子五：恕堂、約堂、履堂，嫡楊太夫人出；繹堂、果堂，庶雷淑人出。女三，長適同邑舉人內閣中書楊諱尚鋐，次適同邑太學生涂志紘，三適本里太學生魯勷，俱嫡楊太夫人出。

恕堂，第三世守字派。凝齋長子，諱守誠，字伯常。貢生，浙江分巡金衢嚴道。乾隆癸未，覃恩誥授中憲大夫，援例加三級，晉授資政大夫。嘉慶己巳，以孫希曾官工部侍郎，覃恩誥贈光禄大夫；道光己酉，以曾孫孚恩官刑部尚書，晉贈光禄大夫。生雍正丙午五月二十二，卒乾隆乙酉六月初六。娶同邑魯氏，歲貢生大庾縣教諭諱熣三女。覃恩誥封恭人，晉封夫人。嘉慶己巳，覃恩誥贈一品夫人；道光己酉，晉贈一品夫人。生雍正癸卯五月二十五，卒乾隆乙酉六月十六。合葬南城四十五都九柏山楊柳窠，立有添葬禁碑。妾張氏，以嫡孫希祖官，貤贈宜人。生雍正甲寅三月初五，卒乾隆庚子四月初二。葬四十六都箬藍灣。子四：節庵、力仁，嫡魯夫人出；迪功，庶張宜人出；鑒軒，嫡魯夫人出。

約堂，第三世守字派。凝齋次子，諱守詒，字仲牧。貢生，援例員外郎，兵部武選司員外郎，車駕司郎中，大通橋監督。補安徽潁州府知府，調太平府知府，乙卯授河南陳州府知府。覃恩誥授中憲大夫，以子用光官內閣學士兼禮部侍郎，覃恩晉贈資政大夫。生雍正壬子正月初十，卒嘉慶己巳十一月初八。葬大濟前山。娶同里魯氏，歲貢生廬陵縣訓導諱淮次女。誥封恭人，晉贈夫人。生雍正辛亥五月十四，卒乾隆丙申十一月初一。葬大濟山，立有添葬禁碑。妾姚氏，以嫡子用光官，貤封宜人。生乾隆壬戌十月二十，卒道光癸未正月初七。葬包家莊。又胡氏，以子繼光官，誥贈宜人。生乾隆癸亥五月十四，卒乾隆乙未七月初九。葬包家莊。又李氏，生乾隆壬申四月二十六，卒缺。附葬大濟山。又方氏，生乾隆丁丑三月二十七，卒缺。附葬大濟山。又湯氏，生乾隆戊子八月十四，卒道光壬寅六月二十三。葬十五都下坑。又方氏，生乾隆己丑八月初四，卒道光癸未正月十八。葬螺州。又羅氏，生乾隆己亥六月初四，卒缺。附葬大濟山。子五：青梧，嫡魯夫人出；學熙，庶胡宜人出；石士，嫡魯夫人出；彦士，庶方氏出；玉士，庶湯氏出。女二：長適同邑山西襄陵縣典史楊名錕子，太學生以涵；次適同里邑附生吴名中杰。以上光緒《新城鍾賢陳氏支譜》卷一

履堂，第三世守字派。凝齋二子，諱守中，字和叔。乾隆乙酉拔貢，庚寅恩科舉人，候選內閣中書。以侄觀官福建鹽法道，貤封中憲大夫。生乾隆庚申十二月十八，卒嘉慶癸亥八月十一。葬南豐十二都田西螃蟹形，公禁支下子孫，不得添葬。娶魯氏，同里原任江南蕪湖縣典史諱江女。貤贈恭人。生乾隆辛酉正月十三，卒嘉慶壬戌十一月初一。葬四十二都白石灣，公禁支下子孫，不得添葬。妾胡氏，以子官，例封孺人。生乾隆戊辰二月二十一，卒乾隆庚子八月二十二。葬本都黄源。又妾黄氏，生乾隆己巳七月初十，卒嘉慶甲戌十二月二十九。葬本都幽樓坑。又妾張氏，以子承霈官，例封安人。生乾隆庚午九月十九，卒乾隆乙巳十月初二。葬本都黄源。又妾李氏，生乾隆己卯九月十三，卒葬缺。又妾魯氏，生乾隆

壬午五月二十四，卒道光庚子正月十六。葬黄源。又妾曾氏，生乾隆甲申六月初七，卒乾隆壬子五月初九。葬黄源。又妾熊氏，生乾隆己丑六月初十，卒缺。葬大坑。子十二：寅卿、景陸，嫡魯恭人出；思九，庶胡孺人出；得一、景范、杰士、瓊泉，嫡魯恭人出；莪洲，庶胡孺人出；松泉、香泉，庶張安人出；玉圃，庶胡孺人出；海舟，庶魯孺人出。女十：長適原任湖北吕堰司巡檢同邑涂鳳儀，次適太學生吴名英，庶胡孺人出。三字魯，殤；四適同邑候選布政司理問吴名允甲，嫡魯恭人出。五適同邑候選布理問王名賓，庶張安人出。六適撫州太學生李名寧基，嫡魯恭人出。七適南城分發江蘇主簿王名治溥，庶張安人出。八適同邑候選典史余名純，九適同里太學生魯，十適同里道光己亥恩科副榜，德興縣教諭（魯）名學軒，庶李氏出。

繹堂，第三世守字派。凝齋四子，諱守訓，字良叔。例貢生，以捐修豫章溝工，奉旨議敘州同，捐升員外。任刑部奉天司員外郎，升本司郎中，總辦秋審處。歷任山東濟東泰武臨道，署山東按察使司，升授江蘇按察使司。誥授中憲大夫，例晉通議大夫。生乾隆庚申十二月十八，卒乾隆丙午五月十四。葬十八都葫蘆山。娶同里魯氏，乾隆戊戌進士，原任福建臺灣縣知縣諱鼎梅女。覃恩誥封恭人，例晉淑人。生乾隆己未二月十七，卒乾隆丙午七月十九。合葬葫蘆山。妾上官氏，以庶子文冕官，貤贈宜人。生乾隆癸亥十一月十九，卒缺。葬葫蘆山。又妾歐陽氏，以子文冕官布政司理問加二級，誥封太宜人。生乾隆丁卯三月初二，卒道光辛卯九月二十五。又妾李氏，以子雲冕官江蘇縣丞，例封孺人。生乾隆乙亥十月初二，卒道光乙未九月二十一。俱葬葫蘆山。子三：勤甫，庶歐陽宜人出；茂甫，庶李孺人出；潤甫，庶歐陽宜人出。女二，長適同邑湖北襄陽府吕堰司巡檢涂名鳳儀，次適南豐湖南寶慶府知府譚諱光祜，庶上官宜人出。

果堂，第三世守字派。凝齋五子，諱守謩，字薊莊。乾隆戊子優貢，辛卯舉人，候補内閣中書。以子吉冠官，誥封奉直大夫。嘉慶丙子，奉旨旌獎『樂善好施』四字建坊。以曾孫謙恩官福建候補知府，道銜加三級，貤贈通奉大夫。生乾隆戊辰三月二十，卒嘉慶戊寅十二月十三。娶吴氏，龍安鎮候選同知諱邦燦女。誥贈宜人，貤贈夫人。生乾隆戊辰七月二十一，卒乾隆辛亥三月初五。合葬河坪，金線吊葫蘆形。妾魯氏，以子壽冠官，例封孺人。生乾隆己卯十二月二十二，卒道光丙戌十月十七。葬大富窠。又妾饒氏，生乾隆甲申三月十三，卒缺。葬河坪。又妾姜氏，以子椿冠官，例封孺人。生乾隆乙未七月十七，卒咸豐癸丑。又妾程氏，生乾隆乙未正月二十，卒缺。葬河坪。又妾苗氏，生乾隆辛亥四月十七，卒缺。葬河坪。又妾王氏，生乾隆甲寅二月十四，卒缺。葬河坪。子六：嘉甫，嫡吴夫人出；醒甫，庶魯孺人出；正甫，庶姜孺人出；元甫，庶魯孺人出；棠甫，庶姜孺人出；和甫，庶王氏出。女十：長適同里太學生吴諱慶蟠子，誥封奉直大夫諱允年；次適同邑進士，山西吉州知州喻諱寶忠子，監生候選知縣諱宗崙。嫡吴夫人出。三適太學生吴慶玢子允祥；四適同邑廪貢生涂諱元植子，舉人名崇禮；五適同里舉人，南昌教諭吴諱慶珍子祖香。妾魯氏出。六適同邑進士，湖南寶慶府同知鄧諱文炳子兆生，妾饒氏出。七適同里太學生吴諱慶瑛子允礽，妾魯孺人出。八適金谿縣進士，浙江巡撫楊諱護子，舉人、内閣中書，山東濟陽縣知縣祖敉，庶饒氏出。九適靖安候選州同舒諱夢蘭子，從九諱智，妾程氏出。十適安徽廬江縣江西

鹽法道胡諱稷子，候選郎中諱逢豫，妾姜孺人出。以上光緒《新城鍾賢陳氏支譜》卷二

節庵，第四世先字派。恕堂長子，諱元，字愷齊。太學生，候選光禄寺典簿。乾隆己酉，以弟觀官工部主事，貤贈奉直大夫；嘉慶己巳，以子希曾官工部侍郎，覃恩誥贈光禄大夫；道光己酉，以孫孚恩官刑部尚書，誥贈光禄大夫。生乾隆丙寅二月初九，卒乾隆乙未七月初七。葬本里高家邊之左圓垌。娶同邑黄氏，陝西漢陰縣知縣諱道嘉女。貤封宜人。嘉慶己巳，覃恩誥封一品夫人；道光己酉，誥封一品夫人。生乾隆乙丑六月初十，卒嘉慶庚辰六月二十八。合葬圓垌。子三，玉方、雪香、鞠存。女四：長適同邑浙江錢塘縣知縣，候補同知潘諱安智長子，内閣中書蘭生；次適同邑乾隆乙未進士，浙江平湖縣知縣黄諱崧齡長子，邑庠生纘曾；三適同邑雲南景東廳經歷郭維城；四適同邑附貢生楊諱澧次子，浙江嘉興縣知縣升用知府諱榮。

力仁，第四世先字派。恕堂次子，諱奉寬，字又倪，號栗亭。太學生。以弟觀官工部屯田司，貤封奉政大夫；以孫麒昌官安徽和州直隸州知州加二級，晉贈中憲大夫。生乾隆丁卯五月初六，卒嘉慶庚辰十一月初四。葬鄭家山。娶楊氏，同邑太學生楊名世洪女。貤贈宜人，以孫貴，晉封恭人。生乾隆辛未十月二十九，卒乾隆丙午四月二十六。葬鄭家山。妾王氏，以孫貴，晉贈恭人。生乾隆庚辰十月十八，卒道光甲午四月十六。葬黄泥庵。子四：補愚、玉淵，嫡楊宜人出；春帆、子俊，庶王恭人出。女一，適同邑鶴源王諱樸文子名蘭祥，妾王恭人出。

迪功，第四世先字派。恕堂三子，諱允恭，號懷谷。附貢生。以侄希祖官刑部主事，貤贈奉直大夫。

生乾隆癸酉正月初七，卒嘉慶丁卯十一月十五。娶李氏，宜黄邑庠生李一清女。貤贈宜人。生乾隆丙子五月十一，卒嘉慶癸亥四月二十四。合葬東門城外雞子窠。子二，任大、師尚。女二，長適宜黄優貢生黄諱爵嗣，次適宜黄縣嘉慶丙子科舉人歐陽名從義。

鑒軒，第四世先字派。恕堂四子，諱觀，字賓我，别號仁山。邑廩生，乾隆庚子舉人，甲辰進士，工部都水司主事，屯田司員外，虞衡司郎中。京察一等，分發福建，以道、府用。嘉慶元年，補授福州府知府。戊午升鹽法道，覃恩誥授中憲大夫。己巳升浙江按察使司，壬申升江寧布政使司，甲戌調山西布政使司，乙亥調陝西布政使司。丙子内用太僕寺卿，升内閣學士兼禮部侍郎，升倉場侍郎。例晉光禄大夫。生乾隆癸酉三月二十，卒嘉慶丙子十二月初十。葬張坊眉山。娶楊氏，同邑内閣中書楊諱尚鉉長女。覃恩誥封恭人，例晉一品夫人。生乾隆甲戌四月二十三，卒嘉慶辛未十月十五。葬八都大洋山。子三，蓮舫、實甫、景賢。

青梧，第四世先字派。約堂長子，諱煦，字輝吉。附貢生，考充續繕三分四庫館總校，乾隆丙子科欽賜舉人，捐職光禄寺署正。以弟用光官翰林院編修，貤贈奉政大夫；以曾孫錫鬯官三品銜升用府，四川富順縣知縣，山東賑捐報效，欽賞三代一品封典，晉贈光禄大夫。生乾隆甲戌三月二十三，卒嘉慶丁丑二月十九。娶楊氏，内閣中書諱尚鉉次女。貤贈宜人，晉贈一品夫人。生乾隆乙亥九月初六，卒道光壬午十月初六。合葬黄泥庵朝山。妾葛氏，生乾隆癸巳正月二十四，卒道光壬午十二月二十七。附葬朝山。子三：伯芝、綺如，嫡楊宜人出；松如，庶葛氏出。女三：長適同邑附貢生楊諱澧子名林，次適鉛山縣舉人蔣諱知節子名立民，嫡楊宜人出；三適同邑附生魯名景文子名岱，庶葛氏出。

學熙，第四世先字派。約堂次子，諱繼光，號朗亭。太學生，充三通館謄録，議敘州同，加捐知州，分發甘肅，補慶陽府寧州知州。丁憂服闋，分發廣西補用，署富川縣知縣，調補河池州知州。覃恩誥封奉直大夫。生乾隆癸未七月初二，卒道光甲申二月十八。葬十五都洋坊楓樹山。娶黄氏，同邑原任湖南郴州吏目諱逢次女。誥封宜人。生乾隆辛巳七月十一，卒乾隆辛亥七月初三。合葬洋坊。妾潘氏，生卒缺。葬十五都新村。又龔氏，生乾隆癸巳十一月十一，卒道光壬辰三月初九。葬南塘。又吕氏，生乾隆甲午六月初六，卒咸豐己未正月初二。葬包家莊。子四：居厚，嫡黄宜人出；載厚，庶龔氏出；秉厚，庶吕氏出；景厚，庶龔氏出。女四：長適同邑楊；次適同邑涂，太學生名慕郊，嫡黄宜人出。三適同邑附生王名三錫，庶潘氏出。四適奉新原任甘肅平涼縣知縣趙諱質彬子字長庚，庶龔氏出。

石士，第四世先字派。約堂三子，諱用光，號瘦石。廩貢生，嘉慶庚申順天鄉試舉人，辛酉聯捷進士，翰林院庶吉士。壬戌散館，授職編修，戊辰河南正考官。癸酉任江南道監察御史，巡視西城；掌廣東道御史，巡視西城，十月緣事仍回編修任。充明鑒總纂官，甲戌、己卯會試同考官，順天鄉試同考官，庚辰教習庶吉士。道光壬午，升國子監司業，擢右中允，復充文淵閣校理，升侍講，教習庶吉士。癸未升右庶子，升侍講學士。大考三等，充日講起居注官，充咸安宫總裁。乙酉充江南鄉試副考官，升詹事府詹事，充文淵閣直閣事，教習庶吉士。升内閣學士兼禮部侍郎，提督福建學政，覃恩誥授資政大夫。辛卯擢禮部右侍郎，壬辰會試覆試閲卷官，充武會試總裁，署户部右侍郎，兼管錢法事務。癸巳放浙江學政，奉旨留浙審案，調禮部左侍郎。著有《太乙舟集》行世。生乾隆戊子六月初二，卒道光乙未八月十三。葬十九都黄源。娶魯氏，同里原任山西忻州知州諱潢女。誥封夫人。生乾隆乙酉六月二十二，卒道光甲辰五月二十六。合葬黄源。妾羿氏，貤封孺人，生卒缺。葬包家莊。妾席氏，貤封宜人，生卒缺。葬包家莊。子四，易庭、詩庭、書庭、禮庭，嫡魯夫人出。女七：長適同里拔貢魯諱肇光子，郡庠生名受兹；次適同邑太學生涂諱青崖子慕祁；三適同邑太學生王諱鴻子，太學生名輔舜；四適同邑丁未進士，廣東南海縣知縣王諱軾子，太學生名汝誠。嫡魯夫人出。五適山西壽陽縣丁酉拔貢，本科舉人，戊戌進士，歷官户部福建司郎中祁諱韻士長子，庚午舉人，甲戌進士，歷官太子太保，體仁閣大學士諱寯藻；六適江蘇長洲原任本省廣信河口同知譚諱元長子，福建鹽場大使名蘭祜；七適江寧太學生曹名祓。庶席宜人出。

彦士，第四世先字派。約堂四子，諱縉光，號縝甫。援例聖廟齎奏廳。以侄蘭第官山西澤州府知府，覃恩貤贈朝議大夫。生乾隆庚戌十二月十九，卒道光癸未七月初一。葬十都螺洲。娶魯氏，同里太學生字任戴女。貤贈恭人。生乾隆丁未八月二十九，卒嘉慶庚午八月二十五。合葬螺洲。妾孫氏，生嘉慶丙辰十月十二，卒咸豐戊午十月十二。葬南塘。子二，盈之、萃之，嫡魯恭人出。女二，長適同里邑庠生魯字伯喬，次適南城恭溪從九章號絢庭，妾孫氏出。

玉士，第四世先字派。約堂五子，諱瑾光，號幼竹。邑廪生，道光乙酉鄉試第四十三名舉人，景山官學教習，揀選知縣。生乾隆壬子四月十一，卒道光庚子四月初一。葬本都下坑。娶余氏，同邑太學生字魯山女。生乾隆辛亥八月二十九，卒咸豐辛亥六月初七。葬本都下坑。妾楊氏，生嘉慶乙亥正月十九。

秉性節烈，家主逝日，痛不欲生，同日殉主而亡。葬包家莊。子四，伯藝、仲成、叔萬、季庭。女五：長適撫州楊，次適同邑孔，三適同邑潘，四適江南江寧秦樹滋子，本省候補從九諱序爵；五適同邑黃。以上光緒《新城鍾賢陳氏支譜》卷一

寅卿，第四世先字派。履堂長子，諱應泰，字兆安。歲貢生，選授南昌縣訓導。生乾隆庚辰四月十二，卒道光庚寅正月二十九。葬十九都大坑。娶同里魯氏，太學生諱勷女。例封孺人。生乾隆丙子十月十九，卒道光壬寅三月十七，年八十七。合葬大坑。妾李氏，生乾隆丙申正月十五，卒咸豐己未十月初八。葬崗磯頭。又妾席氏，生乾隆己亥十月十八，卒嘉慶辛未十月初八。葬南塘。又妾苗氏，生乾隆庚戌六月初三，卒嘉慶戊寅六月初三。葬南塘。子四：兼甫，庶李氏出；晉甫、裕甫，庶席氏出；膺甫，庶苗氏出。女四：長適庚午舉人同邑涂諱文軒，次適太學生同邑楊松甫，三適邑庠生同里涂裳，嫡魯孺人出；四適魯，庶李氏出。

景陸，第四世先字派。履堂次子，諱銑。監生。生乾隆壬午四月二十一，卒嘉慶丁巳六月二十六。葬本都塗田。此係景陸自置之山，因有一遺穴，讓葬與弟景范，以後兩房支下子孫，不得添葬。娶同里魯氏，太學生諱仕駒女。生乾隆辛巳九月二十三，卒乾隆丙午閏七月二十六。繼娶鄧氏，生乾隆戊子八月二十八，卒嘉慶甲寅二月初三。同葬本都黃源。無子，以景范次子蔭園，思九次子德門繼之。繼子二，蔭園、德門。女二：長適楊，元配魯氏出；次適王，繼室鄧氏出。

思九，第四世先字派。履堂三子，諱旭，字華峰。太學生。生乾隆乙酉二月二十五，卒道光庚子九月

二十八。葬十八都月明磜壽山。娶魯氏，同里乾隆辛卯進士，山西夏縣知縣諱九皋女。生乾隆乙酉九月初六，卒道光丁亥正月初一。葬十八都鄢坊甲山。妾張氏，生乾隆庚子八月二十五，卒道光癸卯三月十二。葬十七都公村營營山。子六：桂門；德門，出繼景陸；集門、易門。嫡魯氏出。秐門、程門，妾張氏出。女九：長適同邑副貢生涂名綸光，次適南豐太學生趙秉榮，三適同邑附生楊名承烒，四適同邑附生涂名夢松，五適同里郡廩生魯名樹本，六適同里邑庠生魯名元鼎，七適同里魯名敦本，嫡魯氏出。八適同邑太學生王名沛新，九適□□，妾張氏出。

得一，第四世先字派。履堂四子，諱耀，字崑圃。附貢生。生乾隆乙酉八月初七，卒道光乙酉四月二十九。葬十六都篁嶺。娶魯氏，同里太學生諱材女。生乾隆癸未正月二十，卒道光辛巳四月二十一。合葬篁嶺。子二，穎南、東翰。女一，適同邑候選刑部司獄鄧名錫朋。

景范，第四世先字派。履堂五子，諱敦。郡廩生。生乾隆丁亥四月二十七，卒嘉慶辛未八月二十八。葬十九都塗田。娶魯氏，同里太學生諱仕駒女。生乾隆乙酉閏二月十九，卒道光己亥二月初四。葬黄源。子五：藴章；蔭園，出繼景陸；綸章、德章、琪章。女一，適同邑涂名夢蘭。

杰士，第四世先字派。履堂六子，諱彪，號勺軒。太學生。生乾隆戊子十月初二，卒道光丁酉二月二十七。娶涂氏，太學生諱藹吉女。生乾隆庚寅正月初十，卒道光甲辰十一月初三。妾王氏，生乾隆乙卯十月十六，卒葬缺。子三：黼雲、小韓，嫡涂氏出；企南，妾王氏出。女四，長適邑庠生魯名廉本，次適吴名家駒，三適監生涂名崇新，四適涂憲榮。

瓊泉，第四世先字派。履堂七子，諱沆。邑庠生，嘉慶戊午恩科舉人，大挑二等，選授峽江縣訓導。敕授修職郎。生乾隆庚寅八月二十，卒道光庚寅六月二十六。葬張坊。娶吴氏，乾隆辛卯舉人諱慶珍女。敕封孺人。生乾隆壬辰十一月十一，卒乾隆丁未十一月初一。葬黄源。繼娶魯氏，候選州同諱炳憲女。敕封孺人。生乾隆庚寅十一月二十六，卒道光戊戌正月初十。合葬張坊。妾秦氏，生乾隆癸卯二月初二，卒嘉慶丁丑十二月二十五。葬南塘。子三：渭占、應坤，繼室魯孺人出；寶巖，庶秦氏出。女七：長適王，次適王名希旦，三適□□，四適魯字原齡，繼室魯孺人出；五適□□，六適□□，七適邑附生魯，妾秦氏出。

莪洲，第四世先字派。履堂八子，諱文虎，號藏軒。廪貢生，候選教諭。生乾隆庚寅十一月三十，卒道光庚子十一月十五。葬南城郭仙麓。娶余氏，北溪候選分縣諱應新女。例封孺人。生乾隆壬辰九月初九，卒道光戊戌二月初一。葬十五都西尾。妾黄氏，生乾隆壬子十二月初八，卒咸豐□□。葬下牢。妾蔡氏，生乾隆己卯五月二十，卒同治□□。葬下田渡。子五：春臯，庶黄氏出；瀹泉、素甫、毅堂、少莪，庶蔡氏出。女四。

松泉，第四世先字派。履堂九子，諱承霈。監生，候選州同。生乾隆癸巳六月初六，卒道光辛卯十月二十七。葬草坪。娶喻氏，乾隆丙戌進士，山西吉州知州諱寶忠女。例封安人。生乾隆癸巳三月初八，卒乾隆乙卯四月二十八。葬黄源。繼娶魯氏，諱雲龍女。例封安人。生乾隆乙未十月二十一，卒嘉慶己未二月初九。葬黄源。三娶劉氏，太學生諱兆苹女。例封安人。生乾隆辛丑十一月二十，卒道光甲辰三月十八。合葬草坪。子六，禹臣、少方、秀生、楷生、偉臣、雅南，俱劉安人出。女二，長適新建縣朱，次適青塘邱。

香泉，第四世先字派。履堂丨子，諱魁，字瓊墅。監生。以子希韓援例州同，例贈承德郎。生乾隆甲午十二月二十三，卒道光乙未五月二十二。葬四十三都豪滸，議支下子孫，不得添葬。娶黃氏，南豐太學生諱映霞女。例贈安人。生乾隆辛卯三月初六，卒嘉慶庚午六月十四。葬黃源。繼娶趙氏，太學生諱本忠女。例封安人。生乾隆甲寅十月十六，卒咸豐庚申十月初十。葬黃源。妾曾氏，生嘉慶丙辰六月十六，卒道光甲午二月二十三。葬黃源。按，黃源一山，係香泉公自置，怡園公、栗園公早世，附葬於崗右。後恐房數過多，更添葬處，有礙地脉。故自趙安人葬後，公議支下子孫，不得添葬，立有禁碑，亦培植本源之意也。子十四：棣園、瑞園，元配黃安人出；怡園、庚園、栗園、涉園、菊園、杞園、逸園、綺園，繼室趙安人出；培園，庶曾氏出；雪園、竹園、梧園，繼室趙安人出。女十：長適南豐黃監生名英本；次適同邑賜進士出身，廣東直隸州知州鄧諱叔翰子，從九名□□；三適候選州判涂諱紉瑞子，邑庠生菊芳。元配黃安人出。四適同邑候選州判江諱燕謀子，邑庠生諱海；五適河南候選從九彭小亭。繼娶趙安人出。六適會元太學生鄧心傳子，從九品名佩高；七適樟村邑庠生楊西俊。妾曾氏出。八適候選州同魯諱安之子，候選巡檢名熙甫，繼室趙安人出。九適三都湯，庶曾氏出。十適公村營歲貢生，候選訓導潘諱縣春子，附貢生，軍功保舉訓導名梯雲，繼室趙安人出。

玉圃，第四世先字派。履堂十一子，諱玘，字琪香。太學生。生乾隆戊戌七月初三，卒咸豐丁巳三月二十七。葬本里倚靈山。娶魯氏，同里原任山西忻州知州諱潢女。生乾隆戊戌閏六月初二，卒咸豐辛亥十月二十六。合葬倚靈山。子三，瑞庭、疇初、穆門。女一，適社坑原任湖北黄陂縣巡檢鄧諱錕子字鳴谷。

海舟，第四世先字派。履堂十二子，諱汾，字玉泉。太學生。生乾隆癸卯六月十一，卒道光甲辰正月初六。娶魯氏，諱湘葵女。生乾隆乙巳八月十七，卒嘉慶甲子九月十五。葬黄源。繼娶王氏，鶴源邑庠生諱庭蘭女。生乾隆辛亥九月十二，卒道光乙未五月初八。妾袁氏，生乾隆辛亥九月初五，卒咸豐丁巳八月十五。又妾劉氏，生嘉慶壬申三月初三，卒光緒乙未正月十四。葬十五都下坑。子二：賓門，嫡魯氏出；垂昆，妾劉氏出。女一，適同里魯蘭祥子，州同職字中興，妾劉氏出。

勤甫，第四世先字派。繹堂長子，諱文冕，號米舫，别號謦軒。監生，援例布理問加二級，誥授奉直大夫。生乾隆丁亥十月初七，卒嘉慶乙丑正月二十七。葬十六都磜上馬糍塘。娶黄氏，同邑廩貢生，龍南教諭諱照女。誥封宜人。生乾隆丁亥九月初二，卒乾隆癸丑十月二十二。合葬馬糍塘。妾黄氏，生乾隆乙酉七月二十四，卒缺。葬南塘。又妾李氏，生乾隆甲午二月初九，卒缺。葬南塘。子四：步儒、素儒，嫡黄宜人出；集儒、秉儒，庶李氏出。女四，長適福建光澤太學生何諱高鈞，次適同邑優貢生涂諱堂，三適同邑太學生楊衡雁，四適南城何其懋。

茂甫，第四世先字派。繹堂次子，諱雲冕，號雁門，别號黻軒。太學生，援例縣丞。以甥譚祖同官江蘇山安同知，即補府，加道銜，貤贈朝議大夫。生乾隆乙未十月二十七，卒咸豐辛亥十一月初四。娶馮氏，山西代州乾隆辛巳進士，歷官都察院右副都御史諱晉祚女。貤贈恭人。生乾隆乙未七月初三，卒道光丙午五月二十五。合葬葫蘆山。妾高氏，生乾隆癸卯十月十九，卒缺。葬南塘。子一，遠峰，嫡馮恭人出。女七：長適南豐舉人，大挑南河知縣，歷任山盱、山安同知，即補府，道銜譚諱祖同；次適同邑楊鍾靈，三適南豐譚祖同，四適南州魯，五適本里太學生魯芹之。嫡馮恭人出。六適本里魯，七適二都涂。庶高氏出。

潤甫，第四世先字派。繹堂二子，諱珪冕，號玉弁，別號達軒。太學生，援例縣丞，例授修職郎。生乾隆丁酉十二月二十八，卒嘉慶丙子二月十八。葬河坪大富窠。娶鄧氏，南城太學生諱大榮女。例封孺人。生乾隆戊戌八月初六，卒道光丁酉十二月初八。葬十八都葫蘆山。妾謝氏，生乾隆辛亥二月十九，卒道光己亥六月初十。葬大富窠。子二：藻儒，嫡鄧孺人出；碩儒，庶謝氏出。女三：長適南豐邑廩生，太和縣教諭吴諱榮祖；次適同邑太學生黄慶三。嫡鄧孺人出。三適南豐邑廩生，候選訓導趙諱秉惠。庶謝氏出。

嘉甫，第四世先字派。果堂長子，諱吉冠，字静軒。乾隆己酉舉人，候選都察院都事廳。誥授奉直大夫。以孫謙恩官福建候補知府，道銜加三級，貤贈通奉大夫。生乾隆戊子二月十七，卒乾隆甲寅十一月初二。娶楊氏，同邑邑庠生諱宗璐女。誥封宜人，貤贈夫人。生乾隆戊子四月二十，卒道光乙未二月初一。合葬大富窠。子三，蓼生、蔚生、莪生。女一，適邑中太學生涂縉光。

醒甫，第四世先字派。果堂次子，諱壽冠，字禹軒。太學生，援例縣丞，分發河南。歷署沈項縣丞、廬氏縣典史，拔署南陽、太康縣知縣。敕授修職郎。生乾隆甲寅九月十九，卒道光己酉二月初十。娶王氏，福建光澤附貢生諱星煒女。例封孺人。生嘉慶丙辰八月二十，卒同治乙丑九月十一。合葬獅公塘。子三，莅生、藻生、芹生。女五，長適南豐任信陽州州判劉葆生，次適義寧州任鄜城縣知縣胡棣，三適河南祥符候選訓導朱錫東，四適趙，五適義寧州湖南候補通判胡松齡。

正甫，第四世先字派。果堂三子，諱椿冠，字恒軒，號喬雲。廩貢生，道光壬午舉人，大挑一等，分發北河知縣。道光乙未進士，分發陝西，署平利、長安縣知縣，補鄜縣知縣。敕授文林郎。生乾隆乙卯二月初三，卒道光癸卯十二月二十五。葬龍安鎮，月形。娶吴氏，乾隆辛卯舉人，南昌縣教諭諱慶珍女。例封孺人。生嘉慶丙辰五月初七，卒道光乙未九月二十六。合葬月形。繼娶雷氏，南豐翰林諱文謨女。生嘉慶己未三月十七，卒咸豐年月日缺。無子，以棠甫子希賢祧之。祧子希賢。女一。

元甫，第四世先字派。果堂四子，諱鼎冠，字蘇軒。生嘉慶壬戌十一月十九，卒缺。葬南塘。妾黄氏，生嘉慶庚申七月，卒道光癸卯二月初九。葬南塘。

棠甫，第四世先字派。果堂五子，諱棣冠，字鄂軒。援例從九，分發陝西。生嘉慶乙丑正月十三，卒咸豐癸丑二月二十九。葬缺。娶張氏，同邑乾隆庚子舉人，揀選知縣張諱崇階女。生嘉慶丙寅九月二十一，卒道光戊戌六月十二。葬缺。子一，希賢，兩祧正甫。女三。

和甫，第四世先字派。果堂六子，諱尚冠，字南軒。邑附生。生嘉慶壬申七月初三，卒道光己酉五月初九。葬妙嶺。娶錢氏，浙江嘉興縣任安徽廬州府知府諱有序女。生嘉慶庚午十月二十九，卒咸豐戊午

七月初一。葬缺。子一，景純。　以上光緒《新城鍾賢陳氏支譜》卷二

玉方，第五世惟字派。節庵長子，諱希祖，字敦壹。郡廪生，乾隆丙午舉人。庚戌恩科會試，中式第二十三名貢士，殿試二甲第四名，以主事用，簽分刑部山西司行走。嘉慶甲子河南副考官，己巳會試同考官。刑部江蘇司、户部四川司員外郎，吏部驗封司郎中，浙江道監察御史。覃恩誥授中憲大夫。以任孚恩官都察院左副都御史，貤贈資政大夫。生乾隆乙酉閏二月三十，卒嘉慶庚辰七月十九。葬漁潭。娶同里魯氏，乾隆己丑進士，兵科給事中諱蘭枝女。覃恩誥封恭人，貤贈夫人。生乾隆癸未九月十三，卒道光癸未九月十三。合葬漁潭。妾趙氏，以嫡子延恩官，貤封宜人。生乾隆戊申四月二十四，卒咸豐戊午四月十二，殉難。子二：登之，嫡魯夫人出；錫之，庶趙宜人出。女一，適大庾縣戴。

雪香，第五世惟字派。節庵次子，諱希曾，字集正，號鍾溪。邑廪生，乾隆己酉恩科鄉試，中式第一名舉人。癸丑會試，中式第四十一名貢士。殿試一甲第三名，賜進士及第，授翰林院編修。甲寅雲南副考官，乙卯貴州正考官，嘉慶丙辰會試同考官。戊午大考二等第十名，升詹事府右春坊右贊善，八月放四川學政。己未轉左贊善，旋擢翰林院侍講，六月轉侍讀。辛酉授詹事府右春坊右庶子，癸亥轉左庶子。大考二等第六名，擢翰林院侍讀學士，充日講起居注官。甲子八月，放山西學政。乙丑擢詹事府詹事，升内閣學士，兼禮部侍郎銜。丁卯充文穎館副總裁，文淵閣直閣事。戊辰授工部右侍郎，兼管錢法堂事務。四月充殿試讀卷官，五月教習庶吉士，六月放江南正考官，九月轉工部左侍郎，十二月署兵部右侍郎。己巳五月教習庶吉士。庚午署兵部左侍郎，八月放順天正考官，九月署户部右侍郎，十二月充署經筵講官。

辛未四月充殿試讀卷官，五月充武英殿總裁，七月調户部右侍郎，兼管錢法堂事務。九月署吏部左侍郎，十二月充經筵講官。壬申五月，緣事降調，十月授内閣學士，兼禮部侍郎銜。癸酉三月，升工部右侍郎，兼管錢法堂事務。六月教習辛未科庶吉士，八月署行在兵部右侍郎，是月放江蘇學政。甲戌三月，調刑部右侍郎，即來京供職。是月充國史館副總裁，四月轉刑部左侍郎，六月閲癸酉科各直省選拔試卷，十一月閲八旗恩監生試卷。乙亥九月，奉旨馳驛往浙江查辦事件，嗣又奉旨往福建讞獄。丙子三月回京，六月調工部右侍郎，兼管錢法堂事務，閏六月充河渠方略館副總裁。覃恩誥授光禄大夫，奉旨入祀四川名宦祠。著有《樸谷齋文集》行世。以子孚恩官，覃恩晉贈光禄大夫，頭品頂戴，刑部尚書。生乾隆丙戌四月二十三，卒嘉慶丙子十二月二十四。葬白石頭。娶江氏，同邑太學生，誥贈奉直大夫，以外孫孚恩官，貤贈光禄大夫諱瑞麟女。覃恩誥封一品夫人。以子孚恩官，晉封一品太夫人。生乾隆戊子三月初三，卒咸豐乙卯二月十一。合葬白石頭。妾王氏，以嫡次子孚恩官，貤封宜人；復以嫡長子晉恩官，貤贈恭人。生乾隆癸巳二月初二，卒道光丙午六月二十二。葬潘坊。子三：少拙、少默，嫡江夫人出；少退，庶王恭人出。女五：長適同邑豐城訓導江諱心鏡長子，湖南寧遠縣知縣諱承誥；次適臨川癸丑翰林，工部左侍郎李諱宗瀚長子，道光壬午舉人，内閣中書聯珂。嫡江夫人出。三適浙江嘉善河南候補同知錢諱焯長子，山東候補巡檢圻；四適南豐浙江紹興府知府趙諱秉初子，河南候補知府登畯；五適浙江麗水湖南湘潭縣知縣葉攀麟。俱庶王恭人出。

鞠存，第五世惟字派。節庵三子，諱希孟，字體慈。嘉慶辛酉拔貢，朝考一等，以知縣用，捐升同知，選授廣西梧州府同知。以侄晉恩官陜西陜安道，貤贈中憲大夫。生乾隆乙未九月十六，卒嘉慶甲戌九月初三。娶黄氏，同邑乾隆壬辰進士，國子監司業諱壽齡女。貤贈恭人。生乾隆乙未十一月初八，卒嘉慶丙子四月初七。合葬磜上。子二，子欣、子懷。女二：長適同邑太學生王諱汝誠長子世英；次適同邑四川雅州府知府楊諱勳次子，浙江山陰縣縣丞因增。

補愚，第五世惟字派。力仁長子，諱希賢，字殷典。太學生，候選縣主簿。生乾隆己丑九月十八，卒嘉慶己未五月十三。娶楊氏，同邑附貢生楊諱澧女。生乾隆庚寅正月十七，卒嘉慶丁丑三月二十九。合葬十五都張坊。子一，實之。女二：長適南城太學生李諱映乾，次適同邑太學生涂焕長子。

玉淵，第五世惟字派。力仁次子，諱希顔，字體復，號夢齡。優增生。生乾隆戊戌二月初九，卒道光丙申十二月初七。娶涂氏，同邑太學生涂諱永傳女。生乾隆己亥八月二十八，卒道光辛巳二月初七。俱葬河坪。妾幵氏，生乾隆丁未二月初二，卒咸豐辛酉正月十一。葬南塘。又妾席氏，生嘉慶丙辰十一月初三，卒同治壬戌十二月十五。子五：孟轂、南季，嫡涂氏出；福保，庶幵氏出；審之、順之，庶席氏出。女八：長適下弓張，嫡涂氏出；次適應，三適邑中楊簡夫，四適鄧，庶幵氏出；五適魯，六適潘，七適鄧，八適魯，庶席氏出。

春帆，第五世惟字派。力仁三子，諱希宋，字鼎臣。郡庠生。生乾隆癸卯十月二十五，卒嘉慶甲子三月十五。葬邑中東門錦雞窠。娶程氏，徽州程諱念亭女。生乾隆壬寅六月十五，卒道光丁未九月十二。合葬錦雞窠。無子，以子俊長子敏之繼之。繼子敏之。

子俊，第五世惟字派。力仁四子，諱希杰。監生。以從侄孚恩官刑部尚書，貤贈光禄大夫。生乾隆己巳十二月十五，卒道光壬寅七月三十。葬洋坊大窠山。娶王氏，同邑太學生諱約崖女，貤贈一品夫人。生乾隆壬寅六月二十二，卒嘉慶辛未六月二十五。葬東門錦雞窠。妾劉氏，以嫡子麒昌官，貤封恭人。生乾隆癸酉五月二十四，卒同治壬戌正月二十。葬洋坊大窠。子六：敏之，出繼春帆，嫡王夫人出；英之，庶劉恭人出；升之，嫡王夫人出；麟恩、穆之、瓊之，庶劉恭人出。女四：長適宜黃應，嫡王夫人出；次適本里魯字訒秋，三適樟村太學生楊諱仁俊，四適嚴坑太學生吴諱達邦，庶劉恭人出。

任大，第五世惟字派。迪功長子，諱希范，號遠山。邑附生。以子起新官五品銜江蘇補用知縣，誥贈奉政大夫。生乾隆己亥九月初六，卒嘉慶丁丑正月初五。娶應氏，宜黃原任貴州安順府知府諱先烈女。誥贈宜人。生乾隆戊戌七月二十七，卒嘉慶癸酉七月初七。合葬邑城東門外錦雞窠。妾秦氏，生缺，卒嘉慶丙子十月二十六。葬河坪。子二：鏡之，嫡應宜人出；芸恩，庶秦氏出。女二：長適宜黃歐陽，嫡應宜人出；次未嫁而卒，葬蘆坊，庶秦氏出。

師尚，第五世惟字派。迪功次子，諱希璜，號璠溪。太學生。生乾隆乙巳八月二十八，卒道光乙未六月初二。葬箬藍灣。娶許氏，安徽邑庠生，誥授奉直大夫許諱旭信女。生乾隆癸卯五月二十五，卒嘉慶丙子六月十七。葬錦雞窠。妾汪氏，生嘉慶己未三月二十五，卒道光壬寅月日缺。葬箬藍灣。子二，培之、蓮恩，俱庶汪氏出。女一。

蓮舫，第五世惟字派。鑒軒長子，諱希頤，改諱希申，字德基。太學生，嘉慶甲子舉人，揀選知縣。以侄學詩官雲南通海縣知縣，貤贈文林郎；以孫寶善官，誥贈資政大夫，二品銜湖南候補道。生乾隆丁酉十月二十六，卒嘉慶甲戌六月二十六。娶戴氏，大庾縣乾隆乙未進士，翰林院編修，累官協辦大學士諱均元女。誥贈夫人。生乾隆丙申七月二十八，卒道光丙申二月初九。合葬大坑。妾張氏，以孫寶善官，誥贈夫人。生乾隆己亥五月十九，卒咸豐丙辰九月初三。葬八都。子六：挺之、彬之，妾張氏出；植之、永之、樹之，嫡戴夫人出；紀之，庶張氏出。

賓甫，第五世惟字派。鑒軒次子，諱希濂。太學生。以子學詩官雲南直隸州知州，誥封奉直大夫。生乾隆庚子正月十五，卒嘉慶壬申正月二十六。附葬八都大洋山楊恭人墓側。娶裘氏，新建國子監學正裘諱元復女。誥封宜人。生乾隆己亥八月初八，卒道光壬午九月二十五。妾盧氏，以子學詩官，誥封宜人。生乾隆乙巳十一月二十一，卒咸豐丙辰正月二十二。葬南塘。子一，厚之。女一，適新建喻。俱庶盧宜人出。

景賢，第五世惟字派。鑒軒三子，諱希良。監生。以從侄孚恩官吏部主事，貤贈承德郎；以子學洪官四品銜新興場大使，誥贈朝議大夫。生乾隆丙午九月十一，卒嘉慶戊寅正月初四。葬下田渡燕山。娶葉氏，浙江歸安縣福建廈門同知諱紹棻女。貤封安人，晉贈恭人。生乾隆乙巳八月初九，卒咸豐辛亥八月十二。合葬燕山。子二，充之、焕之。女三，長適奉新進士宋梅生之孫，次適浙江進士汪道森，三適大庾戴。

伯芝，第五世惟字派。青梧長子，諱蘭祥，字室如。邑廪生，嘉慶癸酉拔貢，己卯舉人。道光己丑中式一百六十三名，殿試二甲進士，授翰林院庶吉士。敕授文林郎。以孫錫圈官三品銜升用府，四川富順縣知縣，山東賑捐報效，欽賞三代一品封典，晉贈光禄大夫。生乾隆乙未十月初五，卒道光辛卯八月三十。葬外源成人坑。娶蔣氏，鉛山縣原任臨清州州同諱知廉女。敕封孺人，晉贈一品夫人。生乾隆丙申四月二十二，卒道光戊申八月十六。合葬成人坑。子三，桐孫、竹孫、稻孫。

綺如，第五世惟字派。青梧次子，諱蘭徵。邑附生，例贈奉直大夫。生乾隆庚戌十二月二十一，卒道光戊戌八月二十三。葬黄源。娶江氏，同邑候補主事諱瑞圖女。例贈宜人。生乾隆癸丑二月初八，卒同治年缺正月二十八。合葬黄源。子二：潁孫，愷孫，出繼松如。女二，長適南豐周，次適鄧。

松如，第五世惟字派。青梧三子，諱蘭森。邑附生。生乾隆甲寅九月初七，卒道光癸巳正月初五。葬十二都員山。娶涂氏，同邑太學生諱慕良女。生乾隆壬子閏四月二十八，卒道光己亥六月初四。合葬員山。無子，以綺如次子繼之。繼子愷孫。女一，適同邑郭字思九。

居厚，第五世惟字派。朗亭長子，諱蘭畦。監生。生乾隆庚子三月初十，卒嘉慶丁丑四月十一。葬十五都包家莊。娶孔氏，同邑太學生諱愛亭女。生乾隆壬寅九月二十一，卒咸豐戊午十一月初四。葬包家莊。妾慕容氏，生乾隆壬子七月初十，卒咸豐己未八月二十。葬南塘。子二，蓉孫、成甫，嫡孔氏出。女一，適社坑鄧，庶慕容氏出。

載厚，第五世惟字派。朗亭次子，諱蘭棻。監生。生乾隆甲寅九月十二，卒道光癸巳四月初二。葬南塘。娶魯氏，同里候選典史諱楚村女。生乾隆乙卯四月十三，卒道光壬寅二月初四。葬包家莊。子六：春福、立甫；叔謀，出繼秉厚；子紳、九福、宜孫。女一，適同邑龍安鎮監生吴弼臣子，從九職。

秉厚，第五世惟字派。朗亭三子，諱蘭藹。監生。生嘉慶己未十月十七，卒嘉慶庚辰八月二十二。葬包家莊。娶楊氏，同邑附貢生内閣中書諱鴻女。生嘉慶庚申十月十九，卒缺。無子，以載厚三子繼之。

繼子叔謀。

景厚，第五世惟字派。朗亭四子，諱蘭薰，號樵村。監生，援例聖廟平陽屯田判官。生嘉慶庚午十月十六，卒同治庚午七月十九。葬江源。娶鄧氏，同邑太學生諱震乾女。例贈孺人。生嘉慶丙子正月十七，卒道光戊戌九月十八。葬包家莊。繼娶閔氏，例贈孺人。生道光壬午三月二十四，卒光緒乙酉十二月十一。合葬江源。子四，子庸、子易、啟福、歡福，俱繼娶閔氏出。女一，適浙江山陰縣現任本省衣錦司巡檢張名堉。

易庭，第五世惟字派。石士長子，諱蘭瑞，號矩秋，字小石。監生。以弟蘭滋官廣西上思州知州，貤贈奉直大夫；以三弟蘭第官山西澤州府知府，貤贈中憲大夫。生乾隆己酉三月二十九，卒道光癸未二月初五。葬十九都黄源。娶吴氏，東鄉縣庚申舉人，貴州黔西州知州諱崧梁女。貤封宜人，貤封恭人。生乾隆辛亥九月十九，卒同治乙丑閏五月初六。葬□□。子一，友柏。女二：長適同邑太學生王輔舜次子，湖北候補從九，守城殉難，加贈鹽知事銜諱以南；次適安徽桐城丁卯舉人，戊辰進士，歷官廣西按察使姚諱瑩繼長子名心垣。

詩庭，第五世惟字派。石士次子，諱蘭滋，號南陔。監生，援例郎中，改捐知州，授廣西南寧府上思州知州。丁憂服闋，補授山東登州府寧海州知州。誥授奉政大夫。生乾隆甲寅十二月初八，卒道光己亥十二月十三。葬磧上饒家山。娶劉氏，山西洪洞縣諱大懿女。誥封宜人。生乾隆乙卯六月初六，卒道光甲午九月十三。合葬饒家山。繼娶汪氏，樂平縣任福建提督軍門汪諱□□女。誥封宜人。生嘉慶丙子正月初四，卒道光己亥十月初九。葬饒家山。妾桂氏，生卒缺。附葬饒家山。子二：子敦，嫡劉宜人出；子重，庶桂氏出。女四：長適雲南四川候補知州楊；次適同里廩貢生魯諱應祜子，太學生字硯橋；三適安徽任兩淮漕督楊諱殿邦子，候選知縣名鴻弼。俱元配劉宜人出。四適同邑從九王字遂初，妾桂氏出。

書庭，第五世惟字派。石士三子，諱蘭第，號淮生。監生，援例郎中，分户部河南司行走，補刑部雲南司、貴州司，工部都水司郎中。捐升知府，選授山西澤州府知府。咸豐十年，以防堵功，欽加道銜。同治三年，保奏以道員在任候選。誥授中憲大夫。生嘉慶丙辰五月二十，卒同治戊辰六月二十。娶吴氏，同邑諱中杰女。誥封恭人。生嘉慶丁巳四月二十三，卒嘉慶戊寅二月十五。葬包家莊。繼娶查氏，直隸天津縣任陝西督糧道查諱訥勤女。誥封恭人。生嘉慶乙丑十一月二十七。子二：子木；子訥，出繼禮庭。女二。

禮庭，第五世惟字派。石士四子，諱蘭豫，號季和。監生，考授甘肅静寧州吏目。以軍功議敘，補授肅州高臺縣縣丞，代理敦煌縣知縣。敕授修職郎。以繼子大受官户部福建司主事，晉贈奉政大夫。生嘉慶戊午六月二十三，卒道光戊戌七月二十九。葬磧上饒家山。娶王氏，同邑諱鴻女。敕封孺人，晉贈宜人。生乾隆乙卯十二月初七，卒道光年缺十二月二十五。合葬饒家山。無子，以書庭次子訥繼之。繼子子訥。

盈之，第五世惟字派。彦士長子，諱蘭科。生嘉慶丁卯六月初五，卒咸豐甲寅十月二十七。娶李氏，生嘉慶丁卯三月初一，卒咸豐己未十一月二十八。葬包家莊。子二：伯培；仲禧，出繼萃之。

萃之，第五世惟字派。彦士次子，諱蘭會。生嘉慶戊辰十二月初八，卒道光癸卯正月二十二。葬南塘。娶魯氏，本里邑附生諱迪光女。生嘉慶丁卯五月初九，卒咸豐辛酉八月日缺。葬南塘。無子，以盈之次子繼之。繼子仲禧。女一，適南城李。

伯藝，第五世惟字派。玉士長子，諱蘭疇。邑庠生。生嘉慶庚午五月二十四，卒道光甲辰七月二十三。葬本都下坑。娶章氏，生嘉慶丁卯十月十二，卒同治丁卯二月初八。葬山西澤州府城外。子一，少藝。女三，長適同里監生王夢泰子邑庠生名維周，次適南城監生何字宗益子字焕文，三適金谿縣曾。

仲成，第五世惟字派。玉士次子，諱蘭翹。附監生，援例衛千總。生嘉慶壬申九月十二，卒咸豐甲寅十二月初六。娶同里魯氏，道光乙酉舉人，乙未大挑一等，分發浙江，補建德縣知縣諱芝女。生嘉慶甲戌五月十六，卒光緒己卯十一月初五。合葬包家莊。子一，徵之。女三：長景福，咸豐戊午，遇賊不屈，罵賊殉難，申請大憲奏聞，奉旨賜卹建坊；次適福建光澤監生王字文光子字世恩，幼適南豐趙。

叔萬，第五世惟字派。玉士三子，諱蘭選。生嘉慶己卯八月初五，卒道光甲辰五月初十。葬南塘。娶江氏，同邑道光辛卯舉人諱步丹女。生嘉慶乙亥六月十三，節孝，奉旨賜卹建坊，卒光緒甲午十月十三。葬南塘。子二，蕃之、祚福。

季庭，第五世惟字派。玉士四子，諱蘭升。監生，援例從九，分發山東補用。生道光丙戌九月初三，卒同治丁卯八月初六。娶盛氏，生道光年月日缺，卒同治壬戌正月二十六。繼娶王氏，生卒缺。子一，漢亭，妾□氏出。以上光緒《新城鍾賢陳氏支譜》卷一

兼甫，第五世惟字派。寅卿長子，諱廷達。監生。生嘉慶丙辰正月十八，卒咸豐戊午五月十七。葬南塘。娶魯氏，本里諱聿修女。生嘉慶丙辰十二月十八，卒道光甲辰十一月十五。葬大坑。子一，服卿。女三，長適程，次適横村邑庠生孔諱冕純，三適王家山饒字建屏。

晉甫，第五世惟字派。寅卿次子，諱廷晉。生嘉慶己未二月二十九，卒於貴州。葬缺。娶江氏，南豐太學生諱南秋女。生嘉慶己未九月初九，卒咸豐甲子九月十七。葬南塘。子二，子萃、子蓉。

裕甫，第五世惟字派。寅卿三子，諱廷豫。援例從九。生嘉慶癸亥十二月初七，卒同治己巳十二月十四。葬大坑。娶楊氏，同邑諱慶懷女。生嘉慶壬戌十月十九，卒光緒己卯正月二十九。葬河坪。子二，豹子、麟子。女三，長適横村孔西吾長子，次適南豐王維川子，三適南豐趙竹珊子字仲和。

膺甫，第五世惟字派。寅卿四子，諱廷勳。援例從九。生嘉慶癸酉四月十五，卒道光戊申四月初一。娶魯氏，本里魯素文女。例贈孺人。生嘉慶庚午九月十九，卒咸豐戊午三月二十七。合葬崗磯頭。子一，鹿子。女二，長適鄒，次適潘。

蔭園，第五世惟字派。景陸繼長子，景范次子，諱廷槐。邑庠生。生乾隆丁未十二月二十，卒道光丁亥二月十三。葬南塘。娶李氏，原任浙江永嘉縣縣丞諱炳女。生乾隆甲辰四月十三，卒道光壬午三月二

十二。葬南塘。繼娶楊氏，生嘉慶甲子五月初七，卒道光丁亥二月十四。葬南塘。子一，伯音。女三，長適潘，次適黃，三適饒家嶺饒字蔗鄉。俱原配李氏出。

德門，第五世惟字派。景陸繼次子，思九次子，諱天錫。監生。生乾隆乙卯九月十九，卒道光丁未正月二十七。葬塗田。娶楊氏，邑增生諱廷椿女。生嘉慶丙辰十月初八，卒道光甲辰五月二十九。葬塗田。妾余氏，生道光壬午九月初二，卒咸豐己未正月初八。葬南塘。子一，子誠，庶余氏出。

桂門，第五世惟字派。思九長子，諱英，字子實。邑增生，援例聖廟奎文閣典籍。以從侄孫景綸官五品銜刑部奉天司主事，貤封奉政大夫。生乾隆壬子八月二十四，卒光緒丁丑十月初四。娶南城章氏，太學生諱禹洪女。貤贈宜人。生乾隆戊申三月初一，卒道光甲午八月初二。合葬本里河坪大富窠。妾廖氏，生道光庚子五月十九。子三：蓮浦、仲楫，嫡章宜人出；珊綬，庶廖氏出。女四：長適橫村孔氏，邑庠生字尚卿；次適同里邑庠生魯賜福子，邑庠生秉樞。嫡章宜人出。三適同邑世襲雲騎尉，補用府浙江乍浦同知，歷任仁和、嘉興、秀水、平湖等縣知縣楊諱炳之子，邑廩生名希晉；四字浙江紹興花翎布政使銜，前江西撫州府知府，升授四川成綿龍茂兵備道鍾諱峻之第十六子，五品頂戴候選從九印杰元。庶廖氏出。

集門，第五世惟字派。思九二子，諱祥。邑庠生。生嘉慶丁巳六月二十二，卒同治甲子三月初六。葬南塘。娶魯氏，邑庠生諱迪光女。生嘉慶戊午十月初六，卒同治癸亥閏八月二十二。葬窑前。子二，子畊、子珩。女二：長適同邑邑庠生涂夢松子名禧；次適同邑太學生，孝廉方正，軍功保舉知縣劉世芳。

易門，第五世惟字派。思九四子，諱範。郡庠生。生嘉慶辛酉九月初一，咸豐庚申十月初二，遇賊殉難。奉旨給予卹典，襲雲騎尉，一代恩騎尉，世襲罔替。娶同邑涂氏，國學生諱傑女。例贈宜人。生嘉慶戊午三月十一，卒同治甲子三月十一。合葬河坪大富窠。子一，斐章。

耘門，第五世惟字派。思九五子，諱甸。生嘉慶丙寅三月十二，卒咸豐壬子正月初六。葬獅公塘。娶本里魯氏，生嘉慶己巳四月十六，卒道光丙戌四月二十七。葬南塘。繼娶武寧縣汪氏，生嘉慶己巳正月十三，卒道光庚寅六月二十二。葬南塘。又娶同邑江氏，生嘉慶壬申三月二十五，卒咸豐庚申十月二十七。葬崗磯頭。嗣缺，以程門次子繼之。繼子子培。

程門，第五世惟字派。思九六子，諱墉，字立甫。太學生。生嘉慶壬申四月十五，卒咸豐戊午十一月初三。葬獅公塘。娶同邑潘氏，生嘉慶丙子八月十二，卒道光甲辰十一月初七。葬公村營營山。繼娶魯氏，邑庠生諱德懷女。生道光丙戌四月二十八，卒咸豐戊午十二月初一。合葬獅公塘。子二：子穀；子培，出繼耘門。繼室魯氏出。女五：長適南豐吴培源，次適公村營潘欣甫，元配潘氏出；三適薛梅庭，四適營前王旭初，五適同邑鄧矩曾，繼室魯氏出。

潁南，第五世惟字派。得一長子，諱星煒。附監生。生乾隆癸卯十一月十八，卒道光己丑三月二十七。葬河坪白竹窠。娶黄氏，戊辰進士，河南郾城縣知縣諱冀瑞女。生乾隆壬寅二月初二，卒同治甲子八月初四。葬十八都潘坊，四馬形。子一，伯禧。女二，長適同邑從九劉名松甫，次適本里湖北雙溝司巡檢魯名圻。

東翰，第五世惟字派。得一次子，諱廷錫。邑庠生。例贈修職郎。生乾隆乙巳十一月初八，卒道光乙巳六月二十一。葬篁嶺。娶魯氏，同里太學生名仕瑜女。例贈孺人。生乾隆丙午九月二十七，卒嘉慶乙丑十一月初一。葬篁嶺。繼娶涂氏，例封孺人。生乾隆己酉十二月初五，卒咸豐丙辰十月十五。葬南塘。子三：仲韶，魯孺人出；叔安、積之，繼娶涂孺人出。女二，長適南昌李子俊，次適同邑夏，繼室涂孺人出。

蘊章，第五世惟字派。景范長子，諱希邵，字穆天。邑庠生。生乾隆丙午閏七月十六，卒咸豐己未十月初九。葬楊家嶺。娶涂氏，欽賜舉人諱肇齡女。生乾隆甲辰正月十五，卒道光壬寅九月。葬□□。子四：必穀、福官、霖官；龍官，出繼綸章。女三，長適上塘李，次適周，三適涂。

綸章，第五世惟字派。景范次子，諱廷詔。歲貢生，援例教諭。生乾隆辛亥十月十九，卒道光丁未十月十六。葬南塘。娶孔氏，諱澣樞女。例封孺人。生乾隆壬子二月十四，卒嘉慶壬申六月二十。葬缺。繼娶魯氏，太學生諱掖垣女。例封孺人。生乾隆壬子六月十一，卒咸豐丁巳九月。葬南塘。嗣缺，以蘊章四子龍官繼之。繼子龍官。女四，長適黃，次適邑附生魯墨香，三適南豐譚，四適李。

德章，第五世惟字派。景范四子，諱廷鑒。生嘉慶丁巳七月初七，卒咸豐己未十一月三十。葬南塘。娶魯氏，諱傳禮女。生嘉慶辛酉十月初五。葬缺。女四，長適邑附生魯德懷子附生士襄，次適饒，三適席，四適饒。

琪章，第五世惟字派。景范五子，諱廷獻。生嘉慶癸亥六月初五，卒缺。葬南塘。娶吳氏，生卒缺。葬南塘。

黼雲，第五世惟字派。杰士長子，諱希黼，字墨薌。優附生。生乾隆丁未十月十九，卒道光壬辰八月二十二。葬鄧坊。娶涂氏，監生諱永成女。生乾隆甲辰十二月二十二，卒道光甲午四月十二。葬鄧坊。子一，子成。女四，長適李，次適孔，三適鄧，四適同里魯。

小韓，第五世惟字派。杰士次子，諱希潮。生乾隆癸丑九月初八，卒嘉慶庚午七月二十六。葬鄧坊。娶黄氏，資溪太學生諱啓運女。生乾隆辛亥九月十二，卒咸豐年月日缺。葬鄧坊。子一，子錫。

企南，第五世惟字派。杰士三子，諱希栻。邑庠生。生嘉慶乙亥十一月初六，卒同治癸亥六月十一。葬河坪。娶黄氏，生嘉慶乙亥正月初四，卒光緒癸巳三月十二。葬南塘。妾舒氏，生嘉慶丙子十一月十二，卒同治丙寅二月十一。葬南塘。子二，舉第、科第，俱嫡黄氏出。女三，長適魯捷奎子武庠生芷庭，次適同里李，三適樟村邑附生楊字濬川。

渭占，第五世惟字派。瓊泉長子，諱光熊。太學生。生乾隆甲寅七月二十七，卒葬缺。娶孔氏，横村諱愛庭女。生乾隆壬子二月二十四，卒嘉慶壬申六月二十。葬河坪。繼娶涂氏，諱集謨女。生嘉慶庚申四月十八，卒缺。葬南塘。子一，順福，繼室涂氏出。女一，適魯。

應坤，第五世惟字派。瓊泉次子，諱光地。生嘉慶戊午六月十一，卒缺。葬南塘。娶魯氏，太學生諱照人女。生嘉慶己未八月初七，卒缺。葬南塘。子三，謙福、崇福、延福。女二，長適孔，次適曾。

寶巖，第五世惟字派。瓊泉三子，諱光玉。生嘉慶甲子九月二十，卒咸豐丁巳十月初四。葬缺。娶同邑涂氏，生嘉慶壬戌十月十五，卒道光甲午三月初七。葬缺。子一，庚福。

春皋，第五世惟字派。莪洲長子，諱農祥。監生，援例縣丞，分發福建，代理將樂縣知縣，署浦城、富嶺縣丞。敕授修職郎。生嘉慶戊寅六月十二，卒同治乙丑四月十三。葬福州省城外。娶李氏，南城上塘諱載舟女。敕封孺人。生嘉慶丙子十一月二十一，卒咸豐己未四月二十三。葬下坑。子三，伯雨、仲甫、叔熙。女三，長適邑庠生魯名仕鶴，次適江蘇候選縣丞張晴川，三適魯。

瀹泉，第五世惟字派。莪洲次子，諱疇祥，字壽田。邑附生，同治壬戌恩科並補行戊午正科，中式第一百二十三名舉人，大挑知縣，分發陝西，署靖邊縣知縣。敕授文林郎。生嘉慶戊寅十月二十一，卒光緒己卯三月十八。娶李氏，監生李傳薪女。例贈孺人。生嘉慶己卯十月十六，卒道光庚子八月初二。葬十六都營前。繼娶魯氏，太學生諱拱乾女。例封孺人。生嘉慶己卯八月二十八，卒光緒甲午正月十一。合葬黄源。妾余氏，生道光己酉三月初十，卒缺。女七：長適同邑太學生，候選同知楊諱錫元子，監生名作英；次適太學生魯承恩子叔評。元配李孺人出。三適北門渡署福建福清縣知縣余諱文濤子，候選郎中諱宗海；四適上塘李，五適上塘李諱鎔仁，六適五品銜魯字鳳孫，七適宜黄邑附生張。繼室魯孺人出。

素甫，第五世惟字派。莪洲三子，諱履祥。援例從九。生道光己丑七月初一，咸豐庚申，遇賊被擄未回。娶章氏，監生諱文藻女。生道光甲申七月二十二，卒咸豐戊午十二月初八。葬南塘。女一，適同邑楊。

毅堂，第五世惟字派。莪洲四子，諱徵祥。監生，援例福建藩經歷，加提舉銜。例授奉直大夫。生道光甲午十一月二十一，卒光緒甲申三月二十三。娶應氏，宜黄太學生諱泰階女。例封宜人。生道光庚寅四月初八，卒咸豐庚申二月日缺。葬下田渡。繼娶宜黄應氏，太學生諱新來女。例封宜人。生道光甲辰八月二十五，卒光緒戊寅十二月二十九。子三：巖香，元配應宜人出；杭生、安慶，繼娶應宜人出。女三：長適宜黄歐陽，次適同邑九坊饒，俱元配應宜人出；三適同邑鄧，繼娶應宜人出。

少莪，第五世惟字派。莪洲五子，諱炳焜。邑庠生，援例從九，分發福建，補授漳州府永新司巡檢，緣事開缺另補，復補臺灣竹籤司巡檢。敕授登仕佐郎。生道光戊戌正月初十，卒光緒庚辰九月初四。葬南塘。娶饒氏，生道光丁酉三月二十五，卒光緒丙戌正月十六。葬□□。子三，善慶、崇慶、翔甫。女二，長元珍，次適同邑邑附生黄蘭蓀。

禹臣，第五世惟字派。松泉長子，諱疇。生嘉慶癸亥正月十五，卒道光癸未十一月二十。葬十五都洋坊。娶吴氏，邑庠生諱中杰女。生嘉慶癸亥二月初五，卒缺。葬下田渡。無子，以雅南之子祧之。祧子喜生。

少方，第五世惟字派。松泉次子，諱紀。邑庠生。生嘉慶乙丑正月初三，卒道光庚寅十一月初二。葬本都都園。娶王氏，候選布理問諱寶之女。生嘉慶癸亥正月十一，卒咸豐甲寅六月初五。合葬都園。子一，端子。

秀生，第五世惟字派。松泉三子，諱鈞。監生。生嘉慶庚午九月二十，卒咸豐戊午。葬南塘。娶魯氏，歲貢生字叶吉女。生嘉慶己巳八月二十，卒缺。葬崗磯頭。

楷生，第五世惟字派。松泉四子，諱煌。生嘉慶癸酉十一月二十七，卒道光戊戌九月二十二。葬南塘。娶楊氏，生嘉慶甲戌六月二十九，卒咸豐甲寅九月初六。葬缺。

偉臣，第五世惟字派。松泉五子，諱維幹。生嘉慶乙亥三月二十五，卒於山西澤州。葬缺。娶胡氏，生嘉慶己卯十一月二十四，卒道光戊申正月十一。葬南塘。繼娶山西，姓氏、生卒葬俱缺。女一。

雅南，第五世惟字派。松泉六子，諱鵠。生嘉慶丙子閏六月十四，卒咸豐戊午四月。葬官山。娶劉氏，八都監生諱日莊女。生嘉慶丙子七月二十二，卒道光癸卯九月十二。葬十都九江鋪官山。子一，喜生，兼祧禹臣。

棣園，第五世惟字派。香泉長子，諱崧雲。邑庠生。生嘉慶乙丑六月十五，咸豐戊午二月十四，在鄉遇賊，不屈殉難。奉旨旌卹，給予雲騎尉，二代恩騎尉，世襲罔替。葬洋坊。娶黄氏，南豐郡庠生諱鳴鳳女。生嘉慶壬戌正月初九，卒道光癸卯正月初九。葬南塘。繼娶黄氏，同邑太學生諱介之女。生道光辛巳十二月二十四，卒光緒癸巳十月初六。葬洋坊。妾喻氏，生道光乙酉五月十一，卒光緒辛巳十月十四。葬南塘。子一，子達，繼室黄出。

瑞園，第五世惟字派。香泉次子，諱希周。邑庠生。生嘉慶戊辰八月十五，卒光緒丙子四月初九。葬北門渡。娶孔氏，太學生諱藝圃女。生嘉慶丁卯七月二十一，卒咸豐壬子正月初四。葬南塘。妾黄氏，生卒葬缺。子三：子宜，嫡孔氏出；子厚、子康，妾黄氏出。女一，適同邑中堡胡字東喜，妾黄氏出。

怡園，第五世惟字派。香泉三子，諱淮，號濟川。國學生。生嘉慶甲戌六月初九，卒道光壬寅六月初一。附葬黄源黄安人墓側。娶魯氏，同里太學生諱知禮女。生嘉慶癸酉六月二十三，卒同治戊辰八月十六。葬南塘。子一，子循。女一，適南城上舍歲貢生，候選同知加二級，誥封中憲大夫吴諱瑾子，候選州同名庭華。

庚園，第五世惟字派。香泉四子，諱希尹。生嘉慶乙亥十一月十八，卒同治甲子八月十七。葬獅公塘。娶江氏，太學生諱祖仁女。生嘉慶乙亥四月十三，卒光緒癸未八月初十。葬二十一都白泥坑，麻鍋形。子二，子敏、子明。女三：長適西城橋太學生薛秀山子，監生玉章；次適龍口監生李廣興；三適楊字介人。

栗園，第五世惟字派。香泉五子，諱希召。監生，援例從九，分發江蘇，署華亭縣典史。敕授登仕佐郎。生嘉慶己卯閏四月十六，卒道光庚戌三月二十。附葬黄源黄安人墓右。娶鄧氏，例封孺人。生嘉慶戊寅七月十二，卒道光丁酉二月十四。葬南塘。繼娶太學生趙履泰女，例封孺人。生嘉慶戊寅九月十八，咸豐庚申十月初十，在鄉遇賊，投水盡節，奉旨賜卹建坊。葬南塘。子二，子惠、子徵。女一，適候選從九魯諱齡子，監生五品銜字彩章。

涉園，第五世惟字派。香泉六子，諱希韓，號静子。附監生，援例州同，例授承德郎。生嘉慶庚辰六月十五，卒咸豐庚申閏三月十八。葬南塘。娶魯氏，同里太學生諱知禮女。例封安人。生嘉慶戊寅八月十九，卒光緒丁酉六月初九。子二，子貞、子志。女一，適郡庠生，軍功保舉訓導，同治甲子科並補行辛酉科舉人鄧諱葆萱。

菊園，第五世惟字派。香泉七子，諱希亮，號淡如。監生，援例從九，分發福建，加州同銜。例授承德郎。生道光壬午三月十八，卒同治壬戌八月初五。葬獅公塘。娶余氏，北門渡州同職諱勳女。例封安人。生嘉慶庚辰七月十二，卒咸豐丁巳七月十八。葬南塘。妾黄氏，生道光癸巳六月十二，卒缺。葬南塘。子一，子昌，妾黄氏出。女二：長適邑庠生江諱海子，同治癸酉科舉人，保舉知縣諱獻琛，嫡余氏出；次適南昌縣教諭黄字菊裳子，從九名官本，妾黄氏出。

杞園，第五世惟字派。香泉八子，諱希陶。六品軍功。生道光癸未四月初四，同治甲子七月二十六，在鄉遇賊被害。奏聞，奉旨旌卹。葬缺。娶涂氏，邑庠生諱弁士女。生嘉慶己卯正月初六，卒光緒癸巳三月十一。葬南塘。女三，長適黄，次適十八都鄒細鳳，三適裘。

逸園，第五世惟字派。香泉九子，諱誥。援例從九。生道光甲申七月初九，卒光緒乙亥四月初四。葬獅公塘。娶趙氏，太學生諱近仁女。生道光丁亥九月二十四，卒道光丁未九月初三。葬南塘。繼娶潘氏，太學生諱禄女。生道光丁亥閏五月初五，卒咸豐辛酉十一月初九。葬南塘。子一，子春，繼室潘出。

綺園，第五世惟字派。香泉十子，諱希楷，號杏村。援例從九。生道光己丑七月十八，卒光緒乙酉十一月初七。葬南塘。娶鄧氏，社坑太學生諱毓英女。生道光丙戌十二月十九，卒光緒乙亥六月二十八。葬獅公塘。繼娶余氏，同邑北門渡署福清縣知縣諱一帆女。生咸豐壬子十月初六，卒光緒丁丑七月二十四。葬南塘。三娶吴氏，南城太學生字松齡女。生咸豐辛酉七月初三。子一，餘福，三娶吴出。

培園，第五世惟字派。香泉十一子，諱希南。生道光辛卯十一月二十四，咸豐丁巳三月，在樟村遇賊，被擄未回。娶楊氏，生卒缺。

雪園，第五世惟字派。香泉十二子，諱希夷。生道光辛卯十二月十四，卒同治甲子九月二十一。葬南塘。娶王氏，同邑太學生諱倬雲女。生道光辛卯三月初十，卒咸豐丁巳六月初八。葬南塘。女一，適梘源李。

竹園，第五世惟字派。香泉十三子，名希傅。援例從九。誥封奉直大夫。生道光癸巳七月十一。娶魯氏，邑庠生諱德懷女。誥封宜人。生道光丙申八月二十三。子三，子允、子綬、子光。女三，長適得勝關監生嚴興林子名長壽，次適同邑都騎尉曾諱奏孚子名浣香，三待字。

梧園，第五世惟字派。香泉十四子，諱璵。生道光甲午六月十五，卒同治癸亥九月二十六。葬南塘。娶丁氏，同里太學生諱南浦女。生道光丙申正月十三，卒光緒庚寅六月二十四。葬南塘。子一，子襄。女一，適同邑附生江諱海子號子榮。

瑞庭，第五世惟字派。玉圃長子，諱維鎔。生嘉慶己未十月初十，卒葬缺。娶魯氏，生嘉慶庚申正月十一，卒道光庚戌五月初二。子一，子榮。女一，適同里太學生朱成官。

疇初，第五世惟字派。玉圃次子，諱維新。生嘉慶辛酉二月二十二，卒道光丙戌五月初九。葬南塘。娶蔣氏，鉛山邑庠生諱知重女。生嘉慶己未十一月十四，卒咸豐乙卯六月二十三。葬南塘。

穆門，第五世惟字派。玉圃三子，諱維堃。援例縣丞。生嘉慶辛未閏三月十一，卒咸豐乙卯六月二十二。葬廣東東門外。娶鶴源王氏，諱敬達女。生嘉慶壬申五月初八，卒光緒丙戌正月十七。葬南塘。妾何氏，生道光壬午九月十一，卒咸豐甲寅正月初七。又妾郭氏，生道光壬午三月十七，卒缺。同葬廣東東門外。子一，子英。女一，適南豐湯。

賓門，第五世惟字派。海舟長子，諱希鰲，字駕山。生嘉慶壬戌三月初七，卒道光辛卯十二月初六。娶王氏，同里太學生名砥柱女。生嘉慶庚申正月二十九，卒同治甲子八月十八。俱葬南塘。子四，佛孫、可子、印子、四毛。女一，適同里魯。

垂坤，第五世惟字派。海舟次子。生道光甲辰二月初五，咸豐戊午，遇賊被擄未回。

步儒，第五世惟字派。勤甫長子，諱繩曾，號卜畬。太學生。生乾隆辛亥十一月初七，卒道光丁亥八月初五。葬馬糍塘。娶張氏，湖南岳州府太學生諱頻女。生乾隆庚戌九月初九，卒道光癸巳四月二十六。葬馬糍塘。子二，靖之、受之。女二，長適南豐舉人吴諱詠篪，次適南豐邑附生鄒，三適同邑太學生李。

素儒，第五世惟字派。勤甫次子，諱常，號繪莽。邑庠生。生乾隆癸丑三月二十三，卒道光甲午五月十六。葬葫蘆山。娶譚氏，南豐湖南寶慶府知府諱光祜女。生乾隆癸丑十月初六。咸豐戊午，浙江失守，投水殉難，奉旨旌卹。子一，海齡。女二，長適南豐揭名垂裳，次適南豐拔貢譚諱錫洪子，邑廪生字登之。

集儒，第五世惟字派。勤甫三子，諱纘曾，號虚舟。生嘉慶己未三月二十三，卒缺。葬南塘。娶涂氏諱昱女。生嘉慶戊午十月初九，卒缺。葬南塘。

秉儒，第五世惟字派。勤甫四子，生卒葬缺。

遠峰，第五世惟字派。茂甫之子，諱焜，字繼庭。生嘉慶丁卯十二月初四，卒咸豐壬子十二月十二。葬南塘。娶魯氏，邑庠生諱書甫女。生嘉慶甲子二月十八，卒道光庚戌五月初九。葬南塘。嗣缺，以碩儒長子繼之。繼子子膏。

藻儒，第五世惟字派。潤甫長子，諱繪曾。生嘉慶辛未三月二十一，卒道光癸巳十一月初八。葬南塘。娶魯氏，邑廩生諱書甫女。生嘉慶辛未正月初八，卒道光甲午四月二十四。葬南塘。無子，以碩儒次子祧之。祧子子舫。

碩儒，第五世惟字派。潤甫次子，諱謙，號小軒。邑附生。生嘉慶乙亥正月十七，卒光緒丁丑。娶魯氏，同里邑庠生諱勉臣女。生嘉慶庚辰五月二十五，卒缺。合葬葫蘆山。子二：子膏，出繼遠峰；子舫，兼祧藻儒。女一，適龍安鎮胡名耀輝。

蓼生，第五世惟字派。嘉甫長子，諱效曾，字硯亭。廩貢生，援例訓導，署進賢教諭，鄱陽、會昌訓導。以子謙恩官福建知府，道銜加三級，誥贈通奉大夫。生乾隆丁未十一月十六，卒道光乙巳六月二十四。娶李氏，宜黄太學生諱躬行女。誥封夫人。生乾隆戊申七月十七，卒同治己巳二月初八。合葬十八都上堡。子六，子筠、子定、子芹、子璧、子崧、子賓。女四，長適同邑薛繼昌，次適同邑王承恩，三適南昌吴興城，四適福建羅林。

蔚生，第五世惟字派。嘉甫次子，諱勷曾，字光庭。太學生。以侄同恩官同知銜浙江候補知縣，貤贈奉政大夫。生乾隆己酉四月十一，卒道光丁酉四月十三。葬樓梯排。娶楊氏，湖北簰州司巡檢諱以鏞女。貤贈宜人。生乾隆丁未十一月十七，卒道光癸未四月初三。葬河坪。子四，子遠、子畬、琴保、子佩。女三：長適同邑舉人，安遠教諭鄧諱東序；次適同邑工部都水司郎中，湖南衡州府知府孔諱昭銘子，增生憲成；三九壽。

莪生，第五世惟字派。嘉甫三子，諱敬曾，字幹庭。嘉慶戊辰恩科副榜，即選教諭，歷署豐城、弋陽教諭，金谿訓導，選授德興縣教諭。敕授修職郎。以侄謙恩官福建候補知府，貤贈朝議大夫。生乾隆壬子正月二十七，卒咸豐辛酉四月二十七。葬妙嶺水口。娶李氏，同邑邑庠生諱崇基女。敕封孺人，貤贈恭人。生乾隆壬子三月二十三，卒嘉慶戊寅六月十九。葬河坪。繼娶吴氏，敕封孺人，貤贈恭人。生嘉慶丙寅十月十三，卒道光己亥六月初九。葬南塘。妾傅氏，生道光癸未九月二十一，卒同治壬戌八月十二。葬廖家坪。子七：子澄、子薌、子慎、子葑，嫡李恭人出；子安，繼室吴恭人出；子粤、子炎，妾傅氏出。女一，適同邑附生李諱和敏子福謙，嫡李恭人出。

茝生，第五世惟字派。醒甫長子，諱敏曾，字遜庭。援例從九。生嘉慶癸酉二月十三，咸豐庚申十一月初一，遇賊被害，奉旨優卹。葬港背山下。娶鄧氏，邑庠生諱資一女。生嘉慶癸酉正月十九，卒道光甲午十月十八。葬大富窠。繼娶南豐平氏，生卒缺。妾張氏，生道光丙戌十二月十七，卒同治甲子七月。葬缺。本生子子綬殤，以芹生之子祧之。祧子少彬。女一，適義寧州湖南候補通判胡松齡子。

藻生，第五世惟字派。醒甫次子，諱敷曾，字獻廷。援例從九。生嘉慶戊寅正月十五，卒同治甲子八月二十八。葬本里南塘。娶吴氏，生卒葬嗣缺。

芹生，第五世惟字派。醒甫三子，諱旭曾，字枚庭。援例從九，分發河南，例授登仕佐郎。生道光癸巳八月初五，卒光緒己卯四月初五。葬獅公塘。娶鄧氏，邑附生諱鳴崗女。例封孺人。生道光乙未二月二十三。子一，少彬，兼祧茝生。女四，長適同里岳字屏之，次適同里邑庠生魯仲翔，三適涂屏州，四適南城上塘李家富。

希賢，第五世惟字派。正甫祧子，棠甫之子。生道光戊申二月初七，卒同治辛未，月日葬缺。

景純，第五世惟字派。和甫之子。生道光丙申十月初三，卒咸豐戊午九月十四。娶李氏，改適。以上光緒《新城鍾賢陳氏支譜》卷二

登之，第六世積字派。玉方長子，諱延恩，字雲乃。監生，援例通判，分發江蘇。署蘇州府管糧通判，江陰、常熟、儀徵縣知縣，加同知銜，補松江柘林通判。辛丑署淮南監掣同知，癸卯護理兩淮鹽運使，補川沙撫民同知，以知府用。署揚州、常州府知府，補徐州府知府，兼護徐海兵備道。誥授朝議大夫。生嘉慶庚申二月二十二，卒咸豐辛亥四月二十一。葬渡頭蟠龍山。娶潘氏，同邑内閣中書諱蘭生次女。誥贈恭人。生嘉慶戊午十一月二十四，卒嘉慶庚辰十一月初四。合葬渡頭蟠龍山。妾楊氏，以子官，敕封孺人。生嘉慶辛酉四月初三，卒同治癸亥六月初四。子二：伯復，嫡潘恭人出；仲豫，庶楊孺人出。

錫之，第六世積字派。玉方次子，諱三恩。生嘉慶辛未二月二十，卒道光癸巳三月十四。聘廬陵縣劉氏，雲南候補道諱鈺女。生嘉慶庚午十月十二，過門守節，卒道光乙未六月初五。合葬漁潭對山。

少拙，第六世積字派。雪香長子，諱晉恩，字福兹，號服籽。監生，援例知縣，分發湖南，署湘陰縣事。歷任安化、衡陽、長沙縣知縣，大計卓異，升武岡州知州。兩湖總督裕、湖南巡撫吴遵旨明保，擢山東沂州府知府，兩次護理兖沂曹濟道。陞陝西陝安道，調甘肅鞏秦階道，咸豐庚申，奉旨幫辦陝西團練。誥授

中憲大夫。生嘉慶丁巳二月十三，卒同治癸亥十月初四。寄葬陝西省城南門外百枝頭。娶黃氏，同邑附生，以外孫景綸官，貤贈奉政大夫諱紳曾長女。誥封宜人，晉贈恭人。生嘉慶戊午正月初十，卒道光己亥二月初二。葬洋坊。繼娶浙江山陰施氏，江蘇徐州府同知，護理徐海道諱雲梯五女。誥封恭人。生嘉慶己卯二月二十七，卒同治癸酉正月初十。寄葬陝西咸寧縣南門外百枝頭。子三：同叔、硯芸，元配黃恭人出；介眉，繼室施恭人出。女一，適福建南靖縣道光戊戌進士，工部員外郎簡逢泰，元配黃恭人出。

少默，第六世積字派。雪香次子，諱孚恩，字子鶴。郡廩生，道光乙酉拔貢，朝考一等，以七品小京官用，簽分吏部考功司，兼驗封司行走。道光壬辰，補軍機章京，遞陞主事、員外郎、郎中，記名御史，庚子授太僕寺少卿。辛丑三月，充隨扈大臣。壬寅擢通政司副使，四月陞太僕寺卿，十月轉大理寺卿。癸卯兼署順天府府尹，充順天鄉試監臨官，武鄉試辰字圍較射大臣。甲辰補授都察院左副都御史。乙巳九月，充武會試讀卷大臣，十二月署工部右侍郎，兼管錢法堂事務。丙午九月，署倉場侍郎，十二月補授倉場侍郎。丁未五月，充軍機大臣，署兵部左侍郎，十一月署山東巡撫，是月補刑部右侍郎。歷充驗看揀選，接談换卷，專司稽查各大臣，欽差天津、山東、山西查辦事件。賞給頭品頂戴，紫禁城騎馬。己酉京察，硃筆上考，交部議敘。七月調工部左侍郎，兼署右侍郎。八月署户部左侍郎，兼管三庫事務。十一月署刑部尚書，十二月陞刑部尚書。誥授光禄大夫。庚戌五月，因母年逾八旬，陳請開缺侍養，奉上諭：『據面奏伊母近年身體情形，流涕籲懇，揆厥情詞肫切，出於至誠，朕心亦爲感惻。若曲爲慰留，實所不忍，加恩准其開缺，侍親回籍，以示朕教孝推恩至意。欽此。』八月南旋。咸豐壬子八月，奉旨幫辦江西防堵團練事宜。癸丑五月，粵匪圍城，會同撫臣張文毅公嬰城固守，九月解圍，奉旨賞戴花翎。丁憂服闋，戊午署兵部右侍郎，旋署兵部左侍郎，補授兵部尚書，兼署禮部、刑部、户部尚書，己未調吏部尚書。辛酉緣事革職，遣戍伊犁，甲子奉旨釋回，旋奉旨仍留伊犁幫辦軍務。丙寅正月二十二日，伊犁城陷殉難。生嘉慶壬戌十月初八。娶崔氏，浙江歸安縣優貢生諱棶頤女。誥封一品夫人。生嘉慶壬戌三月初二，卒光緒庚辰正月二十六。葬潘坊。妾黄氏，生道光甲午五月初三，同治丙寅正月二十二，伊犁城陷殉節，奉旨旌卹。誥贈恭人。子五：葆珊、竹珊、棣珊，俱嫡崔夫人出；廉珊、宜珊，俱庶黄恭人出。女一，適湖北天門縣江西鹽道熊諱莪次子，二品銜浙江鹽運使諱昭鏡，嫡崔夫人出。

少退，第六世積字派。雪香三子，名升恩，字木笙。監生，道光壬寅捐輸海疆軍費，奉旨發往兩淮，以鹽大使遇缺即補，癸卯補梁垛場大使。同治丙寅，以侄景綸官刑部主事，貤封奉政大夫。生嘉慶丁卯九月二十，卒同治辛未十二月初六。娶習氏，峽江乾隆甲辰進士，山西布政使諱振翎女。敕封孺人，貤贈宜人。生嘉慶甲子二月初四，卒咸豐丁巳四月十一。合葬下車。妾孫氏，敕封安人。生嘉慶庚辰八月二十，卒道光乙巳六月初五。葬潘坊。子一，照臣，庶孫安人出。

子欣，第六世積字派。鞠存長子，諱榮恩，號少梧。郡增生，援例兵馬司吏目。生嘉慶癸亥正月初七，卒道光己丑四月十二。娶同邑潘氏，候選鹽提舉諱觀瀾女。生嘉慶壬戌九月十八，卒道光乙酉八月二十三。無子，以子懷之子介臣祧之。祧子介臣。

子懷，第六世積字派。鞠存次子，諱重恩。監生，援例未入流。以侄景綸官刑部主事，貤贈奉政大夫。生嘉慶己巳九月初九，卒道光己亥七月初四。娶同邑黃氏，邑附生諱縉曾女。貤封宜人。生嘉慶己巳九月二十八，卒光緒壬午十二月二十二。合葬曾坊。妾鄭氏，生道光辛巳正月二十六，卒道光乙巳六月初四。葬曾坊。子一，介臣，兼祧子欣，庶鄭氏出。女二：長適同里候選從九魯諱學本之子，廣東番禺縣鹿步司巡檢名熿；次適同邑安徽布政司經歷潘字約之之子柏齡，俱嫡黃宜人出。

同叔，第七世善字派。少拙長子，諱景綸，號夢樵。監生，援例主事，籤分刑部奉天司行走。咸豐辛酉，外城團防出力，賞加五品銜。同治壬戌恩科，北闈中式三百第五名舉人。誥授奉政大夫。生道光甲申十月初八，卒光緒乙酉八月初七。葬和尚亭。娶吴氏，河南固始嘉慶己未翰林，兵部左侍郎諱其彦三女。誥贈宜人。生道光甲申八月十六，卒道光丙午二月二十三。葬洋坊。繼娶趙氏，山西解州嘉慶庚辰進士，直隸邢臺縣知縣諱秉銜長女。誥封宜人。生道光甲申三月十八，卒同治己巳四月二十八。寄葬陝西翁姑墓側。妾趙氏，生道光庚戌四月十八。子一，福孫，出繼伯復，繼室趙宜人出。繼子嗣樵。

硯芸，第七世善字派。少拙次子，名景綬，號又兹。監生，援例通判，加鹽提舉銜，分發陝西，歷署漢陰撫民通判，鄠縣知縣。誥授奉直大夫。生道光癸巳四月三十。娶程氏，新建嘉慶辛未進士，兩湖總督諱矞采六女。誥封宜人。生道光甲午九月初六，卒光緒戊子二月十七。妾胡氏，生道光乙未九月初九，卒光緒乙未十月十七。敕封孺人。次妾章氏，生同治己巳二月十二。子四：伯貞，殤；一鳴，庶胡孺人出。筱硯、筱芸，庶章孺人出。女二：長字新建光禄寺署正程諱迪蓉次子，未嫁而卒，庶胡孺人出；次未字，庶章孺人出。

介眉，第七世善字派。少拙三子，名璟琪，字芥彌。邑廩生，光緒丙申年，由順直賑捐局保舉，以縣丞用。生道光庚戌九月十八。娶直隸天津齊氏，道光戊子舉人，刑部尚書謚恭勤諱承彦次女。生咸豐辛亥八月初九，卒同治辛未十一月二十六。寄葬陝西翁姑墓側。繼娶南城縣連氏，誥封中憲大夫諱熾臧四女。生同治丙寅九月十三。妾李氏，生咸豐丙辰八月初四，卒光緒壬午九月初五。子三：嗣樵，出繼同叔，庶李孺人出；介生、筱梅，繼室連孺人出。女四：長字同邑陝西咸陽縣知縣涂名傳德五子名宗濂，次字同邑候選巡檢江諱庭光之子名鶴齡，庶李孺人出；三字同邑資溪同知銜黄名翼坤之子啟科，四字南豐五品銜趙諱惟霈之子名從豐，俱繼室連孺人出。

葆珊，第七世善字派。少默長子，諱景謨，號悟氓。監生，援例郎中，籤分工部營繕司行走，迴避改掣户部廣東司行走。咸豐癸丑，本省守城出力，賞戴藍翎，捐升道員，分發山西候補，歷署冀寧道、雁平道。咸豐己未、辛酉、壬戌，山西武闈監試官。歷辦山西寶泉分局，勸捐籌餉籌防局事務，緣事降同知。同治乙丑，選授甘肅寧夏府水利同知，丁卯署涼州府知府，己巳署寧夏府知府。壬申保升道員，仍留甘肅補用，加按察使銜。誥授通議大夫，獎換花翎。生道光己丑六月初四，卒光緒癸未九月二十九。葬潘坊。娶吴氏，河南固始縣嘉慶丁丑狀元，山西巡撫諱其濬五女。誥贈淑人。生道光己丑十一月初四，卒道光己酉三月二十五。繼娶（李氏），直隸通州候選同知諱如瑗之女。誥封淑人。生道光己丑六月初五，卒光緒戊寅六月二十四。俱合葬潘坊。妾龍氏，生道光丁酉十月十三。子四：循陔，元配吴淑人出；正舲，出繼竹珊，繼室李淑人出。贊廷；衡波，出繼棣珊。俱庶龍孺人出。女四：長適湖南武岡州，候選知府鄧名繹長子，湖北候補知縣國華；次適安徽鳳陽府，江西臨江府知府王名之藩長子，江蘇候補知縣治觀。俱繼室李淑人出。三適浙江山陰縣岑諱傳四子，陝西候補縣丞熾；四適浙江仁和縣附生錢錫福。俱庶龍孺人出。

竹珊，第七世善字派。少默次子，諱景彦。一品蔭生，刑部員外郎，山東司行走，兼司務廳、督捕司。誥授奉直大夫。生道光辛卯九月初十，卒同治壬戌四月十三。葬磜上。娶南豐趙氏，道光壬辰傳臚，江蘇按察使諱德鄰女。誥封宜人。生道光己丑十二月初一。妾吴氏，生道光丙申十月二十三。以葆珊次子正幹繼之。繼子正幹。

棣珊，第七世善字派。少默三子，名景和。監生，議敘同知，改捐郎中，簽分户部廣東司行走，總辦海疆軍需局。生道光丁酉十一月十一。同治丙寅正月二十二，伊犁城陷，隨父殉難。奉旨優卹，給予雲騎尉世職，襲次完時，給予恩騎尉，世襲罔替。娶安徽歙縣徐氏，嘉慶庚辰翰林，浙江道監察御史諱寶善女。誥封恭人。生道光丙申十月十一。同治丙寅，伊犁城陷殉節，奉旨旌卹。子二，聯官、小聯。繼子衡波。

廉珊，第七世善字派。少默四子，名景藩。監生，山東候補縣丞。敕授修職郎。生咸豐甲寅十二月初十，卒光緒乙未六月十一。娶贛縣鍾氏，安徽候補道諱秀女。生咸豐壬子十一月十九，卒光緒丙子十一月十八。敕贈孺人。繼娶安徽婺源程氏，福建候補鹽大使諱啟春之女。生咸豐己未正月初五。敕封孺人。子四：鶴孫，元配鍾孺人出。奎官、閏官；錦官，出繼照臣。俱繼室程孺人出。

宜珊，第七世善字派。少默五子，名景春，改名錦琦，號石逸。監生，候選縣丞。山東洋面捕盗出力保奏，奉旨俟選缺後，以知縣用。生咸豐丁巳十二月二十六。娶浙江仁和錢氏，江西南康縣知縣諱坦次女。生咸豐戊午十月二十二。妾王氏，生同治壬申六月初六。子一，默孫。女二，俱嫡錢孺人出。

照臣，第七世善字派。少退之子，名景焜，字牛亭。監生，援例布政司理問，分發浙江，署按察司照磨，紹與府南塘通判。敕授承德郎。生道光甲辰二月十八，卒光緒庚寅八月十七。娶萬氏，南昌道光乙未恩科舉人，候選直隸州諱啟英女。敕封安人。生道光癸卯八月十七，卒光緒庚寅七月初二。合葬下車。子三，桂官、佛官、菊官。繼子錦官。女一，適同邑咸豐癸丑進士，山西榮河縣知縣潘諱國鏞長子，光緒壬午舉人晉榮。

嗣樵，第八世立字派。同叔繼子，介眉長子，名國鉌，號泮齡。邑附生。生光緒丙子四月初七。娶章氏，南城附生名淦長女。生光緒庚辰八月十四。子一，藻泰。

一鳴，第八世立字派。硯芸次子，名國柟，號存保。援例從九品職銜。生光緒丙子二月十五。娶新建程氏，直隸天津府同知諱迪華長女。生同治甲戌三月二十六。

筱硯，第八世立字派。硯芸三子，名國銓，號熙齡。生光緒癸未三月二十四。

筱芸，第八世立字派。硯芸四子，名國淦，號益齡。生光緒甲午正月初九。

介生，第八世立字派。介眉次子，名國勳，號康齡。生光緒戊子十二月初七。

筱梅，第八世立字派。介眉三子，名國鈺，號芝齡。生光緒壬辰八月二十一。

循陔，第八世立字派。葆珊長子，諱敬良。援例光禄寺署正，大官署行走，加員外郎銜。生道光己酉三月十九，卒光緒癸巳十二月二十三。娶河南夏縣胡氏，直隸獻縣知縣諱桂芬之女。生道光己酉三月二十。子三：菱伯；薇仲，殤；蓮叔。女一，適同邑福建候補縣丞李諱光豫次子名郁文。

贊廷，第八世立字派。葆珊三子，名敬襄，號幼珊。候選縣丞。生同治壬戌七月二十六。娶徐氏，南城監生諱金墀之女。生同治戊辰十二月十八。子二，巧泰、群泰。女一。

正舲，第八世立字派。竹珊繼子，葆珊次子，名敬清，號少珊。監生，候選通判，加五品銜，賞戴藍翎。生咸豐乙卯十月十三。娶福建建寧縣吴氏，河南内黄縣知縣諱芳齡次女。生咸豐甲寅三月十二，卒同治乙亥十二月二十三。繼娶鉛山蔣氏，候選從九品諱志超四女。生咸豐戊午九月十九。子一，蘊東，繼室蔣宜人出。女二，吴宜人出。

聯官，第八世立字派。棣珊長子，名敬揚。生咸豐丁巳五月十六。同治丙寅，在伊犁被擄未回。

小聯，第八世立字派。棣珊次子，名敬正。生同治癸亥。丙寅在伊犁殉難，奉旨旌卹。

衡波，第八世立字派。棣珊繼子，葆珊四子，名敬銓，號稺珊。援例巡檢，分發江蘇，兼襲雲騎尉世職。生同治甲子五月初一。娶安徽婺源縣程氏，江西候補布政使經歷諱曰復長女。生同治甲子四月十八。子一，佑泰。

鶴孫，第八世立字派。廉珊長子，名敬垚，號紹廉。生光緒丙子十一月初七。

奎官，第八世立字派。廉珊次子，名敬鐸。生光緒戊子四月初七。

閏官，第八世立字派。廉珊三子，名敬繹。生光緒庚寅閏二月二十一。

默孫，第八世立字派。宜珊長子，名敬鉌。生光緒戊寅十月二十二。

桂官，第八世立字派。照臣長子，名國佐，號傳巖。生咸豐庚申八月十九，卒光緒庚辰十一月初五。

佛官，第八世立字派。照臣次子，名國傑，號娛庭。生同治癸亥四月初八，卒光緒丁亥六月二十三。

菊官，第八世立字派。照臣三子，名國伊，號莘野。生同治戊辰九月十九，卒光緒庚辰十月初三。

錦官，第八世立字派。照臣繼子，廉珊四子，名敬澤。生光緒辛卯七月二十六。

藻泰，第九世本字派。嗣樵長子，名本謙，字六吉，號益亭。生光緒丁酉正月二十二。

菱伯，第九世本字派。循陔長子，名士鑫。生同治己巳五月初十。

蓮叔，第九世本字派。循陔三子，名士鑫。生光緒辛巳六月十八。

巧泰，第九世本字派。贊廷長子，名如鼎，字承先。生光緒辛卯七月初七。

群泰，第九世本字派。贊廷次子，名志鼎，號芝先。生光緒甲午十二月初四。

藴東，第九世本字派。正舲之子，名士贇。生光緒戊寅五月初五。娶南昌程氏，生於光緒癸未六月十三。

佑泰，第九世本字派。衡波長子，名士周，號達邦。生光緒戊子六月十一。以上光緒《新城鍾賢陳氏支譜》卷三

附録五　唱和追悼

陳生希孟字説

魯仕驥

陳生希孟將冠，其長兄希祖書來，請字於余，且請爲之説，於是生年十有九矣。初，生父之卒也，希祖年甫十有一歲，其次希曾甫十歲。生父彌留，目二子，執余手，以孤託我。余撫而慰之，曰：『是吾責也。』越兩月而生始誕育，蓋未及見父矣。生試思之，此十九年中，以養以教，俾至於成人，孰非母氏之力乎哉！生就傅時，余命其名曰『希孟』。蓋孟子幼孤，賴母氏三遷之教，卒成大賢。生之母所以教生兄弟者，猶孟母也，生可不體母氏之志，而勉自求成立也哉！於是字之曰『體慈』，而申以勖之。余既任託孤之責，於生兄弟，無事不嚴切教誡。今希祖、希曾皆成進士，任部曹，入清華之選矣，而吾之所以教誡之者，猶未已也。抑余尤望生繼兩兄之後，而克成賢母之志也。《魯山木先生文集》卷二

學使陳雪香希曾任滿以書來約至綿見訪久候不至乃知從水路回京未得一送悵然久之

李調元

本擬左綿車馬駐，誰知又駕下江船。篋惟書畫光衝月，囊絶珍珠誓對天。自見稚兒回簡後，累他園

僕掃門前。三年飲水真無愧，學使從來少並肩！《童山詩集》卷四十一

輓陳少司空鍾溪

秦　瀛

君年過五十，上有白頭親。視我同前輩，余非翰林出身，鍾溪嘗欲從余學古文，以前輩禮事余。憐才望後塵。猶子國楠，爲鍾溪所識拔。江亭尊酒舊，嘗觴余江陰試院之知樂亭，别後遂不復見。京國淚痕新。大雅誰能繼，斯文惜此人！《小峴山人詩集》卷二十六

九月六日荔裳方伯招陪吴雲樵魏愛軒兩典試陳鍾溪學使先芝圃廉訪董觀橋裴端齋觀察言臯雲宋梅生積惠田太守亦園宴集即席分韻得修字

趙秉淵

蕊榜初開霽景浮，名園佳會許從遊。嶙峋陗石苔痕浄，曲折虚廊竹影修。天上使星躔井絡，尊前詞坫擅風流。酒酣狂態君休笑，嬴得黄華插滿頭。《退密删存稿》卷下

題羅兩峰畫梅爲陳雪香學士賦

法式善

鬱蒸苦難却，閉户十日餘。穉竹兩三叢，不能蔭堦除。安得冰雪顔，掩映蓬蒿廬？學士素心人，示我《梅花圖》。聘也擅絶技，此筆今時無。著墨不在多，花榦皆扶疎。摇曳午窗間，頓覺炎氛徂。遠夢落江南，惆悵孤山孤。良田賃幾畝，種花明月鋤。《存素堂詩初集録存》卷二十

奉次陳鍾溪侍郎教習庶吉士紀恩詩韻兼以感舊

法式善

登瀛三十年，見者嗤頑仙。憶昔行城南，河柳及我肩。老柳秃爲薪，舊句江湖傳。入館日賦《新柳》詩，人多有和之者。今年尋雪泥，猶記堂東偏。花間酒杯共，風裏琴牀聯。堂東三楹，余與初頤園、陳啓堂讀書其中。老將謝登壇，倉皇敗兩甄。叨居侍從列，駐馬慚書鞭。堂堂兩館師，海内稱大賢。陳公紀新句，意出同人先。筆嚴而典核，光射蓬萊天。寒蟲草澤宜，乃久翔花甎。北夢槐廳醒，掌故從頭編。《存素堂詩二集》卷一

答鍾溪論詩復題簡尾

法式善

詩從禪悟羼提老，延佇秋林返照中。看罷暮天洒然去，任人圖畫作屏風。《存素堂詩二集》卷二

約陳鍾溪侍郎赴白雲觀訪道藏諸書

法式善

京師白雲觀，往往神仙居。邂逅不相識，辛苦求丹書。神仙施狡獪，我自安癡愚。雨晴踐朋約，重以王事趨。明季政不綱，齋醮胡爲乎？天步實艱難，道藏留清虚。今爲搜唐文，文治前代逾。入門但秋色，黄葉聲疎疎。官閑道心生，時和塵慮攄。斜陽未下山，活火猶生爐。人聲寂不聞，惟聞鳥聲呼。讀書未盡信，長生事有無。我亦三十年，笑樂居瀛壺。《存素堂詩二集》卷二

柬陳鍾溪侍郎　法式善

言尋白雲觀，又是一年過。余病懶騎馬，君閑好換鵝。山情本夷宕，花事每蹉跎。非盡羈塵鞅，閉門詩債多。《存素堂詩二集》卷二

曉晴赴五君子之招作詩爲謝兼呈陳鍾溪侍郎翁宜泉譚蘭楣二郎中吴蘭雪博士席子遠姚伯昂二編修屠琴隖大令　法式善

晚霖夜不晴，隘巷愁泥塗。月橋至江亭，萬頃雲模糊。貧官禁豪舉，僕痡馬且瘏。老饕食指動，肯負良朋呼。隔水語漁翁，詰旦蓑笠租。新凉散高柳，净緑生寒蘆。我性最疎野，愛狎鷗與凫。觸熱心久灰，看書眼欲枯。菜根滋味長，萬錢休一娱。誰知鑒湖長，官酒傾千壺。侍郎不能飲，薄醉須人扶。農部工苦吟，細字千明珠。我但向西笑，歸卧孤亭孤。課童汲溪流，日洗門前梧。《存素堂詩二集》卷二

陳鍾溪侍郎　法式善

太行隔斷音問疎，三年曾寄雙函書。白雲觀裏看經約，池上荷花開又落。在萬善殿池上看釋藏時所約。君從山水窟中行，大書特書留姓名。奇文秘字肯余寄，願指寒梅爲主盟。《存素堂詩二集》卷四《題交遊尺牘後現在之人》詩，其二十二

病中雜憶 其四十四

法式善

玉皇香案同爲吏，君被春風吹入雲。幾度招余余骨重，《霓裳》聲只半空聞。陳鍾溪。《存素堂詩二集》卷五

陳鍾溪學使用沈既堂都轉涂水僧舍詩韻作絶句五首屬和

劉大觀

汾州幾角雨中山，並入量才玉尺間。蘭若故人成宿草，梵王宫殿暮雲閑。先生使蜀過此，所見老僧已物化矣。

計較舟中過眼山，匡廬高插斗牛間。先生家近廬峰下，定得髯蘇茗弈閑。

夏雲突兀作崇山，汗浹輿夫領頰間。泥陷馬蹄行不得，蓼花紅處白鷗閑。

有道祠堂接介山，骨埋青崒翠嵐間。浮名不是榮身具，碑上征西亦等閑。

雨掠襜帷夢故山，不知身在道途間。醒來却憶揚州住，買得烟花兩載閑。《玉磬山房詩集》卷六

陳鍾溪學使留宿運城得一夕之歡明日自解州寄詩來却寄二首

劉大觀

朱幡隨碧柳，迤邐轉中條。把蘷看顔色，擎尊慰寂寥。語深巢燕宿，窗白曙星銷。明發一惆悵，池烟蔽使軺。

素心來會合，句句是真言。更有無窮事，同邀不次恩。隙光人易老，牘尾署方繁。得飲堯都水，還須

問本源。《玉磬山房詩集》卷六

乞假養疾喜鍾溪學使見過　劉大觀

守此硜硜分，形骸役簡書。漫云庖可代，争誚食無魚。小病成孤賞，高軒落外閭。語深人不識，寒日轉階除。十卷本《玉磬山房詩集》卷六

夢陳鍾溪　劉大觀

輓詩吟後又初秋，予於春間設雙位小瑯玕館，祭鍾溪與楊蓉裳。腹痛難銷夢亦愁。宇宙蒼茫留一我，泉臺悽惻抱孤憂。文瀾尚有蛟龍纘，蕿室何堪歲月遒！脉脉曉禽來喚醒，借雲携淚灑南州。《玉磬山房詩集》卷九

哭陳侍御玉方　令弟鍾溪侍郎、鞠存同知連年殂謝。太夫人南還，君辭官侍養，又卒於杭州　劉大觀

一官貧到死，屬纊在中途。怪雨兼旬落，哀猿竟夜呼！眼乾慈母淚，魂滯越王都。門第何蕭颯，松摧竹又枯！《玉磬山房詩集》卷十

感舊十八首　其九　劉大觀

梓州詩派有淵源，造句從無不雅言。鸞掖一朝辭舊侣，鹺城兩度枉高軒。予在河東時，君考試解州，頻頻

會合。吾方野服瀦書藪，君又靈輿駕墓門。有女化爲一邱土，近年何事不銷魂！陳鍾溪司空。《玉磬山房詩集》卷十二

致陳鍾溪司農

楊芳燦

東華趨省，仰挹清徽，屢陪談讌之歡，備荷提攜之雅。別來忽忽，寒暑八更。潼水千波，巴山萬嶂，附書難達，通夢爲勞，隔闊相思，交縈寤寐。敬維閣下履祉增綏，侍奉羿福。膺九重之簡命，爲衆士之司南，黼黻推工，斗山著望。胸涵璣鏡，偕彩筆以騰輝；手握冰衡，映玉壺而獨朗。咳唾所及，不數顧厨；陶鑄之餘，猶成曹陞。洵爲江左人文之幸，得奉中朝風雅之宗，翹首吉雲，曷勝欣忭。

弟棲遲錦里，轉瞬兩年，叔夜麤疏，孝標冗散。掇拾縹緗之末，疲勞鉛槧之間。鼠學搬薑，恐見窮於五枝；蝨誇食字，詎見擅於三長！幸與令親子受先生，同效編摩，共數晨夕。搜羅故實，辨章舊聞，茶熟香温，書古談洽。竊啓見聞之寡陋，兼遺況味之寂寥，此天涯儔侶之樂，差堪慰意者耳。前歲見閣下與子受書，承詢鄙作駢體文，比來當更有進。老病侵尋，久疏筆墨，才思日退，愧恧難名。今將秦蜀行篋所存駢文及平生詩什，稍加甄録，合成詩文鈔二册，呈之左右。尚祈加之針砭，俾不致貽誚詩癡，感激實靡有既。《芙蓉山館尺牘》卷十六

爲鍾溪侍郎製書贄圖附題一詩

汪梅鼎

古人得書如得友，風雨晦冥不釋手。今人得士即得書，桃李芳菲萬軸儲。侍郎以書爲性命，觀書之眼月華凝。三生廣結文字緣，頻年中外持文柄。契合端從卷帙來，師門濟濟绛帳開。相見以贄不備物，願得精槧供徘徊。以此積書屢充架，小閣幽軒奉清暇。爐烟不動鶴夢恬，古香古色紛欄榭。笑我學畫三十年，初心那肯以畫傳！今日製圖忽興發，春樹春花屋數椽。屋裏檢書憑棐几，屋外送書人未已。《贄書圖》共盛名垂，不羡當年裴皥詩。《澣雲詩鈔》卷八

和陳鍾溪學使中秋對月原韻二首

楊揆

疏簾小簟息塵機，鈴閣清于水竹扉。凉雨過闌蛩對語，新霜吹瓦雁將飛。擘牋却喜投詩到，剪燭還憐載酒違。紅旆三年西蜀住，詞壇從此識皈依。

煎茶韻事憶蘇公，兩度人來瑣院中。我本磨磚功未就，誰誇織錦樣偏工！桂枝香透芸窗外，蓮漏聲沉露井東。後約莫言佳日少，好持菊盞與君同。《桐華吟館詩鈔》卷十二

題泛槎圖

陳希祖

胸次槎牙酒半醺，無端畫意欲凌雲。舳艫車馬懵騰在，金璧塵沙次第分。游戲安心詩境界，華嚴彈指佛知聞。若將院史尋常看，未識仙槎思不群。甲戌秋日，城外縱目，遊興未盡。晚歸寓廬，適有以《仙槎圖》屬題，

几間餘墨尚在。燈下吟成即書，筆端似有褚河南意，彷彿一二耳。陳希祖。　張寶《泛槎圖》題辭

致五峰

陳希祖

承示，復蒙獎許，不敢當。弟之獲親大雅以後，時蒙教益，乃幸甚耳！今日來二種非董書，前所示《聖教序》及香光册，乃至珍耳！兹四件統奉上查收，即請五峰三兄大人清熙。不一。弟陳希祖頓首。　北京故宫博物院藏

贈陳玉方比部希祖

張瓊英

十年紅土踏東華，一意蕭閑味轉佳。茶竈藥爐供静對，步天輪扇軼專家。二難誰埒公卿望，三絶群將翰墨誇。別有藐姑仙者思，白雲司外見餐霞。《采馨堂詩集》卷十

陳鍾溪學士希曾見枉賦贈

張瓊英

蜀錦文章玉尺裁，鄉邦大雅領蘭臺。難攀百尺高樓峻，獨拓千間廣厦開。望重黑頭登上輔，感深青眼到粗材。索居病久門常閉，難得衣香近蘚苔。《采馨堂詩集》卷十

和集正教習庶吉士紀恩之作即送其典試江南

陳用光

曾祖晚歲始通籍，得第歲亦紀戊辰。甲子一周拜新命，汝今乃作江南行。教士芸館譽藹鬱，乘軺江國名輪囷。君恩三接馬錫晝，舊德四衍花開春。崇墉報已收刈穫，封殖計毋忘本根。吾家家法近稍替，規矩往往踰先民。汝才汝望衆所服，宜以一手援千鈞。汝顏齋額曰樸谷，此意去俗已兩塵。以樸捄巧謝雕飾，以谷納善芟荆榛。取人取文理一貫，爲家爲國咸斯遵。汝位已高責頗重，我言無文情則真。汝往江南謁老輩，持此可質姚公門。歸朝爲我匡不逮，我當爲汝開清樽。《太乙舟詩集》卷三

題鍾溪贄書圖

陳用光

藏書樓上校書時，爾我相看未有髭。仕宦生涯潘鬢改，先人心事晏楹知。十弓地約重開塾，萬卷瓜分感借瓻。且喜門生來執贄，家風儒素此支持。壬子年，先君命希曾與用光，同校凝齋府君遺書於藏書樓下，編書目，藏於各房。先君嘗欲樓下作家塾未成，用光庚午歸，問書目及書，已分柝無存者矣。每讀姬傳先生《藏書樓記》，不勝憮然。《太乙舟詩集》卷八

寄希曾四十初度

陳用光

太行山畔使星明，按部傳來有頌聲。每憶笑談追老輩，依然風味一書生。陰垂慈竹觴還舉，懷貯冰壺夢亦清。記取而翁遺德在，百年努力稱科名。

年來讀《易》有新知，憶共蕭齋把卷時。歲月易教豪氣歛，才華莫遣素心移。我思補過能觀《象》，爾解尊生合玩辭。校罷遺書一惆悵，鄉園夢到講經帷。時方校刊山木先生所註《周易》。

設弧辰在唱臚前，回首宫花壓鬢年。使院滿斟初度酒，上林剛宴大羅仙。憑誇俊侶聯三島，豈少奇才老一編！寄語孤寒須月旦，好持此意到華顛。《太乙舟詩集》卷八

贈集正五十序

陳用光

學有資於仕乎？世或以儒爲迂也；學無資於仕乎？經術或慮其疎也。譬諸器繇工巧，判厥精觕，孰能舍規錯矩，曰我可不範不模？士君子幸生稽古右文之代，致身通顯，則益務殫其力於學，以見諸行事，又安得謂其爲顓愚固陋與？集正居翰林有聲，屢典直省鄉試，能得知名士。督學於蜀於晉於吴，煦煦然與諸生講求夫仁義道德之途，諸牛往往有聞其言而奮志於古者。然此猶文史之職耳。

及歷任侍郎，於六曹事，輒能究其利弊之所在。鈎考財賦，察稽功事，銓法軍政，以及刑律，或因或革，爲寬爲嚴，往往敬慎所事，事後而人有頌之者。余與集正同事魯山木先生，嘗謂闡先生之緒論，而見之於當官者，集正其庶幾近之矣。當壬子冬，集正將計偕北上，先府君餞之，問曰：『汝得官，則唯當内職。若得縣令，吾不以期汝也。』集正曰：『若能如二叔祖所期，固善矣。如得縣令，且當乞假歸，整理府君遺書，且助二叔祖任各鄉義倉事，以終衍山木先生之志。』先府君嘗亟稱其言，以爲集正遂能以一甲第三人居翰林，惟其識之大，乃能膺國恩家慶於其躬也，愷齊爲不死矣！

夫縣令、卿貳，職之崇卑不同，其爲佐天子治民，一也。然縣令治一縣，嘗患於其志之不能行；爲卿貳者，可以行其志之所欲爲，又患於未能周知民間之利病，而舉措之悉當。然有其要焉，在得人而已。仲弓爲宰，夫子以舉賢才語之。今之爲令者，無舉人之職，然能察吏胥之舞文，而任其良善者以理庶事，是亦不啻其舉之也。推而上之，太守則能察其一郡之賢否而舉措之，督、撫則能察其一省治之賢否而舉措之，不以私意與其間，不以簿書期會爲盡職之術。而惟以得大體，行教化爲先，則天下何患不治！

今集正得不爲其職之卑者。而居其崇者，復以明刑弼教之寄，爲聖人所特簡。其何以無負聖天子之委畀，夫亦居其職之所當爲，充其曩日之公心而已。他日集正入直樞廷，出任封疆之寄，其事愈煩劇，則其責益重，然得其要以爲之，一以貫之之道也。余與集正居家塾時，日以文事相切磋，今同官於朝。而今年四月二十三日，爲集正五十初度，輒舉夙昔所聞於山木先生者以爲文，蓋不啻居家塾時執書相質辨之情事，以爲是亦家庭之一樂也。《太乙舟文集》卷七

祭鍾溪文

陳用光

維嘉慶二十二年，歲次丁丑，二月朔乙亥，越祭日己卯，十四叔用光，嬸魯氏，具家饌酒菓，致祭於皇清誥授光禄大夫，工部侍郎集正二侄之靈，而泣告曰：

嗚呼，集正而止斯耶！位望顯而未竟厥志，禄入厚而無以爲家。自撤瑟之辰，數至於今，已逾五七之期矣。汝夢既踐，汝魂何之？几筵在御，相見無時。憶病亟之視汝，睹屋角而星飛。豈躔次之返位，果一

瞑而知歸。惟吾與汝，幼則同學，壯則同朝。中更十年之離處，而意氣不與地俱遥。疇昔之日，與商身世。有言輒盡，有淚暗制。欲輔進以大義，愴病容而勉慰。詎昌陽之無靈，遂委化而長逝！嗚呼！汝性至孝，汝悲罔釋。偏親在堂，孰朝孰夕！成童而孤，今依父側。以此慰汝，百分之一。嗚呼！欲慰汝心，曷寬余責。汝告吾兄，其默相余。雖力所絀，惟義是趨。其牖吾明，以導汝孥。庶幾門風，式穀弗渝。家饌奠汝，汝知吾愚。嗚呼哀哉，尚享！南京圖書館藏陳用光《太乙舟集外文》鈔本

題陳鍾溪前輩書贊圖即用原韻

胡敬

龍門高啓萬壑趨，學海至海爭歸墟。兼容并包大小俱，濫吹未肯收齊竽。先生博物識錞于，雄辨寶鼎出宛朐。紂紅許緑勤補苴，筆穎禿盡尖頭奴。採風奉使無歲無，羔生雉死百不需。歸裝頗驚壓後車，關津有税不到書，耽書幾人窮奥區！貧憐編緝柳與蒲，豈如秘文窺石渠！青藜熊熊輝座隅，蹷除秘辛難見誣。赤水那復遺元珠，還從沙礫覓瑶瑜。自來善本藏桑樞，一編價或兼金逾，校讐精不差毫銖。通靈飛怕顧愷廚，朝回坐守過三晡。憶陪結網搜珊瑚，得瞻道貌清而腴。庚午，余分校直隸鄉闈，公爲主試。力回茁軋追典謨，如焚林獵竭澤漁，照乘不許目混魚。我慚通籍承明廬，故鄉輞川空畫圖。依人六載守故株，腹儉隔宿舂無儲。枉占福地瑯嬛居，幼學悔不攻三餘，可堪老大仍顓愚。笑祝滿篝操一盂，願借下牀充鈔胥。陸莊不荒爲課租，大江南北年年輸。《崇雅堂詩鈔》卷五

題陳鍾溪少宰書贄圖

孫爾準

先生銜命皇華趨，文星夜照常羊墟。一時才士額手俱，闇索一一如吹竽。彈冠扣門來于于，贄非束帛非脡朐。蟫穿臭朽充苞苴，發緘匿笑司閽奴。我聞贈遺通有無，視家所寡問所需。先生早坐第七車，三篋手補河東書。殘編落簡徒區區，豈厭芻豢思筍蒲！先生見之爲軒渠，束書招客趨坐隅。我知雅意良不誣，珊網一挈無遺珠。壞杯拂拭瑾與瑜，陳之玉堂貢天樞。世間何物寶可逾，尋常珠玉真錙銖，緹襲安敢汙籤厨！先生退食西日晡，筍啓玳瑁抽珊瑚。含英咀華味道腴，發揮事業敷皇謨。薰香摘艷供佃漁，作爲文章雅且魚。我閑時過先生廬，右臚史志左按圖。年年桃李添新株，歲歲緗縢增舊儲。嫏嬛福地挹婁居，充棟翻憂地無餘。我生抱愧學愈愚，武安書欲窺盤盂，徑思懷餅隨抄胥。春明坊宅儻許租，直高一倍争先輸。《泰雲堂詩集》卷六

贈陳鍾溪學使兼寄石士太史都下

陳文述

舊從日下推宗衮，新向雲間駐使車。話舊偶然逢宦海，論文難得是天涯。銅魚符節旋諸將，金爵觚稜夢九華。有客春明定相憶，竹林閑看鳳城花。《頤道堂詩外集》卷三

送陳編修希曾典試雲南 余婦從兄子也

譚光祜

探花喜宴我聞時，一路蠻山爲展眉。去年偕婦自雲南還鄉，於湖南舟次，聞陳登第。贏得江湖同載酒，揭來

京洛快論詩。文能華國工原易，心到安禪淡較宜。須信皈依多慧業，好從天竺灑楊枝。

幕府中間大好樓，攝衣曾共阿姑遊。憑君吐鳳文章在，認我飛鴻指爪留。犵鳥獞花仍古驛，冰壺玉鑒自清秋。白華笙譜《皇華》詠，畫荻當年願可酬。謂陳母黄太宜人。《鐵簫詩稿》卷一

夜集陳編修希曾樸谷齋聯句用樸字全韻即送李上舍宗濤省覲桂林并柬其兄編修宗瀚

譚光祜

嚴飈打簷櫺，光祜。賸雪漬甍桷。埕封縮蟄蟲，希曾。巢危凍禽鷇。厩中駒不驕，光祜。冰下魚憚濁。賦手怯八叉，希曾。詩肩聳雙萷。猊鑪雀舌燃，光祜。獸炭木頭斸。敝裘等集荷，希曾。早韭勝烹葯。投竈芋暗煨，光祜。傾槃棗爭剥。房坼松栗榛，希曾。蒂摘瓜瓞瓟。炙雀鐵脚焦，光祜。膾雉匕首劇。釜炊糝餕饠，希曾。匙翻飫稰穛。煮酒羊膏凝，光祜。催花羯鼓椓。弄丸光熠星，希曾。擊缶響鳴雹。箏腔拖曼聲，光祜。葉戲戒急捉。射覆疑鬮藏，希曾。彈棋或獵較。手談勝輒譁，光祜。拇戰敗者讋。標榜紛謿詠，希曾。笑罵雜謡諑。撼樹眇蚍蜉，光祜。嗤鵬類鳩鷽。此中洞蠕蠕，希曾。其大見犖犖。二李胸膈真，光祜。三載過從數。兩家古處敦，希曾。一斗俗塵樸。醇量挹沈濃，光祜。古藻絢斑駁。華實豔結摘，希曾。雲漢詠昭倬。雞窠年絳增，光祜。君祖年逾九十且生子。鶴髮頰丹渥。齒弗摇齵齪，希曾。步不苦跉踔。啜杯舞婆娑，光祜。策杖履磽确。萬金囊幾傾，希曾。九老像應貌。郎官推李渾，光祜。謂尊甫比部。術識重曹確。白雲解綬章，希曾。朱華補笙樂。拓胸擺層雲，光祜。植筆擘五嶽。玉韞紛吐菆，希曾。金渾謝雕斲。世業

豐珥貂，光祜。國器寶合珏。諧律篪和壎，希曾。振采鸞接鷟。送難互紛拏，光祜。陳趣飽揚摧。投轄今陳遵，希曾。破浪古宗慤。椿街矜聯鑣，光祜。米市憶鳴龅。君叔員外，昔居米市衚衕，每日校射。排鐙龍戲珠，希曾。舞劍鳳掉箾。古柏青鱗鱗，光祜。老鶴白翯翯。編笆馴鹿麇，希曾。挈籠飼雛鷇。錦賻題璘璸，光祜。牙籤架整娖。排甲乙丙丁，希曾。如切磋磨琢。博觀以薰醲，光祜。積習而淬濯。古嗜殊酸鹹，希曾。雄辨鄙齷齪。詞峽流奔騰，光祜。言泉恣吮欶。論文蠶繅絲，希曾。瀝酒鵝破殼。相羊日嚼咀，光祜。了鳥夜剥啄。津津癖異痂，希曾。醰醰味逾馥。元方服既奇，光祜。季子行尤卓。書田菑以畬，希曾。意匠約而椓。黄絹繹蔡邕，光祜。青錢選張鷟。畫購文同摹，希曾。君善寫竹。字就侯芭學。君受業於無錫侯廣文鳳苞。塵網開虛舟，光祜。文壘奪飛矟。馬肆虎脊驚，希曾。雞群鶴脛踔。『踔』字，《韻略》兩見義别。健翮鍛九霄，光祜。逸足羈六駮。識偶淆魚珠，希曾。買豈辨鼠樸！檔兒徵窒孌，光祜。京師小部，名曰『檔兒』。嬌女歌捉搦。鳴鞭晨發燕，希曾。記里暮稅涿。擔幀充巾箱，光祜。載笈滿車幄。辔飾明月環，希曾。鞍嵌水晶璞。風疾四牡騑，光祜。冰碾兩輪浞。摩崖高崚嶒，希曾。採石瘦巀嵒。衝堤沙障軥，光祜。涉水梁設榷。鏡聽喜兆占，希曾。鐙綻吉蕊爆。重幃眉宇開，光祜。四座笑聲嚗。省醴榼進椒，希曾。馨膳篹豐糈。蘭陔夕復朝，光祜。桂嶠近匪逴。此别緒暗牽，希曾。何時袂重握？蓬心梗棘荆，光祜。農硯久瘠埆。羊腸紀再馳，希曾。余連歲使滇黔。楚足畢三斲。余三黜秋闈。世跡韁鎖拘，光祜。靈府米鹽濁。穿膝藤朽枯，希曾。晒腹笥儉觳。壁壘接短兵，光祜。旗鼓勁犄角。藥鐺噴苾芬，希曾。茶銚沸瀺灂。倦奴睡觸屏，光祜。健卒邏警鐲。漏戛銅壺虯，希曾。槊識金吾爆。出話參鄉傒，光祜。相憶杳綿邈。連床苦唱酬，希曾。兩地通寐覺。夜聞馬蕭蕭，

光祐。曙届雞喔喔。歲誌旃蒙冬，希曾。日記戊寅朔。光祐。《鐵簫詩稿》卷一

皮船貴州土物用以盛茗椀者聯句

譚光祐

家公昔撫滇，光祐。我弟昨使筑。二弟希曾，去歲典試貴州。清風灑行幐，陳希祖。舊雨檢秘櫝。歸裝詎云夥，陳希曾。長物此乃獨。包貢西南材，陳希孟。問程百千宿。揉革具盧牟，光祐。摶塗用繁複。漆以髹色黝，希祖。金或縷文蹙。結狀匪脂韋，希曾。鬬新勝璢琭。刳豈心多堅，希孟。拏倘指可掬。釋舟誰爲增，光祐。譜茶未聞録。龜蒙竈且兼，希祖。鴟夷舸併逐。此器雅士宜，希曾。於今巧者熟。熱慨炙手徒，希孟。諂憫鞠躬僕。贛猛容各安，光祐。炎涼轉何倏！謝彼風波途，希祖。捧此空洞腹。以乘無沈浮，希曾。所至鮮倚伏。非疵孰吹毛，希孟。無足寧覆餗！用則慶安盂，光祐。藏每置敗簏。賞此惟同人，希祖。虛中乃大畜。兩家情融融，希曾。七載身碌碌。居憐低打頭，希孟。貧傲鄙食肉。魚蠏盈餘皇，光祐。槍旗謝輈軸。觴流引作泉，希祖。杯渡不須木。皮因相鼠嚴，希曾。腋定生風速。聳肩漏轉三，希孟。屈指月當六。光祐。《鐵簫詩稿》卷一

十二月初八日陳編修希曾邀同人作消寒第二集食臘八粥寫鉢香清供圖分韻得鉢字樂府

譚光祐

爇旃檀，擊銅鈸。浴釋迦，灑香末。汲泉作湯泉活活，圓花漩漩釜噴沫。甜水甜，活火活。銀杏敲，

金粟掇。松粟成堆榛棗撮，大瓿小盂米糉粲。七寶攢，五味撥。主人侍母持牟珠，比作辛盤薙絲辣。香煙沈，客排闥。黄封開，緑醅潑。劉伶一斗酒腸闊，酒闌分粥捧香鉢。執熱如春勝裘褐，鼻觀妙香口囊括。吟肩撑，吟髭捋。刻燭催詩燭留跋，白雪亂飛白雲遏。阿儂新得酒中禪，酒入枯腸便解脱。三日聾，一聲喝。米汁何人潤心渴，色香味中性空闊。醍醐灌頂生清涼，登堂侍母拜菩薩。《鐵簫詩稿》卷一

十二月十八日雪後邀宋儀部鳴琦湯民部藩陳比部希祖編修希曾秀才希孟同儀部五兄于止止室小集聯句三十韻 是日爲五兄生日

譚光祐

已失空庭絮，鳴琦。猶殘半樹花。公餘聊印屐，希祖。客到漫停車。撲面緇塵净，藩。凝眸素練賒。綺筵香是國，希曾。吟侶酒爲家。径喜三三出，光祥。山看一一遮。匝籬鮮乳潑，光祐。攀榦老蛟拏。散處堆鹽潔，希孟。何人戰鐵譁？軍聲思鸛鶴，鳴琦。風色變蟲沙。夜半擒元濟，希祖。是日湖南報苗逆石柳鄧就戮。場空舞莫邪。萬人争挾纊，藩。中闔已懸緺。漢有鐃歌奏，希曾。邊停戍鼓撾。朔來驕汗馬，光祥。西望蝕妖蟆。似此銀河挽，光祐。於時玉燭誇。年豐占宿麥，希孟。室暖動飛葭。添線時量晷，鳴琦。吹豳正燦葩。烹茶泉第二，希祖。憶舊樂無涯。訪戴山陰道，藩。先秋博望槎。連年出使滇黔，皆以夏去冬歸。鴻泥縈昨夢，希曾。鞭影惜春華。余今年三十。且憩當官駕，光祥。閑尋當酒茶。英雄最兒女，光祐。談笑却筝琶。櫂記鴛湖泛，希孟。門迎雁陣斜。梅心寒宋璟，鳴琦。詩骨沁劉叉。愛伴山礬弟，希祖。濃薰玉茗芽。空明都不染，藩。觥爵筭無差。髭斷仍留癖，希曾。腸枯笑嗜痂。忍寒矜鐵脚，光祥。數韻拍紅牙。醉向僧龕坐，

光祐。温憑獸炭加。壺冰催漏箭，希孟。人語雜城笳。枌集春前社，鳴琦。塵添壁上紗。高歌忘永夕，光祐。侵曉放官衙。鳴琦。《鐵簫詩稿》卷一

爆竹牀京師歲暮揞以賣花爆竹者聯句

譚光祐

歲事忽峥嶸，陳希祖。春聲乍喧逐。太平點綴新，陳希曾。長安闤闠簇。奇哉一榻揞，光祐。默爾萬雷伏。守口緘以繩，希祖。折腰傾其簏。堆緋小大并，希曾。增華先後掬。臥之妥貼排，光祐。懸者鱗次蹙。所憑暫安全，希祖。其時未炫鬻。紙貴聊居奇，希曾。火延戒殲族。忘危自置高，光祐。蘊怒處此偪。如鬼載一車，希祖。有毒儲滿腹。中熱倚冰山，希曾。境幻覆蕉鹿。踞或驚兒童，光祐。住恐留信宿。惔矜丙夜張，希祖。巧借午曦暴。息偃亦恣睢，希曾。氣味已薰熇。不畏阿堵圍，光祐。强把如願祝。祛邪藉媚神，希祖。貪功詡召福。近市利倍三，希曾。以辨爻占六。炎趨戒剥床，光祐。《韶》迎叶震竹。希祖。《鐵簫詩稿》卷一

陳秀才希孟自京師歸

譚光祐

與君三載别，歲月向蹉跎。詩有凌雲氣，才宜拔萃科。萱花知未老，烽火近如何？君兄希曾，時督學四川。重話春明夢，連宵絮語多。《鐵簫詩稿》卷三

與陳十四編修用光及其侄比部希祖侍讀希曾明府希孟夜話

譚光祜

前年送我歸，欲語不成語。麻衣負雙櫬，哭聲咽寒浦。章江遇十四，草草亦行旅。所思不能見，瞻望涕如雨。買舟歸南豐，煢煢對木主。內憂已不勝，時或來外侮。肩輿去中田，六月避炎暑。如鳥脱藩籠，如囚出囹圄。西園樂真翁，謂舍人三丈。招我住花圃。一朝氣誼投，忘形到爾汝。謂我有血性，肝膽實奇古。酒酣耳熱時，拔劍爲起舞。獨客遊維揚，乞食不我與。歸來僅四壁，寒飆灑庭户。病妻與孱妾，淚點漬機杼。薊莊老居士，謂舍人五丈。著書日删補。誇我能文章，亦復辨魚魯。相邀課諸孫，設帳白雲墅。秋風槐花黄，逐隊應鄉舉。盱江水横決，我屋匯爲渚。十口藏小樓，性命託危礎。參軍謂經歷文冕信豪爽，捍患力能禦。盡室遷以行，全家慶安堵。我時在棘闈，惕惕膽如鼠。命與文章乖，青霜鎩寒羽。顛連幸不死，痛哭念恃怙。竭力葬雙櫬，骨肉始歸土。從此居中田，權宜寄華廡。依棲總非計，僦屋櫟山下。叶。每得京師書，相憶望鴻侣。豈不思長安，山河隔險阻。青雲既渺茫，宜老黎川滸。樂真老仙翁，盛世一巢許。招隱坐小山，長笑拂短麈。十畝何閒閒，一第亦踽踽。曷不卧泉石，與我事網罟？同居期月餘，日日泛柔艣。登樓醉花月，隔水聽笛鼓。鐵簫聲入雲，飛鴻爲翔翥。紅妝盡下拜，檀板唱新譜。南昌再入試，點筆賦《鸚鵡》。秦庭又刖足，屨踴亦忘苦。所嗟家斷炊，突冷塵滿釜。乞憐既不能，非義又不取。縱有磊落懷，常此色消沮。鄉人笑潦倒，謂子何憮憮？得非樗櫟材，不爾奈何窶！終當委溝壑，空見碩人俁。何不覓錢刀，去爲洛陽賈？賢哉樂真翁，聞之拍案怒。此子常賤貧，吾目亦云瞽。若得尺寸權，于世豈無補！窈窕隨清娱，青盼頗自詡。生平輕餘子，碌碌何足數！謂我好男兒，媵以謝家女。途窮感知己，雙淚滴肺腑。感激遂出門，登車不延佇。陳氏賢竹林，分金敦古處。同時仗義者，復有楊成甫。楊舍人勳字。行行閱四月，幸已達畿輔。下馬入君家，喜氣上眉宇。京華五年夢，復此一鐙聚。人情閲已深，相對一傾吐。我非無用才，有力尚可努。鋒火未盡銷，志欲挾弓弩。男兒七尺身，何地不建樹！終當報知己，不作老儒腐。《鐵簫詩稿》卷五

風門與儀部五兄陳比部希祖**侍讀**希曾**聯句**

譚光祜

寒威來逼人，光祥。《豳》什謀塞向。虛堂撤簾鈎，光祜。暖閣失屏幛。願移雲母窗，希祖。深遮翡翠桁。戰牖方稱雄，希曾。闔户别有仗。紙裁高句驪，光祥。木詔公輸匠。齊腰白板新，光祜。闘角蹠檽搠。仰瞻高楣横，希祖。離立小扉傍。材須一面當，希曾。勢不兩扇抗。樞紐用左旋，光祥。轆轤乃西上。靷如控鐵驪，光祜。弓或抽虎韔。稱錘自低昂，希祖。韋弦妙弛張。機緘應手捷，希曾。進退側身讓。禁比金吾嚴，光祥。職笑鎖鑰曠。封姨罷闚覷，光祜。鬱壘謝官謗。揚沙無隙乘，希祖。振瓦徒勢王。都忘飄自南，希曾。莫侮高有閌。圍鑪況安燠，光祥。引杯更幽暢。解凍佇春和，朝天開詄蕩。光祜。《鐵簫詩稿》卷六

移居梁家園别陳玉方兄弟

譚光祥

比鄰媚婭又兄弟，闔閤都如姊姒親。貧到無衣稱病慣，交因拜母上堂頻。舊巢可戀棲難穩，過客重來跡已陳。好趁花時共攜酒，論心猶有對牀人。謂子受。《知退齋詩》卷三

送陳鍾溪夫子諱希曾江西新城人**校試南中諸郡即以誌別**　　汪仲洋

幨帷到處即門墻，十萬人材玉尺量。林外河聲羌水黑，馬頭秋色㛹雲黄。要從文字求真士，不惜春風被遠荒。再拜軒車歌一曲，素心遥並雁南翔。《心知堂詩稿》卷一

學使陳鍾溪先生用齋中讀書韻見贈仍次原韻答之　　程尚濂

文章故有神，靈氣共延亘。墨守誠拘墟，啁啾勞品評。一甴塞洪波，毋乃滋其横。纖鱗笑焚枯，駑馬困旋濘。先生文陣雄，結體葩而正。碧漢蔚明霞，五色昭回映。丹臺焚異香，百和氛氲并。維古掞天才，于兹堪共證。玉唾生風雲，千里走不脛。簪筆侍承明，揮毫諧競病。蓬瀛浪蹙花，瓊島雲垂磴。星軺來使蜀，玉尺懸清瑩。居高聲自遠，倡一百斯應。瑶華本自怡，紛披更持贈。琴抽乙乙絃，園闢三三徑。星斗雖獨探，丹鉛還共政。古音必崇雅，新聲尤放鄭。一綱窮珊瑚，碧海爲之罄。物色在風塵，若者風能競。咨度在芻蕘，若者才堪併。伊余牛馬走，吟壇劣將命。投我金石篇，累幅不可竟。闒裁得未曾，虚懷復誰更！春風坐温郁，引人來入勝。被墻錦作帷，照乘珠爲鏡。江漢水之宗，擊楫隨方泳。《心吾子詩鈔》卷九

上陳子鶴大廷尉公爲鍾溪先生嗣君　　王士桓

我昔壯歲未知名，應試逐隊隨諸生。司空採風來長平，鄰邑潢池欲弄兵，操心慮患如懸旌。越歲録

科仍持衡，前茅得列邀青睛，從此食餼蜚英聲。兩番幸喜得識荆，朗如玉山照眼明。《樸谷齋文》初刻成，焚香盥讀殫精誠。一疏入奏軫災氓，帝特嘉獎等股肱，宗伯兼攝閣學榮。謂宜燮理將和羹，何期早召主蓉城！新聞哲嗣才峥嶸，繼起漸已臻公卿。不知漢家廷尉平，可念門下老康成！《朗陵詩集》卷十二

陳景謨制藝試帖序 代大人作

潘祖同

士先器識而後文藝，學以致道，豈必沾沾爲佔畢功哉！然吾觀古之人，學問經濟，卓然有以名世。而於其著作之末，恒兀兀焉張皇補苴，以蘄信今而傳後，此何也？其從事也久，而得力也深，即一藝之長，誠有不忍自没者也。

葆珊將之官甘州，出其少所作制藝、試帖若干首相質，展卷卒讀，想見青燈有味時焉。令祖雪香先生，與先文恭公爲進士同年，向有《樸谷齋稿》及《館課偶存》之刻，迄今文人學士，奉爲圭臬。蓋制藝代聖賢立言，必學養兼純，迺能抒其所得。試帖雖小道，自唐已來，以之取士，其榘矱法度，亦非率爾操觚者所能企及。葆珊於是，爲善承家學矣。

葆珊文效山谷，詩宗韋、柳，書法趙、董，又精通繪事，雅善篆刻。此在葆珊爲餘事，而遠近之士，争相慕悦，以求得其一二緒論爲快，其素所挾持，固有足以動人者。今懷抱利器，遠效一麾，異日勳猷建樹，政未可量。其深自斂抑，以期爲國大用，當不僅以才華相炫也。即以斯序爲贈行，何如？《竹山堂文賸》